Par souci d'exactitude dans certains détails de mon roman, j'ai fait appel à différents experts, que je tiens à remercier chaleureusement: Mᵉ Claude Bergeron, avocat (*Lapointe et Rosenstein*); Mᵉ Donald Carrette, criminaliste (*Chalifoux, Carette, Montpetit et Grenier*); Mᵉ Michel Nichols, notaire; Dʳ Bossuet Pinson, pathologiste (chef du département des laboratoires de l'hôpital Saint-Jérôme).

L.B.D.

Flame

Données de catalogage avant publication (Canada)

Blouin Dallosto, Lise,

    Flame

    ISBN 2-7640-0124-X

    I. Titre.

PS8553.L69F52 1996   C843'.54   C96-940848-X
PS9553.L69F52 1996
PQ3919.2.B56F52 1996

Ce livre a été réalisé grâce à la collaboration de la Société de développement des entreprises culturelles (SODEC).

LES ÉDITIONS QUEBECOR
7, chemin Bates
Outremont (Québec)
H2V 1A6
Téléphone: (514) 270-1746

© 1996, Les Éditions Quebecor
Dépôt légal, 4ᵉ trimestre 1996

Bibliothèque nationale du Québec
Bibliothèque nationale du Canada
ISBN: 2-7640-0124-X

Éditeur: Jacques Simard
Conception de la page couverture: Bernard Langlois
Photo de la page couverture: George Stavrinos/The Image Bank
Infographie: Composition Monika, Québec
Impression: Imprimerie L'Éclaireur

Flame

LISE BLOUIN DALLOSTO

Les Éditions
Quebecor

Prologue

Flame Donnelley entre dans sa résidence de Saint-Léon au retour d'une journée passée avec Mali, sa très grande amie d'enfance, qu'elle surnomme «sa sœur». Flame est heureuse, si heureuse! Tout en ôtant son manteau de vison, elle désamorce le système de sécurité et met le répondeur téléphonique en marche.

Bip! Bip!... «Flame, c'est moi, Mali. Flame... Jean-Paul est mort. J'ai appelé Jérôme... il m'a dit: "J'arrive... immé... diate... ment"... Ça fait... une heu... heure. Flame... Je vais mou... rir...»

Flame arrête la machine et compose le numéro de Mali. Pas de réponse. Elle saisit la première bouteille d'alcool à sa portée dans le bar, en ingurgite une bonne rasade pour ne pas défaillir et saute dans le 4 X 4 de son mari. La mort de Jean-Paul ne l'affecte pas tellement. C'est la réaction de Mali devant la perte de son mari qui la terrorise. Mali... Depuis trente ans, Flame voue une affection profonde à cette idole d'amie dont elle a toujours souhaité devenir la sœur.

Ses yeux verts, très pâles, rivés sur la route menant à Sainte-Adèle, dans les Laurentides, la rousse anglo-québécoise appuie sur l'accélérateur de tout son poids: soixante kilos distribués voluptueusement sur un mètre soixante. Ses traits, demeurés parfaits malgré leurs quarante-trois hivers, se décomposent davantage à chaque feu rouge. Une blancheur effrayante traverse son maquillage, pourtant bien appliqué il y a une heure à peine. Flame aime Mali si fort! Elle l'aime autant que le jour où «son héroïne» a risqué sa vie en la sauvant d'un incendie; toutes deux avaient seize ans. Sa tendresse est plus riche, plus mûre maintenant.

Et quand Flame aime... Sa mère, noblesse anglaise oblige, lui a transmis une grande dignité et une confiance immuable, voire irréaliste, dans la vie et dans les plus désastreuses situations. Par ailleurs, l'éducation reçue de son père irlandais a favorisé sa détermination passionnée à défendre ses affections.

Mais ce soir, Flame n'est plus Flame. L'angoisse dans la voix de Mali sur le répondeur flagelle ses oreilles.

La «rousse angélique», comme on la désigne, connaît le secret bien gardé du grand drame de Mali. Malgré son succès et sa combativité de lionne à la tête d'une prestigieuse société, Magalia De Grandpré a toujours été tenaillée par une angoisse obsessive à l'idée que son mari puisse disparaître avant elle.

Cette phobie affectait le bonheur de Mali à un point tel que Flame, malgré sa jalousie envers Jean-Paul, qu'on appelle plus souvent J.P., a souvent paniqué face à l'éventualité qu'il parte le premier. Mais pas si jeune! Pas à quarante ans! «Comment a-t-il osé mourir celui-là!» crie-t-elle en klaxonnant de rage.

Soudain, une chaleur excessive lui monte au front. Puis, d'un vif coup de tête, elle écarte de son esprit l'hypothèse du suicide. «Rien ne peut démolir Mali... À part la mort de J.P., évidemment!» se voit-elle obligée de corriger.

Flame est au courant du pacte conclu entre Jérôme Poupart et Jean-Paul Masson. Pour atténuer l'anxiété de Mali, le Dr Poupart, psychanalyste et grand ami du couple Masson, s'est engagé à tout laisser tomber pour aller la soutenir si un malheur frappait Jean-Paul. Comment expliquer que le psychiatre, jusqu'ici sans reproche, ne soit pas là tel que promis?

Flame n'arrive pas à envisager son existence sans Mali. Cette Mali au tempérament solide comme le roc et au cœur fragile comme la porcelaine – une expression de tendresse éclaire son visage crispé – et tellement, tellement attachante!

L'appel a été enregistré sur son répondeur à 22h30 et il est 22h50. Flame essaie de se persuader que Jérôme est arrivé chez Mali très vite après le coup de fil et qu'il a emmené celle-ci chez lui pour la réconforter. Sa main moite pèse sur la touche de composition abrégée pour rejoindre le médecin. Toujours pas de réponse.

Doit-elle téléphoner à Carole? Flame compose le numéro de la sœur de Mali.

— Allô, bonjour! répond une voix chaleureuse.

— Carole, où es-tu?

— Flame? Euh... j'attends au feu rouge Saint-Martin, à Laval.

La sœur de Mali ne peut croire que c'est Flame qui l'apostrophe sur ce ton.

— Carole, J.P. est mort. Mali ne répond pas au téléphone. Il est certainement arrivé un mal terrible à Mali. Carole! Réponds! Carole!...

— J'étais sur la voie du centre et j'ai dû couper les voitures à ma droite pour prendre l'entrée de la 15. Je fonce chez elle. Où es-tu?

— Je suis moi-même sur l'autoroute des Laurentides. Dans le 4 X 4. Une chance, parce qu'il neige à partir de Saint-Jérôme! J'ai peur qu'elle ne meure.

Carole n'a jamais vu Flame si pessimiste.

— Mais non, Flame. Quelle idée! Voyons! As-tu appelé Suzanne?

— Elle est en congé. Elle a quitté à 19h30 pour une réunion des fêtes dans sa famille.

— Pascale ne devait-elle pas aller récupérer son auto aujourd'hui? Elle a probablement transporté sa marraine à l'hôpital ou...

— Non. Pascale a dû aller chercher sa voiture durant la semaine. Mali ne l'attendait pas, et il était près de 21h30 quand je l'ai laissée. Les garages ferment à 21h. Nous n'avons vu personne de la journée, à part Suzanne Breton. Tous les employés sont en congé. Si ça ne répond pas, j'appelle la police, sanglote Flame.

— Oui, c'est ça...

Flame est surprise d'avoir entendu la sœur de Mali répondre instinctivement: «Oui, c'est ça.» Carole trouve donc la situation vraiment tragique. Tragique au point d'alerter la police? Flame découvre que Carole pense comme elle: Mali ne pourra supporter la mort de Jean-Paul sans subir un choc extrêmement sérieux. «Non, non, non. Mali est une survivante», gémit-elle.

La neige abondante et ouatée, combinée au reflet aveuglant des phares de la camionnette, éblouit Flame qui file comme si elle conduisait une rame de métro. Heureusement, l'autoroute est déserte en ce soir du 2 janvier.

Normalement, de Saint-Sauveur à Sainte-Adèle-sur-Lac, en hiver, le trajet exige au plus vingt-cinq minutes. Cette fois, Flame brosse la scène d'un accident dans son esprit. Alors quoi? Elle n'ose prévenir la police. Si Mali se fâchait!

Ring!...

— Aoutch! Aoutch! qui parle?

— C'est Carole. Flame?... Flame?

Flame s'est cassé un ongle au sang. Elle oublie sa douleur pourtant aiguë.

— As-tu des nouvelles? Vite!

— Flame, rien de grave ne peut être arrivé. Si Mali était morte, on m'aurait rejointe... Je suis sa sœur.

— Tu as raison, répond-elle. Jérôme Poupart doit être à ses côtés et il ne s'occupe pas du téléphone.

À quelques kilomètres de distance l'une de l'autre, les deux conductrices bravent la tempête du ciel et de la vie. Flame apprécie la présence de Carole partageant l'autoroute déserte avec elle ainsi que l'émotion de sa voix transportée d'un véhicule à l'autre.

— Tu as raison, répète-t-elle. Il faut que tu aies raison! Alors, on se revoit chez Mali? C'est trop dangereux de parler en conduisant dans ces conditions. Viens vite, Carole... Merci, Carole.

— Merci à toi aussi.

Incapable de soutenir son appréhension plus longtemps, Flame décide fermement que Jérôme est à l'hôpital avec Mali. Le Dr Poupart a déjà prouvé qu'il ne peut abandonner quelqu'un en difficulté. Il est compétent. Il est professionnel... et il a promis.

Instinctivement, ses pensées fuient l'horreur du présent; mais ses traits restent contractés.

Flame se remémore sa première rencontre avec Jérôme Poupart. Il s'appelait Euphride à ce moment-là. Euphride Cockerel. Il boitait. Mali et elle étaient à Londres, dégustant une glace sur les marches de la Tate Gallery. Flame expliquait à Magalia que l'architecte qui avait dessiné la statue *Brittania*, assise sur le toit du monument, s'était jeté en bas de l'édifice parce qu'il avait fait l'erreur de placer le trident de *Brittania* dans la main gauche au lieu de la droite. Soudain, Mali l'avait interrompue: «Tu vois l'homme blond, là-bas? Je le connais.» Excitée, Flame lui avait demandé: «Qui est-il? Allons le saluer.» «Non», avait coupé Mali. «Flame, je vais te confier un gros secret.» Flame se souvient de son intense curiosité. Une confidence de Mali, *oh, dear, dear*! Hélas, pas le temps pour le gros secret: le monsieur blond s'était dirigé vers elles. Grand, mince, il avait presque trente ans.

En dépit de son handicap à la jambe droite, Euphride Cockerel, très élégant, avait l'allure aristocratique d'un lord. Pourtant, il était québécois pure laine. Un Beauceron. Le front trop haut, le faciès trop long et le nez trop gros. Des troubles de vision l'obligeaient à regarder toujours légèrement au-dessus de l'horizon, ce qui lui prêtait un air hautain.

Flame revient à la réalité: un lit d'hôpital... Mali mourante... Jérôme qui tente l'impossible... Insupportable! Elle retourne vite à ses souvenirs apaisants.

Durant la conversation, les yeux pers d'Euphride scrutaient le visage de Mali comme s'il avait voulu savoir si elle était heureuse. Au bout de vingt minutes, il leur présenta ses salutations avant de descendre lentement les marches de la galerie et de s'acheter une glace, à son tour, à l'autobus-snack-bar installé à gauche de l'édifice. Elles le regardèrent s'éloigner. Flame avait remarqué une expression indéniablement enchantée sur le visage de l'homme «mystérieux». Revenant à Mali, elle avait cru comprendre qu'Euphride Cockerel tenait une place très importante dans la vie de son amie. Pourtant, Mali n'avait jamais mentionné son nom. Tout de suite, elle lui avait demandé: «Et mon secret?» Gentille, mais catégorique, Mali lui avait répondu: «Une autre fois, veux-tu?» Quel nom gênant: EUPHRIDE COCKEREL! avait pensé Flame en le voyant longer *The Embankment* jusqu'à ce que l'ombre de sa canne disparaisse dans le trafic du boulevard près de la Tamise.

11

Approchant de la sortie de Sainte-Adèle, Flame se rappelle son désir lancinant d'apprendre le secret concernant Euphride Cockerel, durant les vacances en Angleterre. Pendant des mois, des années, elle avait inventé les plus insolites fantaisies autour du mystère presque révélé par Mali au sujet de cet homme étrange.

Forcée de ralentir en prenant la route secondaire, Flame a le souffle court. Son manteau lui pèse sur les épaules. Pourtant, des frissons la secouent alors qu'elle s'engage dans le plus long trajet de son existence sur le chemin menant vers la maison de Mali avec un quart d'heure d'avance sur Carole.

De son côté, Carole téléphone à Olivier, l'aîné de la famille De Grandpré, pour lui annoncer la mort de Jean-Paul. Elle choisit de ne pas mentionner le message laissé par Mali sur le répondeur de Flame.

— Aussitôt que tu arrives chez Magalia, appelle-moi, recommande Olivier. Raymond et Charles sont justement ici. Nous irons chez elle, immédiatement, si elle a besoin de nous.

— Oui.

Carole appuie sur le bouton *End* de son radiotéléphone.

Soudain, elle s'écrie: «Impossible!» Son cœur bat vite, elle se met à trembler. «Impossible!» Le cri est moins fort, mais elle tremble encore plus. «Non, dit-elle, Mali ne peut pas mourir. C'est notre roc.»

* * *

Flame est foudroyée.

Devant elle gît le corps de Mali, enveloppé d'une robe de laine noire. Sa main hésitante refuse de fermer les paupières de celle qu'elle aime depuis l'instant où elle a réalisé avoir un cœur. Une larme mouille encore le visage de la morte, plus attendrissant et plus doux que jamais. Flame boutonne la veste en cachemire sur la poitrine découverte, comme si sa chère amie avait tenté de reprendre souffle avant de succomber.

Elle est morte seule. C'était l'une des plus grandes peurs de Mali que de mourir seule, d'être malade seule. Flame remarque la tasse de tisane presque vide posée sur la table près du fauteuil. La dernière qu'elle lui ait préparée. Un vertige la fait vaciller.

Je rêve! se répète Flame, prenant de longues respirations. Elle prie la Vierge Marie de la réveiller.

Pourtant, Mali reste là, sans vie, incapable, pour la première fois, d'apaiser sa douleur. Flame se laisse tomber à genoux près du corps de son amie, étreignant une de ses mains froides. Toujours certaine de rêver, elle murmure: «Mali, pourquoi n'as-tu pas attendu? Je t'aurais rendue heureuse moi aussi. Pourquoi n'as-tu pas attendu?»

Carole paraît dans la porte de la chambre.

— Mali! Impossible!

Elle se jette sur le corps de sa sœur. Elle pleure, pleure et pleure encore.

Puis, au bout de cinq minutes, elle se relève et lâche entre deux hoquets de douleur:

— Je vais appeler le médecin.

— Je ne veux pas. Attends! crie Flame.

— Tu ne veux pas que j'appelle le médecin, Flame?

— Ils vont l'emmener. Attends! Je vais me réveiller. Mali aussi. Toi aussi. Nous rêvons, Carole, nous rêvons.

Carole serre Flame dans ses bras. Puis elle se réfugie dans le salon en laissant échapper:

— Oh, Flame, c'est la dernière, oui, la dernière personne que je voulais perdre!

Elle compose le 9-1-1.

* * *

Après l'appel téléphonique de Carole pour annoncer la mort de Jean-Paul, la fièvre de la conversation est tombée à zéro dans le salon d'Olivier De Grandpré.

Celui-ci a tenté d'alléger l'atmosphère en allumant le téléviseur. Horreur! Sont apparues des images de l'écrasement de l'avion CanAir survenu à 11 h 10, le matin même. L'écran détaillait les lieux jonchés de corps en lambeaux. La voix de Bernard

Derome a complété: «[...] parmi les victimes se trouvait Jean-Paul Masson, homme d'affaires notoire et président de la Commission provinciale sur la dépollution des lacs des Laurentides, mieux connue sous le sigle C.P.D.L.L.»

Sitôt la nouvelle terminée, Raymond a éteint l'appareil. Tout le monde s'est tu.

Leurs yeux jettent des regards furtifs sur une photo de la famille réunie, suspendue au mur. La dernière pose. Il y a de cela deux ans, par un dimanche après-midi ensoleillé, lors d'une fête familiale. Sur le bateau d'Olivier, les six personnes rayonnent de gaieté, et Magalia est à la barre, resplendissante, à côté de Jean-Paul, bronzé comme un Mexicain.

Sur le guéridon, le téléphone lance sa plainte stridente dans le salon d'Olivier.

— Elle est morte, annonce Carole simplement, au bout du fil.

Olivier, de son côté, doit l'informer des circonstances atroces dans lesquelles Jean-Paul a perdu la vie. Il n'arrive pas à prononcer une syllabe. Charles se dirige, affolé, vers son frère et lui enlève le combiné des mains.

— Jean-Paul est mort dans l'écrasement de l'avion de CanAir ce matin. Et Mali?

— C'est fini, gémit Carole.

Charles comprend le mutisme d'Olivier.

— Nous arrivons le plus tôt possible.

Raymond va prendre son manteau dans le vestiaire et apporte la pelisse de Charles. Olivier est déjà vêtu pour la neige. Les trois frères quittent la maison en silence.

* * *

Quelques minutes plus tard, les ambulanciers de Sainte-Adèle effectuent une entrée précipitée dans la chambre de Magalia et de Jean-Paul Masson.

— À quelle heure êtes-vous arrivées sur les lieux? demande l'un d'eux.

— Je ne sais pas. Il y a plus d'une vingtaine de minutes, certainement, répond Carole, incapable de supporter que des étrangers s'affairent autour de Mali sans partager son désespoir.

14

Flame perd conscience. Carole se précipite vers elle; le médecin l'étend sur le sofa; il questionne la sœur de Mali sur l'état de santé de Flame; il rassure Carole à propos de l'évanouissement, puis il retourne au corps de Mali.

— [...] certainement une longue peur. Ses muscles sont crispés, voyez-vous? Une longue peur, continue le médecin.

— De l'angoisse? demande Carole. Elle venait juste d'apprendre la mort de son mari.

Le Dr Rodrigue Sévigny jette un coup d'œil sur le cadavre.

— Possible. Était-elle suicidaire?

Carole panique.

— Non. Elle souffrait d'anxiété, mais, devant l'évidence, elle déployait une énergie phénoménale.

Le médecin se dirige vers le téléphone.

— Le coroner va ordonner une autopsie, dit-il.

Avisant l'expression de Carole, il ajoute:

— C'est la routine pour toute personne morte à la maison et qui ne souffrait d'aucune maladie connue.

Arrêt cardiaque... autopsie... muscles crispés... angoisse... coroner... autopsie... ? Dans la brume de son inconscience, les voix du médecin et de Carole s'entremêlent. Flame soupçonne que ce n'est pas un cauchemar. *Je dois réagir. Ils vont l'emmener!* Elle s'arrache du divan, chancelante mais déterminée.

Agenouillée près du corps inanimé, Flame entreprend alors la première vraie conversation de sa vie avec Mali. Elle lui confie à voix basse combien elle l'aime. Combien elle veut la rendre heureuse. Elle lui explique, sans retenue, toute la tendresse cachée dans son cœur, depuis leur adolescence. Simplement, comme si Mali causait avec elle. Elle lui débite d'un trait, les «ci» et les «ça» qu'elle se promet de lui dire avant chacune de leurs rencontres ou de leurs conversations téléphoniques. Ces belles choses qu'elle répète, corrige, reprend sans jamais réussir à les exprimer une fois en tête-à-tête avec Mali. Elle lui raconte, presque enjouée, tous les rêves qu'elle entrevoit pour elles. Puis, elle s'approche plus près de l'oreille de son amie et lui chuchote des détails sur le nouveau projet de compagnie dont elle doit absolument l'entretenir: «[...] tu vas être si riche que tu n'auras plus besoin d'associé-prêteur pour le *Nouvelliste*. Ton journal va prendre de l'expansion sans aide extérieure. Mali... supplie-t-elle, réveille-toi. Réveille-toi, Mali... Sinon, ils vont t'emmener. Sainte Vierge, réveille Mali. Réveille-la pour la récompenser de m'avoir sauvée du feu. J'ai tenu ma promesse. J'ai toujours été bonne. Si tu la réveilles, je te promets de pardonner à J.P. d'être mort avant elle.» Flame s'interroge et ajoute:

Même à Jérôme. Je te promets de pardonner même à Jérôme qui n'est pas accouru à son secours comme il l'avait promis... Mali, réveille-toi.

* * *

«Quel régal!» s'exclame Pascale en savourant la dernière bouchée d'un copieux repas arrosé de champagne dans la salle de séjour du Dr Jérôme Poupart. Quel régal! répète-t-elle, en coupant une grappe de raisins bleuâtres d'un geste lent, afin de mettre en évidence une main élancée et de longues griffes rouges. Ses grands yeux noirs s'emparent du regard de Jérôme. Elle a la ferme intention de soûler ses sens de tous les désirs, pour ensuite les assouvir, un par un. L'ouïe... le goûter... l'odorat... la vue... et le toucher.

Pascale Moreau n'est pas amoureuse du Dr Poupart. La filleule adoptive de Magalia De Grandpré ne connaît pas l'amour. Elle ne ressent que la jouissance perverse de séduire l'homme de ses copines, Adonis ou laideron.

Un défi pâmant pour l'intrigante en ce beau lendemain du jour de l'An! Captiver sous son charme un prétendant de sa glorieuse marraine!

Elle croque un grain de raisin.

Et son jeu est total. La malicieuse femme fatale se glorifie d'avoir obtenu la complicité de Flame. Pascale imagine les yeux verts de la trop belle rousse pleurer des larmes de sang. Flame, l'apôtre préféré de son «impeccable marraine», a participé, sans le savoir, à l'entreprise de séduction du maquereau à la filiation freudienne. En plus, elle a trahi Mali avec sa filleule adorée. *La pauvre!*

16

pense-t-elle, les yeux toujours fixés sur le regard de Jérôme. *Elle ne peut s'imaginer que son idole conserve des admirateurs au frigo.*

Évidemment, la victoire avec un gros « V » pour Pascale aurait été de voler Jean-Paul à Mali. Une seule nuit aurait suffi. Mais aucun espoir du côté de J.P. Pour masquer son échec, elle met ce revers au compte des faveurs et de l'estime inconditionnelle de sa marraine, dont elle profite depuis son premier souffle. Et perdre sa place auprès de Magalia comporterait l'inévitable conséquence de sacrifier son statut dans la famille De Grandpré.

Faute de pouvoir ravir J.P. à Mali, Pascale s'est mise à rêver de lui enlever quelque chose. N'importe quoi ! Au fil des ans, elle a développé une sorte de cleptomanie à l'égard de sa marraine. Si bien qu'à plusieurs reprises, en visite chez son « impeccable cousine », elle a volé des objets sans valeur, simplement pour prendre quelque chose à « cette intouchable Magalia qui possède tout et dont elle a un besoin viscéral ». Mais aujourd'hui, sa victoire sera complète.

C'est pourquoi Pascale pense bien plus à Mali et au désarroi de Flame qu'à Jérôme alors que, dans un geste dont elle a pratiqué l'apparente naïveté pendant des heures, elle dévoile un tantinet de poitrine en glissant la fermeture éclair invisible de son chandail. Juste assez pour laisser entrevoir deux seins menus et fermes qui forment une vision envoûtante au-dessous de ses larges épaules et de son long cou. Pascale connaît l'art de déployer son mignon corps de nymphe. C'est sur cet art qu'elle mise, en ce soir du 2 janvier, pour neutraliser l'obsession qui l'habite depuis une semaine.

L'intrigue a commencé à la barrière du domaine des Masson, au réveillon de Noël. Ses yeux rivés à ceux de Jérôme, la grappe de raisins tachetée de gouttelettes d'eau, toujours à mi-chemin entre ses lèvres pulpeuses et sa main sensuellement posée sur sa joue, elle repasse, dans sa tête, le déroulement de ce fameux réveillon et chacun des moments vécus depuis cette date inoubliable... le 24 décembre 1993.

1

Le 24 décembre 1993

Joyeux Noël, Émile!... *Merry Christmas*, Flame!... Joyeux Noël, Elsa!... Joyeux Noël, Pascale!... Joyeux Noël, Jérôme, Brigitte!... *Buon Natale*, Roberto!... Joyeux Noël, Carole! *Buon Natale*, Franco!

C'est la voix puissante et affable de Jean-Paul Masson qui domine la sympathique cacophonie du «Joyeux Noël!» en «canon à onze voix» aux timbres et aux accents disparates.

Mali et Jean-Paul ont invité neuf personnes très chères pour le réveillon. Presque tout le monde se connaît. Ils sont là, frôlant l'allégresse, devant la barrière de l'entrée du domaine des Masson; l'écho transporte leurs bons vœux à travers les mille deux cents acres à Sainte-Adèle-sur-Lac, dans les Laurentides.

Flame Donnelley s'approche de Mali.

— Un autre Noël ensemble. Il s'annonce féerique. Je suis si heureuse! Si heureuse, Mali!

Un sourire tendre répond à Flame. Pascale Moreau guette «la pimbêche d'outre-mer», sa grande rivale dans l'affection de sa marraine. Depuis longtemps, elle mijote une séparation entre les deux amies. La tâche est lourde, cependant. Un jour, peut-être, l'occasion se présentera. Soudain, elle aperçoit le Dr Poupart. *Eh!... qui est ce noiraud qui accompagne Brigitte Lamoureux? Ah, c'est lui, Jérôme, ce point de mystère dans la vie de Mali.*

Dans le tumulte des échanges de souhaits et d'embrassades, Pascale est surprise et intriguée par la façon étrange dont ce Dr Poupart s'approche de Mali pour lui offrir son accolade. Pascale ne connaît pas Jérôme, mais elle connaît Mali. *Qui est-il celui-là ? C'est la première fois que Mali se laisse approcher sans sortir son halo de «pas touche !»... J'ai mal vu.*

Pascale oublie l'incident et se replonge dans l'esprit de Noël chez sa marraine. Pascale se sent importante quand Mali est là.

— On se rend à la maison en traîneau, annonce Jean-Paul, indiquant un pittoresque véhicule rouge devant lequel attendent patiemment un cheval blanc et un cheval noir.

En guise de réponse, Brigitte, la cavalière de Jérôme, saute dans l'hippomobile et entraîne Elsa, dont le visage est la parfaite réplique de sa mère, Flame. Seule une mèche blonde échappée du grand béret écossais de l'adolescente fait la différence entre elle et Flame à son âge ; sa silhouette, mince comme celle de Flame il y a un quart de siècle, est cachée sous un long plaid abondamment garni de fourrure. Émile Duval, son scientifique de père, la suit comme toujours.

— Écoutez... Des chants de Noël s'échappent de la montagne, romance Franco, le mari de Carole, alors que le traîneau traverse un petit pont anglais.

Depuis la descente de la voiture de Jérôme, Brigitte capte tout sur son vidéo Panasonic flambant neuf. Avec ce dernier «joujou» de la plus haute technologie, elle projette de réussir un montage digne d'un chef-d'œuvre de Walt Disney. La «favorite» du brillant psychiatre Jérôme braque sa caméra sur Franco pour capter l'une de ses envolées oratoires. L'appareil sophistiqué ne manque pas une syllabe.

— [...] Quelle harmonie entre le tintement des clochettes et le claquement des sabots des équidés ! continue le comédien méconnu.

Il se lève de la banquette du traîneau, se dégage de sa couverture et déclame :

— [...] Voyez ces flocons tombant... d'un ciel marin foncé... touffus et parsemés... comme des étoiles au vent... viennent avec nous fêter... ce beau joyeux Noël blanc...

Applaudissements et «Encore!» résonnent dans la forêt. Intérieurement, Franco les supplie: *Encore, s'il vous plaît! Applaudissez-moi encore!*

— Nous vous ramènerons à la barrière à la fin de la soirée, rassure J.P., car le retour par la route, c'est très long et très froid... Par le bois, c'est très court mais très noir. Et son rire communicatif éclate dans la nuit radieuse.

— Mon premier Noël dans les Laurentides, dit Brigitte. Et quoique je n'aie pas quatorze ans comme toi, Elsa, ce sera l'un des plus beaux de ma vie. Puis, se tournant amoureusement vers Jérôme: Et toi?

Jérôme est occupé à admirer Mali.

— C'est une promenade d'un kilomètre. Emmitouflez-vous bien avec les fourrures de bisons, recommande Roberto.

Roberto Danzi vit la plupart de son temps libre chez les De Grandpré-Masson. Il s'est construit, pour les fins de semaine, un cottage en bois rond près du petit lac de leur domaine.

Et c'est un concert de oh!, de ah!, de rires et de cris au long du chemin privé zigzaguant à travers les érables, les bouleaux et les conifères blancs, blancs, blancs.

Soudain, plus un mot ni un rire. Au milieu du lac, un gigantesque sapin de dix mètres pétille de lumières et de mélodies de Noël. Roberto surveille la réaction de Flame. C'est lui qui a installé le majestueux conifère. Une patinoire large de trois mètres sillonne le lac d'un kilomètre carré et aboutit au pied de la résidence, altière comme un château d'Europe.

— Il fait aussi clair qu'en plein jour! s'exclame Carole, comblée par la présence de son mari Franco à ses côtés. Peut-on savoir le thème du réveillon, cette année?

— Une surprise! clame Elsa. En tous cas, ça ne peut être plus spectaculaire que «le Noël blanc» de l'an dernier pour fêter les vingt ans de Roberto au Canada! Il y avait...

Elsa raconte. Elle parle et parle encore, chaque fois qu'un silence le lui permet, au cours des dix minutes de la balade.

— La lune nous sourit là-haut, murmure Mali à l'oreille glacée de Jean-Paul.

Je t'aime tellement! pense Jean-Paul en l'enlaçant.

Le bonheur éclaire sa figure.

Des éloges sur la double porte en séquoia massif remplacent très souvent les salutations d'usage adressées aux hôtes par les visiteurs. Surtout ceux qui passent le seuil de la résidence des Masson pour la première fois. Mais ce soir, il y a plus. La traditionnelle couronne des fêtes a cédé sa place à des centaines de petites lumières reproduisant la phrase thématique du réveillon de Noël: «Trente années d'amitié... c'est chocolat!» Cette nuit, on fête la rencontre de Mali et de Flame en 1963.

Jean-Paul ouvre lentement la porte donnant sur le hall. Un long silence d'ébahissement se prolonge pendant presque une minute.

— Ravissant! Tout à fait ravissant! déclare Jérôme. Ces agrandissements de photos de Mali et de Flame adolescentes sont superbes. Quel jeu de lumière! Et ces panneaux qui se promènent. Un film de science-fiction ne serait pas plus enlevant. Je suis sidéré, tout à fait sidéré.

À mi-chemin entre le plancher et le plafond planent sur des nuages un ange aux cheveux roux et une biche grandeur nature. Chacun sait que l'esprit céleste représente Flame. Car, lorsque Flame baisse les paupières, elle ressemble à un ange roux, tout en douceur. Par contre, dès qu'elle ouvre ses yeux immenses, une langueur sensuelle déborde de son regard et la façon dont elle se pavane évoque plus une héroïne d'Alexandre Dumas qu'un chérubin égaré sur terre.

— La biche évoque le surnom qu'on donnait à Mali, durant son adolescence, explique Jean-Paul.

Et dans un moment magique, hasard inouï, une lune ronde et blanche pousse quelques étoiles pour s'installer dans le décor extérieur que l'on entrevoit à travers la vitre plein mur du salon.

Flame est si émue qu'elle gratte son vernis à ongles, toujours de couleur transparente à cause de ce tic nerveux.

— Je voudrais porter un toast à nos deux chères preuves vivantes de l'inestimable valeur de l'amitié, propose J.P., contemplant l'expression de bonheur sur le visage de sa femme.

Tout le monde lève son verre à la santé des deux amies. L'entrechoquement du cristal produit un écho qui confirme le luxe de l'environnement.

— Un autre toast très important! s'exclame Carole.

Ce soir, Carole De Grandpré est resplendissante. Le reflet de sa longue veste marine sur son mince visage apporte une nuance bleuet dans ses yeux pers. Carole est rédactrice en chef au *Nouvelliste*, journal local appartenant à la société de sa sœur Mali.

— Un toast à l'Oiseau-annonceur, suggère-t-elle, le trophée que Mali a gagné avec son agence Tam Tam Moderne pour la meilleure réclame de l'année. Tu as été formidable de simplicité avec ton «Hummm!... c'est chocolat!», un nom ragoûtant pour une nouvelle tablette de chocolat: «Hummm!» Et les gens ont adopté l'expression depuis.

La mélodie des verres recommence et Pascale égrène quelques notes de l'annonce publicitaire sur son saxophone. La future cinéaste Brigitte ne manque pas un son, pas une parole et, surtout, elle s'applique à mettre sur pellicule l'atmosphère de joie et d'harmonie qui envahit la résidence des Masson.

— Il y a un toast encore plus important que mon Oiseau-annonceur, s'empresse de souligner Mali. On semble s'y être habitué, continue-t-elle, mais... Roberto! À Roberto Danzi, élu maire de Saint-Léon il y a un mois et demi! déclame Mali sans préambule.

Chacun lève son verre avec enthousiasme, saluant l'élection de Roberto à la mairie de cette ville pittoresque, située dans la banlieue nord-ouest de Montréal.

Roberto, un grand ami de la plupart des joyeux trinqueurs, et ce depuis vingt ans, ne peut s'empêcher de jeter un coup d'œil vers Flame. Depuis des années, il est obsédé par l'épouse d'Émile, mais jamais il ne s'est permis de flirter avec la compagne d'un autre. Cela n'empêche pas le jeune maire de souhaiter qu'un jour Émile disparaisse du tableau, comme son premier mari Bernard, le père d'Antoine.

— Saluons les cent mille citoyens de Saint-Léon pour avoir élu Roberto Danzi, un Italien frais importé de Milan, arrivé à l'aéroport de Dorval sans le sou, il y a deux décennies, souligne Jérôme.

En effet, les Léonnais ont aimé d'emblée ce garçon de la campagne, à l'œil noir vif, aux cheveux frisés grisonnant sur les tempes; cet Italien costaud, au visage rectangulaire éclairé par un sourire franc, a suivi son cours d'architecte paysagiste entre ses dures journées de labeur. «Quoiqu'il se soit bien intégré au Québec, Roberto cause en canadien et discute en italien», avait remarqué Mali au début de la campagne électorale quand il parcourait Saint-Léon de porte en porte.

— À Roberto! Dieu lui garde ses bonnes intentions, ses votes et sa santé! déclame Franco, cachant bien l'envie qu'il éprouve envers son frère Roberto et surtout la rancœur féroce qui le ronge depuis les élections.

Encore une fois, le cristal chante, les voix s'animent. Pascale «saxophone» l'introduction de «Mon cher Roberto, c'est à ton tour...»

— J'en profite pour remercier Mali, l'auteure de notre stratégie de la campagne électorale, reconnaît Roberto. Puis, il ajoute timidement:... et Flame.

Sa voix reprend son assurance en continuant: «... et toute notre belle équipe d'organisateurs sans oublier, é-vi-dem-ment, mon frère Franco *caro*. Pas de Franco, pas de campagne.»

Soudain, à la grande surprise de tous, Émile, le mari de Flame, lève son verre. Le groupe se tait. La personnalité d'Émile Duval convient à sa profession de savant, perçue par ses amis comme fort ténébreuse. Intellectuel de la tête aux pieds, il est physiquement banal. C'est à l'intérieur que ça bouge. Intelligent, chercheur, tenace, pince-sans-rire, une sommité dans le milieu scientifique. Il a aussi ses défauts: taciturne, égoïste, indifférent à son entourage. On oublie souvent la présence d'Émile parce qu'il vit dans son propre monde. Là où il se nourrit de science.

— J'aimerais que nous levions nos verres à un événement qui se révélera salutaire pour l'humanité dans les prochains mois. Le secret professionnel ne me permet pas d'en dévoiler davantage, mais je veux que nous portions un toast spécial, un «prétoast». Est-ce convenable?

Le doute fait froncer ses sourcils.

Le Dr Jérôme Poupart devient pensif. Il observe le nez droit, la bouche mince et le front d'Émile qui se plissent. Une sympathie particulière existe entre les deux professionnels.

«*My, my!*», murmure Flame, inaudible. Jamais son mari ne réclame la parole à moins d'exprimer un besoin ou d'aborder des sujets suffisamment arides pour juguler toute ébauche de conversation. «*Good Lord!* Je pense qu'il sourit!»

Les verres s'embrassent, cette fois plus solennellement. Tous les invités épient l'homme de science. On dit souvent de lui: «Il est là, mais il n'est pas là.» Seule Elsa perçoit son père. Il trouve toujours le temps de l'écouter et, plus surprenant encore, de lui répondre.

L'intendante, Suzanne Breton, tout enjouée elle aussi, susurre à l'oreille de Mali: «Le dîner est prêt.» Dans la cuisine, un réveillon identique, pour le personnel et leurs conjoints, suivra celui des invités.

Et le festin commence. Contrairement à la majorité des réveillons du Québec, ce n'est pas une grosse dinde que le cuisinier apporte avec les petits pois, les pommes de terre en purée et les canneberges. Ce sont de merveilleux faisans, tués par Jean-Paul et Roberto eux-mêmes, au cours de l'automne.

— J.P., dit Jérôme entre deux gorgées de vin, je vais skier au mont Tremblant le lendemain du jour de l'An, avec des amis que tu connais. Tu te joins à nous?

— Impossible. Le 2 janvier, s'excuse l'hôte, la bouche remplie de farce, je ne serai pas disponible de la journée. Le 2 janvier, répète Jean-Paul en posant sa main sur celle de Mali, je brasserai des affaires d'une importance capitale.

Mali lui rend son sourire.

— Tu travailles le lendemain du jour de l'An? Relaxe! Relaxe! La vie est courte. Combien de lendemains du jour de l'An te reste-t-il à vivre?

— C'est une rencontre d'affaires. Les négociations peuvent dérouler le tapis rouge pour Mali.

Jean-Paul et Mali reprennent leur petit air complice.

— Dommage... si tu reviens tôt, on pourrait aller au concert du Pavillon de Sainte-Adèle, tu sais l'ancienne église que Pierre Péladeau a achetée près de l'hôtel Alpin et qu'il a convertie en salle de concert pour lancer la carrière d'artistes inconnus.

— Selon mon horaire, je devrais revenir très tard. Merci pour ton invitation. Une autre fois?

— Certainement. Téléphone-moi pour me donner des nouvelles de ta réunion. Je resterai à la maison pour ma soirée de lecture hebdomadaire. Nous irons souhaiter la bonne année à notre cher magnat de la presse lors du prochain concert. De quoi parlait-on? Ah oui, on faisait l'éloge du flair fantastique de Mali pour...

Eh ben, dis donc! Il est toqué ce grand noiraud avec ses lunettes d'une tonne sur son nez de Cyrano. Et c'est conscient. Le compliment de Jérôme, délivré avec une éloquence exagérée, et ce regard qui s'attarde démesurément sur Mali replongent Pascale dans le déchiffrement de son énigme.

— Pour mon agence de communications Tam Tam Moderne, sentir ce que les gens veulent est primordial, admet Mali. Par contre, pour Créations graphiques tous genres de J.P., le succès est basé sur l'imagination. Par exemple, J.P. voit un panneau blanc et, simultanément, les besoins de son client se matérialisent dans son esprit sous forme de dessins ou de gadgets. J.P. ne voit pas ce qu'il voit, il voit ce qu'il imagine.

— Ça vaut de l'or en politique, quelqu'un qui ne voit pas ce qu'il regarde, raille Franco.

Il surveille la réaction de Mali avec malice.

Émile lève son verre, la même lueur éclairant son visage.

— Un toast à l'i-ma-gi-na-tion!

Flame n'y comprend rien. Émile qui parle. Émile qui rit. Émile qui propose un toast. Deux toasts.

— À l'imagination et aux énigmatiques prédictions, confirme Jérôme en lançant un clin d'œil cordial à Émile. Les deux professionnels se comprennent.

Entre les gorgées de Lambrusco et les bouchées de faisan farci, les grands yeux noirs de Pascale font la navette de Jérôme à Mali et à J.P. Pas moyen de saisir «la bibitte». Elle doit absolument découvrir ce qui se passe entre ces trois-là... D'abord, qu'est-ce qu'il est, lui?... Son amant?... Hors de question. Son ami?... Pas suffisant. Il y a plus que de la camaraderie dans le regard de Jérôme. De l'amour? Impossible. Jérôme le cacherait et l'ambiance ne respirerait pas cette joyeuse quiétude. Surtout, Mali ne l'aurait pas invité. J.P. n'est aucunement préoccupé par l'attention flagrante dont Jérôme entoure Mali. Au contraire, il ne dégage que sérénité.

Flame n'arrive pas à croire que Mali célèbre leur amitié avec autant d'opulence et de gaieté! Trente flammes provenant de trois chandeliers font danser l'écarlate des poinsettias sur les cuivres de la table, sur les trente pères Noël, les trente gendarmes britanniques, les trente petites biches, les trente petits anges en chocolat recouverts de papiers chatoyants et multicolores. Le feu de la cheminée accentue la saveur des fruits de la corne d'abondance, rend les fromages plus savoureux et brunit le chocolat de la bûche de Noël qui s'étend sur la largeur d'un bout de la table et sur laquelle on peut lire: «Trente années d'amitié... c'est chocolat!» Tout ça pour elle!

La fêtée ne parle pas. Ses yeux dévorent un énorme arrangement de sapin frais coupé, rempli de Laura Secord, de Godiva, d'AsbachUralt, de Baci Perugina ainsi que de truffes belges. Le monde entier chocolaté rappelle que «Trente années d'amitié... c'est chocolat!» «Leurs» trente années d'amitié!

Ordinairement, Pascale est la première à noter chaque détail et à les apprécier. Ce soir, elle ne voit rien d'autre que le «ramancheur de cerveaux» et sa curieuse attitude.

— Comme la musique est bien choisie! s'extasie Elsa.

— Ce sont les mélodies populaires des années soixante que j'ai intercalées entre les chants de Noël, explique Mali.

— Il y en a plusieurs que je connais, se vante Elsa. Tiens! cette chanson est très populaire. C'est *Fascination*. Il y a un film...

Fascination! le mot explose dans l'esprit de Pascale. Fascination! Jérôme est fasciné par Mali! Merde! C'est pire que s'il

27

l'aimait. S'il l'aimait, J.P. ou Mali aurait vite réglé son cas. Là, ça devient mon job. Il faut absolument que je le séduise. Je ferai l'impossible pour le lui enlever. L'impossible! Ce n'est pas comme J.P.: Jérôme est fasciné par Mali, mais il n'est pas en amour avec elle. Il a flirté avec moi en même temps qu'il était toute attention pour elle. Un homme qui aime Mali ne flirte pas en sa présence. Enfin! Je vais avoir la jouissance de lui piquer un mec. Et pas n'importe lequel. Par quelle manigance? Je devrai y mettre le paquet. Mali n'est pas facile à voler. Et surtout, je dois conserver son estime. Pascale Moreau jubile, ragaillardie.

Il est minuit. C'est Noël! On s'embrasse. Le disque de Luciano Pavarotti tourne et son *Minuit Chrétien* résonne à travers la campagne, à l'unisson avec les cloches des églises et des carillons environnants.

Pascale se dirige vers Mali alors que Suzanne se prépare à s'esquiver. Elle les trouve en train de parler.

— Flame a une affreuse migraine depuis une demi-heure, chuchote Mali à l'intendante.

— Elle n'a pas ses médicaments?

— Elle ne peut pas toucher à ses comprimés contre la migraine. Elle prend des antibiotiques contre la grippe. Ces médicaments sont dangereusement incompatibles. Deux comprimés de chacun et c'est fatal, explique Mali. Il y a de ces combinaisons!

— Oh! c'est bon de le savoir.

Suzanne Breton s'inquiète.

— Je vais chercher quelque chose que le médecin approuve.

Elle se précipite vers l'armoire à pharmacie.

Pascale, qui s'est tenue discrètement à l'écart durant la conversation entre Mali et Suzanne Breton, s'avance vers sa marraine.

— Flame a mal à la tête? demande-t-elle. J'ai de l'Aspirine. Aucun danger avec cela.

— Justement, je vois Suzanne qui revient pour en donner à Flame. Merci quand même, Pascale.

— Mali, je ne coucherai pas ici. J'aurai plus de temps pour préparer mon souper de Noël en commençant demain matin, s'excuse Pascale d'une petite voix où pointent des accents de fatigue.

— Mais, Pascale, il faudra que tu conduises en pleine nuit... Je n'aime pas ça. Si tu changes d'idée, ta chambre est prête.

— Merci. Oh, Mali, penses-tu que je pourrais trouver une âme charitable pour m'accompagner à la barrière? J'ai quelque chose à prendre dans ma voiture.

— Demande à J.P. ou à Roberto, je suis certaine qu'ils s'en feront un plaisir.

C'est Pascale qui conduit le traîneau. À la barrière, J.P. s'occupe des chevaux. Pascale est à son aise pour dérégler son Alpha Romeo afin qu'elle ne puisse pas démarrer à l'heure du départ... même si un zélé insistait pour la dépanner. Ce n'est pas la première fois qu'elle utilise ce manège. Toujours une réussite.

«À nous deux maintenant, Magalia De Grandpré, ricane Pascale, en frappant sur le capot de sa bagnole. Fascination vs Plaisirs cochons.»

Mali s'assoit dans un fauteuil au milieu du salon pour goûter à la joie manifeste sur les visages de ses proches; l'ambiance de Noël les embellit. Flame s'approche de l'hôtesse.

— Pas de nouvelles, toi non plus? demande-t-elle à voix basse.

— Non, il faut absolument trouver ce million avant le 15 janvier, répond Mali sur le même ton de confidence. J.P. m'a proposé d'emprunter en engageant nos biens personnels. Je ne peux accepter. Lui-même n'a jamais voulu résoudre les problèmes financiers de sa compagnie en utilisant nos économies.

— Il a raison.

— Et puis, nous vivons dans le luxe, mais, quand la banque envoie son évaluateur, nos belles possessions perdent soudainement leur pesant d'or. Avec l'assurance sur mon emprunt et mes autres assurances, je vaux plus cher morte que vivante! Cocasse, n'est-ce pas?

— Mali! Ne parle pas comme ça! On va l'avoir ton million. Aussi vrai que c'est Noël cette nuit. Même si je dois dévaliser une banque, promet Flame, écaillant ses ongles.

Mali la dévisage. L'expression de son amie est aussi persuasive que sa voix.

— Et ton journal va devenir si rentable et influent que tu pourras aider le monde, continue Flame. C'est ça que tu veux, n'est-ce pas? s'enquiert-elle, soudain alarmée par le silence de Mali.

La propriétaire du *Nouvelliste* pense aux deux enfants disparus et retrouvés grâce à son journal, l'année précédente.

— Oui. Évidemment, je ne lève pas le nez sur l'argent. Mais tu le sais, toi, Flame; je voudrais que nous sauvions des commerces de la faillite avec nos annonces, que nous stimulions les bénévoles en publiant leurs activités, que nous éloignions des jeunes de la drogue avec nos pages de sport. Je voudrais que mon journal devienne si rentable qu'on puisse ajouter des pages et des pages pour faire plaisir à beaucoup de monde...

Mali s'arrête net.

— Je rêve.

— Non, tu ne rêves pas, Mali. Toi, tu ne rêves jamais. Je te jure que ton journal va devenir un média assez important pour que tu atteignes tes idéaux. Je te le jure. On va le trouver ce million pour janvier, et les autres paiements aussi. Ensuite, tu reprendras le contrôle du *Nouvelliste*. Ton journal va devenir ta baguette de bonheur magique. Jusqu'à ce que nous soyons deux petites vieilles et même après.

Mali sourit à Flame.

— Oui, même après. J'aime tellement la vocation de ce journal! répète Magalia De Grandpré.

Au retour de la barrière, Jean-Paul tient les rênes. Certaine de ne pas retourner à Montréal dans sa propre voiture mais bien dans celle de Jérôme, Pascale est très volubile; elle répète son appréciation pour ce que Mali fait pour elle. Sa ferme intention de séduire Jérôme compense amplement pour la satisfaction qu'elle aurait

30

éprouvée de piquer Jean-Paul à sa marraine. Moins de conséquences et aussi valorisant!

L'aventurière rentre dans le salon et recherche la compagnie de Brigitte Lamoureux.

— Dis donc, Brigitte, combien de personnes devez-vous interviewer à l'agence Choix Populaire pour avoir une idée assez exacte sur un produit dans la province? Par exemple, si...

Pascale a trouvé le sujet qui lui permettra de surveiller Jérôme tout en se rendant sympathique à sa blonde, dans le but d'obtenir un pouce à la fin du réveillon. La grande noiraude va sûrement finir la nuit chez le grand noiraud, prévoit-elle. Au pire, Jérôme va l'inviter, donc les inviter toutes les deux, à prendre un café avant de continuer le trajet. Au mieux, deux cafés et peut-être trois cafés... cognac, évidemment. Une fois le pied dans la maison de Jérôme... on verra. «*Step by step*», comme dirait Flame, «la pimbêche».

Pascale retient Brigitte avec ses questions qui attendent à la queue leu leu dans son esprit. Plus tard, l'agente de bord, qui a fait le tour du monde, la comble de renseignements cocasses sur les us et coutumes de pays exotiques. Son humour alimente l'imagination de Brigitte durant le reste de la veillée.

Vers trois heures de la nuit, au départ pour la barrière, Pascale surveille sa place près de Brigitte dans le traîneau. À travers les sentiers de Sainte-Adèle-sur-Lac, les nuitards chantent à en réveiller les orignaux; on dirait un groupe d'enfants envoûtés par la magie de Noël dans la forêt. C'est beau!

Déjà la barrière du domaine!

Embrassades, remerciements, «au revoir», «*bye-bye*» et «*tchao-tchao*» se prolongent pendant un bon vingt minutes sous les étoiles; les flocons n'ont pas cessé leur chute lente.

Au dernier «Joyeux Noël!», la voiture de Pascale ne démarre pas, tel que planifié. Brigitte lui propose un *lift*, tel que prévu. Et Jérôme leur offre d'arrêter chez lui, tel que souhaité.

Une fois arrivés à Saint-Sauveur, les trois fêtards s'installent dans la salle de séjour de Jérôme.

— Qui prend un café cognac? demande Jérôme, poussant du doigt le chargeur de disques compacts toujours en attente.

— Petit café, gros cognac, répond Pascale, attendant que Jérôme lui enlève aussi son manteau.

— Chérie, veux-tu indiquer la seconde chambre des invités à Pascale?

— Avec plaisir, répond Brigitte.

Pascale réprime sa surprise. *Eh ben dis donc! C'est encore plus simple que prévu!*

Jérôme revient avec les cafés cognac. Il a enfilé un confortable pyjama d'intérieur.

— Un peu de musique plus appropriée?

Les doigts de Brigitte parcourent les disques compacts.

— Superbe! J'aimerais écouter la *Rhapsodie hongroise n° 2* de Liszt, suggère Jérôme. C'est le classique le plus *sexy* que je connaisse, ajoute-t-il, les pieds enfouis dans la fourrure de ses énormes pantoufles indiennes.

— Je vais allumer le feu, propose Brigitte en se dirigeant vers l'âtre avec l'allure d'une maîtresse des lieux.

— Je me demande si J.P. va réussir à trouver un garagiste pour faire démarrer ma voiture, demain. Elle est toute neuve, c'est incroyable! se plaint Pascale, affalée dans le sofa en velours.

— Il n'y a rien qui garantisse qu'une voiture neuve ne cause pas d'ennuis, note Jérôme en sirotant son café bien relevé.

Pascale se rapproche et chuchote à son oreille: «Pas comme moi! Satisfaction garantie... surtout le jour de Noël.» Pascale n'est pas convaincue que ce genre de blague plaise à ce pédant de Jérôme. Mais elle n'a pas de temps à perdre.

— Un autre café cognac? offre Jérôme. Ou un cognac *straight*?

— Pas pour moi, merci, bâille Brigitte. Excusez-moi, je dors debout. Puis elle disparaît dans sa chambre.

— C'est LA *Rhapsodie* qui commence, indique Jérôme à Pascale d'un ample geste de la main en direction des haut-parleurs.

Ça prend bien un intello flyé comme lui pour se pâmer sur la Rhapsodie hongroise sexy!

Mais à mesure que le disque tourne, son opinion tourne aussi. Et finalement, aux dernières notes de la *Rhapsodie*, en remarquant presque par hasard le pyjama en molleton de son hôte, elle comprend le crescendo exaltant de Liszt... et de Jérôme. Si bien qu'au lever du soleil, Jérôme se réveille dans le lit de Pascale au lieu de celui de Brigitte.

Pourtant, l'aventure laisse un goût amer sur les lèvres de l'intrigante. Jérôme s'est endormi sans même lui faire l'amour. Il n'est pas le genre aux couchettes faciles, a-t-elle conclu, les yeux mouillés de mépris avant de s'endormir. Au bout d'une heure, elle s'est réveillée le cœur en compote, constatant le fiasco de son approche. Il a encouragé ses avances par galanterie. Ou, pis encore, parce qu'il la traite comme... un torchon ! Elle doit réparer immédiatement.

— Jérôme, j'ai perdu la tête cette nuit. Je suis tellement gênée ! Si tu savais comme ce n'est pas mon genre ! murmure-t-elle, le nez au ras du drap, jouant à la jeune fille confuse.

— Tu ne m'as pas transporté ici. C'est la *Rhapsodie*, dit-il, replaçant le médaillon en or qu'il n'enlève jamais de son cou.

— Je sais, mais je sais aussi que tu préfères... plus de classe.

— Oh, j'aime bien bambocher de temps en temps. Un large sourire confirme ses paroles.

— C'est exactement ce que je veux dire. Je ne suis pas...

— Je comprends. Oublions cette nuit. C'est Noël. Et tant de boisson !

— Tu peux vraiment oublier la façon dont je t'ai raccolé cette nuit ? Je veux dire... me crois-tu quand je te dis que c'est la première fois que je me comporte ainsi ?

— Oui. Je suis certain que la prochaine fois, ce sera différent et je ne m'endormirai pas comme une taupe. Passe me voir quand tu iras chez Mali.

Il lui dépose un bref baiser sur le front.

Pascale reprend son entrain.

Elle oublie que je suis psychanalyste, la colombe, pense Jérôme. *C'est quand même un excellent potentiel pour mes fugues. Je la garde dans mon carnet.* Puis, s'adressant à Pascale :

— Je dois vite filer dans ma chambre. Brigitte peut se réveiller d'un moment à l'autre.

Et il part en catimini.

Pascale ravale l'injuriante remarque qui lui rappelle qu'elle n'est encore qu'un second violon.

Le lendemain de Noël, à 8h30, Pascale cogne d'un poing impatient à la porte d'Amanda, sa voisine de palier.

— Il faut que tu m'accompagnes au magasin, je n'ai pas de voiture, lance-t-elle à la volée.

— Passcallle! Réveille pas lé voisins en pleine nuit! Pis mon Normand qui dort. Pour une fois qui é à la maison. Une minute, pis j't'embarque dans ma Corvette flambant neuve rouge baiser qu'i m'a ach'tée pour awoir farmé ma gueul' toute la veuillée, au party d'Nôël devant ses boss. T'as du café che-vous?

Amanda est déjà rendue dans la cuisine de Pascale.

— Oui. Mais il faut se dépêcher.

Les deux copines s'installent à la table.

— Où est-ce que j't'amène? demande Amanda, posant sa tasse vide sur le napperon.

— Je veux séduire un illuminé qui jouit sur la *Rhapsodie hongroise* de Liszt. J'admets que c'est un crescendo vachement *sexy*, mais c'est court comme un résumé. Je dois en manigancer la progression moi-même. Tu vas m'aider?

— Aïe, oui!

— Viens, je t'expliquerai ça en chemin.

Les amies papotent jusqu'au magasin Archambault.

— [...] je commencerai d'abord par un solo de cinq minutes au saxophone. Ensuite, je jouerai la *Rhapsodie* au piano, répétant six ou sept fois certains passages. Puis, sur mon sax, je vais éterniser des trémolos et des tirades langoureuses sur certaines notes trop sages de Liszt. Finalement, j'enregistrerai MON arrangement au saxophone, par-dessus MA rhapsodie au piano. On achète les feuilles de musique ici, dit Pascale en franchissant l'entrée du plus ancien magasin de musique de Montréal.

La comploteuse choisit un beau «Brummel» parmi les vendeurs inoccupés et repère son nom sur le revers de sa veste: Hubert.

— Hubert, je voudrais la *Rhapsodie hongroise n° 2* de Liszt, par Charles Dutoit et l'Orchestre symphonique de Montréal.

Hubert ouvre grands les yeux devant cette apparition pour le moins emballante.

— Charles Dutoit ne l'a pas enregistrée, que je sache.

— Qu'entends-je! Il-ne-l'a-pas-encore-enregistrée? On dirait qu'il a un orgasme chaque fois qu'il la dirige en public!

Pascale s'amuse à être vulgaire en présence d'Amanda. Elle n'a jamais compris l'alliance entre Normand, dont la distinction est empanachée d'un français châtié, avec cette «parvenue sans manières au langage de fond de cour».

— Je l'ai sur cassette avec Balint Vazsonyl au piano, tente Hubert, la voix frétillante.

Toujours flanquée d'Amanda, Pascale quitte le magasin avec les vingt rhapsodies de Liszt et ses feuilles de musique.

— Quoi qu'tu vâs faire avec vingt rhapsodies?

Amanda est toujours éberluée par la rapidité de Pascale pour acheter.

— Je vais enregistrer les meilleures pour le souper. Mon mec va commencer à bander doucement... Je t'ai dit que c'était un illuminé.

— Lumière ou pas, du piano en s'gavant, ça réchauffe son homme. Pis ça fait *classy* en plus.

Pascale saute dans la voiture d'Amanda.

— Justement, mon Jules c'est du haut de gamme.

— Eh ben, y va pianoter longtemps!

* * *

Étendue sur le sofa, dans la pénombre, en compagnie d'un succulent Pineau des Charentes, Pascale donne toutes les chances à la *Rhapsodie n° 2* de Liszt, interprétée au piano. *Il a raison, ce polisson de Jérôme.*

Elle prend son saxophone, emprunte une mimique théâtrale et proclame, la tête levée vers le ciel:

— Monsieur Liszt, sauf le respect dû à votre génie, je dois modifier votre chef-d'œuvre.

Durant des heures, Pascale pratique SA rhapsodie.

— Fameux! conclut-elle, dans la soirée, ce sera fameux!

Le lendemain après-midi, elle cogne à nouveau à la porte d'Amanda.

— J'ai une heure et vingt minutes. Il me manque dix minutes pour faire une heure et demie, se plaint-elle dès que sa voisine montre son nez.

— Arrive qu'on essaye, répond Amanda en rentrant dans l'appartement de Pascale. Wouâou! T'y a mis l'atmosphère! On jurerait qu'cé à soir le grand siége! T'âs ton programme en plus?

COMMENT SÉDUIRE J.P., lit-elle.

— Mais J.P., c'é l'mari d'ta marraine!

Amanda prend un petit air scandalisé.

— Amanda! Je ne suis pas folle. Tu ne le connais pas ce J.P.-là.

— T'é sûre? Parce que moé, j'veux pas avoir d'histoaires avec lé journal.

Amanda fait le tour de la pièce:

— Aïe! Té bourrée d'inspiration avec cte noirceur, cé grosses chandelles, ct'odeur, pis... keksékt'é en train d'te mett' sul'dos? Té pâs supposée arriver en habit d'ski, comme si tu pâssais par adon?

Amanda tourne autour de Pascale en signe de désapprobation.

— Je vais avoir deux ensembles, un pour rentrer et un pour... qu'il rentre.

— Pas avec c'te défroque blanche qui cache ton cul! Si tu t'accoutr' comme çâ, j'ai pu peur que t'attrapes mon Normand.

Elle éclate de rire à se tordre.

Pascale reste muette devant la pertinence de la blague. Ce n'est certainement pas le moment de dire à Amanda que ce chandail, «qui cach' toutte», a traversé l'Atlantique dans la valise de son mari.

— On commence? demande-t-elle simplement.

36

Puis, elle insuffle son désir intense d'ensorceler Jérôme dans son solo au saxophone.

— Wouâou! lance Amanda, tu vas l'pogner ton mec! Une heure et demie? Té sûre qu'tu pousses pâs trop?

Une fois seule, Pascale repasse dans sa tête chaque geste de strip-tease pour chaque note.

Mais attention! chantonne-t-elle, avec Jérôme, ce sont les pirouettes du dimanche. Après tout, il n'est peut-être pas si demeuré, avec son crescendo «*sexy*-Lisztsé».

2

«Je t'ai apporté un cadeau», annonce Émile à Flame en déposant son inséparable trousse sur le plancher des pas perdus de l'aéroport de Dorval. «Ce voyage à Québec a été prodigieux.»

Flame ouvre la boîte sans emballage ni ruban. C'est une statuette en porcelaine qui représente un malade à l'agonie assisté d'un médecin. Rien de tellement gai, mais c'est la première fois que son mari lui rapporte quelque chose d'un voyage professionnel. Il est méconnaissable.

À la maison, une surprise encore plus inédite amuse Flame et l'intrigue autant.

— Je vais te révéler un très grand secret, lui proclame Émile.

Jamais le scientifique Duval ne risque des confidences, et sa femme adore les secrets.

— Allons dîner à l'extérieur, ajoute-t-il.

Flame se retourne, bouche bée.

— *My, my!* Mon respectable époux accepte de manger à l'extérieur!

Les restaurants, la belle rousse les connaît avec Mali ou ses amants. Émile, lui, tient à ce qu'elle prépare ses repas. Flame est un vrai cordon-bleu, et il n'a jamais le temps de sortir. Elle se trouve plus à l'aise à dorloter son compagnon dans sa maison propre comme un sou neuf.

— Choisis ton ensemble le plus chic, car nous allons au Neuf-châtel, ajoute-t-il.

— Mon mari qui s'occupe de mode maintenant! *Good Lord!* C'est un vrai secret, lance-t-elle, joyeuse, en se précipitant vers sa penderie.

Au restaurant, le maître d'hôtel semble particulièrement honoré d'offrir une rose à cette spectaculaire nouvelle cliente. Il admire sans réserve ses cheveux retenus par une barrette en émeraude et placés sur une robe vert irlandais dénudée de bijoux.

Flame n'attend pas que le serveur pose leur Campari sur la table pour bombarder Émile de questions:

— Alors, ton secret?

— D'abord, insiste le scientifique très mystérieux, il faut que tu me jures de n'en parler à personne. Je pourrais perdre mon droit de pratique. Pis encore, je risquerais d'aller en prison.

— *Good Lord*, ta nouvelle sent mauvais! Pourquoi as-tu l'air si heureux? s'étonne Flame.

Émile se penche vers sa femme et lui dit à voix basse:

— J'attendais d'être bien certain pour te l'apprendre. Depuis longtemps, je te casse la tête avec le projet sur lequel nous avons travaillé pendant des années, à l'institut Armand-Frappier.

— Les recherches que tu t'obstines à continuer en solo dans ton laboratoire depuis que l'Institut a relayé le dossier dans la filière des recherches abandonnées?

— Exactement.

— Tu as fait un pas de géant sur la piste abandonnée, je parie? *My, my!*

Le scientifique se méfie des oreilles indiscrètes autour d'eux et parle encore plus bas. Ses yeux brillent presque. Il confie:

— J'ai découvert un médicament qui guérit le sida.

— *Good Lord, dear!* Pourquoi parles-tu de prison et de perdre ton droit de pratique? Tu retournes au temps de Galilée!

— Parce qu'il y a un problème. Dernièrement, j'ai administré mon médicament à un médecin.

— Et puis?

— Et puis, il a passé de nouveaux tests et a reçu le résultat aujourd'hui. Négatif. Aucune trace du sida.

— Alors, où est le problème ?

Émile redoute la réaction de Flame.

— Je ne veux pas faire breveter mon médicament pour le moment.

— *Good Lord!* Pourquoi pas ? Tu sauverais des vies et des vies. Tu recevrais le prix Nobel. On deviendrait riches, très riches. Et tu serais célèbre.

Flame ne peut s'empêcher de penser aux millions qui sauveraient le journal de Mali. *Comme tout s'arrange !* s'émerveille-t-elle. Son ton a monté d'un cran. Émile lui prend la main et continue ses explications sans hausser la voix.

— Justement, je n'ai pas envie de devenir célèbre. Et surtout, je veux utiliser ma découverte immédiatement. Avec les procédures à suivre, ce remède ne serait pas sur le marché avant des années.

— *Good Lord*, Émile ! Tu sais bien que le monde entier pousserait sur la machine politique ou sur quelque comité qui retarderait d'une seconde la propagation d'un remède contre le sida.

— Tu serais estomaquée de voir le jeu de la politique dans le domaine pharmaceutique. Dans tous les secteurs où il y a de l'argent, d'ailleurs. Et puis, j'ai choisi de continuer mes évaluations seul. Je suis prudent, je ne l'utilise que sur des personnes qui vont mourir et je ne le dis à personne. Personne.

— Ce médecin que tu as guéri...

— Je t'explique : je lui ai fait jurer que s'il guérissait, il ne poserait pas de question et il n'attirerait pas l'attention sur « le miracle ». Il avait réussi à cacher sa maladie en envoyant son sang au laboratoire sous un nom fictif pour les tests.

— *Good Lord!* Mon mari va sauver le monde ! Mais pourquoi rester dans l'ombre et pourquoi ne pas devenir milliardaires ? Flame se met à écailler ses ongles.

— Nous le deviendrons. Je ne veux pas attendre pour étudier les symptômes et je veux les voir disparaître moi-même. Pour un chercheur, constater les effets de sa découverte est inexprimable.

Émile parle d'un ton plus sec, plus catégorique. Ses manières de confidence demeurent, cependant.

— Tu sais bien qu'une telle découverte ne peut rester secrète longtemps. Explique-moi comment tu peux guérir des gens sans que personne ne s'en aperçoive? Lorsqu'un sidéen se meurt...

— Je t'explique: le cas de ce médecin que j'ai guéri est unique. Il ne parlera jamais. Pour les autres, je soigne seulement des personnes séropositives qui n'ont pas trop de symptômes apparents. À Québec, par exemple, il y a un groupe d'homosexuels que je connais. Ici, à Montréal, et à la clinique, il y a des femmes, des enfants, des hommes sidéens qui ignorent leur état. Quand je pose mon diagnostic, je n'ai qu'à les guérir sans rien révéler.

— Mais si ces rescapés ne le savent pas, ils vont continuer à avoir des relations sexuelles sans se protéger et redeviendront séropositifs.

Flame attaque les hors-d'œuvre.

— J'insiste pour qu'ils apprennent à se protéger. S'ils s'obstinent dans le risque, ils auront eu leur chance. Un jour, peut-être que je leur dirai qu'ils ont déjà été condamnés à mort. Mon problème, c'est l'argent. Chaque injection coûte très cher. Je vais te demander un geste difficile.

Flame voit où Émile veut en venir. *Non! non! non!*

Le scientifique continue, étouffant ses scrupules:

— J'aimerais qu'on attende pour dépenser le demi-million que ta tante nous laissera bientôt en héritage... jusqu'à ce que le médicament soit commercialisé. Je voudrais me servir de cet argent pour créer des antidotes.

Il imagine combien de plans Flame a échafaudés avec cet héritage. Il connaît sa femme. Par contre, elle est plus philanthrope que lui. Il a confiance.

— De combien de temps as-tu besoin? demande-t-elle, en rattrapant sa serviette de table glissée par terre.

Émile devient évasif, cherche ses mots, fixe la nappe:

— Je ne le sais pas... une dizaine de mois peut-être... avant d'effectuer les démarches pour obtenir le brevet. Et après... En attendant, je veux faire une balade dans la science, seul.

41

— Plus que quelques mois! Tu veux dire qu'avant un an, on ne pourra rien dépenser alors qu'on pourrait devenir archimillionnaires. C'est démentiel. Tu ne guériras pas autant de personnes que si tu le commercialisais immédiatement. Et tu risques que quelqu'un d'autre trouve un vaccin.

Les yeux de Flame lancent des éclairs. *Je n'attendrai pas si longtemps pour régler le cas du journal de Mali. No! No! No!*

— Il y a peu de risques. Comme tu le sais, j'ai créé ma formule en travaillant d'une façon différente des autres. Je...

Flame n'écoute plus. Elle n'a pas l'intention de laisser Mali se débrouiller seule pour satisfaire l'égoïsme de son mari. Et le sida qui se répand. Elle bouffe et bouffe, sans rien goûter. De son côté, Émile voit que les détails techniques ne représentent aucun intérêt pour elle, ce soir. Pas question de changer d'idée, mais il n'aime pas voir Flame fâchée. Dans l'intention de toucher sa corde sensible, il lui reproche gentiment:

— Je suis surpris que tu t'opposes à ma façon de procéder, toi qui aimes tant aider les miséreux.

— Justement, on les aiderait bien plus. Les pauvres obtiennent leurs médicaments gratuitement au Québec.

— Durant la période où un remède est utilisé sous forme de recherches, oui. Les «cobayes» volontaires peuvent être pauvres ou riches, mais entre le temps où le produit est reconnu et le moment où il est accepté par l'assurance provinciale, les coûts ne sont pas défrayés par le gouvernement. Alors, là, il n'y a que les riches qui peuvent se le permettre.

— Tu pourrais ouvrir un centre pour défavorisés. Nous aiderions les pauvres autant que les riches. Le monde courrait pour fournir de l'argent à ta fondation! Nous sommes en plein fléau, tu le sais bien. Le sida concerne toutes les personnes de la planète entière.

— Pour parler franchement, je préfère suivre l'évolution de ma découverte, dépister moi-même les effets secondaires... s'il y en a. J'aime travailler seul.

— Je te trouve égoïste dans ton dévouement. Comme d'habitude, tu penses à ta science, pas aux malades.

Soudain, Flame a le cœur qui lui fait mal. Le cadeau, le souper au restaurant... c'était pour la convaincre d'attendre avant d'entamer l'héritage. La générosité d'Émile cache toujours un calcul.

Flame sait qu'elle n'obtiendra rien, ce soir. Émile est trop emporté par l'envie de savourer seul les fruits de SON œuvre. Il oublie le travail de plusieurs années en collaboration à l'institut Armand-Frappier. Il ne pense qu'à lui. À personne d'autre. Les cloches sonneront un autre jour!

Après un instant de réflexion, elle déclare:

— Célébrons la découverte du siècle et le génie de mon mari.

Émile joue au naïf:

— Bon, je savais que tu comprendrais. Je retourne à Québec demain, très tôt. Je rencontre sept sidéens. Je ne te réveillerai pas avant de partir.

— Quand reviens-tu de Québec?

— Ce sera un voyage épuisant, mais je tiens à revenir souper à la maison.

* * *

L'horloge de parquet carillonne ses six coups vieillots alors que le téléphone enchaîne avec un septième son plus moderne. C'est Émile qui est en panne sur l'autoroute près du pont Jacques-Cartier.

— [...] J'ai administré toutes les injections que j'ai apportées, les sept. Je vais en fabriquer d'autres à mon retour, répète-t-il pour la deuxième fois.

— Tu ne gardes pas de réserve? s'inquiète Flame.

— Oui, toujours. Dans le réfrigérateur du laboratoire.

Depuis six minutes, Émile raconte ses exploits sans interruption. Il ne parle pas comme une personne en panne, après une longue journée de travail, sa voix tonne d'enthousiasme:

— [...] Ça me soulage que tu comprennes pour l'argent. Il y a une satisfaction que je ne peux pas décrire, à toucher moi-même et seul aux résultats de mes recherches. Les effets de ma découverte me renversent... Oh, je vois la dépanneuse dans mon rétroviseur!

43

Ça ne sera plus long, maintenant. Il n'y a pas de trafic. S'il faut laisser la voiture au garage, je prendrai un taxi.

Clic !

Flame replace le combiné. *Ou il ne dit pas un mot ou il parle seul !* remarque-t-elle pour la énième fois.

La table est mise. L'odeur du rosbif a franchi les murs de la cuisine, depuis plusieurs minutes. Deux longues allumettes colorées attendent sur le chambranle du foyer du salon qu'on entrevoit de la salle à manger. Dix-neuf heures, a dit Émile. L'horloge marque 19 h 10. Flame augmente le volume de la radio et prend un livre.

L'entêtement d'Émile à cacher sa découverte l'emporte sur le suspense du roman. Comment réussir à lui faire comprendre qu'en plus de s'adonner à un jeu dangereux, il nuit à la science ? Que des milliers de personnes vont mourir entre-temps ? Par-dessus le marché, au lieu de profiter de l'héritage en attendant de devenir milliardaire, elle devra l'encourager à concocter des médicaments en silence pour satisfaire son ego.

La rêveuse ferme son livre. Elle sourit. *Et Mali reprendrait le contrôle total de son* Nouvelliste, *évidemment*, s'avoue-t-elle, soulagée à la seule perspective de ne pas avoir à dévaliser une banque pour lui offrir son million rubis sur l'ongle.

Flame se lève pour aller vérifier à la porte. Émile est si obsédé par sa découverte qu'il peut oublier de sonner. Personne sur le perron. Elle retourne à ses réflexions, rageant sur le besoin de son mari d'avancer seul dans ses recherches, de s'épater et de contempler ses résultats.

Flame connaît l'égoïsme de son mari. C'est comme un petit secret entre eux. Elle l'en excuse, indulgente par nature. Cependant, elle n'a jamais compris comment on pouvait vivre si replié sur soi, étranger aux besoins des êtres humains pris individuellement. *À part Elsa, il n'a aucun intérêt pour qui que ce soit. Je parie qu'il parle avec ses fioles. Même Elsa l'intéressera-t-elle autant quand il perdra son emprise sur elle ?* Flame secoue la tête.

D'où me viennent ces idées noires? My, my! Elle s'efforce de penser à Mali. Mali, si généreuse, si aimante.

* * *

Émile replace vite le combiné et... ses yeux incrédules suivent, sans comprendre, la dépanneuse déjà à cinq cents pieds de sa voiture gelée. Fausse alarme.

Quelques minutes plus tard, l'esseulé affronte le tableau indicateur. Plus d'essence à une température de quinze degrés sous zéro. Trop heureux pour se fâcher de sa distraction, il ferme les yeux et continue de se concentrer sur sa découverte.

Soudain, trois jeunes hommes descendent en même temps d'une dépanneuse sortie il ne sait d'où. Bière à la main, les compères ne sentent pas le froid. Rien ne presse non plus.

— De la bière? C'est dangereux au volant, leur reproche Émile, scandalisé.

Il ne peut croire que ces trois pompettes sont sa seule chance de survie...

— C'est pas l'temps des fêtes sur l'autoroute, le vieux? *Cool, cool*, fais-nous confiance, on sait «chauffer», rassure la voix pâteuse du chauffeur.

— Confiance! répète Émile, sarcastique.

Le savant essaie de se convaincre qu'une seule bière n'embrouille pas les réflexes.

— Débarque, qu'on la grimpe sur la remorque, crie le plus gros des trois. Le deuxième prend le volant de la voiture pendant que le dernier étudie la disposition des véhicules pour diriger les manœuvres. Une autre bière et quelques jurons plus tard, le chauffeur mâchonne:

— O.K., on embraye.

Et il se dirige vers la cabine avant. Émile suit.

— Toi, tu restes dans l'auto.

Gelé jusqu'aux os depuis une bonne demi-heure, Émile insiste pour monter avec eux, quitte à rester debout.

— Ce n'est pas légal. La police... argumente-t-il.

Les trois gars se regardent et pouffent de rire.

Le chauffeur nargue:

— Cherche une police par un froid comme ça. Tu vas être mieux dans ta BMW, va!

Le scientifique dévisage ses mauvais samaritains et analyse vite les forces disproportionnées à la sienne. Trois colosses qui font cinq fois son mètre soixante ainsi que ses soixante kilos. *Et s'ils optaient pour me laisser ici, ballotté par la rafale, sans chapeau et sans bottes...* Émile mouche son nez rouge, plisse sa bouche et prend place dans la voiture remorquée en maugréant. Mais rien ne peut altérer sa bonne humeur. Il se «faux-fuiera» dans le succès de sa découverte le long du parcours.

Chaque entrée de l'autoroute ajoute des frissons aux grelottements du remorqué. C'est le deuxième véhicule qu'il y voit faire la toupie. Depuis ce matin, les voitures roulent sur des rues déneigées, partout. Qui peut deviner que sur la voie de droite de l'autoroute, la neige fondue en bordure a formé des plaques de glace vive à la suite d'une baisse de la température? «Le dépanné» n'a jamais eu la prétention de voler la vedette avec la beauté de son physique, mais il se sent plus microscopique que jamais dans la nuit glaciale. Les bourrasques de neige givrent les pare-brise. Émile protège du bras ses petits yeux pers chaque fois qu'un automobiliste aperçoit, un peu tard, la remorque mal éclairée et sans avertisseur. Ses gants lui manquent. Le chercheur s'imagine dans la calme atmosphère de son laboratoire... Devant un bon rosbif avec Flame, tellement attentive et maternelle! Il a hâte de se sentir réconforté par son écoute quand il lui racontera sa mésaventure. Heureusement qu'elle ne s'est pas trop objectée pour sacrifier l'argent, se réjouit-il. Il apprécie qu'elle comprenne son besoin de travailler seul... plus précisément, qu'elle l'excuse.

Le pauvre miséreux en panne et en panique respire mieux lorsqu'il entrevoit la dernière entrée avant le pont Jacques-Cartier, à travers ses lunettes remplies de buée. *Ouf! tout un voyage! Salut, Montréal, belle déblayée!*

Émile remarque à sa gauche une citerne roulant sur la voie de service en parallèle avec la dépanneuse qui le traîne. Puis, la dépanneuse se tasse sur la voie de gauche. *Ouf! Sauvés!* Le camion, dont les pneus sont solidement rivés au sol, continue à une vitesse normalement très acceptable sur une artère secondaire ou à une entrée d'autoroute.

— Attention, Maurice, la *van*! à droite, la glace! crie Willie dans la cabine de la dépanneuse.

Le fourgon roulant sur l'asphalte emprunte l'autoroute déneigée sans ralentir et sans se méfier de la plaque de glace sur la voie de droite.

— Maurice, arrête, la *van*! Pèse, la glace!

Maurice accélère. La dépanneuse est encore trop près du poids lourd... qui pivote sur la chaussée glissante et vire sur lui-même. Impossible d'arrêter son mouvement.

Flame, pardonne-moi!

Incapable de freiner, Maurice épargne la cabine de la dépanneuse avant le second dérapage du fourgon, sans réussir, cependant, à prendre suffisamment de vitesse pour s'écarter du chemin.

Elsa! Elsa! Elsa!...

L'arrière du camion rempli d'essence fonce droit sur la voiture remorquée.

*   *   *

Au salon funéraire, Flame est plus tourmentée par la douleur de sa fille Elsa que par la perte de son mari.

Agenouillée devant la photo placée sur le cercueil fermé d'Émile, la nouvelle veuve essaie de se concentrer sur les bons moments de sa vie passée avec son second mari, ce chercheur taciturne, qui lui a quand même donné Elsa...

Devant la tombe, elle préfère oublier qu'il l'a séparée d'Antoine, le fils chéri né de son premier mariage avec Bernard. Elle se remémore leur dernier souper au Neufchâtel, se félicite de ne pas avoir trop insisté et d'avoir fêté avec lui, avant-hier. Ainsi, elle n'a pas gâché son dernier plaisir de vivre seul avec sa découverte. Maintenant, le vaccin va se propager dans le monde entier et son mari sera mort heureux.

Tout en épiant Flame au salon mortuaire, Pascale réalise que sa rivale aura maintenant encore plus de temps à consacrer à Mali. *Merde! C'est moi la filleule de Mali. La* Roast-Beef *devrait retourner sous la pluie.*

47

Le lendemain, à la très sobre réception chez tante Jackie, à la suite des funérailles, Pascale est encore plus révoltée. Elle n'y comprend rien. Cet hurluberlu de Jérôme a l'air de consoler Mali plus que Flame. Et l'endeuillée, un peu trop en forme, se préoccupe de savoir si Mali est toujours bien entourée. *Une bande de cinglés!*

* * *

Tournant le dos aux gens éplorés, la filleule de Mali se rend chez Osmose, à Laval, pour trois jours de beauté: hydrothérapie, massages, enveloppements d'algues, diète de désintoxication, tout, tout, tout pour le grand soir du 2 janvier. *La belle rousse ne mourra pas de chagrin, ça c'est sûr. Elle faisait plutôt mondaine dans sa robe marine collée sur le corps, du cou jusqu'à la cheville*, pense-t-elle, en ce dernier jour de l'année, relaxant sous le séchoir au chic salon Johanne Lajeunesse, boulevard Saint-Martin.

Durant sa promenade matinale, le matin du jour de l'An, Pascale s'interroge sur le Dr Poupart. Elle n'arrive pas à s'expliquer que Jérôme ait l'air affecté presque autant qu'Elsa, à sa façon «psy», évidemment. On aurait juré qu'il venait de perdre son fils. C'est vrai que des types comme «le muet» sont compris par les *shrinks*, en déduit-elle. Il devait l'aider à se supporter.

Pas de sortie pour Pascale en ce premier jour de l'année mille neuf cent quatre-vingt-quatorze. Il lui faut connaître et manipuler avec aisance le réseau de fermetures éclair invisibles et les autres artifices de séduction dissimulés dans le chandail en angora blanc.

Cette pièce d'art est le premier vrai cadeau que Pascale ait reçu d'un homme. Et c'est Flame, «envoyée» de Mali, qui insiste depuis des années pour qu'elle apprenne à se faire gâter par ses amants. «Aie des amants à la douzaine, lui répète souvent Flame, car c'est évident que tu ne veux pas t'engager. Mais cesse de toujours jouer le deuxième violon, de penser que tu ne mérites pas un traitement de première classe!»

Finalement, après dix ans de supplice à écouter Flame disserter sur les bénéfices de la courtisanerie, Pascale a obtenu ce fameux chandail.

Après son souper de Noël, Pascale l'a montré à Flame qui s'est extasiée devant les propriétés magiques de la parure capiteuse

48

en angora blanc. Flame a versé quelques gouttes de parfum dans les fils qui s'y ramifient, imperceptibles. Ignorant l'objet de la séduction de Pascale, elle s'est délectée de la voir exécuter une esquisse de sa chorégraphie, y a même suggéré des gestes. Et elle s'est pâmée d'admiration en écoutant un passage de l'arrangement musical de SA *Rhapsodie* «saxophonée»!

À 20h, Pascale déguste une camomille en ricanant de la naïveté de Flame. Et elle savoure d'avance le triomphe du grand lendemain.

Demain, c'est aujourd'hui. Pascale ouvre le rideau de la fenêtre de sa chambre. «Quel soleil éblouissant vient éclairer mes trois complices! ricane-t-elle encore devant la cassette de SA *Rhapsodie hongroise*, ses sept chandelles multicolores et son chandail magique, disposés sur le fauteuil près de son lit.»

Après un brunch canadien «petites portions» aux œufs, au bacon, aux cretons et aux fèves au lard, elle prend l'autobus pour aller chercher sa voiture au garage de Sainte-Adèle.

* * *

Pascale frissonne devant la haute porte d'une maison en pierres grises, au milieu des conifères, à Saint-Sauveur. Jérôme, emmitouflé dans son accoutrement d'après-ski, apparaît, verre à la main, sortant de la salle de séjour remplie d'amis, debout, assis ou étendus autour du feu de foyer.

— Ah! bonjour, Pascale. Quel bon vent t'emmène? Entre vite.

Il s'écarte pour la laisser passer.

— J'espère que je ne te dérange pas? Je passais. Ils ont réparé ma voiture et...

— Me déranger? Pas du tout! Tu tombes bien. J'ai des amis.

Il entoure la taille de Pascale, la conduit vers le joyeux rassemblement. *Merde ! Cette bande de cons est mieux de déguerpir de bonne heure!* Les œillades de Pascale qui déshabillent et caressent Jérôme transmettent son message aux invités. En une heure, la place est libre.

— Viens près du feu, Pascale, lui dit Jérôme une fois seul avec elle. On goûte encore mieux au contraste du confort intérieur avec la neige et le givre sur les vitres. Le souper devrait arriver d'une minute à l'autre. Il y a des traiteurs extraordinaires à Saint-Sauveur et ils livrent chaud.

— Tu as fait ça pour moi? demande Pascale, franchement surprise.

— Oui. Pendant que les invités étaient ici, j'ai téléphoné pour demander le service royal.

Il lui tend une coupe de champagne.

— J'ai une surprise moi aussi, annonce-t-elle, sentimentale. J'ai apporté ma propre musique. De plus, j'ai apporté mes propres chandelles.

— Ah oui? C'est une idée superbe, dit Jérôme qui se prépare à l'une de ses orgies discrètes dont il avait justement envie ce soir. Pascale est exactement celle qu'il lui faut. Facile, vicieuse et pas bavarde.

— Je suis allée au garage pour ma voiture et j'ai apporté une petite valise, car j'avais l'intention d'aller chez Mali, et...

— Superbe! Je vais la prendre. Tu t'en serviras mieux ici.

Pascale monte dans la chambre d'amis chercher la longue et large peau de lapin qu'elle dispose près du feu ainsi que deux coussins bien rembourrés également recouverts de lapin blanc. *Ça, c'est pour l'apothéose*, se promet-elle.

— Mets-toi à l'aise, suggère Jérôme en déposant le sac de voyage auprès d'elle.

3

— Quel régal! s'exclame Pascale, une seconde fois, en savourant la dernière bouchée du copieux repas que Jérôme Poupart continue d'arroser de champagne.

— Ce qu'elles sont transportantes, ces rhapsodies! Ah! ce Liszt!

— Tu me l'as fait découvrir, murmure Pascale, en l'enveloppant d'une invite mi-sensuelle, mi-romantique.

Elle lève un peu plus haut son nez retroussé, fronce ses sourcils, insuffle volupté et désir dans ses grands yeux noirs. Puis, elle ajoute à mi-voix:

— Maintenant, quand je l'écoute, j'en ai des frissons.

La pénombre de la salle de séjour et les sept chandelles hautes et larges, allumées sur la table, flattent les trente-trois ans de Pascale et enjolivent davantage les pommettes saillantes de son visage carré. Le play-boy est quand même surpris de ne pas y retrouver ce regard de nymphomane de la nuit de Noël.

Il admire ses cheveux noirs coupés courts, très à la mode, avec une longue mèche isolée qu'elle utilise comme accroche-cœur. Ce soir, Pascale a choisi de descendre sa boucle de cheveux vers sa poitrine encore drapée de son mystérieux chandail. «C'est un pull truffé de gadgets, spécialement conçu pour faire l'amour», a déclaré Normand, le mari de sa voisine de palier, Amanda, quand il lui a rapporté de France cette merveille d'astuces.

Le feu dans la cheminée, les sifflements de la tempête, la musique hongroise, le repas arrosé de champagne, tellement de champagne et Pascale... Pascale qui tient Jérôme sous son regard d'une candeur aguichante... Pascale qui avait trop chaud et qui vient de laisser tomber, sans s'en rendre compte, l'immense col de son chandail en angora blanc... Pascale qui a l'air d'ignorer l'exposition de ses seins et de son nombril dans l'entrebâillement de son tricot tenu comme par magie... Pascale qui lèche des grains de raisin avec tant de sensualité, traînant entre ses doigts la grappe humide aussi appétissante que sa bouche... Pascale qui ne semble pas du tout disposée à une nuit de débauche, mais plutôt à une soirée romantique, encore plus désirable... Pascale qui...

— Que tu es troublante!

Jérôme sent son vice l'emporter. Une tache de regret assombrit son plaisir, mais sa dépendance sexuelle l'efface aussitôt et le voilà parti pour la gloire. Il enlève ses lunettes, dont il ne semble plus avoir besoin.

Pascale ne bouge pas, elle continue de fixer Jérôme, comme s'il l'avait hypnotisée. Elle lèche lascivement un autre grain de raisin. Sa longue main est-elle aussi sensuelle qu'hier devant le miroir? Pourquoi pas. Et ces petits fruits rondelets donnent certainement envie de croquer sa bouche.

Jérôme est pris au dépourvu. Ce qui l'excite davantage.

— Encore un peu de champagne? C'est le vin de l'amour disent les Français... Et garde-toi de la place pour la bûche. Un repas des fêtes n'est pas complet sans la bûche traditionnelle ni... sans les vœux traditionnels de bonne et heureuse année, continue-t-il, en se levant vers sa séductrice pour l'embrasser.

Pascale profite de leur étreinte pour balayer sa peau avec l'angora blanc, encore plus bas sur sa poitrine.

Elle doit arrêter ce baiser, cependant. Elle a pratiqué sa chorégraphie trop longtemps pour en déroger, et il reste encore quinze minutes avant SON solo de saxophone.

— Et la bûche? demande-t-elle, mi-taquine, mi-invitante.

Alors c'est le jeu du chandail qui recommence pour de bon. Le cou... les épaules... doucement... Demi-lune sur le sein gauche... *Il faut le retenir jusqu'à la fin de MA* Rhapsodie!

Maintenant, il s'agit de pulvériser le magnétisme intellectuel que Mali opère sur lui. Pour cela, il faut faire escale dans le romantisme. Puis, sa séduction aura le champ libre pour l'accrocher vraiment. Par les couilles, pas avec quelque mirage cérébral hors de son champ d'opération.

Romantisme... émotion... se répète la guerrière du sexe. Dans quelques minutes, les premières notes de SA *Rhapsodie* imprégneront le salon de sensualité. Pour cet instant fatidique, leurs corps doivent être proches l'un de l'autre.

D'un preste mouvement, elle dénude une partie plus généreuse de son sein gauche et prend la main de Jérôme dans la sienne. Elle se penche légèrement vers lui, dépose ses lèvres à côté des siennes et murmure:

— Dansons sur la plus *sexy* des musiques.

Jérôme écoute les premières notes, se questionne; il est envoûté.

— Qui interprète la *Rhapsodie hongroise* au sax? demande-t-il. Je n'ai pas cet arrangement.

— C'est moi, glisse-t-elle, sulfureuse, à son oreille.

— Toi?... Excitant! abominablement excitant!

Jubilante, elle presse sa poitrine à moitié découverte sur le visage de Jérôme.

SON solo musical, de plus en plus lascif, a l'effet prévu. Le moment est venu de tirer sur un cordonnet de son chandail. Lentement, progressivement, un réseau de fils impalpables vaporisent sa peau d'un parfum aphrodisiaque. Jérôme plaque tout son corps sur celui de Pascale. Pressant fort ses lèvres sur les siennes, il saisit frénétiquement ses deux fesses pour s'agglutiner contre son sexe. Pascale ne bouge pas. Juste le temps de laisser Jérôme s'apercevoir qu'elle ne porte rien sous son chandail et que ses bas noirs s'arrêtent haut sur sa cuisse, retenus par une dentelle satinée. Puis doucement, elle se dégage de son étreinte, gardant toujours ses yeux rivés sur ceux de Jérôme.

Pascale sait maintenant que Jérôme brûle du désir de la pénétrer. Il est fou de cette main sur ses lèvres entrouvertes. Fou de ces ongles rouges posés sur sa mèche de cheveux longeant sa gorge jusqu'à sa poitrine, fou de son index soudainement immobile entre ses deux seins, seul sur sa peau, en accord avec les notes fièvreuses de SA *Rhapsodie*...

Alors que SA musique se fait plus tonnante, son chandail va choir sur sa taille. La bouche de Jérôme englobe le sein de Pascale avec une ardeur affolante.

Mollo, mollo, calcule Pascale. Elle cherche un moyen de freiner un peu sa fougue pour suivre le rythme de SA musique revenue aux notes languissantes.

Elle entoure de ses mains la tête de Jérôme et la masse en suivant le tempo de SA *Rhapsodie*. Doucement, puis agressivement, entraînée par sa propre musique.

— J'ai la tête qui flotte dans la mousse! déraille Jérôme.

Pascale connaît cette sensation érotique expérimentée tant de fois lors de ses séjours aux Indes comme agente de bord.

Peu à peu, elle caresse plus qu'elle ne masse la tête de Jérôme. La bouche du captif répond à son ardeur sur le sein de Pascale. Soudain, en accord avec le passage musical, d'un geste aussi rapide qu'imprévu, elle recule la tête de sa proie et colle ses lèvres sur les siennes.

Avec sa cuisse droite, elle pousse Jérôme, à chaque mesure un peu plus près de la peau de lapin, jusqu'à ce que le passage choisi entame SA tirade. Alors, à l'aide de son corps, l'ensorceleuse allonge doucement sa victime sur la fourrure moelleuse.

Pascale relève le chandail de Jérôme, brossant son torse nu de sa poitrine brûlante. Leurs corps, leurs paumes et leurs bras allongés s'effleurent, immobiles. Pascale s'attarde, ainsi rivée, quelques instants, entretenant l'impatience du pénis de Jérôme, toujours prisonnier de son pantalon. Leurs corps restent aux aguets d'une variation plus endiablée de SA *Rhapsodie*.

Puis, abandonnant Jérôme à moitié nu dans le confort douillet de la peau de lapin, elle commence à danser sur la chorégraphie qu'elle a conçue. Pascale se déhanche en guise de paroles sur la musique de Liszt, dans l'ombre orangée du foyer et des chandelles. Suivant le fil des notes et le jeu des fermetures éclair, le chandail descend, descend, descend... et l'angora forme une large jupe blanche qui couvre sa peau bronzée depuis le bas du ventre jusqu'aux minces chevilles enjolivées de deux souliers noirs aux talons hauts et pointus.

— Ce que tu peux être en-sor-ce-lante! lui dit Jérôme, tendre.

La chair sur l'esprit, se répète Pascale. Tout en accélérant son pas, elle se retire de la jupe-chandail qui glisse jusqu'à terre. Un mince foulard de soie extrêmement léger d'un rouge très rouge, d'un orange très orange, d'un jaune très jaune et d'un bleu très bleu voile son sexe de mystère. *Ça, c'est pour plus tard. Le plus tard possible.* Puis, elle continue à danser.

Divinement ravie de constater la victoire qui se pointe déjà, elle s'installe enfin, au long du corps de Jérôme. Seul le mince foulard de soie sépare... et rapproche leur peau. *Quelle ivresse de voler un prétendant à Mali! Quelle ivresse d'avoir Flame pour complice!*

— C'est... bon! bredouille Jérôme, haletant.

Leurs corps emprisonnés dans un souffle commun coulent en harmonie avec le rythme de la *Rhapsodie*. SA *Rhapsodie* progresse puis s'engage, un peu plus fougueuse, dans SON long crescendo final...

Jérôme attend que la musique se déchaîne pour lacérer le foulard et plonger dans l'exaltation euphorique avec sa démone et SA *Rhapsodie*...

Dring!

Jérôme sursaute. C'est sa ligne privée. Seulement six personnes connaissent ce numéro. Tout en étreignant Pascale très fort, il allonge le bras pour attraper le récepteur.

Dring!

— Ne réponds pas!

Pascale se presse contre Jérôme.

— Il faut que je réponde, ce téléphone est pour les urgences extrêmes seulement.

Dring!

— Ne réponds pas! répète Pascale.

— On insiste. Ce doit être très important.

— Ne réponds pas! Reste près de...

Dring!

— Pascale, il le faut!

D'un geste brusque, Jérôme décroche.

— Allô, oui?

— Jérôme, c'est Mali. Jérôme... Jean-Paul est mort.

— Mali! J.P. est mort? crie Jérôme, foudroyé.

Il laisse tomber Pascale de ses bras, s'agrippe au téléphone à deux mains. «Où es-tu? Qu'est-il arrivé?»

Merde! C'est vraiment la guerre. Ah non, elle ne l'aura pas. Cette bataille, JE la gagne.

— En avion. Jérôme... pleure la voix de Mali, au bout du fil.

Pascale s'approche, avec l'intention d'être entendue par son illustre marraine. Elle demande:

— Jérôme, qu'est-ce qu'il y a?

Le psychiatre s'éloigne de Pascale, lui faisant signe de se taire.

— J'arrive, Mali, j'arrive immédiatement! promet-il d'une voix résolue.

Du calme, se commande Pascale, du calme dans l'esprit... mais du dévergondage dans le lit. Seule une baise super-vicieuse peut le retenir. Elle retourne vite la cassette pour que la *Rhapsodie* reprenne son rythme approprié.

Jérôme replace le combiné et s'apprête à se lever.

— J.P., mort! Pauvre Mali! C'est affreux! dit-elle.

Étendue sur la fourrure de lapin, Pascale ajoute, triste:

— Juste un baiser de deuil avant de partir.

Jérôme se penche vers elle. Doucement, elle englobe ses lèvres sans insister.

— Tu comprends, Pascale? lui dit-il, tentant de reprendre ses esprits et sa bouche.

— Oui, je comprends, Mali a besoin de toi.

Elle s'assied à demi, laisse aller sa proie, les yeux remplis de regret. Ses gestes sont lents. Jérôme lui offre un dernier et bref baiser. Pascale lui ouvre violemment la bouche et en balaie chaque papille transportée dans une étourdissante frénésie. Elle sent fondre la bouche haletante de Jérôme sous ses lèvres.

Dans un dernier effort, Jérôme, soûl de désir, réussit à se dégager.

— Tu comprends, répète-t-il, pitoyable.

Pascale fait mine de l'aider. Elle étend son bras vers le verre de champagne. Le fichu de soie glisse d'une cuisse à l'autre. Dans un «habile geste maladroit», elle renverse le champagne de son verre sur son corps.

Jérôme debout, regarde cette chair nue, aspergée de Dom Pérignon, qu'il convoite ardemment depuis le souper. Pascale ferme les yeux et ouvre largement ses cuisses. Il se jette sur son corps. Elle retourne peu à peu Jérôme sur le dos, saisit la bouteille de champagne et en verse abondamment sur son «trophée».

— Que tu es garce, Pascale.

À son tour, Pascale boit, lèche, égratigne, caresse, mordille sauvagement l'aboulique «dépravé» sans maquiller sa victoire.

Du doux nid de romantisme de la soirée, il ne reste que les sadiques caresses de Pascale. Ses gémissements pervers apportant une note céleste à leur *Rhapsodie* endiablée.

Culpabilité, anxiété, faiblesse, remords se fondent dans l'ivresse de la griserie du corps de Pascale. Les minutes deviennent soudainement des secondes, puis il n'y a plus de temps. Il n'y a plus de pacte. Il n'y a plus de Mali.

La mangeuse d'hommes ralentit soudainement ses caresses.

— Continue, supplie Jérôme. Continue! J'ai besoin!

Gagner sur Mali et chiper Flame! Oui, chiper Flame. La sentir pétrifiée d'horreur pour avoir participé à mon plan de séduction.

— Dis-moi que tu te fiches de Mali.

— Continue, je meurs si tu arrêtes, gémit Jérôme.

Pascale lui répète:

— Dis-moi que tu te fiches de Mali.

— Je me fiche de Mali, s'écrie Jérôme, complètement asservi par les violentes sensations qui secouent son corps en feu.

Pascale recommence ses enlacements.

— Dis-moi que tu n'iras pas la voir, renchérit-elle en ralentissant de nouveau son rythme.

— Continue, démone, je n'ai jamais senti tant de...

— Dis-moi que tu n'iras pas la voir, répète Pascale en retenant encore ses caresses.

— Je n'irai pas la voir. Continue.

Jérôme est dément de désir autant que de désespoir. Il renverse brusquement Pascale et grimpe brutalement sur elle. C'est lui maintenant qui domine les ébats. Il pénètre Pascale comme s'il voulait que son pénis éventre ce corps qu'il déteste, le brûle de son sperme, l'écorche de sa rage contre ses besoins qu'il ne peut maîtriser.

Pascale lance des cris de douleur confondus dans des hurlements d'euphorie. Il l'écrase à un point tel qu'elle doit et veut respirer à l'unisson, au rythme infernal de SA *Rhapsodie* qui approche le summum de SON crescendo.

Et, comme Pascale l'avait souhaité, aux dernières notes de LEUR *Rhapsodie*, les deux amants plongent ensemble dans une longue soûlerie de sensations contradictoires. C'est la douleur mêlée à la jouissance. C'est l'agonie mêlée à l'extase. Puis, c'est la béatitude qui progresse, se prolonge et explose dans un orgasme violent.

Sur le point d'orgue, la voix dramatique de Mali tonne dans les oreilles de Jérôme. *Comment ai-je pu être si dégoûtant?*

Pascale continue de jouir de son triomphe. *Bien au-delà de la fascination platonique la plus spirituelle.*

La musique est douce maintenant. Une bûche claque dans le foyer.

Pascale sait que Jérôme regrette. Elle a volé un prétendant à Mali et séparé Flame à jamais de Mali. Pas besoin de plus. Ah, si! Elle a besoin de plus! Elle veut aller chez Mali et prouver à la famille que Jérôme n'a pas accouru à cause de ses charmes. Elle veut que Flame regrette durant le reste de sa vie d'avoir contribué au retard de Jérôme.

Elle s'approche de lui. Il la repousse brusquement.

— Non Pascale, c'est assez. Je ne me pardonnerai jamais ce que j'ai fait.

— Alors je t'accompagne, décrète-t-elle en s'habillant en toute hâte.

* * *

Dans un arrêt éclair, Jérôme compose le numéro de passe de l'entrée du domaine et file en vitesse dans l'allée jusqu'au tournant du bois, si féerique, le soir de Noël.

Arrivé devant le lac devenu sinistre malgré l'arbre illuminé, le médecin reconnaît les lumières clignotantes d'Urgence Santé. Instinctivement, il ralentit. *Mali a dit que J.P. était mort en avion.*

Le psychiatre jette un œil sur le cadran de sa voiture qui marque minuit. *J'avais promis!* Les traits de son visage s'affaissent.

Pascale allonge le cou nerveusement.

— Comment expliques-tu la présence des ambulanciers, ici?

Sa voix passe d'un octave à l'autre.

— La voiture d'Olivier et celle de Carole.

— Ah! tais-toi! hurle le médecin.

— Jérôme, sérieusement, penses-tu que Mali peut être... très malade?

— Ça serait trop abominable!

Des larmes apparaissent au coin des yeux du médecin.

— J'ai peur! Tu sais, je me mesure continuellement à Mali, mais je l'aime ma marraine. Elle est comme ma mère. Est-ce que tu comprends ça?

Pascale pose sa main sur la cuisse de Jérôme.

— Oui, je comprends. Tu l'aimes, mais tu la jalouses et tu as besoin d'elle. Cela te révolte, alors tu lui fais du mal.

— Comment peux-tu voir si clair? demande Pascale, étonnée.

Le psychiatre ne répond pas. Il hait son vice avilissant.

— Jérôme, j'ai peur que Mali soit très malade. Ce n'est pas de notre faute, non plus. Ta voiture qui n'est pas partie, la mienne longue à dégivrer, la neige à déblayer.

L'anxiété étreint la gorge de la championne démoniaque.

— Pascale, regarde les choses en face. Nous avons quitté la maison au moins deux heures après l'appel de Mali.

La filleule de Magalia se recroqueville sur son siège.

— Je suis navrée, j'ai été égoïste, Mali ne mérite pas qu'on la néglige.

Terrifié devant ce qu'il anticipe, Jérôme ressent un besoin impératif d'accorder le bénéfice du regret à Pascale. Il pose sa main sur la sienne. *Espérons que je n'ai pas gâché le reste de ma vie.*

* * *

Perplexe, Carole s'approche de Flame, qui se croit encore seule avec Mali, pose son bras autour de son épaule et lui fait signe tristement que ce sera bientôt le temps d'emporter le corps. Le médecin se tient plus loin, derrière la sœur de Magalia.

— Il faut l'avertir qu'elle n'est pas morte, avise Flame. Elle dort. C'est un genre de coma qui survient souvent après un choc.

— Elle est morte, Flame. C'est incroyable, mais elle est morte.

Carole la relève doucement. Flame se contracte.

— Non, non, non. Son cœur bat encore, je l'entends. Approche, Carole.

Carole met sa tête sur la poitrine de sa sœur pour ne pas contrarier Flame et pour répondre à un espoir, contre toute attente, afin de déceler un signe de vie.

Flame surveille la réaction de Carole.

— Viens dans le boudoir, dit Carole, ne restons pas ici.

— Non, non, non! Ils vont l'emmener. Il faut la soigner. Elle n'est pas morte, elle dort. C'est un coma profond. Il faut la laisser dormir.

Flame s'approche du médecin.

— Elle n'est pas morte, elle a eu peur, assure-t-elle, douce et suppliante. Il ne faut pas que vous l'emmeniez. C'est imprudent. Je vous en prie, laissez-la dormir.

Le carillon de la porte sonne. Flame sursaute. En apercevant Jérôme et Pascale sur le seuil, elle reprend ses esprits.

— Où étais-tu, *filthy beast*? Ça fait des heures que Mali t'a appelé! hurle-t-elle, prête à bondir sur le médecin.

Jérôme est blanc et muet.

Pascale crâne pour cacher son énervement. «On était... un peu difficile à déranger, disons.» Puis elle enchaîne, sans donner le temps à Jérôme ou à Flame de l'interrompre:

— Comment prend-elle ça?

— Ça! rugit Flame, en lui flanquant une gifle cinglante.

Pascale bascule de quelques pas et heurte la porte assez fort pour que les membres de la famille allongent le cou. Intérieurement, elle sourit, flattée que sa prouesse ait tant d'impact.

Flame dévisage Jérôme et le déteste. Il sait qu'elle connaît l'engagement qu'il n'a pas respecté envers Mali.

Soudain, incapable de maîtriser sa colère plus longtemps, elle lui crie:

— Pourquoi n'es-tu pas venu quand Mali t'a appelé? Meurtrier!

Le visage de Jérôme devient grisâtre.

— Quoi! elle est morte? s'exclame-t-il.

Flame retourne dans la chambre de Mali sans un mot. Sa démarche accuse dix ans de plus que la semaine précédente lors du souper de Noël. Jérôme la suit et se faufile poliment entre les membres de la famille. Personne ne daigne lui prêter attention.

Ils sont tous là, Olivier, Carole, Raymond et Charles, incrédules devant la mort de leur sœur, la première à rompre le solide chaînon familial qu'ils ont renforcé depuis que leurs parents ont disparu, il y a quelque trente ans.

Aucune conversation, seuls les chuchotements du coroner, de Carole et les bruits de leurs papiers brisent le silence de mort.

Jérôme se tient, détruit, devant le corps de Magalia. Deux grosses larmes glissent sur ses joues. *Comment ai-je pu?*

— Elle ne te le pardonnera jamais, lui dit Flame sur un ton glacial. Moi non plus d'ailleurs.

Dans la lourdeur du silence de la pièce, on peut saisir des cris muets de douleur, de remords et de manque déjà. Le médecin ne se décide pas à faire un geste vers le corps de Magalia De Grandpré tellement elle semble avoir marqué profondément son entourage. Il souhaiterait que le coma impossible évoqué par l'attendrissante hystérique ait raison de la médecine.

La famille reste à l'écart. Jérôme n'arrive pas à quitter la chambre, et Pascale ne tient plus à être vue aux côtés du psychiatre. Son expression innocente et bouleversée laisse entendre: «C'est Jérôme le fautif, moi, je ne pouvais pas savoir.» Il ne faut surtout pas que la famille De Grandpré lui retire son estime en la reliant au «meurtrier de leur sœur».

Mali est morte seule, vraiment seule, se répète Flame. Dans un moment de cruelle lucidité, une idée surgit dans son esprit: la vengeance. Elle sait comment elle vengera Mali. Cette idée lui fournit soudain la vigueur nécessaire pour ne pas sombrer à son tour.

Les infirmiers de la morgue s'apprêtent à transporter le corps de Magalia. Instinctivement, Flame tente de les en empêcher. D'un geste affectueux, Carole la retient, l'accompagne dans le boudoir et essaie de la réconforter:

— Tu sais, la vie de Mali aurait été si pénible sans Jean-Paul...

— Qu'est-ce que tu en sais? Je l'aurais rendue heureuse, moi, sanglote-t-elle.

Flame revient sur ses pas. Haineuse, elle dévisage Jérôme et, le pointant du doigt, hurle en appuyant sur chaque syllabe:

— Je te tuerai!

Malgré la stupeur sur les visages familiers, Flame se tourne vers Pascale et ajoute, horriblement glaciale:

— Et je te tuerai, toi aussi.

Le médecin, les infirmiers, le coroner et les officiers de la morgue se retournent. Puis, leur stupéfaction se transforme en indulgence devant le visage pathétique de Flame.

* * *

Vers une heure, au retour de sa soirée familiale des fêtes chez ses enfants, Suzanne Breton voit trois voitures dans le stationnement. L'énervement d'entrevoir tant de monde à l'intérieur de la maison la cloue sur place. Elle tâche de se maîtriser et sonne à la porte.

— Monsieur Olivier, est-il arrivé un drame? demande-t-elle, la mine bouleversée.

Olivier est surpris de sa question. Comment peut-elle savoir?

Sans attendre la réponse du chef de la famille, l'intendante avance dans le hall et poursuit:

— Pauvre Magalia, tant de monde à recevoir. Elle aurait dû me le dire. Trop délicate pour gâcher ma soirée des fêtes. Et Jean-Paul qui n'est pas là pour l'aider. Je vais lui offrir mon aide.

La domestique enlève son chapeau, ses bottes, son manteau. Ses gestes sont tremblants.

— Une chance que Flame est venue... c'est probablement pour ça que Magalia lui a demandé de me dire que je pouvais m'en aller cet après-midi, ajoute-t-elle. Je trouvais étrange qu'elle ne me donne pas elle-même mon congé.

La domestique avance dans la maison, se dirige vers la cuisine et s'empresse d'ouvrir le réfrigérateur.

— Magalia devait être en train de se faire une beauté pour ce soir. Aussitôt que je suis partie, elles ont dû commencer les préparatifs... Je n'aime pas la voir travailler.

Olivier écoute son monologue qui lui semble indéchiffrable.

En s'efforçant d'avaler tant bien que mal les petites bouchées préparées par une Suzanne Breton maintenant en pleurs, le chef de famille s'inquiète au sujet des employés du couple De Grandpré-Masson. Il se dirige vers Flame, restée à l'écart.

— Il faudrait que j'informe les employés de Magalia et de Jean-Paul dès demain matin, prévient-il. Je connais très peu les commerces de Magalia et de Jean-Paul. Lors des rencontres familiales, nous parlions rarement d'affaires.

— On peut se partager les tâches pour vous assister, Carole et moi, si vous le voulez, Monsieur De Grandpré. Comme vous le savez sans doute, Carole est rédactrice en chef et l'assistante de Magalia au *Nouvelliste*. Je suis sur le conseil d'administration des trois compagnies.

— Votre présence me serait fort utile.

* * *

Les employés du *Nouvelliste*, tout pimpants, font leur entrée au retour du long congé du jour de l'An. Olivier les attend depuis huit heures dans le bureau de Magalia, à Saint-Léon. Lui qui ne parle jamais beaucoup, a salué Carole d'un sourire triste, et cette dernière, pourtant de nature plus volubile, s'est permis d'ajouter à son «bonjour» funèbre un «ça va être affreux, Olivier».

C'est effectivement affreux. Personne ne veut se faire à l'idée que la patronne ne reviendra pas, ni aujourd'hui ni jamais, stimuler leur enthousiasme et leur foi dans les journaux locaux.

Finalement, Olivier se lève. Tous les visages enveloppent ce sympathique inconnu qui est le dernier rappel physique de leur patronne.

Au bout d'une demi-heure de conversation très pénible, il quitte le journal après avoir serré la main de ces étrangers dont il se sent soudainement responsable.

«Ils font pitié!» pense le grand frère au volant de sa voiture alors qu'il se dirige vers l'agence Tam Tam Moderne.

Quelques minutes plus tard, trois représentants d'Informatique 2000 font leur entrée dans les bureaux du *Nouvelliste*.

— Vous avez appris la nouvelle, déclare le plus petit des trois, comme s'il s'agissait d'un fait divers. Je vous présente Rachelle Laviolette. Rachelle assurera l'intérim à la suite du décès de Magalia De Grandpré.

Carole reste stupéfaite à cette annonce dénudée de chagrin. La rédactrice en chef se tourne vers Franco, s'attendant à ce qu'il ait un visage décomposé. Le mari de Carole ne semble pas le moindrement affecté. Son large sourire souhaite la bienvenue à Rachelle Laviolette. *Je commence à me demander s'il ne détestait pas Mali*, pense Carole, surprise de sa propre réflexion. Cette nuit, Franco s'est endormi immédiatement après qu'elle lui a annoncé sa mort. *Je me fais des idées*, se rassure-t-elle aussitôt.

— Comme vous le savez, Informatique 2000 est actionnaire principal du *Nouvelliste* et prêteur hypothécaire, continue le représentant. Nous avons donc la tâche de superviser le fonctionnement

64

du journal pendant la période du règlement de la succession. Vous vous rapporterez donc à Rachelle Laviolette pour toutes les opérations.

Et les trois messieurs tirent leur révérence.

Flame attend Olivier à l'entrée des bureaux de l'agence de communications Tam Tam Moderne, située à deux pas du *Nouvelliste*. Sans jamais s'ingérer dans le fonctionnement quotidien, elle connaît les employés pour les avoir rencontrés au cours des années, à titre de vice-présidente du Groupe MDG (Magalia De Grandpré). Il n'est pas encore 9 heures quand Olivier rejoint Flame.

Une scène presque analogue en émotions se déroule plus tard dans l'édifice de l'agence de publicité Créations graphiques tous genres, la compagnie de Jean-Paul Masson.

4

Épuisée autant que désœuvrée, Flame rentre à la maison vers 11 h 30, soulagée de savoir Elsa en sécurité chez sa grand-tante pour la journée. Où prendrait-elle la force pour soutenir Elsa à la suite du décès de son père il y a une semaine, jour pour jour ?

Flame se rend directement dans le laboratoire d'Émile. Chaque matin depuis la mort de son mari, elle vérifie le réfrigérateur ainsi que la génératrice pour laquelle il a dépensé une petite fortune. En attendant de trouver la formule, elle souhaiterait changer de place les trois fioles qui restent ainsi que les flacons qu'Émile chérissait. Le laboratoire est tellement vulnérable aux cambriolages depuis la mort du scientifique. Surtout à cause du toast qu'Émile a porté le soir de Noël et dont chacun a ébruité la nouvelle. À cause aussi de son visage métamorphosé, de ses rires à propos de tout et de rien au cours de sa dernière semaine. Pour le moment, Flame compte sur le système de sécurité pour protéger les précieux contenants contre les visiteurs indésirables.

La formule ! panique-t-elle pour une énième fois. *Où avait-il caché la combinaison du coffre-fort du laboratoire quand il l'a fait aménager ? La «plus précieuse des recettes» est sûrement dans le coffre-fort d'Émile. Et, sans aucun doute, la durée de conservation y est bien indiquée. Émile pouvait saisir sa tasse de café et répondre «Allô ?» quand le téléphone sonnait, mais jamais, au grand jamais, il n'aurait oublié un détail technique aussi important dans son monde scientifique*, raisonne Flame.

66

Flame ouvre le réfrigérateur. Elle voudrait prendre l'un des trois miraculeux médicaments dans ses mains, mais elle n'ose pas. Ce sont les seuls qui restent. S'il avait envisagé un accident ou une mort subite, Émile lui aurait confié tous les détails indispensables, évidemment. Mais comment penser à mourir quand on vient de découvrir la vie!

Elle avance prudemment dans l'allée devenue encore plus mystérieuse, frotte un microscope du bout des doigts. *Nous avons quand même eu certains bons moments ensemble.* Ses yeux reviennent sur la porte du réfrigérateur.

Le film de la semaine se déroule dans sa tête...

... Elsa apprend la mort de son père. Une scène terrible... Flame a peur d'ennuyer Mali avec ses problèmes... Elsa au salon mortuaire. Impassible... Elsa ne sourit plus... Son fils Antoine n'assiste pas aux funérailles d'Émile... Mali ne peut s'imaginer la belle surprise que Flame lui réserve... Antoine vient voir Flame le 29 décembre, quand tout ce qui entoure les obsèques d'Émile est terminé... Antoine s'informe avec tendresse et une fausse désinvolture de l'état émotif de Flame... Le 30 décembre, personne n'ose souligner l'anniversaire d'Elsa... On ne mentionne pas le jour de l'An par respect pour Elsa... Antoine se prépare à partir le lendemain du jour de l'An et promet à Flame de revenir la voir régulièrement... Elsa préfère rester à la maison plutôt que d'accompagner Flame et Antoine à l'aéroport... Flame téléphone à tante Jackie et lui demande d'inviter Elsa «par hasard» afin qu'elle ne reste pas seule plus d'une heure d'affilée... Antoine multiplie ses regards furtifs d'affection en mangeant ses rôties et sa confiture au restaurant de l'aéroport...

Le regard de Flame revient se fixer sur la porte du réfrigérateur, ses doigts toujours sur le microscope. Des projets de vengeance ont remplacé ceux de sauver le *Nouvelliste* depuis que Mali est morte.

Les pensées de la veuve retournent à son fils. Antoine s'est américanisé; comme son père, Bernard, il atteint presque les deux mètres; il est resté blond comme lui. Elle le revoit, ses bagages rapiécés sur l'épaule, lui lançant sans préambule: «Quand faisons-nous un voyage ensemble, maman?» Flame a sauté sur l'occasion pour renouer la relation interrompue par le passage d'Émile dans leur vie:

— N'importe quand, Antoine. Mais c'est moi qui t'invite. Une croisière peut-être? a-t-elle retorqué.

— *Yes, Yes*! Dans les Bahamas? *Yes, Yes!*...

À deux minutes du départ, elle le taquina pour cacher son émotion intensifiée par l'ambiance de l'aéroport.

— Tu as pris du poids. Ton visage est plus rond.

— Mais je suis resté beau, non? répondit-il en baissant vers sa mère un regard bleu taquin.

— Beau, bon... pas cher... où as-tu déniché cet accoutrement de quatre sous? se moqua Flame, attendrie malgré elle.

— Sur la Fifth! Un accoutrement de quatre sous? Ça vaut plus cher que tes Chanel. C'est du grand chic! Tu ne l'aimes pas?

Antoine exécuta une pirouette de mannequin.

— J'ai appris à me mêler de mes affaires... Non, je ne l'aime pas. Tu devrais porter...

Tous deux pouffèrent de rire. Flame n'a pas changé. Elle veut encore tout organiser à sa façon; mais la relation mère-fils a grandi. Ce qui était un prétexte à argumenter est devenu un sujet de plaisanterie entre eux.

— On passera des vacances super, insista Antoine. Février ou mars me conviendrait.

— À bientôt sur le quai de Miami! s'engagea Flame, l'observant avec tendresse franchir la barrière n° 12 de l'aéroport de Dorval, pour New York.

De l'aérogare, avant de partir, Flame téléphona à Jackie pour se rassurer sur la santé d'Elsa.

— Pars tranquille, lui répondit Jackie. Je la ramènerai dans la soirée ou demain. Si tu n'es pas là, je t'attendrai chez toi.

En ce 2 janvier, Flame fila dans les Laurentides pour passer la journée avec Mali, souhaitant que J.P. revienne de son voyage d'affaires avec une solution pour remédier aux problèmes d'argent du *Nouvelliste*.

Au volant de sa camionnette, Flame savourait le plaisir qu'elle aurait à annoncer la découverte du médicament à Mali... si elle l'annonçait! Peut-être que Mali n'aimerait pas la voir faire des projets d'affaires quelques jours après la mort d'Émile.

En attendant de trouver la formule, ces trois échantillons lui suffisent. Elle aura besoin d'avocats coriaces pour bien protéger ses droits, et d'experts pour analyser la spectaculaire découverte d'Émile. Sa tête fourmille de souhaits optimistes.

Mali!... Comme elle sera contente! Mali sait sûrement comment accélérer l'inscription de l'antidote sur la liste des médicaments couverts par l'assurance-maladie. Ainsi, les pauvres en bénéficieront autant que les riches. Si Mali accepte, elles s'associeront pour fonder une compagnie et sauver des vies et des vies. Elle va pouvoir aider autant de monde qu'elle le veut.

Flame espère recevoir le chèque de l'assurance d'Émile bientôt. Ce chèque, additionné à l'héritage de tante Betsy, leur permettrait d'amasser le million de dollars dont Mali a besoin avant le 15 janvier si J.P. ne le lui procure pas à sa réunion, aujourd'hui. Pour les paiements suivants, elle pourra certainement emprunter sur les profits du médicament si la crise persiste. Mali reprendra le contrôle du *Nouvelliste*.

Flame compte bien s'informer avant de risquer de lui faire une fausse joie.

Elle pourra combler Mali de cadeaux excentriques. Mali aime les cadeaux excentriques. Elle déménagera à Sainte-Adèle-sur-Lac, elle aussi. La vie s'annonce prodigieuse!

Flame arriva chez Mali, au summum de son enthousiasme. Les deux amies firent une longue marche. Au retour, elles dégustèrent un gin tonic près du foyer. Vers 19 heures, Flame s'étira doucement et annonça:

— C'est l'heure de l'omelette. Maintenant que j'ai insisté pour donner congé à Suzanne, je ne vais certainement pas te laisser jeûner. Continue de contempler les bougies de «notre» Noël sur la chambranle pendant que je te sers ma toute nouvelle préparation culinaire.

À la dernière bouchée de l'omelette, vers 21 heures, Mali dit à Flame:

— J'aime tout, tout ce que tu cuisines! Tu prends du café? Il y en a de prêt.

— Non, merci, je vais finir mon Chablis. Dommage que je doive rentrer! Il faut absolument que je sois à la maison au cas où Elsa reviendrait de chez tante Jackie ce soir.

— J.P. ne devrait pas tarder, rassura Mali. N'est-ce pas amusant, remarqua-t-elle, que tu prennes du café et moi de la tisane après les repas, et que je boive du décaféiné et toi de la tisane avec une collation?

— Vois-tu, avec toi, il faut toujours finir en douceur. La tisane, c'est doux pour l'estomac. Tu es bien installée? Tu veux que je te serve ta tisane avant de partir?

— Oui, je vais la boire doucement devant la télévision, dans ma chambre. Tu veux m'apporter la télécommande? Elle est sur la table, là, à côté du document bleu. Il faut que je remette ces papiers dans le coffre-fort.

— Ne te dérange pas, je les porte dans le coffre-fort. Chaque fois que je l'ouvre, j'aime à penser que je suis la seule, à part vous deux, qui possède la combinaison.

— Tu es restée un ange. J'apprécie tellement ces gâteries!

— Je sais, sourit Flame attendrie.

Elle apporta la télécommande à Mali et, heureuse, se dirigea vers la porte.

Sur la route qui la ramène à Montréal, Flame, qui n'a pas réussi à parler du médicament à Mali, se raisonna: *Ce n'était pas le moment aujourd'hui. Mali n'aurait pas compris... rêver d'un avenir aussi emballant quelques jours après la mort de son mari... Mais comme j'ai hâte de le lui annoncer! La prochaine fois. Sûr.*

Arrivée devant sa maison, Flame descendit de son auto. Elle s'efforça de modérer son enthousiasme par décence pour Elsa qui pourrait être revenue avec tante Jackie. Pour mieux y parvenir, elle prit de longues respirations. Mais elle était si heureuse, si indescriptiblement heureuse!

Flame Donnelley entra dans sa résidence de Saint-Léon. En ôtant son manteau de vison, elle désamorça le système de sécurité et mit le répondeur téléphonique en marche.

Bip! Bip!... «Flame, c'est moi, Mali. Flame... Jean-Paul est mort. J'ai appelé Jérôme... il m'a dit: "J'arrive... immé... diate... ment"... Ça fait... une heu... heure. Flame... Je vais mou... rir...»

* * *

Dans la petite église de Sainte-Adèle, l'homélie d'Olivier se poursuit, souvent interrompue par des pleurs spasmodiques... «Dieu a été bon pour elle...»

Flame ferme les yeux. Les paroles de Mali lui reviennent à l'esprit et lui font mal: «Je souhaiterais mourir subitement, très vieille et peu de temps avant J.P.»

Olivier continue: «[...] Magalia n'a pas souffert de la séparation du...»

— Et moi? s'écrie Flame, complètement bouleversée. Moi, je reste ici!

Une centaine de têtes se tournent vers celle qui vient de perdre trois êtres chers en six jours. Flame sanglote comme elle ne l'a jamais fait devant personne. Carole s'approche d'elle et, de sa main, frôle son épaule tremblante.

— Je ne lui ai jamais dit que je l'aimais, gémit Flame, en bafouillant.

Des sentiments discordant agitent les intimes dans la chapelle. Jérôme est dégoûté de lui. Pascale se sent importante. Franco rêve du prestige de sa position au *Nouvelliste*, créée par la mort de Mali. Roberto cherche un moyen de faciliter ce deuil à Flame.

Flame répète à Carole qui insiste pour qu'elles sortent, ensemble, de l'église:

— *I'm sorry*! Je m'excuse, je ne pleure plus, je veux rester auprès d'elle.

Mais un flot de larmes continue de tomber plus discrètement.

«[...] Mali a été entourée d'amour. Elle le méritait cet amour! Et nous le lui garderons toujours!»

Les dernières paroles d'Olivier sont accompagnées par les premières notes déchirantes du passage de *Pompes et Circonstances*, interprété par le Boston Pops, comme Mali et Flame aimaient l'entendre.

Flame sanglote toujours. Carole aussi. Sans se concerter, les deux amies se retrouvent, en souvenir, dans la salle de fin d'études de Villa Maria en juin 1967...

... La musique d'entrée *Pompes et Circonstances*, interprétée par huit jeunes pianistes sur quatre pianos. Flame et Mali assises l'une près de l'autre devant le même clavier. Plus loin, Carole jouait la partition de la basse... La distribution des prix...

Flame avait tant de monde pour l'admirer qu'elle ne savait plus à qui sourire. Sa mère et son père, venus d'Angleterre, sa tante Jackie et son petit ami Ted qui passait pour son cousin germain. Elle faisait des plans: bien sûr, elle allait revenir à Montréal, près de Mali. Elle n'avait qu'à continuer ses études et à accepter toutes les conditions de sa mère. Bien sûr, Mali et elle allaient rester ensemble chez tante Jackie, elles n'auraient qu'à le demander.

Sur la scène de Villa Maria, Mali chantait *Panis Angelicus* dont la dernière note fut suivie d'un silence de ravissement, puis d'un tonnerre d'applaudissements. Mali n'avait ni son père ni sa mère pour l'applaudir. Flame la voyait retenir ses larmes. Comment lui faire comprendre que ses propres parents l'aimaient autant qu'elle. Elle était sa sœur. Flame voulait si fort voir Mali heureuse qu'elle en déduisit que c'étaient des larmes de joie. Ces applaudissements prolongés traduisaient des marques d'amour pour Mali, si heureuse qu'elle en pleurait...

«[...] Oui, nous la chérirons toujours» scande la voix d'Olivier perdue dans la musique de *Pompes et Circonstances. Toujours*, répète intérieurement Flame, son esprit retournant au jour de la remise des diplômes de 1967...

...C'était grand jour de fête dans la luxueuse résidence de tante Jackie, à Westmount, quartier huppé qui occupe un flanc du mont Royal. Des fleurs multicolores inondaient l'immense terrasse dominant la métropole du Canada; sur l'eau bleue de la longue piscine flottaient des orchidées importées à profusion d'Hawaii.

Même si tante Jackie ne buvait ni ne fumait, le champagne coulait à flots; plus encore, la cendre de longs havanes ou d'excentriques fume-cigarettes brouillait les motifs dessinés au pinceau sur les porcelaines de Chine. Tout était permis quand sa nièce préférée célébrait son passage du statut de couventine à celui de collégienne indépendante.

La grande et mince Jackie pétillait d'énergie. Sa petite bouche étalait des dents blanches dans un sourire bien *british*. Seul le bleu foncé de ses yeux trahissait sa peine de se séparer de Flame.

— Flame *dear*, commença gentiment Charmaine Donnelley, la mère de Flame, que dirais-tu si on invitait Mali en Angleterre pour l'été?

— *My, my!* s'exclama Flame. Mali, vas-tu venir? Tu ne peux t'imaginer le charme des après-midi sur la Tamise, les jardins, Londres, la mer qui nous emmène en France...

Flame en mit et en rajouta...

— Je ne voudrais pas déranger, répondit Mali.

— Déranger? Tu es notre deuxième fille, Mali! s'exclama la mère de Flame.

— C'est toujours ce qu'on se répète, reprit à son tour Benny, en serrant étroitement Mali contre son torse puissant.

— Je te l'avais dit: leur deuxième fille, répéta Flame.

Elle déposa un gros baiser sur la joue de son amie.

Un peu plus tard, en admirant Montréal du belvédère privé, la jeune Anglaise remarqua:

— Ton sourire est triste.

— Quand il y a beaucoup de monde, je me sens seule, confia Mali en jetant des regards anxieux autour d'elle.

— Comment peux-tu te sentir seule? Tu es adorée par tout le monde.

Flame voulait ajouter: *Et tu ne vois pas comme je t'aime, moi?* Elle ne pouvait dire ça à Mali. Alors elle continua:

— Comment peux-tu, un seul instant, te sentir seule? Tu n'es jamais, jamais seule...

73

Seule! Une sueur froide coule le long du dos de Flame. Mali est morte seule.

Sans s'en rendre compte, Flame a suivi le corbillard jusqu'au cimetière de Sainte-Adèle. Tout à coup, horreur! Elle aperçoit deux cercueils qui s'apprêtent à descendre en même temps dans la terre. *Mali... seule... Mali toujours... Mali toujours seule...*

— Il ne faut pas la laisser seule. Il faut faire un seul trou! Elle ne peut pas rester seule! hurle Flame affolée.

Carole lui murmure dans le creux de l'oreille:

— Ils sont dans le même cercueil. Ils l'avaient demandé. C'aurait été trop compliqué d'expliquer ce souhait. Elle ne sera jamais seule. Ils sont ensemble.

— Tu me le jures? Dans laquelle des deux bières?

Carole prend sa main crispée et moite dans la sienne.

— Oui, je te le jure. Celle-ci, lui indique Carole du menton.

Les yeux de Flame sont rivés au cercueil. Sa douleur a dépassé son seuil d'endurance morale pourtant très élevé. Elle s'approche des cercueils, portant trois roses à la main. L'une, très rouge, exprime son amour éternel pour Mali. Elle la dépose sur la bière, puis, elle se penche instinctivement, persuadée que Mali et J.P. l'entendent.

— Protège-la, Jean-Paul, supplie-t-elle tout bas.

Elle s'apprête ensuite à déposer ses deux roses noires, symbole de son engagement à venger Mali, quand, soudain, elle aperçoit Jérôme et Pascale qui s'approchent également, comme s'ils étaient ensemble. D'un geste impulsif, elle lance violemment vers eux ses deux roses noires. L'une atteint le visage de Pascale.

Le psychiatre aurait envie de crier à Flame et aux assistants qu'il est le plus dévasté, qu'il voudrait mourir. Oui, mourir. Ne plus se sentir bourrelé de remords.

Tous observent Flame déguerpir et enjamber avec une agilité ahurissante les vingt centimètres de neige sur le sol du cimetière. Flame file, sans un regard derrière elle, afin de se soustraire à l'horrible corbillard et aux deux «ignobles meurtriers».

Au fond, elle court pour se dégager de l'emprise de ce «monstre insupportable»: la réalité. Entièrement dépossédée, elle se rue vers le passé.

Mais le passé est à soixante-dix kilomètres de Sainte-Adèle!

Elle réussit tant bien que mal à maîtriser le volant de sa voiture en puisant un brin de force morale dans sa stratégie de vengeance. Comme une automate, elle fonce parmi les autres véhicules, mijotant les détails de son plan de justicière avec la concentration dont elle est capable. Pour la première fois de sa vie, Flame ne croit pas que «tout finit par s'arranger».

Puis, elle se souvient de l'expression du visage de Pascale, de son imbécile fierté lorsqu'elle s'est vantée d'avoir retenu Jérôme alors que Mali gisait à quelques pieds d'elle. À cause d'elle. *S'il faut que j'attende un an, dix ans, ma vie entière, j'attendrai. Mais Mali, je te vengerai!*

Malgré son agitation convulsive, elle calcule froidement les possibilités mises à sa disposition. Oui, elle possède tous les atouts. Elle sera circonspecte dans son châtiment. Sans réserve mais sans bavure. Une sorte de crime parfait. Une vengeance à la hauteur de Mali.

La voiture longe maintenant l'avenue Monkland, à Montréal, et Flame entrevoit les jardins du couvent de son adolescence. Elle évite de justesse une voiture qui a priorité, et la voilà dans la longue allée d'érables au bout de laquelle se tient, riche de son ancienneté, en pierres grises du XVIIIe siècle, l'entrée principale de Villa Maria. Rien n'a changé. Elle freine brusquement et éclate en sanglots. *C'est ici... ici... qu'on se promenait... ici que je l'ai vue la première fois... c'était si beau!...* Elle continue son pèlerinage jusqu'au lac artificiel agrémenté de rocailles, sur lequel flânaient leurs chaloupes au printemps et glissaient leurs patins l'hiver.

Flame entre dans l'édifice qui a abrité sept heureuses années de sa jeunesse et court droit à la chapelle. Elle ne voit rien ni personne. Laissant tomber eau bénite, génuflexion et signe de croix, elle se flanque devant la balustrade, lève des yeux inondés de larmes vers la Vierge Marie, à qui elle venait raconter ses plaisirs et ses peines autrefois alors que son unique ambition dans la vie était de devenir l'amie de Magalia De Grandpré.

75

— Pourquoi me l'as-tu enlevée ? Qu'est-ce que je t'ai fait ? J'étais ta fille, Marie, ta fille correcte. Tu devais la protéger. Elle a souffert !... Pourquoi ? Tu l'as abandonnée. A-ban-don-née !

D'un geste machinal, elle allume un cierge. Combien elle en a allumé des bougies votives à la Vierge !... Quand Mali avait mal aux dents... Pour que Mali soit élue présidente de la classe... Pour que Mali soit la plus applaudie au cercle d'études... Pour Mali... Pour Mali toujours.

La flamme du cierge vacille à travers le voile épais des larmes qui ne cessent de couler. La flamme se fait doucement plus haute et plus large... plus large et plus haute encore, et les yeux embrouillés de Flame voient maintenant du feu, beaucoup de feu... une maison qui brûle, une grande maison qui brûle...

...Au feu ! Sortez toutes. Vite ! mademoiselle De Grandpré, par là. Non ! par là. Magalia !... Magalia...

Un court-circuit a provoqué la propagation rapide du feu dans les murs de la maison de retraite fermée où les finissantes de 1967 sont réunies pour trois jours de méditation.

Magalia monte l'escalier deux marches à la fois, court à la chambre de Flame et lui dit le plus calmement possible :

— Flame, viens en bas, il y a un peu de feu.

— Ah oui ? j'arrive, je vais mettre...

— Non ! Euh... Ça presse, Flame, viens vite avec moi, c'est plus prudent.

Et sans laisser le temps à Flame de penser, elle la tire hors du lit.

— Je dois mettre mon appareil.

Flame tend le bras vers la prothèse orthopédique qu'elle porte à la suite d'un accident de ski.

— Tu n'as pas le temps, accroche-toi à moi. J'ai tes béquilles. Évidemment, Magalia laisse les béquilles qui ne peuvent que les retarder et tire Flame par la taille, en courant.

— *Good Lord !* s'exclame Flame en apercevant les flammes qui s'échappent des murs. On va mourir !

Elle panique et se fige.

— Non! Agrippe-toi à moi. Fort. Flame ne bouge pas. Magalia la reprend par la taille et la traîne comme une immense poupée de plomb.

Le feu court maintenant vers l'escalier situé au milieu du hall. Le poids de Flame entrave les enjambées de Magalia qui descend vers le nuage de fumée. Magalia ne voit plus rien du tout.

— On va mourir, crie Flame, on est en enfer!

— Prends une grande respiration, lui commande Magalia.

Soudain, la voix de mère Sainte-Julie perce la fumée noirâtre.

— Par ici, par ici!

Magalia, soulagée, déploie une énergie de lionne dans un dernier effort, vers la voix de mère Sainte-Julie et des autres couventines qui pleurent, s'époumonent, prient à genoux dans la rue.

Maintenant, Magalia n'entend plus mère Sainte-Julie. Doit-elle avancer vers le nuage de fumée noire, le seul endroit sans feu? Elle succombe sous le poids de Flame, muette depuis un moment. C'est l'obscurité complète. Que faire? Elle se relève et essaie de se frayer un chemin à travers la fumée. Elle a peine à respirer. Elle ne respire plus. Elle tombe.

Brusquement, un tourbillon de fumée projette les deux étudiantes loin du pied de l'escalier... qui s'écroule derrière elles. Elles vont heurter toutes les deux le mur de briques brisées qui bloque la sortie.

Des pompiers ramassent les deux corps inanimés recouverts de sueur noire et de sang.

Flame se réveille dans l'ambulance qui file, lumières et sirènes à plein volume. Elle aperçoit un infirmier qui tente de ranimer Magalia. Aucun signe de vie. L'œil angoissé de mère Sainte-Julie l'effraie.

La peau de Flame est écorchée à vif sur son visage, sur son bras gauche et sur ses deux genoux. Pourtant, elle ne ressent aucune douleur tant elle est préoccupée par Magalia. Elle répète et répète: «Marie, sauve Magalia. Marie, sauve Magalia. Je t'en supplie! Je serai toujours bonne. Je veillerai sur elle toujours. Toi, tu n'auras qu'à la protéger. Marie, je t'en supplie, sauve Magalia. Je serai toujours bonne. Je te le promets!»

Les yeux de Magalia s'ouvrent lentement.

— Merci, Marie, murmure Flame. Je serai toujours bonne et je veillerai sur elle, toujours. Toi, tu vas la protéger? Merci Marie.

En contemplant le sourire que Magalia lui offre, Flame pense: *Magalia est une héroïne. J'avais raison de vouloir être son amie. Elle ne peut m'apporter que du bien. Maintenant, j'ai le devoir d'être toujours bonne...*

... Flame continue de fixer le lampion dans la chapelle de Villa Maria. Elle lève soudain son regard sur la statue de la Vierge Marie et répète, menaçante:

— J'ai toujours été bonne comme je te l'avais promis. Toi, tu n'as pas tenu ta promesse. Tu devais la protéger. Tu l'as abandonnée. A-ban-don-née. Pour quelques minutes... Tu avais le pouvoir. Jamais, jamais je ne reviendrai à toi!

Elle ajoute, horriblement glaciale:

— Oui, je tuerai ces deux saligauds et je ne serai jamais accusée de meurtre.

Puis elle quitte la chapelle sans génuflexion.

* * *

Elsa s'est étendue sur le divan du salon. Flame entre dans la maison sans faire de bruit pour ne pas déranger son sommeil. Elle s'enfonce à son tour dans un fauteuil et réfléchit.

Depuis neuf jours, Flame essaie de se souvenir où Émile a caché la combinaison du coffre-fort de son laboratoire. La formule du médicament y est rangée; de cela, elle est sûre. Dès qu'elle aura déchiffré sa composition... Le contenu des ampoules ne devrait pas se détériorer avant un an, au minimum.

Subitement, elle se précipite vers la salle de bains. La veuve se rappelle qu'Émile avait choisi le numéro d'enregistrement de sa parfumeuse en opaline sur sa coiffeuse pour composer le numéro de la combinaison du coffre. Flame prend le précieux bocal, s'assoit sur la carpette moelleuse, de peur de le laisser s'échapper et écrit le numéro sur un papier.

Elle ouvre le coffre-fort d'Émile. Ses yeux et ses mains fouillent le contenu qui se résume en une douzaine de papiers confidentiels. Très vite, elle découvre un gros S sur une enveloppe. Elle la déchire sans coupe-papier. La formule!

Passant outre les détails de sa fabrication, elle cherche des indications précises:

Effets secondaires: presque nuls.

Chance de guérison: 100 %.

Durée de conservation: de 8 à 10 mois...

Flame court vers le réfrigérateur où sont rangés les flacons déjà en sa possession et vérifie leur date d'expiration: Octobre 1994. Good Lord! *Cela ne me laisse pas beaucoup de temps pour les imprévus*, soupire-t-elle en replaçant délicatement les fioles sur leur socle.

Le téléphone sonne. C'est Carole.

— Je t'appelle pour te dire que tu vas être convoquée pour la lecture du testament de Mali, c'est-à-dire du testament conjoint que J.P. et Mali avaient fait ensemble pour le dernier survivant, lui annonce-t-elle.

— Pour la lecture du testament? Moi? Je suis invitée comme un membre de la famille?

— Oui. Le notaire a demandé que tu sois là. Lundi. Tu vas recevoir un document officiel, mais j'ai profité de ce prétexte pour te téléphoner et avoir de tes nouvelles.

— Mes nouvelles...

— Le temps aide beaucoup quand on est affligé, tu sais.

— Tu as peut-être raison. À lundi, alors. Et merci pour ton appel.

Elsa se réveille et demande d'une voix ensommeillée:

— Maman, où étais-tu? Je pensais que tu avais eu un accident. Surtout de la façon dont tu as quitté le cimetière ce matin.

— Oh, je m'excuse, Elsa. Une journée vraiment compliquée.

La voix d'Elsa s'enroue. Elle lance un triste:

— Ça va, je comprends.

79

La veuve panique. Sa fille n'a pas à subir son drame.

— Maman..., Est-ce que papa savait que tu aimais Mali plus que tu ne l'aimais, lui?

— Oui, c'était évident! répond-elle.

Une colère diffuse sourd aux tempes d'Elsa.

— Est-ce que ça lui faisait quelque chose? rouspète la mi-orpheline en s'adossant à un coussin.

— Non! Vois-tu, Elsa, ton père aimait son laboratoire plus qu'il ne m'aimait et je ne lui en voulais pas. Il t'aimait aussi beaucoup plus qu'il ne m'aimait, et je l'acceptais.

En déposant deux assiettes sur la nappe tissée, Flame souffre pour sa fille. Depuis toujours, il y avait seulement deux couverts à l'heure du thé, mais il arrivait qu'Émile sorte de son laboratoire. Alors, Elsa devenait animée, radieuse.

— Maman... reprend Elsa une fois à table, dis-moi si l'amour existe. Le véritable amour.

— *Good Lord*, oui! Sans amour, il n'y a pas de vie! Mais, vois-tu, il y a plusieurs sortes d'amour avec un grand A. Et différentes philosophies. Il s'agit de choisir ce qui nous rend heureux. Tu veux parler de ton père et moi?

— Et Mali, ajoute la mi-orpheline, les yeux baissés, tournant la cuillère dans sa tasse.

— Et Mali, reprend Flame. Vois-tu, le grand amour de ton père était son travail. Puis, je suis arrivée dans sa vie. Pour un bout de temps, j'ai dépassé sa profession. Une fois marié, bien installé, il a continué de m'aimer, mais son laboratoire passait bien avant moi. Je trouvais ça normal. De mon côté, j'avais une amie, Mali, que j'aimais beaucoup.

— Papa t'aimait moins parce qu'il se sentait délaissé, accuse Elsa, avalant une gorgée bouillante sans en sentir la brûlure.

— Non. Tous deux, nous savions dès le début que notre cœur était déjà comblé. Nous nous aimions, mais c'était comme si chacun de nous avait souhaité être bon deuxième, avec des avantages très intéressants dont le couple, le sexe, la confiance, *et caetera*. Ça te va?

— À peu près, oui. Et pour le reste?

Elsa regarde sa mère à la dérobée, les yeux au niveau du bord de sa tasse.

— Le reste, c'est quand tu es arrivée. Pour moi qui désirais une petite fille – Antoine avait déjà six ans –, je n'étais pas surprise de ma joie. Mais quand j'ai vu Émile tomber en pâmoison devant toi! Émile n'aimait pas les enfants, et tu as tout changé. Il en oubliait son laboratoire. Une fois, tu y as saboté un travail de plusieurs jours. Il n'a pas froncé les sourcils. «Elle est si charmante!» Voilà tout ce que ton père a trouvé à dire.

— Tu étais frustrée?

— *Good Lord*, non! Ton père qui t'aimait à ce point. J'étais au septième ciel!

Elsa esquisse un sourire enfantin. Flame entoure de ses mains le visage de sa fille avec le plus de tendresse possible.

— Sans prétendre le remplacer, je t'aime autant qu'il t'aimait.

— C'est facile à dire maintenant que Mali est morte.

— Ce n'est pas la mort de Mali qui te fait douter de mon amour pour toi, c'est la mort de ton père.

— Non! C'est Mali. Tu l'aimais plus que moi.

Elsa a presque craché les mots qui lui brûlaient la poitrine.

— Il n'y a pas de plus et de moins, Elsa. Il y a des différences. Il y a des besoins. Il y a... Je vais essayer de t'expliquer du mieux possible ce qui nous arrive.

Flame tente de saisir la main de sa fille. Elsa la retire vivement et hurle:

— M'expliquer quoi! Tu n'es jamais arrivée en retard avant que Mali meure. Tu ne m'as jamais négligée. Tu t'inquiétais toujours.

— Et presque chaque fois, tu me disais: «Je ne suis pas une enfant.» Je regrette d'être arrivée en retard. Calme-toi, on va continuer à causer, et tu verras que je ne te néglige pas et que je ne te négligerai jamais. Jamais. Ça va?

Elsa fait un signe de tête, incapable de parler.

— Supposons que Mali soit morte et que ton père soit vivant. Aurais-tu perçu une différence? Je vais aller un peu plus loin. N'aurais-tu pas été ennuyée si, dans mon désarroi, je m'étais mise à transférer mon surplus de sollicitude sur toi?... Tu me répétais déjà: «Tu me surprotèges!»... Ou bien, sans malice, n'aurais-tu pas été plus contrariée si, par exemple, ton père m'avait accordé plus d'attention pour compenser, et...

— Arrête, tu vas à côté du sujet, ronchonne Elsa.

— Non, je te dis que si ton père n'était pas parti, notre petite famille équilibrée aurait poursuivi son chemin jusqu'à ce qu'un jour, tu nous annonces, radieuse: «Je suis amoureuse.» Ton père, heureux pour toi, aurait compris que ton nouvel amour n'altérait pas tes sentiments envers lui.

— Qu'est-ce que tu veux dire? demande Elsa. Sa question n'a pas l'agressivité du début de la conversation.

— Je veux dire que l'amour a plusieurs visages. L'amour paternel ou maternel est différent de celui qui unit deux adultes, ou deux adolescents, ou une personne et son travail, un religieux et son Dieu, un narcissique et sa personne.

Le froncement du visage d'Elsa s'atténue lentement. Flame soupire de soulagement.

— Si tu savais comme je souhaite que tu te rendes disponible pour vivre un véritable amour durant ton existence. Celui que tu choisiras. Pas l'amour qui te sera imposé par la société, à tel âge, dans tel milieu, selon tels critères. Oui, l'amour existe. L'amour, Elsa, c'est la vie.

L'adolescente se lève et donne une affectueuse bise à Flame. Elle se dirige vers la chaîne stéréophonique et choisit le disque compact de *Pompes et Circonstances* ainsi que le *Panis Angelicus* enregistré par Flame avec la chorale de l'église Saint-Sacrement. Au son de la musique familière aux deux endeuillées, Elsa reprend sa place:

— Tu sais, je l'aimais beaucoup. Mais, cet après-midi, j'ai eu peur qu'elle vole ma place. Elle semblait plus présente qu'avant.

Émue par le geste et les paroles d'Elsa, Flame se penche un peu par-dessus les tasses et murmure à sa fille, à travers ses prunelles mouillées:

— Mali ne peut voler ta place, vous n'êtes pas dans le même train.

* * *

Roberto Danzi réalise chaque jour davantage que sa vie est à rebâtir. Il est devenu un «sans famille». Et qu'adviendra-t-il de Flame maintenant veuve? Elle ne visitera plus jamais Sainte-Adèle-sur-Lac. Le *Nouvelliste* ne pourra plus servir de trait d'union entre eux. Depuis la mort du couple, le maire de Saint-Léon n'habite plus dans le petit cottage en bois rond, construit de ses mains et de son cœur, à quelques mètres de la résidence des disparus. Il demeure dans son condo à Saint-Léon et considère maintenant les obligations sociales imposées par la mairie comme une bénédiction.

Émile disparu, le soupirant muet cherche des prétextes pour fréquenter Flame. Après en avoir discuté longuement avec Gaston Dupuis, son «lieutenant», il entreprend d'inviter l'amour de sa vie pour parler d'affaires.

Le rendez-vous est fixé à son prochain retour de Québec, où il défend le dossier des terres agricoles de Saint-Léon.

— Je peux aller à Québec si on t'assaille moins à l'Assemblée nationale qu'à Saint-Léon, propose Flame. Un petit voyage ne me ferait pas de mal.

— Ah, oui? Alors, je m'occupe de vous ré-réserver une suite au château Frontenac. Vous arriveriez qu-quand?

Roberto ne sait jamais s'il doit vouvoyer ou tutoyer Flame. De plus, sa gêne le fait bégayer quand il lui parle.

— Demain. Tout de suite, demain. Après la lecture du testament.

Flame est contente de rencontrer une personne qui a vécu près de Mali pendant une vingtaine d'années. Sans oublier qu'une fois à Québec, elle pourra s'engager sur la piste de la clinique d'Émile.

5

«[...] étant donné que je considère Flame Donnelley comme ma sœur, je lègue...»

Flame sent un courant électrique traverser son corps. Tous les participants se tournent vers «la nouvelle sœur de Mali». Flame ne voit rien, n'entend rien; elle est étourdie par ce bout de phrase officialisé d'un sceau indélébile qui revient dans sa tête, comme le tic-tac d'une horloge: *ma... sœur... ma... sœur... ma... sœur...* L'émotion est trop profonde et trop imprévue. Elle s'évanouit.

Carole et Suzanne Breton s'empressent de la soutenir discrètement jusque dans le bureau de Me Germain Tétreault et restent avec elle.

— Ça va, Suzanne, je vais prendre soin d'elle, la rassure Carole.

L'intendante, qui pressent plus qu'une simple bisbille autour du testament, juge qu'il est préférable pour elle de s'éclipser.

— Vous en êtes sûre? Alors, je vais retourner à Sainte-Adèle. Si vous saviez comme c'est triste dans cette maison depuis qu'ils sont partis! Je mettrai des années à me remettre de ce choc.

Suzanne Breton traverse la grande salle des secrétaires où sont réunis les héritiers pour la lecture du testament.

Le notaire continue de lire, concentré sur l'incroyable ajout de cinq lignes au testament qu'il a préparé avec le couple. L'écriture de Mali ressemble à celle de certains brouillons de documents déjà présentés en vitesse par la décédée. «[...] qu'elle fasse partie du partage du reste de mes biens au même titre que mes sœurs et frères ainsi que...»

Les autres membres de la famille, visiblement déçus de ce qu'ils entendent, n'éprouvent aucune sympathie pour cette étrangère qui vient de leur souffler un ou deux millions. Pis encore, dans ce codicille olographe, Magalia a légué à Flame Donnelley le contenu d'un coffre-fort dont tous, y compris le notaire, ignorent la combinaison. Le codicille est clair: «À Flame Donnelley, que je considère comme ma sœur.»

Le choc est dur pour les membres de la famille De Grandpré. Même si le modeste local de Me Tétreault est suffisamment climatisé, les héritiers transpirent et manquent d'air.

Charles, qui vient de recevoir une importante prime additionnelle à son pourcentage sur les biens partagés par la famille, estime tout à coup le bureau des secrétaires inapproprié à la révélation d'une nouvelle aussi troublante. Il voudrait se sentir riche immédiatement. Les pupitres disposés en rangs d'oignons et tapissés de papiers épars le contrarient davantage; la porte qui donne directement sur cette salle lui apparaît carrément indiscrète.

Par ailleurs, la couleur jaunâtre des deux chaises carrées en cuir et chrome, flanquées devant l'entrée, tape maintenant sur les nerfs de Raymond, le second frère de Mali. Il ne digère pas le monstrueux magot légué à Flame Donnelley. Et pourquoi l'héritage de son frère Charles est-il plus élevé que le sien?

Carole n'a pu entendre le reste du codicille. Depuis le bureau de Me Tétreault, près de Flame, elle continue de prêter oreille à ce qui se dit dans la salle des secrétaires. Elle a été touchée par la délicatesse de Mali envers les employés du journal et envers Suzanne Breton. De plus, elle se sent à l'aise dans ce charivari qui ressemble à une salle de rédaction où l'activité intellectuelle se traduit par des ordinateurs, des filières et des téléphones enfouis sous des piles de papiers disparates.

Pascale est si furieuse du peu qui lui est dû qu'elle lève tout simplement le nez sur ce modeste local, rajouté au modeste bungalow de la modeste rue Achille du modeste quartier de Lafleur. C'est le dépit qui la motive, car elle n'a jamais attaché d'importance au désordre d'un bureau. «La petite garce», comme on l'appelle, connaît la compétence de Me Tétreault et sait pertinemment que J.P. et Mali avaient les moyens de se payer une firme prestigieuse. Comme plusieurs personnes de la haute de Saint-Léon, le couple préférait avoir recours à la précision, à l'honnêteté et au professionnalisme de ce notaire aussi dodu que moustachu. Mali et Jean-Paul s'étaient attachés à ce grand bonhomme qui parle constamment de bûches à couper ou de feuilles à râteler : «Il décrit les plus menus détails de ses aventures de chasse et de pêche mais il n'échappe jamais un mot des affaires brassées entre les quatre murs de son bureau.»

Les murmures de désarroi, imperceptibles au début, s'amplifient progressivement jusqu'à atteindre une tapageuse cacophonie. Par trois fois, le notaire Tétreault doit rappeler les héritiers à l'ordre.

Raymond, colosse barbu grisonnant, plutôt impulsif et très contestataire, chuchote à Charles, petit, manchot, mince, au visage pointu et frustré :

— Ça fait un gros lot pour quelqu'un qui a découvert le cadavre !

— Veux-tu dire qu'elle l'a tuée ? s'indigne Charles en replaçant, avec sa main droite, ses demi-lunettes qui ne cessent de lui glisser sur le bout du nez.

— Ça vaut certainement une enquête, continue Raymond, perplexe.

— Sherlock Holmes ou Hercule Poirot, pas moins avec ce visage angélique, susurre la cousine Pascale, s'introduisant en douce dans la conversation. Ce legs est louche, ou Mali a perdu la tête avant de mourir.

— Ne dis jamais un mot contre ma sœur, s'indigne Charles.

— C'est cette étrangère qu'on attaque, pas Magalia.

Raymond aimait beaucoup sa petite sœur, mais il trouve injuste que sa part soit inférieure à celle de Charles sous prétexte que son frère est handicapé et financièrement défavorisé. Il désire davantage pour ses enfants. Il est sûr qu'une erreur s'est glissée dans le testament.

— Je ne dis rien contre Mali. Je parle de Flame Donnelley. Cet ajout au testament est impossible. Je suis sa filleule et elle ne m'a pas légué le dixième de ce qu'elle lui a laissé.

— Avoue que tu t'es rarement morfondue en reconnaissance! souligne Charles. Et puis, Flame était l'invitée-vedette à son réveillon de Noël cette année. Mali n'invitait que des personnes qu'elle aimait particulièrement au réveillon de Noël.

— J'étais là moi aussi, ronchonne Pascale à mi-voix.

Elle relève sa mèche noire d'un coup de tête rageur.

— Il fallait bien qu'elle t'invite, lui renvoie Raymond, en lissant sa barbe d'un air entendu.

— Voilà! Tu le dis toi-même «il fallait». Donc, tu admets qu'elle s'est sentie responsable de moi toute sa vie et juste avant de mourir, elle me coupe cinq cent mille dollars? Ensuite, elle laisse un coffre-fort avec une combinaison qu'elle confie à Flame, en plus de réduire nos pourcentages sur le reste des biens pour les donner à une «sœur» de quinze jours. Une Anglaise, en plus.

— Mets la discrimination de côté si tu veux revendiquer quelque chose. Tout le monde sait combien Mali avait horreur de toute forme de discrimination, avise Charles en replaçant ses demi-lunettes sur son nez.

Il ne peut s'empêcher de défendre Flame. Depuis des années, l'amie de sa sœur lui trotte dans la tête.

— Un bout de testament écrit à la sauvette, sans notaire, et trouvé par qui? dit lentement Raymond, le nez retroussé, presque parallèle au plafond.

— Probablement écrit sous le choc de l'émotion... atténue Charles.

— Ou du revolver! complète Pascale, se tassant confortablement sur sa chaise. Le plus intrigant est que le nom de cette intruse n'est mentionné qu'à la fin. À la main à part ça.

Raymond est de plus en plus fâché.

— Et la somme de cinq cent mille dollars qu'elle m'avait léguée, à moi sa filleule, est rayée par la même plume pour être propulsée dans le codicille. Je parie que Mali relisait doucement son testament quand cette hystérique est arrivée et le lui a fait terminer à sa façon. Avez-vous vu la scène qu'elle nous a livrée au cimetière? Une vraie psychopathe. Et pas de tête en plus. Elle a dit par deux fois, devant témoins, qu'elle allait tuer le Dr Jérôme Poupart et moi. C'est une maniaque. Nous tuer en vertu de quel crime?... Parce qu'on baisait pendant qu'elle dictait SES volontés?

Pascale croise et décroise ses belles jambes.

Charles est mal à l'aise dans cette situation grâce à laquelle Magalia l'a rendu riche. Il ne s'est jamais douté que Mali se tourmentait en le pensant moins bien nanti que ses deux frères parce qu'il vivait seul, manchot, donc malheureux selon elle, et probablement sans assez d'argent pour se payer une belle vieillesse. L'héritier privilégié admet donc à contrecœur les propos de Raymond et de Pascale:

— Plus j'y pense, plus tu as raison de dire que ça vaut une enquête. Rien de cela ne ressemble à Magalia.

— On devrait contester, lance Raymond, un peu plus fort que prévu.

Le tumulte s'accentue jusqu'à ce que la voix de Me Tétreault ne le coupe avec autorité:

— Vous pouvez contester si vous le désirez. Pour ma part, la réunion est close, et j'autorise le liquidateur, Monsieur Olivier De Grandpré, à procéder dans les délais acceptés par la Cour supérieure.

Puis, l'homme de loi quitte la salle des secrétaires en proposant à tous d'en faire autant.

Flame reprend vaguement ses esprits.

— J'étais sa sœur? murmure-t-elle.

Carole lui sourit.

— Oui, elle l'a écrit dans le testament. Sa sœur, tout comme moi.

Malgré l'isolement du bureau et son malaise, Flame entend la dernière remarque de Raymond et, surprise, demande à Carole:

— Quelqu'un conteste qu'elle me considérait comme sa sœur?

Carole, supposant que Flame a entendu les accusations avant de reprendre conscience, la rassure.

— C'est le choc qui les fait parler comme ça. Ils te connaissent peu et ne savent pas combien vous étiez proches, Mali et toi.

Flame se relève, heureuse d'être officiellement la sœur de Mali. Elle n'a aucune idée de l'héritage qui vient de tomber dans sa bourse et ne pense pas à s'informer de ce que «sa sœur Mali» lui a légué.

Germain Tétreault entre dans son bureau pour déposer ce testament étrange dans une filière confidentielle.

— Ça va? s'inquiète Carole, soutenant Flame.

— Parfaitement, merci. Je m'excuse pour le dérangement. Tellement d'émotions!... Il faut que je parte pour Québec, annonce la nouvelle sœur de Magalia, à peine debout.

— Tout de suite? Est-ce que tu es assez bien? demande Carole. Veux-tu boire un peu d'eau?

— Je garde toujours un cognac dans l'armoire pour les urgences, offre le notaire.

Me Tétreault est dérouté par ce codicille olographe. Pourtant, le document sur lequel Mali a accolé ses dernières volontés à son sceau encore tout frais n'a été abrogé par aucun autre testament. Il s'en est assuré avant de convoquer les héritiers.

L'ami du couple décédé en profite pour examiner de plus près l'intruse pour qui Magalia a modifié brusquement les papiers qu'ils avaient fini de rédiger ensemble vendredi.

— Non, non, non. Merci, maître, répond Flame. Puis, elle s'adresse à Carole: «Je suis si contente qu'elle m'ait appelée sa sœur!» Un sourire éclaire son visage. Le premier depuis la mort de Mali.

«L'héritière-sœur» se faufile à travers les membres hostiles de la famille, convaincue que tout le monde est satisfait de «l'extraordinaire» testament de Mali. Par contre, sa démarche fière est perçue par quelques-uns d'entre eux comme une arrogante provocation. Certains organisent déjà la contestation du codicille, et Pascale rêve même de condamnation.

* * *

Carole s'esquive du bureau de Me Tétrault et se rend au journal sans s'arrêter pour le lunch. La rédactrice en chef n'y retrouve que consternation.

Répondant à son invitation, une quinzaine d'employés, tous copains depuis au moins sept ans, entourent la sœur de Madame De Grandpré.

— C'était ma mère professionnelle autant que ma patronne, confie la rédactrice en chef.

— Mère professionnelle... l'expression est juste pour nous aussi.

— Tu as raison, Luc, car j'ai le privilège de vous annoncer que vous recevrez tous une part substantielle de l'héritage de Madame De Grandpré. Ma sœur vous aimait beaucoup. Elle comptait sur nous pour l'expansion du *Nouvelliste*.

— On devrait prendre tout cet argent et essayer de trouver des fonds supplémentaires pour acheter le journal ensemble, suggère Luc. C'est ce que Madame De Grandpré aurait souhaité, j'en suis sûr.

— Une suggestion logique, dit Marc, le contrôleur et fils d'Olivier De Grandpré. Je suis certain que mes oncles ne seront pas intéressés aux journaux. Qu'en penses-tu, Carole?

— Tu as raison. Mais il va falloir réfléchir vite parce que moi aussi je crois que mes frères vendront au premier acheteur sérieux.

Carole pense à l'incident chez le notaire et à «l'Anglaise» qu'ils ne voudront sûrement pas accepter sur le conseil d'administration.

— Surtout que tout le monde sait qu'Informatique 2000 lorgne le *Nouvelliste*, complète Luc.

Plus un mot. Soudain, un sanglot déchire le silence. Un autre. Deux autres. Des sanglots féminins, masculins, jeunes, moins jeunes, étouffés, abondants. Des émotions retenues depuis treize jours. Comme si le couperet venait hacher tous leurs espoirs de continuer leur vie qu'ils ont bâtie ensemble au *Nouvelliste*.

* * *

— *Good Lord*! On ne peut différencier le ciel du sol, se plaint Flame, une fois assise au restaurant de l'Assemblée nationale, à Québec. La rafale sur l'autoroute était saisissante.

Flame ne compte pas sur Roberto pour entamer la conversation. Elle parle sans arrêt pour le mettre à l'aise.

Le sommelier s'approche avec les égards dus au maire Roberto Danzi, très populaire dans les environs de Québec. Flame est amusée d'entendre cette profusion de «Monsieur le maire» à deux cent soixante-dix kilomètres de Saint-Léon.

— Vous aimez toujours le car-carré d'agneau? demande Roberto, fier de démontrer à Flame qu'il connaît son plat favori.

Elle lui adresse son plus beau sourire.

La conversation continue par bribes. La crise, la séparation du Québec, la mort imminente de Jacqueline Kennedy, etc.

Roberto sait depuis longtemps, sans pouvoir en évaluer l'intensité, que Flame avait une affection peu commune pour Mali.

— Nous avons subi trois pertes désastreuses, n'est-ce pas, dit-il. Vous sou-ouffrez beaucoup?

— Insoutenable!

Son regard devient sombre tout à coup.

— Je suis profondément affecté moi aussi. J.P. et Ma-Mali... C'était ma fa-famille. Un frère et une sœur. Et votre ma-mari, Émile... un am-ami très intéressant.

Flame s'offusque du mot «sœur» dans la bouche de Roberto. Va pour J.P. comme frère, mais Mali est «sa sœur» à elle. Pas celle de tout le monde.

Le serveur apporte le carré d'agneau. Ils mangent en silence.

— Alors, qu'as-tu de si intéressant à me proposer? demande-t-elle, voyant le souper s'achever sans que Roberto mentionne un mot sur les affaires qui l'occupent.

— Vous êtes sur le con-conseil d'adminis-s-stration des entreprises de Mali et de J.P., vous a-avez parcouru Saint-Léon durant la campagne. J'ai pensé que, vu que vous êtes connue, qu-que vous êtes intelligente et qu-que votre person-sonnalité pl-plaît beaucoup, j'ai pens-pensé que vous pourriez vous pré-présenter à l'échevinage pour remplacer Albert Ladouceur. Vous seriez sur le co-comité exécutif immédiatement.

Flame dévisage Roberto comme s'il lui proposait de traverser la Manche à la nage.

— Je-je m'excuse si je me su-suis trompé. J'ai pen-pensé à cela parce que moi-même, je n'étais pas intéressé à la po-politique...

Roberto bafouille de plus en plus. Il n'en est que plus attachant.

— Ne t'excuse pas, non, non, non, Roberto! En passant, tu peux me tutoyer, on se connaît depuis si longtemps. C'est que je ne tiens nullement à changer ma vie de femme d'intérieur pour celle d'une femme publique. Je sers bien les conseils d'administration de Mali, mais je ne siégerais pas pour d'autres compagnies. C'est très flatteur que tu aies pensé à me proposer de faire partie de ton équipe, surtout de ton comité exécutif, mais je ne pourrais pas.

Roberto veut absolument trouver un nouveau prétexte pour revoir Flame aussi souvent qu'avant. Flame, la seule femme sur la terre qui pourrait lui faire abandonner le célibat.

— As-tu des projets, maintenant que...

— Je suis très déprimée, laisse-t-elle échapper dans un long soupir.

Sitôt dit, elle regrette cette «faiblesse» et se tait.

— Il n'y a rien de gênant à être dé-déprimée, tu sais. Tu devrais t'épancher un peu.

— Je ne dois pas, pas moi. Je peux montrer de la rage mais pas de la faiblesse, explique-t-elle en se redressant.

— Flame... ce n'est pas de la fai-faiblesse, c'est un peu de ré-répit, un partage avec un ami... Il se mord la lèvre, subjugué par son audace.

— Je t'avoue que je n'ai jamais été dans un tel état. C'était vraiment une amie différente de tout le monde, avoue-t-elle, oubliant Émile autant que J.P.

— Sais-tu ce que j'ai fait qu-quand je suis arrivé à Montréal et que Franco n'était ja-jamais là? dit-il, en signant l'addition. Je ne connaissais per-personne. À part mon travail, la solitude me dé-déprimait.

Flame l'interroge du regard.

— J'ai étudié. J'étudiais continuellement. Et le plaisir de vivre est revenu. Finalement, j'ai ob-obtenu mon diplôme d'architecte-paysagiste. Après, t-tout s'est replacé, problème par problème.

— Hummm... Je ne suis pas particulièrement studieuse. Je ne crois pas que je trouverais une motivation suffisante dans les livres.

— Je pensais com-comme toi, moi aussi! dit-il en se levant et en tirant la chaise de Flame.

— Je vais y réfléchir. Elle le remercie d'un serrement de main.

Peccato! pense le maire de Saint-Léon.

Il se promet cependant de créer une autre occasion d'impliquer Flame dans le déroulement de sa vie quotidienne.

En traversant le pont Champlain qui relie la Rive-Sud à Montréal, Flame ne peut s'empêcher de compter les fois où Mali lui a fait remarquer la belle perspective du centre-ville qui se détache sur le Saint-Laurent tout blanc, en janvier. La sonnerie du téléphone la fait émerger de sa rêverie. C'est Gaston Dupuis, l'argentier du Parti de tous les Léonnais.

— [...] Flame, j'organise une soirée de remerciements pour tous ceux qui ont collaboré très activement à la campagne de Roberto à la mairie. Je t'appelle le plus tôt possible pour m'assurer de ta présence. J'ai l'intention d'incorporer cette réunion dans une partie d'huîtres pour ramasser des fonds pour le PTL. Nos bénévoles seraient invités gratuitement. Une soirée avec orchestre, animation et petits discours de gratitude.

— Les parties d'huîtres, c'est à l'automne. Ce n'est pas trop loin?

— Pas si loin. D'ici quelques mois, la fièvre électorale n'aura pas disparu et ça va leur faire plaisir de voir qu'ils sont encore dans le portrait, un an après les élections. Et puis, il faut bien l'avouer, dans quatre ans, c'est en octobre qu'on aura besoin d'une soirée pour le sprint final de la campagne électorale. Vaut mieux commencer les parties d'huîtres en octobre dès la première année.

— Tu as un bon point. La prochaine campagne est déjà commencée.

— Alors, je compte sur ta présence, Flame? C'est le 15 octobre.

Gaston Dupuis hésite un bref moment avant de poursuivre.

— Il n'y a qu'un point délicat... Jérôme... se trouverait à la même table que toi... Il l'a demandé et je crains que Pascale suive.

Le cœur de Flame s'arrête, puis pompe. Ses mains sont moites.

L'organisateur sent qu'il parle dans le vide.

— Flame?

— Oh, *dear*, excuse-moi. Je vérifiais la date dans ma tête, j'y serai. C'est noté. Que disais-tu? Un point délicat, Jérôme, Pascale? Pas de problème. C'est idiot mais inévitable, nous sommes dans le même parti. C'est ça, la politique.

— J'aimerais bien que nous allions dîner ensemble, Flame.

Flame, encore sous le choc, oublie de répondre.

— Préfères-tu que je m'arrange pour qu'ils n'y soient pas, Flame? À toi seule, tu vaux plus que les deux ensemble pour le parti... et pour le maire, ajoute-t-il, espérant que sa correspondante remarque les sentiments de Roberto, un jour ou l'autre.

Flame a autant d'influence que Mali en avait sur le maire, mais elle ne représente pas de menace pour lui en politique.

— Non, non, non! J'étais distraite, je te jure que ça m'est égal. Je sais que je vais me venger. Pas à ta soirée, par contre, rectifie-t-elle immédiatement.

— Alors, on mange ensemble disons, la semaine prochaine, mardi?

— Mardi?... oui. À midi, au Sheraton.

L'argentier du PTL reste un bon moment la main appuyée sur le combiné qu'il vient de raccrocher. *Mali... quelle situation paradoxale!*

* * *

94

Machinalement, Flame regarde sa montre. 16h40. Pour la première fois, elle réalise qu'il n'y a personne qui l'attend à la maison et que rien ne l'oblige à rentrer. Elle repense à sa conversation avec Roberto.

C'était facile pour Roberto de noyer sa peine dans les bouquins! Il avait son métier de pépiniériste pour le stimuler, mais elle... Elle est devenue infirmière pour rester à Montréal. Sans compter qu'à cette époque-là, soigner les malades répondait à son besoin d'aider les autres. Va pour Émile, son mari aurait dormi dans un laboratoire non chauffé, avec un dictionnaire comme oreiller...

Mais elle... L'université, ça veut dire quoi, à part flirter? Et elle n'a pas le cœur à flirter.

Sa voiture la conduit, errante... Le désespoir lui était si étranger. Maintenant, il colle à sa peau. Tout est noir. Noir. Noir.

Soudain, ses yeux restent accrochés au sigle d'une pharmacie. *Pharmacie... laboratoire... université...* Sa voiture ralentit avec ses pensées. On klaxonne. Flame n'entend rien. Lentement, elle murmure, en mâchant chaque syllabe: «Qu'est-ce que je ferais à l'université?... *Good Lord!* J'apprendrais à déchiffrer la formule! La formule! La formule!»

Flame ignore les automobilistes impatients et se concentre. Elle s'inscrira en biochimie. Elle apprendra à reconstituer le médicament d'Émile. Et vite. Son cours d'infirmière et les incalculables renseignements pigés dans les monologues d'Émile lui valent déjà des années d'études. À l'université, elle aura accès à toute l'information essentielle et vitale. Accès aux chercheurs surtout. Quitte à coucher avec tous ces petits génies pour apprendre sans en avoir l'air. Et si les remèdes d'Émile ne durent pas le temps nécessaire, elle saura en fabriquer de nouveaux. Elle est sauvée. *Merci, Roberto! Merci! Merci! Merci!*

Flame range sa voiture en bordure du trottoir pour téléphoner à l'Université de Montréal et explique ses ambitions à la réceptionniste au bout du fil.

— [...] dans ce cas, il n'y a pas de problème pour la Faculté de sciences et de génie, continue la réceptionniste. L'inscription pour le trimestre d'automne est le 1er mai. Vous devez...

— J'aimerais suivre le trimestre d'hiver, interrompt Flame.

— Je regrette, mais il est trop tard. Vous auriez dû vous inscrire en novembre, décembre au plus tard.

L'enthousiasme de Flame tombe. Six mois d'attente. Tout est bousillé.

* * *

En ouvrant la porte de sa résidence de Saint-Léon, Flame n'a pas encore trouvé le moyen d'être plus active. Le vide de la maison lui paraît si glacial qu'elle reste flanquée là, le manteau boutonné. Elle jette une expression sombre sur le répondeur. Pas de clignotement. Mali n'a pas téléphoné. Non! Non! Non! Flame s'appuie sur le bord de la causeuse pour ne pas s'évanouir.

Le laboratoire sans la présence invisible d'Émile... Plus de flirts ni de conversations fascinantes avec ses visiteurs notoires. Plus d'aventures galantes non plus... Plus de chemises à repasser!... La nouvelle solitaire ressent une peur bleue d'être tentée d'appeler tout un chacun pour briser son isolement. Rien! Rien! Rien!... Ses mains sont moites, elle n'ose avancer dans cette grande maison abandonnée de son quotidien, de son «foyer très correct».

Anna sort de la cuisine. Elle se fige devant l'expression de sa patronne. Jamais elle ne l'a vue atterrée. La gouvernante chérit Flame, Antoine et Elsa autant que sa propre fille, Sophie.

— Ma-da-me Don-nel-ley! comme vous avez l'air fatigué! Je vous prépare un thé et des petits sandwichs?

La domestique trottine nerveusement autour d'elle.

— J'apprécierais, Anna, merci!

D'un geste las, Flame retire sa pelisse.

Quand Anna Morin apporte le plateau particulièrement bien garni, Flame l'invite à s'asseoir avec elle.

— Vous avez fait un bon voyage à Québec, madame Donnelley?

Anna croque un petit gâteau, refrénant sa gourmandise devant l'appétit d'oiseau de sa patronne.

— Oui, c'est le retour qui est pénible.

La gouvernante hoche la tête, pleine de sollicitude.

— Je vous comprends. De bonnes vacances dans les îles, en février, vous feront du bien physiquement et moralement.

— Je l'espère. Je souhaite surtout que ces vacances aident Elsa. J'ai l'intention de demander à Antoine de nous rejoindre en Guadeloupe. Maintenant qu'Émile est parti, je voudrais tisser de nouveaux liens entre mon fils et nous. Nous resterons en Guadeloupe plus longtemps que la semaine de relâche. Actuellement, le plus urgent pour Elsa est de sentir qu'elle a encore une famille.

— Que vous me faites plaisir, madame Donnelley! Mon Tony! Je l'aime tellement ce garçon! Ça m'a crevé le cœur quand il est parti. Pour dire vrai, je ne m'en suis jamais consolée. Croyez-vous qu'il voudra revenir étudier à Montréal, maintenant que...

Elle s'interrompt. Malgré sa grande discrétion, Anna Morin ne peut ignorer le fait qu'Antoine a fui la maison parce qu'il s'y sentait de trop. Sans exprimer son opinion sous aucun prétexte, elle n'a jamais pardonné à Émile Duval sa conduite mesquine envers «son Tony».

— Non. Plus maintenant. Sa carrière se dessine à New York. Mais cela ne nous empêchera pas de redevenir une vraie famille avec lui.

Le visage d'Anna pétille d'affection. La gouvernante énumère des achats à faire pour Elsa avant de partir pour ses propres vacances en Floride. Anna assure Flame que sa fille Sophie fera les malles la veille de leur départ.

— Elle a juré ses grands yeux qu'elle mettra le constable noir fétiche dans la valise d'Elsa le jour du départ, pas avant, pas après.

Flame rappelle comme ce constable en bouteille avait frappé l'imagination d'Elsa. Émile le lui avait acheté.

— La peau noire sur l'uniforme blanc l'intriguait, suppose Anna. En tout cas, je dois l'admettre, «son gendarme» est bien beau.

— On ne se verra pas pendant quatre semaines! s'exclame Flame, ressentant soudain l'absence d'Anna jusque dans ses tripes.

Sitôt dit, elle regrette déjà sa remarque. Dans son esprit bouleversé, elle se voit à genoux, suppliant n'importe qui sur son chemin de se laisser aider par elle. D'exprimer un besoin, un service. Est-elle à ce point solitaire? Sa main passe sur son visage rougi.

Anna continue la conversation comme si elle ne percevait pas le mal de vivre de sa patronne.

— Je suis si contente pour mon Tony! dit-elle. Le croirez-vous, après tant d'années, je prie pour lui tous les soirs.

Et d'un pas trottinant, la gouvernante, au service de Flame depuis une vingtaine d'années, regagne la cuisine avec son plateau presque plein.

6

Attablé au Sheraton de Laval, Gaston Dupuis attend Flame depuis déjà dix minutes, ce qui l'amène à penser à Mali, dont il fut le premier amoureux. Évoluant tous deux dans le cercle des communications, ils étaient demeurés excellents copains pendant des années. Par contre, les sentiments de Gaston envers Mali devinrent profondément contradictoires au cours des deux ans de la campagne électorale municipale.

Comme plusieurs politiciens, le chef du cabinet recourait souvent à l'esprit stratégique de la propriétaire du *Nouvelliste* lors de certaines situations complexes et confidentielles. Pour Mali, c'était la manne en permanence: des contrats remplissaient la caisse de l'agence Tam Tam Moderne tout en permettant à la propriétaire du *Nouvelliste* de garder «sur la glace» des révélations dont elle respectait l'embargo. Le moment venu, la nouvelle éclatait en primeur, étoffée de détails pertinents dans le *Nouvelliste*.

Pour Gaston, tout changea avec la campagne électorale de Roberto à la mairie. Sans en être consciente, Mali éclipsait trop souvent Gaston auprès du candidat à la mairie de Saint-Léon. Le lieutenant politicien du maire cachait prudemment sa jalousie, cependant. Même Flame n'a jamais soupçonné son envie de voir Mali disparaître de son entourage.

L'argentier du Parti de tous les Léonnais pique le zeste de citron dans son verre. Son comportement envers celle qu'il a déjà longtemps aimée à en devenir fou rend son gin amer.

Pour annihiler une gênante sensation de culpabilité, il se re-mémore les faits qui engendrèrent la campagne électorale de Roberto à la mairie de Saint-Léon...

... Le maire de Saint-Léon, Paul Vien, avait décidé de se présenter à l'Assemblée nationale avec promesse d'un ministère. Il fallait le remplacer. Toute une tâche pour Gaston!

Il avait appris la nouvelle à Mali à l'issue d'un dîner organisé pour financer le sport scolaire de Saint-Léon, en 1991. Selon Mali, c'était quand même bien d'être maire de Saint-Léon, une ville de cent mille habitants, en banlieue de Montréal, à quelques brasses de Laval. Comme Gaston, Mali ne pouvait cependant pas nier qu'un ministère garanti dans un gouvernement gagnant convenait mieux aux ambitions politiques de Paul Vien.

Il fallait trouver un successeur apte et consentant à poursuivre son type d'administration. «Un successeur que le maire Vien contrôlerait à distance, é-vi-dem-ment!» chuchota Mali en se penchant vers lui. Mince! Qu'il la trouvait charmante!

Gaston est surpris du retard de Flame. Il pose son menton sur la paume de sa main droite, continuant de profiter des minutes d'attente volées à son horaire fou. Comme chaque fois qu'il s'évade du tourbillon de son travail, depuis quelques semaines, ses pensées reviennent à Mali. Surtout à ce dîner dont il maudit les conséquences néfastes sur ses rapports avec la propriétaire du journal de Saint-Léon. Ce dîner qui fut à l'origine de sa lutte de pouvoir unilatéral et féroce contre Mali. Il était assis à cette table retirée de la salle à manger, le 8 octobre 1991...

...Mali était arrivée, toute pimpante, et avait dit en guise de bonjour, avant même de s'asseoir:

— Que penserais-tu de Roberto et Franco comme candidats aux prochaines élections?

— Ha! Ha! Ha! répondit-il bruyamment.

Le sommelier s'arrêta à leur table pour vanter le Beaujolais nouveau et repartit. Mali ne suggéra personne d'autre comme futur candidat; Gaston comprit alors qu'elle ne rigo-

lait pas. Pourtant, elle ne pouvait être sérieuse: convaincre les électeurs du sérieux de deux candidats présentés par un même parti!

— Comment, «un même parti»! s'indigna Mali. Chacun aura son propre parti, sa propre équipe, son propre programme. Le PTL – Parti de tous les Léonnais – pour Roberto et le PQV – Parti de la qualité de vie – pour Franco.

— Deux frères, l'un contre l'autre! Et quels frères! se moqua-t-il. Roberto et Franco! Deux parfaits inconnus!

— Nous avons une vingtaine de mois pour les faire connaître.

— C'est trop, il faut les cacher. Un pépiniériste et un comédien. Un ours et un cabotin. C'est dégueulasse...

Mali continua d'exposer son plan: Franco, le cabotin, ne perçait pas au théâtre à cause de son caractère, mais...

— Comme s'il allait changer de caractère une fois élu!

— C'est là le plus beau de l'histoire. Franco ne sera pas élu! Ton «ours», Roberto, sera élu. Franco sera le faire-valoir de Roberto.

— Mince alors!... Garçon, de la «cervelle» pour madame et un scotch pour moi! lança-t-il en direction du bar.

Mali trouva la blague bien drôle et continua son énoncé.

Le lieutenant du maire lui rappela que Franco était jaloux de son frère. Qu'il tuerait pour devenir vedette à sa place. Qu'il était dangereux. Mali défendit ce point en prônant son absence totale d'intérêt pour la politique et la promesse qu'elle ferait à Franco de pousser sa carrière au théâtre après les élections.

À un certain moment, l'argentier du PTL grogna, en fourrageant dans son assiette du bout de sa fourchette, que Roberto était un ermite, sans statut social, italien et intransigeant, qu'il pigeait vite, d'accord, mais que c'était un ours. Un ours!

Le sourire de Mali désarma Gaston.

Un peu plus tard, convaincu de contrecarrer ce projet abracadabrant, Gaston se coupa un morceau de fromage et défia:

— Qui répondra à brûle-pourpoint aux journalistes pour Franco sur des sujets qui ne l'intéressent pas et qu'il ne comprend pas?

— Son souffleur électronique, laissa tomber Mali, négligemment.

— Mince, alors!... Garçon, plus de «cervelle» pour madame et trois doubles scotchs pour moi!

Mali profita de son humeur pour demander à Gaston s'il se souvenait d'avoir confié à Paul Vien, l'été précédent, que Roberto était si compétent qu'il avait envie de lui confier son commerce.

— Eh, eh, là! On dit ça «comme ça»...

— Il fallait le dire autrement alors, c'est trop «plein d'allure»!

Entre la poire et le fromage, Mali mentionna le mot «avantages» au pluriel, une moue ironique sur les lèvres.

— Eh, eh, les avantages de quoi là? Gaston eut peur de saisir.

— Les avantages de lui laisser la présidence de ta pépinière.

— Dégueulasse! Et ça me donnerait quoi?

Son souffle était court.

— Tu ferais «ton» maire.

Gaston rageait à l'intérieur. Le projet prenait de plus en plus de sens politiquement et l'idée ne venait pas de lui. Mali gagnait du terrain encore. Elle devenait menaçante pour sa performance comme lieutenant politicien du maire.

Tout se passa tel que prévu par Mali. Une campagne sans bavures, misée sur les programmes et non sur les personnes; Franco, né pour les planches, a sauté pieds joints dans cette aventure électorale. On engagea un excellent metteur en scène qui monta une pièce de théâtre gagnante. Une publicité monstre précéda la grande première; leur Apollon fit fureur dans le rôle principal.

Entre-temps, Roberto devenait l'homme d'affaires de la charmante ville des Basses-Laurentides. Grâce à une campagne commerciale pour Les Pépinières tout pour tous, son visage envahit le petit écran. Les journaux publièrent quotidiennement sa photo dans les annonces et il acquit la réputation d'un généreux bénévole. Le jour où le maire Vien annonça sa démission, toute la publicité payée par les grands partisans de Roberto porta fruit. Comme Mali l'avait suggéré, au moment opportun, un groupe fort du PTL prièrent Roberto Danzi de se présenter à la mairie de Saint-Léon.

Gaston fixe le fond de son verre à moitié vide. *Mince! Elle était unique cette Mali!... Si elle n'avait pas pris tant de place! Il verse sa culpabilité dans son verre de gin.*

Flame s'approche de la table de Gaston dans la salle à manger du Sheraton, confuse d'être en retard.

— Tu es pensif, Gaston, dit-elle.

— J'étais en 1991, quand Mali m'avait parlé de Roberto...

— Justement, as-tu quelque chose pour Franco? Depuis la tournée avant les fêtes, il n'a pas...

Flame s'assoit en face de lui.

— Mince! je l'ai oublié celui-là! Mali lui avait promis que je lui trouverais des contrats après les élections.

— Carole m'a dit qu'il lui en voulait à mort. Il est dangereux, tu sais.

— À mort? Je m'en occupe. Tu as raison, il est dangereux. Comment Carole peut-elle être aveugle à ce point?

— Elle l'aime. Tu as maigri, Gaston.

— Toi aussi, Flame. Roberto aussi. Carole aussi. Elle en a emporté des kilos avec elle, cette Mali!

Un silence gênant s'installe entre eux pour quelques instants. Gaston jette un œil distrait sur le menu et ajoute:

— Comment te débrouilles-tu, Flame?

— Je voudrais étudier pour me distraire, mais il n'y a pas de place à l'Université de Montréal. Je cherche un confrère d'Émile qui connaîtrait le doyen de la Faculté des sciences et génie. J'aimerais suivre le cours de biochimie comme auditeur libre.

— Dommage qu'on ne soit pas à Québec. Roberto te ferait entrer demain matin à l'Université Laval.

Tandis que Gaston étudie le menu, Flame pèse et soupèse cette offre improvisée.

— Gaston, crois-tu que ce serait trop demander à Roberto... pour l'Université Laval. Comme auditrice libre en biochimie?

— À Québec? Tu irais étudier à Québec? Mince, alors!

— Ce ne serait pas pire que ceux qui vont au mont Tremblant toutes les fins de semaine pour faire du ski.

— Je vais téléphoner à Roberto, dit Gaston en disparaissant sans que Flame réagisse.

Cinq minutes plus tard, il revient et annonce à Flame que Roberto va se joindre à eux.

— *My, my!* Tu ne perds pas de temps!

— Il n'y en a pas à perdre, répond-il, fier d'organiser un tête-à-tête entre Flame et Roberto.

Flame s'abstient d'exprimer combien la bienveillance de Roberto envers elle lui fait du bien. Elle a si peur de quémander l'estime des autres maintenant.

Si Gaston réussit, plus personne ne menacera son pouvoir ni son influence sur le maire. Pas de Mali entre eux et Flame autour de Roberto, voilà le contexte idéal pour contrôler son poulain.

* * *

— Tu sais, ça me fait chaud au cœur de te voir ici, dit Flame en versant une tisane à la camomille dans la tasse de Carole. Tu l'as connue plus longtemps que moi. Vraiment, je te remercie de venir me voir.

Flame présente à son invitée de minuscules sandwichs-triangles au concombre coupé fin dans une assiette en porcelaine peinte à la main. Les deux amies sont assises dans des fauteuils *Old English* fleuris, disposés de chaque côté d'une petite table Louis XVI, qui décore un coin en saillie du salon.

Les yeux pers de Carole fixent une sélection de petits gâteaux glacés blancs, jaunes et roses. Elle hésite à parler, s'avance sur le bord de son fauteuil, puis décide de se confier. Après tout, Flame a toujours eu la réputation de ramasser les chiens perdus, les miséreux. Et Carole ne peut se sentir plus misérable.

— Flame, commence-t-elle, je dois t'avouer que j'ai couru vers toi parce que je suis tout aussi affectée que tu l'es par... sa mort.

Flame se fige d'indignation, l'assiette restée suspendue au bout de sa main: *Tu oses comparer TA peine à MON désespoir?*

— Je n'aimais pas Mali d'un amour exclusif comme le tien, corrige immédiatement Carole devant la stupeur de son amie, mais nous étions très proches et j'avais aussi besoin d'elle, je te l'assure.

Flame rapporte l'assiette sur la table, toujours bouleversée, mais un peu moins confondue. Elle attend une explication. Soudain, elle reproche, pas gentille du tout:

— Alors pourquoi l'as-tu abandonnée à douze ans?

Carole ne reconnaît plus Flame. Par contre, elle la comprend.

— Pour son bien. Je l'étouffais. Si tu savais comme j'en ai souffert! Mais le médecin m'avait ordonné de ne pas la protéger.

Flame se calme un peu. Mali lui a déjà raconté cette période de sa vie, et la sœur de Mali mérite son respect.

— Sans s'en rendre compte, Mali tenait ma carrière et ma vie entre ses mains, explique Carole d'un ton désabusé. Depuis sa mort, rien ne va plus entre Franco et moi.

— *Good Lord!* qu'est-ce que tu veux dire? Il y a un problème entre Franco et toi qui concerne Mali?

Le visage de Flame est brûlant. Lui a-t-on caché des choses qu'elle aurait dû savoir, elle, la sœur «choisie»!

— Oui, un très gros problème. Franco a complètement changé. Complètement. Il n'a plus rien du charmant compagnon avec qui je vis depuis onze ans. Le lendemain de la mort de Mali, j'ai dû admettre que Franco attendait sa chance pour se montrer tel qu'il est. Maintenant qu'il n'a plus besoin de moi, il agit comme un égoïste, un autoritaire, un vrai tyran.

Carole est au bord des larmes. Ses traits fins se crispent.

— Comment, plus besoin de toi... le lendemain de la mort de Mali?

Flame est impatiente de percer ce mystère. Elle voudrait brusquer Carole qui distille les détails comme si le sujet lui donnait la chair de poule.

— Notre famille n'est pas intéressée par le commerce des journaux. Au contraire, Informatique 2000 va acheter nos parts à un bon prix.

— Oh, *dear*! Il faut arrêter ça! C'est un devoir. Pour Mali, le *Nouvelliste* était plus qu'une source de revenus. C'était son œuvre, sa vie. Vous avez assez d'argent pour sauver le journal.

— Individuellement, non. Collectivement, nous en aurions assez. Moi, je voudrais bien, mais le reste de la famille préfère recevoir quatre millions d'Informatique 2000 plutôt que de rembourser le prêt. Déjà, Mali était en retard dans ses paiements.

Flame monte sur ses ergots. C'est elle qui devait sortir Mali de ses problèmes financiers. Il fallait trouver un million pour le paiement de janvier 1994, à ce moment-là... Et maintenant, l'avenir du *Nouvelliste* se heurte aux quatre volontés de la famille!

— De toute façon, ce sont eux qui prennent les décisions. Informatique 2000 exerce un contrôle sur soixante-cinq pour cent des actions, et la succession, elle, ne possède que trente-cinq pour cent des actions. Mali avait carte blanche sur la gestion. Mais Mali partie...

— Qui mène au journal, actuellement? coupe Flame.

Carole repousse derrière son oreille une épaisse mèche de cheveux cendrés, style carré, à la hauteur des épaules.

— C'est là mon problème! réussit-elle à balbutier.

Elle reprend, plus énergique:

— Informatique 2000 a nommé quelqu'un pour assurer l'intérim.

— Oh *dear*! souffle Flame.

Elle se souvient de sa conversation avec Mali, au réveillon de Noël. Sa promesse que le *Nouvelliste* retrouverait sa rentabilité et deviendrait une baguette magique qui rend les gens heureux.

— Rachelle Laviolette, précise Carole. Tu sais certainement de qui il s'agit. Elle détestait Mali et la traitait de snobinarde. C'est peut-être une femme compétente, mais elle n'a jamais été dans les journaux. Alors, elle se fie sur Franco qu'elle connaît déjà et qui en voulait sauvagement à Mali depuis les élections.

— Oh, *dear*!

— Depuis, Franco est devenu... maboul. Le seul espoir auquel je m'accroche est de me tromper sur ses intentions, car sur ses agissements, il n'y a aucune ambiguïté possible.

Flame ne peut que répéter ses «oh, *dear!*», comme si, brusquement, son français l'abandonnait.

Elle n'écoute plus Carole. Elle ne pense qu'au *Nouvelliste* qu'elle doit protéger «jusqu'à ce que Mali revienne».

— Je ne veux pas que le journal tombe dans les mains de cette *blasted* compagnie, panique Flame. Il faut absolument que son œuvre continue selon sa conception. Tu dois faire quelque chose !

— Faire quoi ? Je n'ai même pas mon propre mari de mon côté.

— Que crains-tu de Franco, exactement ? Je pensais qu'il ne faisait plus de photos, seulement du théâtre.

Les mimiques de lassitude de Carole l'irritent autant que le comportement de Franco.

— Il devait devenir comédien ou politicien, mais il dit que Mali l'a laissé tomber le lendemain des élections. Depuis que les administrateurs d'Informatique 2000 se sont installés, Franco est toujours au *Nouvelliste* et embobine Rachelle Laviolette.

— As-tu un fait concret à me décrire ? À Noël, il semblait heureux.

— À Noël, il espérait encore. Il revenait de sa tournée et visait la gloire. Il a été endurable jusqu'à ce que Gaston lui apprenne qu'il n'avait rien en vue pour lui à court terme. C'était la veille du jour de l'An. Il a piqué une colère effroyable et s'est mis à... à sacrer contre Mali. Depuis, il est devenu méchant...

— Sacrer contre Mali ? Oh *dear !* Tu devrais le gifler.

Flame se laisse choir dans le fauteuil.

— C'est Gaston qui devait lui trouver du travail, pas Mali.

— Je sais, mais c'est Mali qui s'était engagée. De plus, il s'est mis à boire. Ce n'est pas qu'il travaille moins bien quand il boit. Au contraire, mais... Et puis, avant, quand il buvait, il était gentil. Maintenant, il en veut aux autres et devient mesquin.

— Quel genre de bêtises ?... Mesquin, tu dis ?

— Oui, mesquin, flagorneur, lâche. Il se vante ou s'attribue des mérites qui appartiennent aux journalistes. Cet après-midi, il a été jusqu'à écrire un texte et l'a remis directement à l'intérimaire. Mon orgueil en prend un coup...

— Quelles raisons te donne-t-il?

— Il dit que je ne me remue pas assez, que c'est pour moi qu'il joue des coudes, que je vais l'approuver plus tard, *et caetera*. Depuis deux semaines, il y a des accrochages tous les jours, puis il s'excuse et recommence. Tout ça me fait réaliser que Mali tenait ma carrière et ma vie entre ses mains. Avant, il n'avait aucune chance d'agir ainsi, alors je ne voyais rien. J'étais heureuse.

Flame ne pense qu'à Mali et à son journal qu'elle doit retrouver en excellent état «quand elle va revenir». Dans sa confusion, la peur que Franco en veuille à Mali l'épouvante.

— Est-ce que Mali sait? demande-t-elle.

Carole, trop absorbée par son propre malheur, préfère ignorer la question déphasée de Flame.

— Mali pressentait beaucoup. Je me souviens de certaines remarques de Franco qui me font réfléchir maintenant. Il n'avait pas d'emprise sur Mali, tandis qu'avec Rachelle Laviolette...

— Franco a changé à ce point avec toi?

— Changé? Pis encore. Il a enlevé son masque. Une horreur!

Le visage de Carole est crispé de douleur.

— Est-ce que tu l'aimes toujours?

— C'est... que j'espère encore qu'il va me prouver que c'est moi qui ne comprends rien. Par contre... Oh, Flame, c'est si triste!... Je ne veux pas l'admettre... mais... souvent, les autres employés m'adressaient des remarques. Je ne croyais absolument rien. Il était si gentil. Mais depuis la montée de sa popularité lors des élections, je ne peux m'empêcher de craindre qu'il m'ait épousée seulement parce que je l'aidais. Maintenant que Mali est partie, il n'a plus besoin de moi. Il a besoin de Rachelle Laviolette.

— Il aura toujours besoin de toi. Mais je comprends ton chagrin.

— Peux-tu vraiment imaginer? Pour moi, réaliser que Franco n'est pas celui que je croyais est plus douloureux que s'il était mort. Et Mali décédée...

Flame a horreur qu'on la force à affronter la réalité. Pour elle, Mali est «vivante». Sèchement, elle reproche à Carole:

— Tu dis cela, mais si ça t'arrivait, tu verrais que la mort est pire. Il n'y a aucun espoir quand quelqu'un meurt. C'est fini. Fini. Fini.

— Réaliser que la personne aimée n'a jamais existé... Tu ne peux même pas te consoler avec les souvenirs!

— C'est ce que tu crois. Donner, c'est recevoir. Quand, tout à coup, tu ne peux plus donner, c'est le déséquilibre total.

Carole dévisage Flame.

— Tu souffres beaucoup pour Émile et Mali, n'est-ce pas?

Flame reprend avec autorité:

— Mali et Émile!

Elle s'adoucit pour expliquer:

— Pour moi, Émile était le père d'Elsa... Comme Bernard était le père d'Antoine... Un mari respectable... Un bon amant au début, avant qu'il s'enfouisse dans son laboratoire... il aurait apporté davantage à l'humanité s'il avait vécu plus longtemps... Mais si on parle d'amour, de bonheur, de joie de vivre, c'est Mali.

Carole ne se préoccupe plus de retenir ses larmes.

— Comme j'étais plus heureuse quand j'étais aveugle!

Flame, incapable de prononcer un mot, serre la sœur de Mali dans ses bras.

Après le départ de Carole, Flame reste assise un moment, pensive. *Pauvre Carole... sa réflexion sur la mort est pleine de sens. Souffrir d'amour est peut-être pire que souffrir de deuil. Durant l'absence de l'être aimé, c'est fini, mais ce n'est probablement pas la fin. Quel beau trésor de souvenirs Mali m'a laissé!...*

Le regard de Flame s'attache au manteau du foyer, à une photo sur laquelle elles posent toutes les deux. Mali reprend vie... *Nous avons tant d'autres souvenirs à accumuler!* s'acharne-t-elle à penser. *Avec Mali, c'est im-pec-ca-ble-ment beau... Et elle a besoin de moi pour sauver son journal!*

Comme si elle avait peur de réaliser que Mali n'existe plus, Flame se sauve dans le laboratoire.

7

Depuis environ une heure, la famille De Grandpré circule d'une pièce à l'autre dans la maison d'Olivier. Pour masquer le malaise de la confrontation prévue, chacun y va de commentaires à qui mieux mieux sur la résidence située dans le chic Westmount et fraîchement rénovée selon les exigences du pratique et du bon goût. Aucune trace ostentatoire de luxe, cependant.

— Je vous ai réunis avant de procéder à l'exécution du testament de Magalia, puisque certains d'entre vous ont exprimé l'intention de contester ses dernières volontés. Nous devrons donc décider aujourd'hui si nous respectons le codicille ou si nous nous engageons dans des procédures légales. Nous avons avec nous le notaire de Magalia pour répondre à nos questions.

C'est Olivier, l'aîné de la famille De Grandpré, qui parle. Ce qu'il croyait être une banale discussion de famille a dégénéré en de sérieuses argumentations. Pascale s'est soudainement mise à fréquenter Charles sans laisser de doute sur ses intentions d'user de ses charmes pour l'influencer.

Le «grand frère» de cinquante-six ans s'est préparé pour un sérieux déploiement de frustrations, mais il reste convaincu que tous endosseront les volontés de sa sœur cadette.

— Quelle est ton opinion personnelle? demande Carole à Olivier, nerveuse et agressive.

Sa question fait se froncer les sourcils du liquidateur. Il passe une main sur son crâne chauve. Impossible d'éviter d'être sur la

111

sellette, puisque chacun attend sa réponse pour se convaincre ou se rassurer. C'est comme ça aujourd'hui, c'était comme ça hier et ce sera comme ça demain. À l'âge de dix ans, il se sentait déjà responsable de la famille. Par ailleurs, cette prise en charge prématurée a développé chez lui une attitude qui souffre mal la contestation.

— Je crois que Magalia a fait un testament basé sur les sentiments, répond-il. Elle a toujours donné priorité aux sentiments.

— Tu ne trouves rien de louche dans cette affaire? demande Raymond, toujours offusqué par le fait que sa part soit moindre que celle de Charles.

— Non. J'ai l'impression qu'elle a voulu distribuer ses biens selon les moyens financiers de chacun. Nous ne devons pas juger ses dernières volontés.

— Et l'Anglaise? lance Pascale comme si elle parlait d'une inconnue.

— Elle a noté qu'elle la considérait comme sa sœur.

— Sa sœur n'a pas eu de coffre-fort, ronchonne Charles.

— Ne me mêle pas à ça, Charles, ordonne Carole. Je connais Flame et je ne revendique rien.

— Me Tétreault m'a prévenu que c'était très long de contester un testament fait en bonne et due forme, remarque Olivier.

— S'il a été fait en bonne et due forme, pas de problème, nargue Pascale. Mais la forme ne m'apparaît pas tellement «bonne et due» lorsqu'elle se met à jouer au notaire juste avant de mourir.

— Du respect, Pascale, coupe Olivier avec autorité.

— Je ne critique pas Mali, justifie la cousine intimidée. C'est la façon dont ce paragraphe a été ajouté. Qui nous dit que ce n'est pas Flame Donnelley, sa nouvelle «sœur», qui l'a obligée à l'écrire? Le médecin a bien spécifié: très grande contraction de tous les muscles du corps.

— Où veux-tu en venir, Pascale, hurle Carole. Le médecin a diagnostiqué une crise cardiaque.

— Tout le monde sait que je suis la filleule de Mali et qu'elle me considérait comme sa fille depuis le décès de ma mère. Comment se fait-il que quelques minutes avant de mourir...

— Elle ne t'a jamais appelée sa fille. Par contre, elle a écrit : « à Flame que je considère comme ma sœur ».

— Voilà. Elle a écrit... elle a écrit ! Est-ce bien la Mali qu'on connaît qui a écrit cela ou bien est-ce une femme terrifiée ?

— Pascale, semonce Olivier, serais-tu en train d'accuser Flame Donnelley de meurtre ?

— J'interroge. Cinq cent mille dollars, ça mérite une réflexion. Et ce coffre-fort m'intrigue autant.

Pascale espère, avec son insinuation, convaincre Raymond qu'il pourrait obtenir encore plus d'argent en contestant.

— Tes suppositions sont ridicules, dit Carole. Nous risquons de nous disputer pour rien.

Elle tourne le dos à l'intrigante.

— Tu appelles cinq cent mille dollars, RIEN ? Et peut-être le double dans le coffre-fort, RIEN ? répète Pascale avec une emphase presque gênante pour Carole. Et le pourcentage qu'elle va partager avec nous ? RIEN ça aussi ?

— Quel pourcentage ? demande Raymond, brusquement intéressé à la conversation.

— Le testament stipule que l'argent des biens vendus doit être distribué entre les frères, la sœur et moi. Si vous admettez le codicille, vous admettez que Flame devient une sœur de Mali. Qui va établir si elle a droit à sa part comme sœur ? Le pourcentage de quelques millions, c'est RIEN ? ironise Pascale en lissant sa minijupe d'un revers sensuel de la main.

Olivier s'inquiète de l'assurance que Pascale a acquise depuis la dernière assemblée et redoute son influence sur Charles. Celui-ci reste muet et renfrogné sur le divan de manière à ne pas s'exposer à « sa belle séductrice » ni aux autres. Selon la logique du liquidateur, son frère ne peut être intéressé à des procédures susceptibles de reporter la distribution de l'héritage. Mais d'ici la prochaine réunion, on ne sait jamais... Olivier veut trancher la question immédiatement.

— Je crois que nous devrions éviter des polémiques désagréables en votant à main levée, simplement, dit-il. Tous les visages acquiescent. Qui vote POUR la contestation du testament ?

113

Pascale lève la main. «Évidemment, pense chacun, c'est à cause d'elle que nous sommes ici.»

Sept secondes électrifient l'atmosphère. Visiblement soulagé, Olivier se lève. Pascale dévore Charles des yeux. Olivier ouvre la bouche, mais avant d'en sortir le premier son, il aperçoit la main de Charles qui monte, hésitante et honteuse.

— Charles! s'exclame le reste de la famille en chœur.

— Je trouve que ce n'est pas clair, cette affaire de... sœur, bredouille Charles en quémandant le support de Pascale du regard.

Les visages blanchissent. Ce n'est pourtant pas la première fois que la cousine perverse les surprend par ses ruses et ses victoires foudroyantes.

— Je suis consterné, murmure Olivier. Il se rassoit lentement.

Jusqu'à ce jour, Olivier a su étouffer les disputes familiales. Il se blâme d'avoir mal orchestré la réunion. Mais comment imaginer que Charles, qui a toujours fait fi de l'argent, provoque la première déchirure dans la famille alors qu'il est devenu plus riche que nécessaire? Pascale, sans appui, aurait capitulé. Elle est intrigante, mais pas au point de risquer son expulsion de la famille. En ayant réussi à mettre le grappin sur Charles, c'est lui qui devient le vilain. Elle, reste la belle séductrice.

Le liquidateur laisse échapper deux toussotements nerveux. Il connaît son frère et il sait qu'il ne pourra rien contre Pascale. Ni lui ni personne. Pascale a du *sex-appeal*, de la malice et du culot. Tout ce que Charles n'a pas.

Raymond regrette d'avoir parti le bal lors de la lecture du testament. Très impulsif, il ne digérait pas d'avoir hérité de moins que Charles. Mais une explication avec Olivier a suffi pour le calmer.

— Me Tétreault, pourriez-vous nous indiquer ce qui va suivre? demande Raymond, piteux.

— Les procédures que vous avez commandées, dis-je, retarderont l'exécution du testament pour une période relativement prolongée.

Le notaire, embarrassé, déplace sa serviette avec son pied.

— Combien de temps?

114

— Étant donné, dis-je, que nous sommes en présence d'un cas de codicille, dis-je, parce qu'une partie de ce testament a été reçue devant un notaire, nous avons en main un testament dit authentique auquel a été ajouté, subséquemment, une modification mineure...

— Majeure ! reprend Pascale, sûre d'elle-même.

— Majeure dans le contenu peut-être, mais mineure dans la forme.

Me Tétreault n'aime pas être interrompu. Il continue :

—... auquel une modification mineure, dis-je, a été rédigée subséquemment et signée de la main du testateur, sans autres formes de témoins, donc un codicille olographe. Pour que la partie codicille du testament fasse preuve de son contenu, dis-je, la loi exige [...]. Vous appportez en plus un cas de coercition, c'est-à-dire que certains d'entre vous émettent des doutes, dis-je, sur la validité du codicille, présumant qu'il y ait eu vice de consentement de la part de Magalia De Grandpré...

Me Tétreault se permet une brève pause pour boire le quart du verre d'eau qu'il garde toujours à portée de main. Aucun des participants n'ose interrompre sa tirade, par respect ou par curiosité.

— [...] vous alléguez des soupçons à l'effet [...]. Dans un tel cas, si le ou les contestataires peuvent établir que la testatrice n'était pas en possession complète de sa liberté ou qu'il y a eu artifice, dis-je, violence physique ou morale quand elle a rédigé son codicille, l'objet...

Me Tétreault balaie, d'un œil absolument neutre, les visages très rouges ou très blancs des héritiers. Il prolonge son harangue : [...] Je dois vous instruire que, dans le cas présent, la validité ou la non-validité du contenu du codicille a des répercussions directes sur le partage de la succession. Ainsi, advenant que le codicille soit confirmé comme parfaitement valable par le juge de la Cour supérieure, dis-je, les sommes léguées de feu Magalia De Grandpré seront réparties entre six personnes au lieu de cinq, dis-je, c'est-à-dire une sœur, une sœur désignée, une filleule et trois frères...

— Par contre, Olivier pourrait exécuter le testament notarié immédiatement ? Raymond pressent un été sans bateau.

— [...] Par conséquent, dis-je, Monsieur Olivier ne pourra procéder à l'exécution du testament notarié, dis-je, tant et aussi longtemps que le tribunal n'aura pas statué.

— Que dites-vous là?

Le pied costaud de Raymond casse, par mégarde, le barreau de la chaise sur laquelle il était appuyé. Il ne touchera pas son argent avant plusieurs mois, plusieurs années peut-être.

— Nonobstant que le testament notarié ne se heurte à nulle opposition, ce qui constitue ledit testament, dis-je, legs non explicitement définis, biens périssables, meubles et immeubles, continuera d'être sous la garde et la responsabilité complète du liquidateur, lequel ne pourra en disposer qu'après que le jugement aura été rendu sur la validité ou non de la contestation du codicille.

— Ce qu'il peut être chiant ce «dis-je-là», murmure Pascale entre ses dents serrées.

— Dans combien de temps allons-nous pouvoir toucher ce qui nous revient? demande Raymond, délaissant sa chaise brisée pour s'accoter un instant sur le fauteuil de Charles.

— Cela dépend du tribunal, dis-je. Si vous évoquez les legs explicitement définis et clairement mentionnés dans le testament notarié, dis-je, tels billard, collections diverses, la remise peut se produire dans un temps relativement limité. Cependant, pour le reste des biens, advenant qu'il y ait contestation...

Pascale va sûrement changer d'idée. Les lenteurs l'indisposent, pense Charles, toujours recroquevillé dans le sofa, comptant sur un haut bouquet de fleurs pour se cacher de sa bien-aimée et de Carole, assises en face de lui.

— [...] Si les indices rassemblent assez de doutes pour présumer qu'il y ait responsabilité criminelle, dis-je, le contestataire doit saisir les instances policières de la chose, et une investigation sera engagée. Si les doutes, dis-je, nous...

— Est-ce que ça veut dire que nous ne pouvons pas toucher à notre héritage?

Raymond se lève tout à coup, parcourt le salon de long en large. Comment annoncer ce délai à sa femme et surtout à leur plus jeune enfant? Le colosse a déjà choisi son bateau et magasiné pour

116

une nouvelle maison dans un quartier huppé, loin de la bande de voyous qui tourne autour de leur fils.

— [...] Dès lors, dis-je, tant et aussi longtemps que l'on n'aura pas statué sur la validité du testament, le contenu entier décrit dans ce testament demeurera sous la garde de Monsieur Olivier.

— Mais combien de temps? s'obstine Raymond en lançant un coup d'œil vers Charles pour être bien certain qu'il a changé d'idée autant que lui-même.

— Il n'y a pas de maximum ou de minimum dans la province de Québec, dis-je, répond Me Tétreault.

Raymond se trouve stupide d'avoir semé l'idée de la contestation. Il veut naviguer avec ses enfants, sur le fleuve Saint-Laurent jusqu'en Floride sitôt les classes terminées. Magalia leur a laissé suffisamment d'argent. Et au diable l'Anglaise! Il se peut qu'il n'y ait que des lettres d'amour dans ce coffre-fort.

— Pourriez-vous nous expliquer dans quel bateau nous nous embarquons si quelqu'un conteste? demande Carole.

— [...] À ce stade-ci, il advient un délai caractérisé, dis-je, par un minimum d'un an et demi. Et finalement, les avocats des partis en cause sont convoqués à la cour, dis-je...

— Combien de temps? coupe Raymond, incapable de se contrôler.

— Comme il a été dit antérieurement, un an et demi environ avant d'être entendu en première instance.

— Un an et demi! Tous se consultent en répétant la phrase selon leur degré d'anxiété.

— À moins, dis-je, qu'un contestataire exprime l'intention d'aller en appel s'il est mécontent, poursuit Me Tétreault de son ton immuable. En appel, dis-je, il faut prévoir vingt-quatre mois additionnels une fois que la cause est prête, évidemment.

Intérieurement, il déplore, une fois de plus, le comportement de plusieurs héritiers autour d'un important magot.

Tous les héritiers, sauf Pascale, sont maintenant convaincus que ni Charles ni Raymond ne sont intéressés à attendre si longtemps. Et Pascale seule, ce n'est pas beaucoup de monde.

— Combien de personnes doivent contester pour que la distribution des biens soit suspendue? demande Carole. Elle veut préserver la paix de la famille.

— Une seule personne, répond Me Tétreault d'une voix neutre.

Le silence, comme une chape de plomb, s'abat sur l'assemblée.

* * *

Elsa, qui a toujours préféré revenir du pensionnat par ses propres moyens, accepte maintenant que Flame passe la prendre. Chaque vendredi soir lorsqu'elle aperçoit sa fille, tel un oiseau chétif à la sortie des étudiantes, Flame verse une larme toujours vite essuyée.

— Tu vas très souvent à Québec, remarque Elsa en gratifiant sa mère d'un sourire désabusé alors que les deux endeuillées approchent de Saint-Léon.

Tante Jackie les attend pour une troisième fin de semaine depuis la rentrée des tragiques vacances des fêtes.

— Je veux t'en parler. Je me suis inscrite à l'Université Laval pour suivre des cours en biochimie. Comme auditrice libre. Le travail d'Émile m'a toujours fascinée et je pourrais...

— Pourquoi à l'Université Laval? C'est à Québec!

— Parce que depuis que ton père est parti, je n'en peux plus de vivre dans cette grande maison déserte pendant la semaine. À Québec, c'est un autre monde. Ça soulage un peu.

Flame garde ses deux mains moites sur le volant, son attention fixée sur la route.

— Ça te soulage pour papa ou pour Mali?

Un sanglot étrangle la voix d'Elsa à la seule mention du nom de son père.

— Pour papa. Mali demeurait à Sainte-Adèle, pas à Saint-Léon. Comme toi, tu n'es pas là depuis des années pendant la semaine, alors ça ne change rien pour le quotidien. Mais dans la maison... Tu sais, une présence, un certain partage, un hummm... distrait, un bonsoir avant de dormir et, surtout, quelqu'un avec qui parler de toi, de ton avenir...

— Vous parliez souvent de moi?

Ses yeux, avides de tendresse, supplient sa mère de répondre: «On ne parlait que de toi.»

— Nos seules longues conversations étaient à propos de toi, c'est ce qui me manque le plus dans cette maison, parler de tes joies, de tes problèmes. Je m'ennuie d'imaginer avec ton père quelle route tu prendras dans la vie, à quel moment tu nous aurais quittés...

La voix de Flame diminue et soudain, un silence. Seul, le bruit des essuie-glaces s'impose comme un métronome, entre les pensées de la mère et de la fille.

— Tu vas continuer à faire ce voyage-là chaque semaine spécialement pour moi? finit par demander Elsa, de plus en plus touchée.

— *Good Lord*, oui! Tu en vaux la peine, non? J'aimerais te montrer où je demeure à Québec actuellement. Au Château Frontenac. On pourrait y passer le prochain week-end. Veux-tu?

— Oui...

La jeune fille tourne la tête vers la droite.

— Non, se reprend Elsa. Papa est mort en revenant de Québec.

Flame tape affectueusement le genou de l'adolescente. Elle cherche les mots qui bloquent quand il est question de sentiments envers ceux qu'elle aime.

Maternelle et renseignée, Flame a réussi à offrir à Elsa une enfance entourée d'amour et de quiétude émotive. Elle a tout déployé pour éviter les drames dévastateurs avant que sa fille soit capable de vivre convenablement ses malheurs et de bénéficier de leurs répercussions. Jusqu'ici, elle avait réussi. Il ne faut absolument pas qu'Elsa soit perturbée sur le plan émotif. Non, non, non.

Le rétroviseur à droite reflète le visage d'Elsa. Good Lord! *C'est la première fois que je la sens vraiment malheureuse. Elle n'a même jamais compris ses amies qui se plaignaient d'avoir les bleus.*

Flame connaît le processus du subconscient. Mali le lui a enseigné. Comme elle voudrait faire comprendre à sa fille qu'en dissociant Québec de la mort d'Émile, par exemple, celle-ci ne traînerait pas à son insu les séquelles d'une telle épreuve.

Flame n'a pas insisté quand Elsa a exprimé le désir de passer le week-end chez tante Jackie. C'était normal que l'adolescente refuse de rentrer à la maison. Mais depuis, Elsa refuse carrément d'aller ailleurs qu'à l'école et chez tante Jackie, invoquant que son père n'a pratiquement jamais mis les pieds chez grand-tante.

La voix d'Elsa monte d'un ton.

— Comment veux-tu que je sois gaie en pensant à une ville qui me rappelle papa? Je me sentirais affreuse. Je l'aime bien trop.

— Ton père serait malheureux de t'entendre raisonner ainsi, dit-elle, évitant de justesse un pneu sur la route. Ton père aurait voulu que tu continues de l'aimer toujours, mais il aurait souhaité que tu sois joyeuse malgré son départ. Que son souvenir t'aide à supporter son absence.

L'attention de Flame se détourne un instant de la route pour observer sa fille si démunie.

— Tu comprends?

— Pas tout à fait. On dirait que tu veux que j'oublie papa.

— Oh non, non, non!

— Moi, si j'étais morte, je voudrais que papa soit triste quand il passerait où je serais morte.

— Toi, tu as quinze ans. Tu n'as ni la maturité ni la confiance de ton père dans les sentiments. Tu l'aimes comme une enfant, comme sa fille. Lui t'aime comme un adulte, comme ton père.

— Tu crois ce que tu dis?

Les grands yeux d'Elsa débordent de larmes d'incertitude.

— *Good Lord*, oui! Si je mourais, je souhaiterais que tu dissocies clairement l'endroit, les bruits, les couleurs qui te rendraient malheureuse. Je souhaiterais que tu les associes à des événements heureux pour ne pas t'éloigner longtemps de la sérénité.

Au feu rouge, d'un geste maternel, Flame écarte une mèche de cheveux collée par les larmes sur la joue d'Elsa.

— Comment me défaire de ce malaise quand je pense à Québec? demande soudain Elsa sur un ton méfiant.

La réponse de Flame est prête. Saura-t-elle l'exprimer d'une façon appropriée ?

— Tu pourrais, par exemple, associer Québec au beau voyage que nous avons fait tous les trois, il y a dix ans. Chaque fois que tu penserais à Québec, la capitale évoquerait notre pique-nique à l'île d'Orléans, le plaisir de ton père quand tu t'émerveillais devant le feu d'artifice. Tu penserais à Québec et à lui souvent, mais ce serait des pensées issues d'un souvenir heureux. Il faut cultiver les souvenirs heureux.

Elsa pleure. Flame prend sa main et la place sous la sienne, sur le levier de vitesses.

— Je sais combien c'est douloureux, Elsa. Je dois t'enseigner comment sortir des épreuves inévitables de la vie. On peut procéder par étape.

— Mais toi, tu fuis la maison, tu fuis Saint-Léon. Tu ne dissocies rien.

— Je fuis un mode de vie qui s'est écroulé, qui n'existe plus. J'essaie de bâtir un nouveau bonheur sans oublier les beaux et les riches souvenirs. Pour ça, il me faut sortir de cette maison qui est un foyer d'affection rempli de la présence de ton père. Ce n'est pas une route en asphalte ou une ville qui n'a rien à voir avec nos sentiments. C'est un foyer. Du quotidien partagé, bon ou mauvais, qui revenait tous les jours de la semaine. Pendant des années. Vois-tu la différence ?

— Un peu.

— C'est déjà beaucoup pour le moment.

Elsa reste pensive, longtemps. Juste avant de prendre le pont pour Saint-Léon, elle hésite et demande :

— Ce n'est pas Mali que tu fuis ?

— Non. J'ai choisi Québec pour répondre à un besoin de changement drastique. Comme une chirurgie. Si Anna n'était pas avec nous depuis si longtemps, je ne l'inviterais pas à venir habiter Québec. Je dois changer ce que je vivais durant la semaine. Les week-ends, je les vivais avec toi. Et je vais les vivre avec toi tant que tu auras besoin de moi.

Elsa ne répond pas. Les deux endeuillées replongent dans le silence à travers Saint-Léon. Flame sent la tête de sa fille se poser sur son épaule. Enlacées, elles empruntent l'allée menant à la résidence de tante Jackie.

Descendant de l'auto, Elsa lance :

— Moi aussi, j'ai besoin d'un changement drastique. J'aimerais demeurer à Québec et ne plus jamais revoir la maison de Saint-Léon.

Flame est rassurée par ce souhait.

— Si l'endroit te plaît, on cherchera une maison là-bas. Il y a un autobus toutes les heures le vendredi. Le dimanche, je pourrais te ramener. Penses-y. Tu es libre de changer d'idée, mais je crois qu'à moins de vivre uniquement de souvenirs – et tu es trop jeune pour vivre de souvenirs – on peut difficilement construire un bonheur dans un décor mortuaire.

— Pour Anna, n'insiste pas, décide l'étudiante. On la fréquentera autrement. Sophie aussi. Anna me mène par le bout du nez comme si j'étais encore une enfant. Elle est plus autoritaire que toi.

— Pour ça, tu as raison. Mais je l'aime bien quand même.

8

Charles n'aime pas ça du tout. Pas du tout. Alors que la voiture approche de Sainte-Adèle, le pauvre diable a envie de s'éclipser du trafic, d'appuyer sa tête sur le volant de sa Volvo et de pleurer comme un enfant plutôt que de se rendre chez Magalia. Mais comment dire non à Pascale assise à côté de lui, tellement convaincue que Flame a tué Mali? Comment lui refuser de remplir le rôle d'investigateur auprès des domestiques? Impensable.

Les jambes du quadragénaire timoré sont faibles. Conduire fatigue ses yeux, et il tremble en dedans. Ce sont ses symptômes d'hypoglycémie.

— Veux-tu du bon chocolat? offre-t-il à Pascale sans lui faire voir son besoin pressant de sucre. Lorsqu'il est seul, Charles prend cinq noix avec une pomme et son système se replace, mais en compagnie, c'est le chocolat.

— Non, merci. On vient de manger.

Pascale repousse la main tendue près du volant, d'un geste contrarié.

— Ça fait deux heures, se justifie-t-il, en engouffrant le morceau de chocolat d'un trait, comme si la gourmandise le tenaillait. Il craint que sa pâleur ne le trahisse.

L'énergie du petit homme revient, mais son estomac reste tordu. Il se sent traître envers sa famille. Envers Magalia spécialement. Il voudrait effacer le souvenir d'un pique-nique au parc La-fontaine dans les années soixante... effacer le visage de la belle

123

Anglaise aux cheveux roux dont l'attention était concentrée sur Magalia... comme on vénère une déesse. Il était tombé amoureux d'elle, en silence évidemment. Elle, elle ne le remarquait pas du tout. Par la suite, Charles a revu Flame trois fois dans sa vie. Flame n'a jamais vu Charles. *Ce n'est pas une raison pour l'accuser de meurtre!* Il se compose une allure de guerrier. Pascale ne doit pas percevoir ce qu'il ressent.

Pourtant, hier soir, la situation était si claire quand, au son des *Rhapsodies* de Liszt, à la lueur des chandelles, Pascale lui a décrit sa version de la mort de Mali. Il l'écoutait en convoitant ce beau visage mis en évidence par un moelleux chandail en angora blanc. Aucun doute tiraillait son esprit. Mali méritait qu'on cherche les causes de sa mort. Ses bijoux ne devaient pas être ternis par la peau d'une étrangère, d'une voleuse, d'une meurtrière peut-être. Il était encore plus persuadé lorsque, vers deux heures, dans le passage le plus romantique d'un fougueux arrangement de la *Rhapsodie hongroise* de Liszt, Pascale s'était dénudée entièrement pour la première fois, hésitante, dans la pénombre. Il était honteusement gêné, mais elle avait raison. Il faut oublier la pudeur quand on est unis par de si beaux sentiments...

Le pauvre Charles replace ses lunettes d'un geste maladroit. Il trouve ignobles les médisances sur la filleule de Magalia. Elle ne l'a pas invité dans son lit le premier soir, comme on l'accuse de le faire avec les hommes qu'elle fréquente. Pourtant, il existe une attirance indéniable entre eux depuis... depuis... depuis quand, au fait? *C'est venu à leur insu*, s'explique-t-il naïvement, en prenant la sortie de Sainte-Adèle.

Aujourd'hui, c'est la confusion. Charles voudrait tellement convaincre Pascale d'oublier l'Anglaise, d'accepter les cinq cent mille dollars qu'il lui a offerts sur sa part! De toute façon, ses biens lui appartiendront sûrement très bientôt. Elle est si heureuse quand il est près d'elle! Ça aussi, elle le lui a déclaré la nuit dernière.

La tête de Pascale vient se blottir dans le creux de l'unique bras de Charles, son chapeau en renard blanc frôle la joue contractée de son allié réticent.

— Tu sais, dit-elle, mielleuse, je te comprends. Pour moi non plus, ce n'est pas facile de revenir ici. Mais c'est notre devoir d'éclaircir la mort de Mali. Si je t'accompagnais, tu n'aurais pas la corvée de poser les questions, mais les domestiques me haïssent et ne me confieraient rien. Tu es nerveux, je pense.

Elle se hasarde même à lui suggérer:

— On peut rebrousser chemin si tu préfères.

— Certainement pas! répond Charles apeuré par le risque de passer pour un poltron. Mon entrevue est préparée, confirme-t-il en replaçant ses lunettes. Je te l'ai promis, j'y vais.

Il puise son courage en imaginant le romantisme de ce soir... les chandelles, la *Rhapsodie*, l'angora, les soupirs de...

— On finit la nuit ensemble, Charles? lui souffle Pascale, pour calmer la nervosité de son «pantin». Le tour est joué. La détermination de Charles se fait sentir sur l'accélérateur.

— Tu me laisseras devant le portail et je marcherai jusqu'à l'hôtel Alpin. Ensuite, je lirai dans le hall ou je causerai avec Claudine, au bar. Elle travaille le mercredi.

— Et s'ils m'invitent à souper? Tu ne peux attendre si longtemps.

— Mais oui, je vais me promener pendant au moins une heure. J'aime marcher. Si tu tardes, je supposerai que tu obtiens encore plus de renseignements et j'attendrai avec plaisir. Prends le temps nécessaire, recommande-t-elle.

Elle lui donne un long baiser sur la joue. Charles est visiblement ragaillardi. Voilà! Il va être superbe dans son enquête auprès du personnel des Masson. Puis, elle descend de la voiture.

Seul au volant, Charles prépare sa visite chez Magalia. Il espère y trouver les domestiques, mais il espère aussi malgré lui ne recevoir aucune récrimination contre Flame. Ainsi, Pascale abandonnera ses attaques, le testament sera libéré et tout rentrera dans l'ordre. Leurs nuits d'amour ne seront plus entrecoupées par cette image de l'Anglaise, par ce million, ce coffre-fort et ces bijoux. Ils auront le temps de parler d'eux, de leurs projets d'avenir... de mariage peut-être.

Charles tourne, extatique, vers la gauche dans l'allée du domaine des De Grandpré-Masson.

Les lumières de l'arbre de Noël au milieu du lac blanc n'éclairent pas ce morne après-midi de fin janvier. La patinoire a disparu sous la tempête du tragique lundi. Pas un fanal allumé pour égayer la propriété sur laquelle flotte une brume sombre.

À mesure qu'il s'approche de la maison de Mali, Charles se sent responsable d'éclaircir le mystère. Sinon, sa lâcheté empoisonnera le reste de sa vie. Les scrupules de provoquer un froid dans la famille ne l'assaillent plus. Il pense à sa petite sœur. Pascale a raison, il faut découvrir ce mystère autour des dernières heures de la vie de Magalia. Si ce n'est pas Flame, tant mieux. Si c'est elle, eh bien, tant pis! C'est son devoir de venir questionner les domestiques.

La reconnaissance anticipée de Pascale l'aiguillonne. Il imagine son expression exubérante s'il revient avec des indices qui la conduiront sur une piste. Oui, Pascale a raison. Et leurs projets peuvent attendre, ils n'en seront que plus rationnels. L'admiration de la jeune femme pour lui va s'amplifier s'il se révèle bon détective.

D'une main ferme, Charles tire sur le cordon en fer forgé qui orne la double porte de la résidence des Masson.

Suzanne Breton, les yeux boursouflés et le teint nacré, retient un golden retriever à la mine aussi piteuse que la sienne. Elle connaît très peu Charles. Chacun des membres de la famille De Grandpré a évolué dans des milieux différents au cours des dernières années, et Charles n'est venu dans la maison de Mali que trois ou quatre fois.

— Bonjour, Monsieur De Grandpré, accueille la grassouillette intendante.

De toute évidence, la présence du frère de Magalia la bouleverse étrangement. Elle reste là, au milieu de la pièce, oubliant d'allumer. Charles entre dans le hall ténébreux.

— Je suis désolé de vous déranger, Madame Breton...

Charles se dandine d'un pied sur l'autre, transpirant sous sa pelisse.

— Me déranger? Si vous saviez comme ça me réconforte de voir le frère de notre chère patronne. C'est triste à mourir ici depuis qu'ils sont partis tous les deux, si vite. Pour un monde meilleur, je l'espère. Excusez mes larmes et mes gaucheries, je vous en prie. La gouvernante s'écarte pour le laisser entrer.

La dame ressemble à une *mater dolorosa*. Charles ne peut s'empêcher de penser à la part d'héritage très substantielle que Magalia a laissée à Madame Breton. Suzanne Breton continue de vanter Magalia et Jean-Paul, puis réalise qu'elle doit allumer et offrir à son visiteur de s'asseoir.

— Prendriez-vous quelque chose, Monsieur De Grandpré? finit-elle par suggérer. Comme je suis sans manières! s'excuse-t-elle en le dégageant enfin de son manteau.

— Non, merci. Vous êtes bien aimable.

— Même pas un café? Une tisane, au moins?

— Alors oui, je vous remercie.

Elle s'absente quelques instants et revient, tremblotante, avec un plateau s'harmonisant au décor de la pièce. Cette pièce qui avait tant de vie au réveillon de Noël, un mois plus tôt.

— Madame Breton, commence Charles, d'une voix peinée, je suis venu vous demander certains renseignements. Depuis la mort de Magalia, des points d'interrogation surgissent constamment dans mon esprit, et j'ai pensé que vous pourriez les dissiper.

— Quel genre d'interrogations? demande la domestique, encore plus perturbée.

— Au sujet de sa santé, par exemple...

— Euh...

Charles et Suzanne Breton causent longuement. Après deux tasses de tisane, Charles la quitte, gonflé d'orgueil pour s'être si bien faufilé dans l'estime de l'intendante. Et cela, sans attirer l'attention sur le véritable but de sa visite. Quelle tête heureuse fera Pascale quand il la comblera de tous ces renseignements!

En apercevant Charles, manifestement enthousiaste, Pascale lui saute au cou, comme s'ils étaient seuls dans le bar de l'hôtel. *Tant pis si je me trompe!*

Charles reste surpris. Il faut qu'elle l'aime vraiment pour l'embrasser au lieu de le bombarder de questions immédiatement!

— Tu ne veux pas savoir? badine-t-il, éberlué, quand Pascale diminue ses cajoleries.

— J'avais tellement hâte de te voir! minaude la belle brunette.

— Flame-est-la-dernière-personne-qui-ait-vu-Mali, proclame-t-il en tirant pompeusement le siège pour que Pascale s'assoie. Et-la-seule-personne-à-être-entrée-dans-la-maison-le-2-janvier. Tous-les-employés-étaient-en-congé.

— Sensationnel! Répète!

Pascale reste debout, incrédule, remettant ses bras autour du cou de l'amoureux.

Charles répète, détachant chaque mot, une deuxième fois.

— Excepté Suzanne Breton, évidemment, ajoute-t-il.

— Je te le disais qu'il fallait enquêter. Et ce n'est que le début. Attends qu'on déballe notre marchandise à la police.

Jubilante, Pascale lui applique un autre gros bec sur la joue. C'est plus que ce qu'elle espérait. Suzanne elle-même qui affirme que Flame fut la dernière personne à voir Mali vivante! Elle rêve d'un procès qui mettra «la rousse exaltée» en prison. Des scénarios foisonnent dans sa tête.

— Tu es contente? lui demande Charles, une fois dans la voiture.

Pascale sursaute. Elle avait oublié sa présence. *Une chance que je l'ai embrassé en arrivant, le pauvre. C'est tout ce qu'il aura de moi aujourd'hui.* Pascale a besoin de temps pour penser. Penser fort, penser seule. Émettre des soupçons crédibles pour la police. Elle aura plein de nuits pour s'occuper de lui, ensuite.

*   *   *

Un vendredi soir de janvier, Carole téléphone à la suite de l'hôtel où Flame s'est installée au début de la session universitaire, à Québec.

— Quel bon vent t'amène ici? demande-t-elle à Carole.

— Je voudrais t'inviter à souper.

— *My, my!* Nous sommes épuisées. J'ai fait un aller et retour Québec-Montréal cet après-midi, s'excuse Flame. Elsa ne soupe pas, elle prend un thé dans sa chambre. Viens manger avec moi un bon carré d'agneau au Château Frontenac. Humm, humm!

Flame est contente de revoir Carole. Un souper en sa compagnie lui changera les idées et brisera la similitude des repas-bridge avec d'influents universitaires... des soupers intenses en compagnie de professeurs, tous fascinés par son intérêt pour la biochimie et par sa beauté... ou des tristes soupers seule dans sa suite bien québécoise à attendre Mali.

Une fois à table, les deux amies tentent, en vain, de soutenir une conversation. Les hors-d'œuvre restent dans les plats. Flame oublie de manger la gelée de menthe qu'elle exige toujours en grande portion avec l'agneau.

— *Good Lord!* Je ne suis pas une hôtesse très animée.

— Flame, es-tu certaine que c'est une bonne idée de vivre à Québec loin des tiens?

— C'est plus facile de l'attendre ici. Mais... j'ai tellement peur, tellement peur qu'elle ne revienne pas!

Pour masquer son inquiétude devant l'état hystérique de Flame, Carole lui propose d'appeler Roberto de temps en temps. Flame ne comprend pas.

— Il est amoureux fou de toi, c'est plus flagrant depuis que tu es libre.

Flame n'entend pas.

— Le notaire m'a appelée pour m'informer que le testament était gelé, commence Carole hésitante. J'ai pensé venir te voir...

— Oh, *dear*! «Son» journal va être bousillé! Les employés ne pourront plus acheter le *Nouvelliste* parce qu'il fallait agir vite. Tu dois être très déçue.

— Tu n'es pas au courant de ce qui se passe autour de l'héritage? s'étonne Carole échappant la fourchette à mi-chemin de sa bouche.

— Non. Quand le notaire est arrivé à mon nom, j'ai entendu «à Flame, que je considère comme ma sœur», j'ai perdu connaissance et ensuite je suis partie. J'étais tellement heureuse qu'elle m'ait appelée sa sœur! Depuis, je n'ai pas pensé à m'informer de la somme dont j'hérite. Vois-tu, Émile était bien assuré et m'a laissé suffisamment d'argent pour bien vivre. Il y a en plus l'héritage de ma tante. Est-ce qu'on pourrait changer de sujet?

— Difficilement... Pascale demande une enquête policière sur la mort de M..., explique Carole en déposant sa fourchette.

— Une enquête? Pourquoi? Le médecin a dit qu'elle était morte d'une crise cardiaque, et même si nous savons que c'est Jérôme qui a manqué à son devoir. Elle l'a appelé. Mais la loi ne peut tenir Jérôme responsable... malheureusement. Tu dis que c'est Pascale qui proteste? C'est insensé.

— Oui, mais elle ne vise pas Jérôme, elle t'accuse d'avoir forcé Mali à te laisser cinq cent mille dollars et...

— Cinq cent mille dollars? *Good Lord!* Pourquoi cinq cent mille dollars?

— C'est la question que Pascale pose en soulevant des doutes. Il faut te défendre.

— Moi, me battre sur la tête de Mali pour de l'argent? Tu me connais mieux que ça! Elle m'a appelée sa sœur. Cela me suffit.

Flame repousse son assiette, cette discussion lui coupe l'appétit. Un plat tombe par terre et fait accourir Elsa.

— Ce n'est rien, Elsa, je me suis emportée parce que Pascale fait l'idiote.

Carole rit pour confirmer la légèreté impétueuse de son amie. Elsa déclare, précieuse:

— Vous m'avez dérangée, mesdames. Je contemplais les merveilleuses plaines d'Abraham blanches, au pied de l'hôtel et je me rappelais notre fameux pique-nique d'il y a quelques années sur le gazon vert avec papa.

Elle lance une œillade complice à Flame et ajoute:

— Tu te souviens, maman?

Flame est soulagée par les bons effets de leur conversation dans la voiture.

Quand elles sont à nouveau seules, Carole reprend très bas:

— Flame, tu n'as pas l'air de piger. Elle t'accuse du meurtre de Mali. Elle veut ta tête. Elle a déjà obtenu que le partage des biens soit retardé à la suite de sa contestation du codicille et, dans l'intervalle, tout est sous la garde d'Olivier. Je ne serais pas surprise qu'elle décroche l'enquête.

— C'est absurde. Tout le monde sait que c'est absurde.

Flame porte une main moite à ses tempes. Une migraine se dessine.

— Tu bloquais la route sans le savoir, entre elle et Mali. Et maintenant, tu encombres les relations entre elle et la famille de Mali. Écoute, Flame, Roberto a parlé à un excellent criminaliste, Me Pierre Lemay. Il voudrait que tu l'appelles au moindre signe d'embêtement.

— Un criminaliste?

L'incompréhension persiste sur le visage de Flame.

— On ne sait jamais jusqu'où elle peut aller. Elle te déteste encore plus depuis que tu viens de lui enlever cinq cent mille dollars.

— Mais je ne veux pas d'argent. Et la famille De Grandpré?

— Pour le moment, la famille ne l'appuie d'aucune façon. Par contre, elle s'est gardé un pont très fort. Charles. Charles n'est pas d'accord avec Pascale, mais il ne peut lui résister. Ce naïf finira peut-être par entendre raison, et Pascale ne voudra pas être exclue du clan. Par contre, si elle réussit à monter une bonne histoire, la famille entière doutera de toi. Les De Grandpré ne se diviseront pas pour sauver une étrangère.

— *Good Lord!* Je ne suis pas une étrangère, je suis sa sœur!

Flame a hurlé ces derniers mots. Carole essaie de ne pas s'énerver.

— La sœur de Mali. Pas la sœur de la famille... Je ne comprends pas Pascale. Elle a un pourcentage sur tous les biens qui n'ont pas été définis. Donc, les assurances. Si elle persiste à proclamer que Mali a été tuée et que la cause se rend jusqu'au procès, ton avocat pourrait devoir plaider le suicide pour te disculper. Si elle s'est suicidée, il n'y a pas d'assurance. Sans assurance, une fois les arrérages sur l'emprunt du journal payés, il ne restera pas grand-chose.

Flame regarde Carole avec des yeux méchants et mouillés. Elle s'apprête à crier, mais contrôle sa voix qui gronde:

— Ne dis jamais que Mali s'est suicidée ou... ou... sors d'ici! Mali ne s'est pas suicidée, tu m'entends? Elle a fait une crise cardiaque. Une crise cardiaque. La moitié du monde fait des crises cardiaques. Le médecin l'a écrit. Mali ne s'est pas suicidée.

Carole reste pantoise devant la réaction violente de son amie.

— Bien sûr, Flame. Je suis désolée. Je voulais seulement te rappeler que les avocats imaginent les pires hypothèses pour gagner une cause.

Flame ne dit rien. Au bout de quelques instants, elle s'adoucit.

— Ne parlons plus de Pascale, veux-tu, ne parlons plus de ce *bloody* cinq cent mille dollars.

— Mais Flame, insiste Carole, tu n'as pas l'air de soupçonner les ennuis que ma vipère de cousine peut te causer.

— Serais-tu devenue sourde! Mali ne s'est pas suicidée.

— Je suis certaine qu'elle ne s'est pas suicidée, Flame. Mais l'enquête...

— Comment veux-tu que je me préoccupe d'une enquête aussi ridicule! Je ne peux pas avoir tué Mali. Je l'aimais, tout le monde le sait.

— Le juge ne sait rien. Les jurés non plus. Ils écoutent la preuve et la défense. Ensuite, ils se débattent pour parvenir à rendre un verdict. Ils doivent être convaincus au-delà de tout doute raisonnable. Alors, si la poursuite est ravitaillée par Pascale et que tu ne fournis rien à la défense... Flame, profite de mon expérience. Tu dois t'intéresser aux attaques de Pascale. Dans mon métier de journaliste, j'ai souvent vu des causes partir d'absolument rien et finir très mal. Prenons le testament comme exemple. De la première à la deuxième réunion, personne ne s'est préoccupé des démarches de Pascale. Pourtant, tout est confisqué. Et c'est Charles qui a obtenu le gel des biens.

— Charles?

— Oui, Charles. Il est devenu aveugle. Tu veux savoir sous quels prétextes insignifiants? Il a «perroquetté» après Pascale, que Mali était trop désemparée pour penser à écrire un codicille alors que J.P. venait de mourir. Il a dit aux policiers: «Une lettre de suicide aurait été compréhensible, mais un codicille pour enlever cinq cent mille dollars à sa filleule adoptive qu'elle a protégée toute sa vie pour le donner à une étrangère? Impossible. Il y a quelque chose de louche dans ce codicille.» Venant de la bouche de celui qui a reçu le plus d'argent, cela a suffi...

Le visage de Flame est rouge. Elle voudrait gifler Carole pour avoir osé prononcer, une fois de plus, le mot suicide. Comme elle n'est pas méchante, elle l'excuse et pose sa main sur son bras. Consciente de la hargne de son hôtesse, Carole ne sait pas si elle doit continuer. Elle n'abandonne pas et ajoute:

— D'autant plus que le testament notarié était daté du vendredi et que Mali est morte le dimanche, le lendemain du jour de l'An. Entre nous, ça ne t'aide pas. Charles a fait remarquer à la police que si Mali avait voulu te donner une telle fortune, elle l'aurait écrit dans le testament qu'elle avait relu, corrigé et signé le vendredi, trois jours avant sa mort.

— C'est absurde! s'exclame Flame. Tu étais avec moi.

— Je sais... mais depuis combien de temps? J'ai peur qu'on me demande si nous sommes arrivées ensemble. Logiquement, je ne peux t'avoir rejointe si vite.

— Il y a le répondeur. Son message est dessus et l'écran indique l'heure des appels. J'étais à Saint-Léon quand je l'ai entendu, je ne pouvais pas être à Sainte-Adèle. De plus, je t'ai appelée sur mon cellulaire, en route vers Mali.

— Je ne suis pas avocat, mais je crois que le répondeur t'aidera à te disculper avant qu'on demande une enquête à la Sûreté du Québec, surtout si l'heure y est indiquée. Qui est au courant pour ton répondeur?

— Tout le monde. Je l'ai dit à tout le monde au salon mortuaire. Tu sais comment c'est, chacun te demande ta version des faits.

— Écoute, Flame, dès lundi matin, occupe-toi de ton répondeur et place la cassette en lieu sûr. La cassette est toujours dedans?

— Oui. Je vais appeler Anna lundi. Elle va s'en occuper.

Le lundi matin, parce qu'elle l'a promis à Carole, Flame s'apprête à téléphoner à Anna, mais elle se souvient que Madame Morin est en congé pour quatre semaines depuis le vendredi. Elle compose le numéro de sa maison privée. La sonnerie résonne en vain. Flame se promet de la rappeler plus tard. Puis elle retourne à sa nouvelle vie d'étudiante et oublie Anna. La semaine suivante,

Anna s'envole pour trois semaines en Floride, sans que Flame ait tenté de la rejoindre à nouveau.

* * *

Étendu sur le lit douillet de Pascale, les yeux rivés au plafond, Charles savoure son bonheur. Il n'a jamais connu l'amour. Il n'a jamais connu l'amitié. Il n'a jamais connu la popularité. Et, d'un seul coup, grâce à l'Anglaise ou grâce à Magalia (ce n'est pas très clair pour lui et c'est si peu important), les délices tombent sur lui comme une pluie de confettis. Une belle femme, intelligente en plus, s'offre à lui presque chaque soir et reconnaît, enfin! ses qualités que le reste du monde a feint d'ignorer jusqu'à ce jour béni du testament de Magalia. Elle lui demande son opinion à tout propos, applaudit ses talents de détective, refuse de discuter directement avec Olivier et exige, en plus, qu'il l'accompagne chez un avocat. Pour l'avocat, l'émotif solitaire hésite. Plus précisément, il doit dire non, ce n'est pas raisonnable.

Depuis la réunion familiale, tous les jours, ses frères ou sa sœur lui téléphonent. Pendant des heures, chacun s'efforce avec patience de comprendre ses arguments sans le blâmer. Mieux encore, il semble entendu que, s'il s'obstine à appuyer Pascale, il n'y aura pas de discorde entre eux ou, du moins, pas de dissensions profondes. Le monde l'aime, enfin! et lui accorde sa confiance. Comble de bonheur, il peut se permettre de filer le parfait amour, en catimini cependant, avec l'incomparable Pascale qui lui a fait découvrir un monde dont il ignorait l'existence.

Satisfait jusqu'à l'indécence, il reste là, étendu, près du corps nu de Pascale qu'il a recouvert avec le drap blanc qui cache la partie inférieure de son corps, dernier gage d'une pudeur difficile à déraciner. Il a des scrupules plein la conscience, mais, ébahi, il savoure de plus belle les sensations inédites et immorales qu'il vient d'expérimenter à nouveau. Même ses remords le remplissent de satisfaction. Après ses longs orgasmes époustouflants, il redevient timide.

L'amant jamais rassasié caresse le visage et les cheveux de Pascale et lui murmure tendrement: «Dire que nous ne nous serions jamais découverts si Mali... que Dieu garde son âme...»

134

—... et ne nous retourne jamais son corps! La remarque échappe à Pascale. Devant la mine scandalisée de Charles, elle ajoute aussitôt:

— Je veux dire que si Mali revenait, elle ne nous approuverait pas...

Pascale hésite entre chaque mot pour se donner le temps de trouver le suivant.

—... et je pense... que... tu...

Il faut absolument qu'elle répare sa gaffe sur-le-champ sans que Charles puisse y accorder un instant de réflexion, surtout une fois seul.

Toujours très alerte d'esprit, elle choisit d'emprunter une attitude à la fois câline et défiante.

— Je pense que tu... l'écouterais. Je la faisais damner pour éprouver son affection pour moi... Elle me manque beaucoup, tu sais, mais... pas au point de te perdre et de ne pas t'avoir connu. Je veux dire vraiment connu. Tu comprends?

Le grand amoureux ne demande qu'à comprendre. Il vit dans la peur constante de se réveiller d'un rêve trop beau pour être vrai. Il s'empresse de répondre:

— Oui, je sais ce que tu veux dire. Je te plais au point que tu souhaites que toute cette affaire d'argent reste un casse-tête plutôt que de nous réveiller avec Mali vivante et contre notre amour...

Notre amour? Pascale n'en croit pas ses oreilles et se retient pour ne pas éclater de rire. Surtout en entendant Charles continuer sur sa lancée:

—... je ne pense pas que Magalia nous en voudrait d'être si heureux.

Puis il revient au corps de Pascale. Il n'aime pas la sensation de culpabilité qui le chicote.

Ma foi, c'est un ridiculo-naïf! Il confond quelques jeux de fesses avec «notre amour». Pascale profite de ses dispositions ahurissantes pour solidifier la confiance de Charles:

— Tu as raison, Mali aurait donné beaucoup pour que tu sois heureux. Tiens compte de ce qu'elle t'a laissé... c'est pour cela que je ne suis pas capable de croire qu'elle m'ait retiré une telle garantie de sécurité pour la donner à une étrangère. Pas après avoir promis à ma mère de veiller sur moi. J'admets qu'elle me trouvait parfois détestable, mais les engagements de Mali étaient éternels et inconditionnels.

En percevant l'expression songeuse de Charles, la jolie cousine ajoute:

— Et où sont ses bijoux?

— Qu'est-ce que tu veux dire?

Charles se tourne à demi vers elle, s'appuyant sur son oreiller.

— Ses bijoux. Mali avait un trésor de bijoux accumulés depuis sa jeunesse. Ils ne sont mentionnés nulle part, et dans le codicille c'est écrit: tout ce que contient mon coffre-fort. Les bijoux sont là. C'est sûr! Au moins pour un million. Elle avait fait le tour du monde, n'oublie pas. Sans compter tous les cadeaux qu'elle a reçus. Des souvenirs de famille petits comme un sou mais gros en valeur. Et elle aurait donné tout ça à Flame? Je n'achète pas ce revirement de dernière minute et je t'assure que la famille va me remercier une fois l'enquête terminée.

— À qui penses-tu qu'elle aurait laissé son coffre-fort?

— À la famille. Mali a distribué l'universalité de ses biens sans spécifier aucune possession, aucun objet personnel dans le testament notarié. Tous ses biens sont à partager suivant les pourcentages établis. Mon opinion, c'est que Flame a ramassé ses bijoux et les a mis dans le coffre-fort. Ils étaient toujours rangés ici et là dans sa chambre. Tout à coup, elle meurt et on ne voit plus rien. Qui a caché les bijoux?

— Selon toi, il y aurait un autre million à se diviser?

Charles se laisse tomber sur le dos. Il calcule combien d'argent il pourrait ajouter à l'héritage de Pascale.

— J'imagine. Sans être notaire ou avocat, je ne vois pas à qui d'autre le contenu du coffre-fort peut aller.

Charles reste pensif quelques instants, mais sa main revient encore au corps de Pascale.

— Tu es vraiment brillante, il faut que je t'embrasse!

Elle reste là quelques secondes, subissant son long baiser, puis descend sous les draps, leste, caressante. Et Charles replonge dans ses inimaginables révélations délirantes. Soudain, Pascale rive ses yeux à ceux de sa victime et lui demande:

— Vas-tu venir avec moi chez l'avocat, Charles?

Même s'il ne comprend pas comment elle peut penser à un avocat dans un tel moment, Charles lui répond sans analyser sa réaction:

— J'irai jusqu'au bout du monde avec toi... Pascale... Je t'aime... je suis rempli de toi. Nous ne faisons qu... qu'un. Notre amour...

Voilà, ça recommence! Pascale est très satisfaite de son emprise sur «l'envoyé de la famille De Grandpré».

Quelques minutes plus tard, il lui murmure, aussi frêle qu'un enfant:

— Tu sais, Pascale, je mourrais si tu me quittais. Tu le sais, n'est-ce pas?

Prépare-toi à l'agonie, roule Pascale dans sa tête. Puis elle lui répond, aguichante:

— Comment quitter un allié aussi *sexy*?

Charles est convaincu que Pascale sera toujours là pour son plaisir. Il se félicite d'avoir attendu le grand amour. Maintenant, c'est lui qui se trouve négligent de ne pas l'assurer de son appui.

— J'irai avec toi chez l'avocat si, pour toi, cela est très important. Je te soutiendrai tant que tu n'auras pas eu tout ce qui te revient, dit-il. L'argent et le coffre-fort, si c'est ce que tu veux. Tu as raison, Magalia ne peut avoir fait passer une étrangère avant sa propre famille.

Pascale, qui connaît la limite de ses droits, lui répond:

— L'argent et une enquête, c'est tout ce que je veux.

9

Pascale se cherchait un avocat sans scrupules, assez dégourdi pour inventer des preuves si nécessaire, et susceptible de tomber dans le filet tressé par ses charmes le cas échéant.

Hier, elle a causé avec Guy, un copain de longue date qui a déjà évité la prison après avoir expédié sa blonde outre-tombe.

— Une super plaidoirie de «légitime défense», a ironisé Guy. Le gars est ben *cool*, ben vedette et justement sur l'équipe des homicides.

Connaissant la discrétion légendaire de Pascale Moreau, il lui a refilé le nom de son champion de la barre.

— Il s'appelle Me Goyette, a soufflé Guy à l'oreille de Pascale. Jean Goyette. Au temps de sa pratique privée, alors qu'il était criminaliste, il n'a jamais perdu une cause. Maintenant, comme procureur de la Couronne, le fin filou saute sur les poursuites vachement controversées dans les médias. Plus tu lui apportes de la publicité personnelle, plus il fonce. Il est aussi roublard pour accuser que pour défendre.

— Il va réussir à effacer ce stupide codicille?

— Automatiquement. Avec ta Flame en taule pour meurtre, le codicille n'a plus rien à foutre dans le testament notarié.

— Tu veux dire EN PRISON POUR LA VIE? Pascale n'en espérait pas tant. Elle demande à Guy:

— Qu'est-ce qu'il faut que je fasse?

— Tu déballes tes doutes au bonhomme, c'est tout. Y a-t-il eu une enquête de la police?

— Une enquête de routine seulement, et j'ai recueilli quelques preuves. Le médecin a dit qu'elle avait succombé à une crise cardiaque. Tu as dit que ça me coûterait cher! Je paie pourquoi?

— Ça, c'est entre Goyette et toi. Admets que le salaire des procureurs de la Couronne est pas mal piteux pour assouvir des ambitions comme les siennes. Il n'a pas délaissé son bureau privé pour des pommes. Tu dois compenser ses anciens revenus avec beaucoup d'argent et, surtout, avec du tapage dans les médias. C'est ce qu'il exige. Un gourmand, mais un solide. Prends ma parole.

Guy lui a obtenu une courte entrevue pour le jour suivant.

Quand elle est arrivée, sans Charles, dans le bureau de Me Goyette, une demi-heure plus tôt, Pascale a été saisie par l'aura de réussite qui se dégage de l'avocat et par l'ascendant qu'il exerce sur les gens. Dès la première poignée de main et le premier regard du procureur, Pascale a conclu qu'elle avait déniché son homme.

— Jean Goyette, s'est annoncé le procureur comme s'il venait de gagner sa cause. Madame Moreau?

— Pascale, a-t-elle rectifié, pressée de débiter son boniment dans les oreilles *sexy* de cet illustre avocat qui semble avoir concocté lui-même le Code criminel.

Quel dégât d'être obligée de traîner Charles avec moi, ici! pense Pascale tout le long de l'entretien, en pâmoison devant ce monument de corps d'homme, ces yeux aussi noirs que la barbiche qui accentue son menton pointu, cette contenance qui semble embrasser le monde entier dans son giron, et cette voix!... sûrement impossible à interrompre. Elle se débrouillerait mieux seule. Non. Impossible, se reprend-elle. Il faudra que Charles assiste à la prochaine entrevue.

Le lendemain, Pascale Moreau et Me Goyette sont de nouveau face à face. Son cousin est présent.

— Nos hypothèses sont différentes, explique Pascale à Me Goyette, après avoir présenté Charles, «l'envoyé de la famille De Grandpré, celui qui a reçu le plus de l'héritage». Comme je vous l'exposais hier, Charles pense que Flame a menacé Mali avec un revolver et lui a fichu la trouille jusqu'à ce qu'elle en crève! Selon lui, Magalia était déjà terrassée par la mort de J.P., et le fait de réaliser que sa meilleure amie exigeait un tel codicille l'a achevée. Moi je dis qu'elle l'a empoisonnée.

Me Goyette feuillette le dossier de Magalia ouvert sur son pupitre, en détache un extrait et le présente à Pascale.

— Il y a eu une autopsie, la défie-t-il.

— L'autopsie ne peut pas dire que Mali était allergique au thé. Si, après l'avoir habilement convaincue de changer son testament, Flame l'a bourrée comme un chameau d'une *exclusive, new, sensational, english tisane my dear*, Pasteur lui-même ne pourrait soupçonner un meurtre!

Me Goyette caresse sa barbiche du bout de ses doigts, se tourne vers Charles et demande:

— Les domestiques dans tout ça?

— Les domestiques étaient en congé. À l'exception de l'intendante, Suzanne Breton. Elle est restée avec Mali et Flame jusqu'à ce que Flame lui dise que ma sœur n'avait plus besoin de ses services et qu'elle pouvait s'en aller immédiatement. Suzanne Breton a ajouté que Magalia était dans le bain. Flame a insisté pour que l'intendante prenne congé, car elle tenait à préparer une omelette anglaise pour le souper de Mali. Suzanne Breton est passée près de la maison, en route vers son *party* aux environs de 19h30; l'auto de Flame était encore là. Personne ne peut savoir à quelle heure Flame est partie.

Charles parle vite, sans pause. Combien de fois a-t-il répété son boniment! *C'est fait. Sans erreur, je pense.* Le pantin de Pascale se sent moins faible maintenant que le coup d'envoi a réussi.

— Cela n'explique pas votre histoire de bijoux supposément enfouis dans le coffre-fort. Et encore moins le codicille, souligne Me Goyette. Comment Flame aurait-elle pu lui faire changer son testament?

Plus elle détecte de la méfiance dans la voix du procureur, plus la belle «détective» prend de l'assurance. Assise droite sur son siège, Pascale répond, très posée :

— Flame, reconnue pour être ordonnée à l'extrême, a convaincu Mali de placer ses bijoux précieux dans le coffre-fort au lieu de les laisser dans leur écrin. Ma marraine aimait qu'on s'occupe de ses affaires. Sa supposée sœur les a peut-être volés aussi. Le fait demeure qu'on ne les trouve nulle part. Je dois souligner que la meurtrière de ma marraine a l'air d'un ange.

La sonnerie du téléphone interrompt l'entretien. Pascale en profite pour offrir un tendre sourire de soutien à Charles, manifestement très agité. Ce geste d'encouragement n'échappe pas à l'œil du procureur.

— Continuez, Pascale, dit Me Goyette en replaçant le combiné sur son socle.

— Supposons que Flame ait empoisonné Mali avec une substance qui agit lentement sans laisser de traces. Cela lui allouait le temps nécessaire pour se rendre sur l'autoroute et appeler Carole pour lui dire qu'elle venait de recevoir l'appel de Mali. Du poison, il y en a plein dans sa maison, son mari était chercheur et possédait un laboratoire rempli de fioles. Par ailleurs, pourquoi était-elle si nerveuse? Suzanne Breton a dit à Charles que Flame était très nerveuse.

— Avait-elle une raison d'être nerveuse selon Suzanne Breton?

Me Goyette s'adresse à Charles.

— Pas spécialement. Elle a dit que Flame était toujours nerveuse en présence de Mali.

TOUJOURS nerveuse. Idiot!... Pascale donne un petit coup de pied à Charles. Avant de rentrer chez Me Goyette, elle lui avait ordonné: «Réponds à ses questions, c'est tout.»

— A-t-elle spécifié pourquoi?

— Non, répond Charles, sans risquer d'autres commentaires.

— Et votre hypothèse?

Charles voudrait être à dix milles de Me Goyette. Il a une crainte épouvantable d'être poursuivi pour diffamation s'il se trompe. Il croit que quelque chose de louche entoure la mort de Magalia, mais pas au point de risquer tant de soucis et de déshonorer sa famille. Le procureur dépiste vite ses appréhensions. Il voit bien que le pauvre est sous l'emprise de Pascale et il ne se fait pas d'illusion sur elle. Par contre, son travail n'est pas de savoir si Pascale Moreau a raison ou non. Son unique intérêt est de prouver que la Couronne possède suffisamment de preuves pour accuser «l'angélique» Flame de meurtre.

— Qu'est-il arrivé selon vous Charles, l'encourage Me Goyette. Exprimez aussi vos doutes... Je pourrai juger s'il y a lieu de contester le testament au civil ou d'accuser Flame Donnelley au pénal. Une fois l'enquête de la police terminée, évidemment.

En fait, Jean Goyette ne déteste pas tomber sur des cas litigieux comme celui que Pascale lui apporte. Au collège, il a longtemps pensé devenir auteur de romans policiers avant d'opter pour la toge d'avocat. Par ailleurs, la séduction qu'opère Pascale sur Charles est tellement divertissante qu'il a l'impression d'être en train de vivre un acte d'une comédie dramatique.

— Allez, Charles, dites tout ce que vous savez, presse-t-il, affable.

Le pauvre frère de Magalia hésite encore. Pour se donner du cran, il pense à ce soir et à tous les autres soirs de sa vie avec Pascale.

— Je suppose, je crois plutôt, que Mali est morte de frayeur autant que de chagrin, déclare-t-il sur un ton ferme. Je crois que ça s'est passé comme ceci: Flame a menacé Mali avec son revolver et lui a ordonné d'aller chercher le testament; elle lui a fait écrire le codicille et l'a forcée à téléphoner à sa résidence de Saint-Léon pour avoir une preuve de son innocence sur son répondeur.

— Le répondeur? Maître Goyette fronce les sourcils.

— Oui, Flame a répété et répété que Mali avait laissé un message sur le répondeur chez elle et que c'est ce qui l'a fait courir au secours de ma sœur.

— Continuez, l'encourage l'avocat avec un ample geste de la main.

Charles est surpris que cette histoire de répondeur et de revolver intéresse l'avocat. Pascale a peut-être raison.

— Je pense, continue-t-il avec plus d'assurance, que le drame s'est déroulé ainsi : Flame était chez Magalia quand elle a appris la mort de J.P. Flame a eu le temps de monter son scénario, car le coup de fil de la compagnie d'aviation CanAir – pour annoncer l'écrasement et la nouvelle de la mort de J.P. – est parvenu dans l'après-midi.

— Vous êtes certain que ce n'est pas la dame Breton qui a reçu l'appel de CanAir ?

— Non, justement ! J'ai essayé par tous les moyens de lui faire dire que CanAir avait appelé, et elle m'a assuré qu'elle n'avait reçu aucun appel, répond Charles.

Pascale coupe Charles et ajoute :

— J'ai téléphoné à la compagnie CanAir juste avant de venir ici. La personne qui a répondu au téléphone est enregistrée sous le nom de Flame Donnelley, amie de l'épouse de Jean-Paul Masson. Vous pouvez vérifier. Je ne nie pas que Flame aimait beaucoup Mali, mais elle aime encore plus l'argent. Et du pognon, il y en avait plein, une fois J.P. mort. Le testament n'était pas alléchant pour Flame. La preuve, c'est que son nom est mentionné exclusivement dans le codicille. Flame savait bien qu'elle n'avait aucune raison de recevoir quelque chose. C'est pourquoi elle a inventé cette histoire de «sœur». Et, soit dit en passant, Flame a toujours été jalouse de Carole, la sœur de Mali. Mali n'a jamais fait allusion à Flame en tant que sa sœur. Une sœur, elle en avait déjà une.

— Alors, enchaîne Charles, Flame s'est dit : si je fais le souper, Suzanne Breton pourra partir et nous serons seules, personne ne me dérangera puisque tous les employés sont en congé.

— Cette Suzanne Breton, qu'a-t-elle reçu en héritage ?

Pascale hésite. Charles répond :

— Cent mille dollars.

— Magalia De Grandpré n'a-t-elle pas légué une somme pour ses autres employés ?

— Non. Uniquement aux employés du *Nouvelliste*, répond Charles. Elle voulait que son journal continue. Carole, notre sœur, est rédactrice en chef et Flame est actionnaire en plus de...

Idiot, pourquoi mentionner Flame! Pascale donne un coup de pied à Charles et lui coupe la parole.

— Carole, la sœur de Mali et de Charles, était plus que la rédactrice en chef. Elle était son assistante. Mali tenait à son journal plus qu'à sa vie.

— Continuez, Charles.

Pascale garde la parole.

— D'après Charles, aussitôt la mystérieuse omelette avalée, Flame a élégamment pointé son revolver vers «sa sœur» et lui a gentiment demandé d'ajouter une généreuse note au testament notarié.

— D'où sortait ce revolver? demande Me Goyette à Charles, contrarié par les conjectures tordues de Pascale.

— C'est Brigitte. Un soir...

Pascale sent l'avocat lui échapper. Elle vient à la rescousse de Charles et continue à sa place:

— L'histoire du revolver remonte à loin. Je dois faire une parenthèse pour que nous soyons cohérents. C'était le soir des élections de Saint-Léon. Le maire élu, Roberto Danzi, est un ami commun. Flame avait un sac à main Chanel. Par pure coïncidence, Brigitte Lamoureux, qui accompagnait justement Jérôme Poupart au réveillon...

— Le psychiatre?

— Oui. Le psychiatre avec qui j'étais en train de... quand Mali est morte, ajoute Pascale pour se donner de l'importance.

Elle voit que Charles n'aime pas du tout ce qu'il vient d'entendre et se promet de réparer sa gaffe dès ce soir. Elle continue, comme si de rien n'était:

—... Donc, Brigitte, par pure coïncidence, avait une bourse exactement comme celle de Flame. Au cours de la soirée, la blonde de Jérôme et moi, nous nous sommes trouvées aux toilettes en même temps. J'ai aperçu Brigitte devant le miroir, l'air désemparé, immobile devant son sac. Je me suis exclamée: «Brigitte, il y a quelque chose qui ne va pas?» Elle m'a répondu: «Ce ne sont pas mes choses, ça.» Instinctivement, j'ai examiné le contenu du sac à main et j'ai vu un beau petit pistolet de fantaisie. «Oh, ben, dis donc! Je ne savais pas que tu te promenais avec une arme», que je lui ai dit. Elle m'a répété: «Ce n'est pas mon sac à main.» Pas bête, j'ai rétorqué que des Chanel, il n'en pleut pas; des revolvers non plus. Brigitte s'est encore accusée de s'être trompée de sac et a pleurniché sur son «af-freu-se» gaffe.

Pascale prend le procureur en aparté:

— Il faut que je précise, Me Goyette, que Madame Lamoureux est la délicatesse et la discrétion incarnées. Honnête en plus. Vous imaginez le «cas»!... Quand elle est revenue à la table, Brigitte a annoncé à Flame qu'elle avait vu le revolver. Devant Flame contrariée, Brigitte l'a rassurée en lui disant qu'il n'y avait que moi et que je n'avais pas parlé fort. Flame nous a recommandé de ne dire à personne qu'elle portait un revolver sur elle. Je n'en ai jamais soufflé mot à qui que ce soit. C'est ça, l'histoire du revolver.

— Qu'est-ce qui vous fait dire que Flame l'avait avec elle le soir du drame?

— Au réveillon de Noël, Flame a demandé à Brigitte si elle en avait parlé à Jérôme – il n'était pas présent le soir des élections. Elle lui a répondu non. Puis, elle nous a fait jurer à nouveau de ne jamais le mentionner à personne. Elle a expliqué qu'au début, elle le gardait avec elle parce que c'était un précieux souvenir et que maintenant, elle ne pouvait plus s'en passer. Elle le porte partout.

— Hou là! Je suis un peu surpris que vous ayez gardé le secret. Vous n'avez jamais été tentée d'inventer une intrigue un peu salée autour de ce petit revolver?

— Je suis surprise que vous soyez surpris, rétorque Pascale mi-railleuse, mi-insultée. Premièrement, une bonne agente de bord, c'est comme un bon politicien: petite bouche, grandes oreilles. Deuxièmement, je tiens à mon statut dans la famille.

Me Goyette quête du regard l'opinion de Charles.

— C'est un fait reconnu dans la famille que Pascale sait tenir un secret, confirme Charles.

— Vous ne dorlotez pas votre statut dans la famille avec vos suggestions de poursuite, remarque Me Goyette.

— Si je prouve que Flame a tué Mali, mon statut dans la famille va prendre du prestige.

Suivant l'une de ses petites manies, Me Goyette gribouille ses impressions dans un calepin à l'abri des yeux indiscrets. Son crayon trace le croquis d'un ange tenant un petit revolver.

— Supposons que nous puissions prouver qu'elle était en possession de son arme, alors quoi?

L'intrigue s'annonce de plus en plus délectable pour Me Goyette.

— Alors Flame a trouvé l'occasion trop tentante pour la laisser passer. Elle s'est servie de son «précieux souvenir de petit revolver» pour obliger Mali à ramasser ses bijoux qu'on ne trouve pas, puis...

— Pourquoi insistez-vous toujours sur les bijoux?

— Parce que Mali n'était pas prudente avec ses bijoux, elle les laissait dans leur écrin sur les meubles comme décorations. Il n'y avait aucun bijou dans sa chambre et Mali n'en a mentionné aucun dans son testament. Où sont-ils? Je suis certaine que Flame les lui a fait mettre dans le coffre-fort parce qu'elle lui a commandé d'écrire: «Tout ce que contient le coffre-fort.» Seule Flame connaît la combinaison du coffre-fort. Personne n'en saura jamais rien si nous ne nous plaignons pas.

— Vous n'avez pas déposé une demande au tribunal pour ouvrir le coffre-fort? Q'attendez-vous pour ouvrir ce coffre-fort? Vous en auriez le cœur net.

— Les biens sont sous la surveillance d'Olivier jusqu'à ce que nous ayons trouvé assez de raisons pour l'accuser ou que nous ayons dissipé les doutes.

— Qu'est-ce qui disait à Flame que Mali mourrait sous la menace d'un revolver? Si Mali n'était pas morte... songe le procureur tout haut, en crayonnant un ange debout dont les poignets sont entourés par des menottes.

— Je compte sur vous pour le découvrir! Flame est intrépide et inconsciente. Et personne ne sait à quelle heure elle a quitté Mali. Même pas Jérôme. Il ne lui a pas laissé le temps de parler. Je l'ai entendue. Elle a dit: «J.P. est mort» et Jérôme s'est exclamé: «J'arrive tout de suite.» J'étais juste à côté du téléphone. Je ne sais pas exactement ce qui s'est passé, mais ma marraine n'est pas morte de mort naturelle, ça c'est certain. Et elle n'a pas écrit ce codicille de son plein gré, ça aussi c'est certain. Si Mali avait voulu changer son testament, elle me l'aurait annoncé avec plaisir. C'est un testament récent du vendredi précédent.

— Vous êtes-vous disputées? Samedi, par exemple.

— Nous ne nous sommes ni vues ni parlé. Et prenez ma parole, quand Mali avait des doutes, elle les réglait vite. Pas de gestes sous impulsion, non plus. Ah non! Si elle avait eu quelque chose de grave à me reprocher, elle m'aurait appelée pour en discuter avant de me déshériter. J'étais facile à rejoindre tout le week-end. Pour une modification, elle aurait demandé au notaire de corriger la copie. Surtout que Me Tétreault a soupé chez les Masson vendredi soir. Elle aurait dicté la correction à Me Tétreault. Des copies barbouillées, ce n'était pas pour Mali.

— Elle ne changeait j-a-m-a-i-s d'idée, votre Mali?

— Sous impulsion, jamais! Jamais sous impulsion. Et pourquoi tout à Flame? Aucun sens! Si elle avait eu une raison pour m'enlever les cinq cent mille dollars, elle les aurait distribués aux membres de sa famille. Et les bijoux? Subitement, entre deux essoufflements et une douleur mortelle dans la poitrine, elle a pensé aux bijoux et elle a décidé de les donner à Flame? Sur papier en plus? Je dis qu'ils sont dans le coffre-fort et je dis que Flame a tué Mali. Elle a un visage d'ange, mais c'est une meurtrière.

Charles s'absente quelques instants pour aller soulager un besoin naturel. Me Goyette en profite pour poser une question à Pascale, seule.

— Savez-vous pourquoi Flame était toujours nerveuse en présence de Mali? Je veux la vérité.

Il devient plus sévère.

— Parce qu'elle avait la hantise de lui déplaire. Mais personne, à l'exception de J.P., ne savait cela. C'est parce que je l'épiais continuellement que je m'en suis rendu compte avec les années.

— Alors pourquoi l'aurait-elle tuée si elle avait la hantise de lui déplaire? Vous trouvez cela plaisant de se faire tuer?

— C'est ce que vous devrez découvrir. Et je compte sur vous pour convaincre les membres du jury.

Me Goyette dessine douze silhouettes assises en deux rangs d'oignons. Il ajoute trois policiers et un cinquante mille dollars précédé d'un gros C pour caution.

— Pas si vite, pas si vite! dit-il.

— De toute façon, continue Pascale, Flame n'ignorait pas que les chances de Mali de passer à travers la mort de J.P. étaient presque nulles.

Pascale sait que ce sera la parole de Flame contre la sienne. Puis, elle s'aventure à ajouter sur un ton confidentiel que Flame savait qu'elle allait chez Jérôme ce soir-là, le 2 janvier. L'Anglaise l'avait même aidée dans son petit jeu de séduction grâce à un certain chandail et corrigé un pas de danse de sa chorégraphie. Alors elle pouvait risquer le gros *show* de la crise cardiaque.

Pascale s'avance sur le bout de son fauteuil.

— Imaginez le désarroi de Mali, maître! Primo, J.P. venait de mourir. Secundo, son obsédé de psychiatre se trouvant sous mon charme ne répondrait certainement pas à son appel; et tertio, sa supposée meilleure amie lui pointait le revolver pour obtenir son argent.

Le procureur semble plongé dans une profonde réflexion. Puis, regardant brusquement son interlocutrice:

— Pascale, connaissez-vous quelqu'un au service de la police à Sainte-Adèle?

Pascale réplique avec un sourire coquin:

— Je connais tous les policiers qui dressent des contraventions d'excès de vitesse sans en donner aux jolies filles, depuis la Rive-Sud jusqu'à Mont-Laurier.

— Choisissez le plus vaillant à Sainte-Adèle et exposez-lui vos inquiétudes. Insistez jusqu'à ce qu'il obtienne une enquête de la Sûreté du Québec. S'il n'accède pas à votre requête, allez vous-même au BEC. Je veux dire au Bureau des enquêtes criminelles. Dites-leur que vous êtes convaincue qu'il y a eu meurtre. Spécifiez aussi que le soir de la mort de votre marraine, aucun soupçon ne planait sur son décès.

Me Goyette semble vouloir ajouter une recommandation... Comme si elle lisait sa pensée, Pascale demande:

148

— Je n'ai pas besoin de Charles pour cette démarche, n'est-ce pas?

— Pas du tout. Au contraire, vous vous exprimerez mieux sans lui.

Pascale croit percevoir un coup d'œil admiratif de l'avocat.

Elle hésite et se risque:

— Me Goyette, il y a quelque chose qui me tracasse. Je n'ai pas voulu en parler devant Charles... C'est au sujet du répondeur. Flame a dit à tout le monde que Mali avait laissé un message sur son répondeur et j'ai peur qu'un bon avocat imagine une façon de la disculper avec ce message... qui n'existe probablement pas, remarquez! Moi, je suis convaincue que Flame n'a jamais eu ce message. Mais puisque vous avez insisté pour que je vous dise tout.

— Bien sûr, bien sûr, coupe Me Goyette, sur un ton douceureux. C'est très bien que vous m'exposiez tout ce qui vous tracasse, même si cela semble non utilisable.

Sans bouger de son siège, il griffonne une clôture en fil de fer barbelé dans son calepin et trace sur la clôture un large P noir pour «perpétuité».

Quinze jours plus tard, Pascale entre en coup de vent dans le bureau de Me Goyette.

— J'ai vu le rapport du BEC et je vous assure, mon cher maître, que j'avais raison d'accuser Flame du meurtre de Mali, se vante-t-elle, en s'installant avec élégance dans le fauteuil face au procureur.

— Ah oui! répond l'avocat, un peu narquois. Voyons ce que vous avez de si méchant à me raconter.

Il jette un coup d'œil sur les cuisses fuselées de la petite femme fatale, se rince l'œil, puis il écrit deux cent mille dollars dans son calepin.

Pascale est plus volubile que jamais. Cependant, elle ne peut se douter que les exploits qu'elle étale devant Me Goyette sont parvenus à l'oreille de l'avocat bien avant que l'apprentie investigatrice ait eu accès aux dossiers du Bureau des enquêtes criminelles. Elle ne peut savoir non plus que c'est Me Goyette qui a appelé le coroner pour lui faire part de certains soupçons justifiant une seconde autopsie.

Emphatique de la tête aux pieds, l'intrigante se met à détailler:

— Flame Donnelley a été la seule personne à rendre visite à Magalia De Grandpré le jour du meurtre, la dernière à la voir vivante, la première à trouver le cadavre, bien avant Carole. Il y a des traces de médicaments: une combinaison fatale; le thé aussi est là, tout est là.

Elle se lève et s'avance plus près du pupitre, pose son dossier devant le procureur et pointant son index bien poli sur les papiers, elle insiste:

— Examinez le rapport de police, Me Goyette, examinez le rapport du toxicologue. Vous la prenez, ma cause? Vous allez me faire rayer ce codicille? Je vais avoir mes cinq cent mille dollars?

Le procureur pointe son menton vers Pascale et demande:

— À laquelle de vos trois questions voulez-vous que je réponde en premier?

Pascale s'efforce de penser vite.

— Mes cinq cent mille dollars, évidemment.

— Je ne prends pas de cause civile.

Le renard du Barreau remplace les deux cent mille dollars par deux cent vingt-cinq mille dollars.

— Pour faire rayer le codicille et obtenir vos cinq cent mille dollars, vous avez besoin d'un civiliste, c'est-à-dire un avocat qui s'occupe des rapports juridiques entre particuliers.

— Quoi, vous me refilez à un bureaucrate maintenant?

— Non. Je vous explique que nous accuserons Flame Donnelley pour meurtre au premier degré, s'il y a meurtre. Pas pour ses démêlés avec votre chère famille ou pour avoir fait «Beu!» à votre Mali. Quand il est question de meurtre, on accuse au pénal devant une juridiction pénale. Une juridiction où l'on applique une sanction.

— Alors, je saute avec vous au pénal. Elle l'a tuée!

L'ennemie jurée de Flame a enfin ce qu'elle veut. Flame en prison! En prison pour longtemps, peut-être!

Devant le trop-plein d'enthousiasme de Pascale, l'avocat raye les deux cent vingt-cinq mille dollars pour les remplacer par deux cent cinquante mille dollars.

— Est-ce que votre ami Guy vous a dit que... reprend-il en rangeant quelques papiers épars sur son bureau.

—... que vous coûtiez cher? Oui. Je l'aurais deviné sans préavis.

— Moitié, moitié!

— DEUX CENT CINQUANTE MILLE DOLLARS? Je pensais que j'avais du front! s'exclame Pascale éberluée, tant par la somme que par le culot de son vis-à-vis.

— Vous en avez, vous en avez, ironise Me Goyette en se levant.

Il ajoute, considérant l'affaire conclue:

— Jeudi matin, huit heures précisément. Et Pascale, vous me dites tout. Je n'aime pas les surprises. C'est une règle incontournable, menace la voix de l'avocat-vedette.

Dès la première entrevue, le procureur a classé Pascale sous la rubrique «intrigante» dans sa filière mentale. Maintenant, il sait pertinemment qu'il s'engage dans une de ces causes machiavéliques qui commandent autant de finesse que d'imagination. Déjà, il a réussi à convaincre le procureur en chef de lui laisser débattre cette cause délectable. Et maintenant, il sait que «Miss» Moreau est encore plus intéressée à enfermer la Flame en question qu'à recevoir l'héritage.

— En plus, c'est vous qui dressez les règles et c'est moi qui paie! raille Pascale, en tirant sur sa mini-minijupe.

— Ma belle petite fille, si tu veux l'argent de ta copine, tu paies et tu te tais, grogne l'avocat passant du vouvoiement au tutoiement le plus plébéien de son répertoire.

— Et je gagne! s'exclame Pascale aucunement impressionnée par ce changement de ton.

— Et JE gagne! reprend Me Goyette en touchant le bois de la première chaise sur son passage.

Malgré toute l'assurance qu'il dégage, Me Goyette est secrètement superstitieux. Il continue, sur un ton encore plus autoritaire, en lui ouvrant la porte:

— Écoutez-moi bien, Pascale, vous ne pouvez gagner une bataille dans laquelle vous n'êtes pas soldat. Vous participez à ce procès comme spectatrice très intéressée. Point. Ce n'est pas vous qui accusez Flame Donnelley de meurtre. C'est la Couronne.

— Eh bien, faites-la en épines cette «couronne»! rigole Pascale d'une voix fielleuse avant de tourner les talons d'une virevolte provocante.

10

Dans sa voiture stationnée, Flame regarde, entre chaque battement des essuie-glaces, sa triste Elsa marchant sous les gros flocons de neige qui tombent lentement mais à profusion. La chevelure et les longs cils de l'étudiante sont décorés par la manne ouatée que traversent les rayons d'un soleil timide.

— J'ai pensé qu'il serait prudent de coucher à l'aéroport, dit Flame embrassant sa fille. Si tu as le goût d'un souper extravagant, je te l'offre.

— Oh! en quel honneur? s'étonne Elsa, en secouant ses cheveux.

— En l'honneur de nos vacances. Les vacances commencent quand on fait les valises. Les nôtres sont déjà prêtes et dans le coffre.

Trois heures plus tard, Flame et Elsa plaisantent devant leurs crêpes Suzette au Neufchâtel. Leurs propos sont légers. Trop légers selon Flame, car ce matin, au téléphone, Elsa lui a dit qu'elle avait quelque chose de sérieux à discuter.

— Elsa, s'aventure-t-elle, n'est-ce pas le bon moment de parler de ce que tu veux me confier? Il n'y a rien que tu puisses me dire que je ne comprenne pas. J'ai eu ton âge, tu sais.

Les yeux d'Elsa se mouillent.

— Je ne sais pas ce qui m'arrive... j'éprouve... Je voudrais me réveiller d'un cauchemar ou ne plus me réveiller du tout.

Flame se sent impuissante devant l'allusion suicidaire que sa fille exprime pour la première fois.

— Y a-t-il quelque chose de précis qui traverse ton esprit ou est-ce un mélange de réactions?

— C'est bien clair, mais j'ai honte.

Elsa fixe son dessert, n'osant croiser les yeux de Flame. Elle se renfrogne sur la banquette qui les isole des autres clients.

— On dirait que je suis très fâchée contre papa. N'est-ce pas affreux? Fâchée, est-ce que tu peux expliquer ça? Ça paraît impossible et pourtant, c'est exactement ce que je ressens. Alors je me trouve méchante et puis... j'ai peur d'être devenue folle, ajoute-t-elle encore plus bas.

— Non, tu n'es pas folle du tout!

— Tu ne peux pas savoir, je ne t'ai pas dit le pire!

Elle lève enfin la tête, son visage est crispé.

— Dis-moi le moins pire et je serai prête pour le pire.

— C'est tellement affreux... C'est comme si... je lui en voulais d'être mort. Comme si je lui reprochais de m'avoir abandonnée, finit-elle par confesser, les joues sillonnées de larmes.

— On vit souvent la mort de ceux qu'on aime comme un abandon. Surtout celle de ses parents.

— Papa a commis une imprudence. Tu te rappelles du sermon qu'il m'avait fait quand j'ai voulu rester dans la voiture qu'on remorquait l'été dernier. Il m'a refusé de louer une roulotte détachable quand nous sommes allés en Floride. Il gardait un tube phosphorescent de secours dans le coffre «au cas où», et il te disait régulièrement de vérifier tes feux arrière.

Flame voit où Elsa veut en venir. Elle y a déjà pensé, mais elle ne croyait pas que sa fille aurait fait ce raisonnement. Pour gagner du temps, elle répond:

— Oui, je sais. Il était très prudent. Mais il était très distrait aussi.

— Pas pour ces choses-là. Quand il craignait que je sois malade ou que j'aie un accident, il n'était pas distrait! reproche la jeune fille en serrant les poings sur la serviette de table étalée sur ses genoux tremblants.

Flame cherche quelque chose à dire. Elsa éclate en sanglots.

— Une fois, tu m'as dit que tous nos gestes étaient guidés par le subconscient, et que tout ce que l'on faisait était voulu quelque part dans notre subconscient. Papa voulait mourir ! Oui, il voulait mourir et il ne s'est pas préoccupé de moi ! Il m'a abandonnée.

— Il ne t'a pas abandonnée. Il est mort. Qui souhaite mourir ?

Les larmes coulent, abondantes, sur le visage d'Elsa qui se soucie peu de la nombreuse clientèle du restaurant.

— Je le hais ! Il m'a abandonnée, souffle-t-elle, rigide et les narines dilatées. Pourquoi ? Pourquoi, maman ? Au moins, s'il était mort autrement. Il voulait partir ! sanglote Elsa tétanisée de douleur.

Flame commence à expliquer sans savoir d'une phrase à l'autre ce qu'elle va ajouter.

— Non, Elsa. Vois-tu, ce que je t'expliquais était juste. C'est le subconscient qui nous guide, mais il ne faut pas oublier que le subconscient ne raisonne pas.

— Justement, la réaction la plus importante du subconscient de papa aurait dû être de ne pas m'abandonner.

— C'était toujours sa première réaction, mais il y a la survie qui prédomine. Dans une situation de panique par exemple... Si tu avais été là, je suis certaine que son instinct aurait fait passer ta survie avant la sienne.

— Papa n'était pas paniqué. Tu as dit qu'il venait de t'appeler et que tout était sous contrôle.

— Oui, mais on ne sait pas ce qui s'est passé par la suite.

Elsa arbore maintenant un petit air piteux.

— Est-ce que tu me trouves affreuse de penser comme cela ?

— Pas du tout. Je regrette de ne pas être en mesure de t'expliquer ce qui s'est passé.

Elsa éclate encore en sanglots.

— Je voudrais tant qu'il ne m'ait pas abandonnée, répète Elsa.

— Il ne t'a pas abandonnée, je te le jure. Pourquoi aurait-il voulu mourir ? Il était heureux. Très heureux. *I swear to God.*

Les pleurs d'Elsa supplient tous les dieux de donner raison à sa mère.

— Et ce que tu appelles «le pire», es-tu prête à m'en parler, Elsa? demande Flame.

— C'est hideux, grimace sa fille.

— *Hush, hush*! Dis quand même. Tu m'as toujours tout raconté.

— Par bout, ça... c'est comme si ça ne me faisait rien qu'il soit mort. Tu vois que je suis folle! insiste Elsa, enfouissant son visage dans ses mains mi-jointes.

— Pas du tout! Ce que tu ressens n'a rien à voir avec la folie. C'est pour préserver ton système émotif que tu deviens insensible.

Flame sait que sa fille réagit comme elle devant un choc trop brutal; que sa douleur devant la mort de son père se transforme en indifférence à certains moments trop cruels à vivre. Dans un tel cas, c'est très sain. Elle doit le lui dire. Mais comment?

— Ton père serait heureux de voir que tu as des moments de répit qui sauvegardent ton équilibre psychologique et physique.

— Mais je me sens si honteuse!

— Honteuse de quoi? C'est de la survie. C'est un mécanisme de défense.

Flame regrette encore une fois de ne pouvoir exprimer ce qu'elle comprend si bien. Doit-elle encourager sa fille à se réfugier dans l'irréalité? De vivre des moments de léthargie complète qui évitent de développer des maladies ou des dépressions douloureuses? Elle ne le sait plus. Jusqu'ici, des réactions du même type l'ont bien servie, elle, Flame.

— C'est un mécanisme de défense, Elsa. Un mécanisme de défense qui s'appelle la négation. En réalité, ce qui se passe en toi, c'est que, lorsque le mal est trop intense, ton conscient réagit comme si le problème n'existait pas. Ces réactions te protègent. Tu dois les considérer comme un médicament, oui, comme un médicament ou comme un sommeil réparateur. Ton père est fier, là-haut, de découvrir que tu as des soupapes. Il est fier aussi que tu aies pris l'initiative de m'en parler. C'est ça, la survie.

— Tu es certaine que je ne suis pas folle quand je ne ressens rien?

— Absolument certaine. La plupart des gens ne réussissent jamais à trouver une évasion qui atténue leur douleur ou leurs angoisses. Toi, comme une grande, tu es forte et bien équipée pour affronter les pires malheurs.

— Maman, est-ce que tu seras toujours avec moi, même si je ne suis pas gentille, parfois? Est-ce que ça se peut que tu m'abandonnes?

— Ton-père-ne-t'a-pas-abandonnée, Elsa.

Flame serre très fort la main de sa fille pour répondre à sa question.

— Je serai toujours avec toi. Tant que tu auras besoin de moi. Ensuite, je m'éclipserai, mais je resterai proche au cas où. Et puis, Elsa... tu n'as pas besoin d'être gentille pour que je t'aime.

Vers dix-sept heures, le surlendemain, les haut-parleurs du Club Med font vibrer le *Concerto n° 1* de Tchaïkovski pour des mélomanes regroupés sur le rivage blanc. De majestueux pélicans survolent la mer, qui attend d'enrouler le soleil dans ses vagues. Au loin, un groupe infatigable dispute une partie de volley-ball, et des retardataires acheminent élégamment leur voilier vers le kiosque des activités nautiques.

Malgré l'étalage gastronomique dont on peut rêver en sortant du lit, les nombreux sports à sa disposition, l'entrain communicatif des «Gentils Organisateurs», la splendeur du site, tout et tout, Elsa reste triste.

Flame n'a jamais vu sa fille incapable de se faire des amis, et ne peut souffrir de la savoir délaissée à cause de sa tristesse et d'un scrupule inconscient à s'amuser. Elle réalise que son intention de resserrer les liens de leur nouvelle petite famille s'impose immédiatement.

— Savais-tu, Elsa, que les pélicans sont le symbole de la paternité?

— Tu me l'apprends.

— Paternité... ça me fait penser à Antoine. J'ai l'impression qu'Antoine aimerait ce genre de vacances, lance-t-elle innocemment. J'ai toujours trouvé amusant qu'il soit plus paternel que fraternel avec toi. Je me souviens qu'il t'exhibait comme un trophée lorsque tu étais enfant. Il te passait tous tes caprices. Ça, c'était moins drôle, par exemple. Veux-tu que je lui demande de nous retrouver ici?

— Il va dire non. Il ne vient jamais chez nous!

— C'est parce que... S'il apprenait que tu as le goût de le voir, il volerait vers nous sans hésiter.

* * *

Depuis qu'Anna est en vacances, Sophie Morin, sa fille, la remplace pour la tournée quotidienne de la maison de Flame. Elle entre par la porte de service qui donne sur la cuisine en appelant: «Miaou... miaou...» Les chats accourent instantanément. Comme chaque après-midi, elle ouvre machinalement les boîtes de nourriture rangées dans le couloir d'entrée, et cause avec Pompon et Moustache. Deux anciens vagabonds ramassés par Flame, la samaritaine de toute créature vivante. Madame Donnelley lui a demandé de parler aux chats du début à la fin de son inspection quotidienne. Tout en recommandant aux minous d'apprécier leur qualité de vie et leur chance d'être dorlotés à ce point, Sophie entre dans la cuisine pour leur rapporter de l'eau fraîche.

D'un coup, elle tait son babillage, laisse tomber le bol d'eau et se sauve en courant chez la voisine.

— Madame Beaudin, les voleurs, les voleurs, les voleurs! Il manque des choses. Beaucoup de choses.

— Où? s'inquiète la voisine en ouvrant la porte à la jeune fille sans bottes ni manteau.

— Chez les Donnelley-Duval. Il manque des choses. Beaucoup de choses.

Sophie court à gauche et à droite.

Quelques minutes plus tard, deux agents de police accompagnent la fille d'Anna dans la maison de Flame. Elle leur énumère ce qu'elle ne trouve pas, puis téléphone à sa mère, en Floride.

— Qu'est-ce qu'ils ont volé, exactement? demande Anna.

— Ils ont vidé la maison des accessoires électroniques, y compris l'ordinateur ménager. Je te jure que j'avais mis le système d'alarme. Je ne comprends pas qu'il n'ait pas sonné.

— Tu as fait le rapport à la police toi-même? questionne Anna à travers les kilomètres de cables téléphoniques.

— Oui. Je suis pas mal certaine de n'avoir rien oublié.

— Est-ce qu'ils ont touché à quelque chose d'autre dans la maison?

— Non. Ce sont des malades de l'électronique, c'est évident.

— As-tu vérifié les armoires, toutes les armoires? insiste Anna.

— Oui. Et les garde-robes, la pièce de rangement dans le sous-sol.

— Les armoires de la cuisine? As-tu vérifié les armoires de la cuisine?

— Oui. Partout. Il n'y a rien de déplacé dans les armoires.

— Alors, ne dérangeons pas Flame, décide la gouvernante. Elle a besoin de ces vacances. Je vais m'occuper d'informer le courtier d'assurances. Remplace les appareils nécessaires et conserve bien les factures. S'il y a d'autres problèmes, rappelle-moi.

* * *

Pascale Moreau revient, épuisée, d'un aller et retour Bruxelles-Montréal. En déballant sa valise, elle lorgne la mappemonde qui couvre un pan du mur de sa chambre. Elle rêve d'un gros mois de vacances dès que ce maudit héritage lui tombera dans les mains.

Le téléphone sonne et, sans préambule, Charles annonce:

— Flame s'est fait cambrioler. Est-ce une nouvelle qui t'intéresse ou si ça n'a rien à voir?

L'agente de bord étouffe juste à temps un imprudent «enfin!», convaincue que Me Goyette a envoyé quelqu'un récupérer le répondeur en simulant un cambriolage. Elle demande à Charles:

— Comment le sais-tu?

— Par hasard. Me Goyette a parlé avec Me Tétreault hier. Ce matin, Goyette m'a téléphoné pour un petit détail et, en passant, il m'a mentionné le vol. Je suis allé droit aux sources d'information, au cas où ça t'intéresserait. C'est Sophie, la fille de la gouvernante,

159

qui a découvert le vol quand elle est venue nourrir les chats. Elle a fait sa déposition à la police. Sur le rapport, on lit qu'ils ont emporté le téléviseur, la chaîne stéréo et tous les appareils électroniques, y compris un petit ordinateur banal en apparence, mais extrêmement sophistiqué. D'après Sophie, ce sont de jeunes malades de l'électronique, car ils n'ont touché ni aux peintures de grande valeur ni aux antiquités.

— Je ne crois pas que ça m'intéresse, dit Pascale, comme si c'était le cadet de ses soucis. À moins qu'on ait volé les bijoux de Mali que Flame aurait cachés, mais je suis certaine que les bijoux se trouvent dans le coffre-fort. Quand vont-ils ouvrir ce coffre, Charles? s'impatiente-t-elle.

— Olivier ne veut pas exiger la combinaison de Flame tant qu'on n'aura pas statué sur la contestation du codicille.

Le frère de Mali triture le cordon de son téléphone.

— Mais avec un vol comme ça, elle va revenir! s'impatiente Pascale, balançant ses chaussures sur le tapis.

— Personne n'en parle. Je ne dois pas poser trop de questions. On se voit ce soir? ajoute Charles d'une voix énamourée.

— Je suis terriblement fatiguée, j'ai effectué un service de trente heures. Tu comprends?

— Oh oui, je comprends. Repose-toi, on se verra demain.

— C'est ça, demain.

Pascale raccroche distraitement le combiné. *Il ne chôme pas ce gogo!* Elle compose le numéro du procureur, ricanant comme une petite diablesse.

— Est-ce que je peux passer le voir? C'est urgent, demande-t-elle à la secrétaire, qui lui répond que son patron est en ligne.

— Si vous voulez prendre le risque, je ne peux rien vous promettre.

— Avez-vous une idée de qui il s'agit et pourquoi, Pascale? demande Mᵉ Goyette, comme réponse, après l'avoir fait attendre une demi-heure.

— Vous êtes joliment cachottier! ironise Pascale.

160

— Pas du tout, répond-il sur un ton qui n'admet pas la discussion.

Pascale est très déçue. Elle était si sûre que c'était lui... Puis, elle se ressaisit. *Évidemment, il ne me le dira pas... Mais il est si convaincant!*

— Ça donne un sens à votre histoire de revolver, ce cambriolage, dit Me Goyette en crayonnant la silhouette de la gouvernante Anna Morin devant des dizaines de portes d'armoires.

Encore cette expression au-dessus de tout soupçon. Pascale choisit d'être à la hauteur et tait son doute sur l'auteur du vol. Sa certitude plutôt. Mais elle se félicite largement de lui avoir confié ses craintes et se promet de ne jamais rien lui cacher. Rien. Elle s'amuse follement dans toutes ces intrigues.

— N'avez-vous pas quelques craintes au sujet du répondeur dont vous m'avez parlé l'autre jour? demande Me Goyette. Pensez-vous qu'il puisse être une arme dangereuse s'il tombe dans les mains des voleurs?

Ah, le renard, il se moque de moi en plus! Elle lui répond à brûle-pourpoint:

— Avec vous comme avocat, je n'ai peur de rien.

— Je ne suis pas VOTRE avocat, je suis procureur de la COURONNE, tonne Me Goyette.

— *God save the Queen!* dit Pascale en se levant pour mimer le salut militaire.

Pascale ne sait plus comment réagir. Il lui semble que seul Me Goyette peut avoir commandé ce cambriolage. C'est logique et tellement son style. Elle ne prend pas le risque de jouer avec lui et répond à sa question:

— Ça dépend comment ce message, s'il y en a un, serait utilisé. On ne peut savoir exactement à quelle heure Mali est morte. Rien ne prouve que Flame ait écouté le message et qu'elle se soit précipitée chez Mali. Personne ne l'a vue à Saint-Léon le soir du crime.

— Et sa fille Elsa?

Pascale appuie ses coudes sur le bureau du procureur.

— Elsa n'était pas à la maison, elle a couché chez sa tante Jackie. Maintenant que le répondeur a disparu, vous ne pourrez pas l'analyser pour contrecarrer une défense éventuelle de son avocat... toujours en supposant que le message existe.

Elle voudrait tellement s'assurer que c'est lui qui a ordonné le cambriolage.

— S'il existe, on le déposera. En attendant, vous devrez essayer de recueillir les différentes versions concernant ce message par l'entourage. Vous dites que Flame en a parlé à tout le monde?

— À tous ceux qui ont des oreilles. Cela ne change pas le fait que ce message ait été dicté sous la menace du revolver. Toujours si le message existe.

— Et le poison, vous n'y croyez plus?

Me Goyette s'amuse à confronter l'aguichante petite diablesse.

— Elle peut avoir fait les deux pour être plus certaine... C'est vrai que le revolver m'apparaît de plus en plus logique.

— Vous la cotez maligne votre belle amie!

— Maligne et coupable. Flame a été la dernière personne à voir Mali, et c'est elle qui a découvert le corps.

— Elle n'était pas seule, Carole est arrivée avec elle, continue Me Goyette pour mettre à l'épreuve la logique de Pascale.

— Pas nécessairement. J'ai l'impression que, sous serment, Carole n'aurait pas une version des faits identique aux propos qu'elle a tenus au salon mortuaire et au poste de police.

— Vous insinuez quoi?

Pascale est flattée de l'intérêt du procureur.

— Que Carole peut être arrivée une demi-heure après Flame. Elle ne conduit pas aussi vite que la meurtrière. Flame pilote comme un «Villeneuve» dans son 4 X 4! D'après la compagnie Telbel, Flame a rejoint le cellulaire de Carole sur le territoire de Saint-Jérôme. Donc, sur l'autoroute, alors que Carole était à Laval.

L'avocat dessine un ange volant dans la rafale.

— Carole est la sœur de Mali, elle n'est certainement pas la complice de Flame. D'après leur déposition à la police de Sainte-Adèle, elles sont arrivées presque en même temps. Pourquoi

Carole aurait-elle caché ce détail? poursuit Me Goyette toujours fasciné par l'esprit retors qui se dévoile devant lui.

— Pour éviter des problèmes à Flame. Carole est convaincue que Flame ne peut avoir tué Mali. Alors, si Flame lui a demandé de dire que toutes deux sont arrivées en même temps ou presque, Carole n'y a vu aucun piège. Je connais Carole. Mais sous serment, ça va changer.

— Sur quoi vous basez-vous pour présumer cela?

Ce jeu du chat et de la souris le passionne.

— Sur une phrase que Carole a bafouillée au salon mortuaire.

— Quelle phrase? s'écrie-t-il.

Aurait-on omis de lui dire toute la vérité?

— Carole a dit: «Quand je suis arrivée...» Puis elle a rectifié: «Quand NOUS sommes arrivées...»

— Je vous défends d'attirer l'attention de qui que ce soit sur cet incident. Je m'en occupe.

Pascale se montre offusquée par la remarque du procureur. Quand admettra-t-il sa discrétion et son jugement!

Me Goyette est persuadé, comme il l'est depuis le début, que Pascale joue avec les faits. Intelligemment, il en convient. Elle ne vise pas seulement un plus gros héritage, elle souhaite que Flame soit accusée de meurtre. D'accord pour la prison, mais il va falloir y aller avec des pincettes.

— N'oubliez pas, Pascale, que je veux la vérité. Toute la vérité. Appelez-moi si d'autres détails vous reviennent à l'esprit.

— Promis, maître, promis.

* * *

Tel que prévu, Antoine n'hésita pas à sauter dans le premier avion disponible après le coup de fil de Flame. Et dès le jour de son arrivée, ses attentions paternelles exagérées à l'égard d'Elsa contribuèrent à resserrer les liens familiaux, au-delà des plus grandes attentes de sa mère. L'enjouement de l'adolescente éplorée fut radical. Étourdie par les activités de son grand frère, elle oublia son deuil pendant de longs intervalles de la période des vacances.

À un point tel que, depuis quelques jours, Flame sent le besoin d'une conversation sérieuse avec son fils avant le départ des

Antilles. Ses yeux planent sur l'horizon depuis au moins une heure, permettant à son esprit fébrile de chercher une phrase d'introduction.

— C'est ta copie conforme la petite Elsa, lance Antoine installé près d'elle, à l'ombre d'un palmier.

Les petites lunettes rondes et très noires, la tête rousse et le maillot de bain aussi roux, se tourne tout à trac. *C'est le moment de lui parler*, décide Flame.

Ses mains sont moites et elle n'a pas de vernis à gratter sur ses ongles pour se calmer. Elle se lève, regarde, sans la voir, Elsa qui nage dans les vertes Caraïbes.

— Merci pour le compliment, dit-elle en traînant sa chaise longue sur le sable blanc pour se rapprocher d'Antoine. Elle est très belle, n'est-ce pas?

— Je ne parle pas du physique, corrige son fils moqueur. Quoique vous ayez l'air de deux sœurs. Je pense au caractère. À part ta manie de vouloir vivre à ma place, elle a toutes tes qualités et tous tes défauts.

— En parlant de vouloir vivre pour toi, justement, je dois te prévenir que si tu ne fais pas attention, elle va te mener par le bout du nez, elle est encore pire que moi.

Flame s'assoit sur la chaise longue et sort le premier tube de crème qu'elle trouve dans son sac.

— *Boy, oh boy!* Chat échaudé craint l'eau froide, ma petite maman.

«La petite maman» remet le tube de crème dans son sac, sans l'ouvrir. En parlant vite et sans arrêt pour respirer, Flame commence:

— Vois-tu, Antoine, je te suis reconnaissante d'avoir aidé Elsa à se remettre sur pied. Elle était tellement misérable! Mais je dois te faire part d'un léger souci qui me préoccupe depuis quelques jours.

La main pige à nouveau le même tube de crème dans son sac.

— Penses-tu que je puisse t'en parler sans que tu te sentes agressé et que tu me mitrailles des pires sobriquets? dit-elle en frottant son genou droit avec sa crème pour le visage.

164

— «Essaie-moi»! Plutôt que de te mitrailler de sobriquets, je te demanderai de m'expliquer cette mascarade avec ton tube de crème faciale à deux cent dollars que tu appliques sur ton genou.

Flame continue à se couvrir nerveusement le genou sans relever la remarque d'Antoine, décontenancé.

— Antoine, vois-tu, j'ai peur qu'Elsa s'attache trop à toi. Qu'elle transfère sur toi l'affection qu'elle avait pour Émile et qu'elle souffre plus fort quand tu vas partir.

Good Lord, *c'est dit!* Flame remet le tube de crème dans son sac, sans n'avoir rien appliqué sur son visage.

— Je passe deux autres semaines à la maison. Ça fait une super bonne période pour équilibrer ses émotions, remarque le jeune homme, en s'étirant sur son pliant.

— Mon inquiétude vient de... Vois-tu, Antoine, Elsa est tellement désemparée, et tu es tellement charmant avec elle. Sans oublier que tu es aussi protecteur qu'Émile l'était avec elle... Des fois, je crains pour son équilibre émotif.

Antoine ne saisit pas. Ses yeux bleus délaissent ses pieds mouvant dans le sable et l'eau pour observer sa mère afin d'essayer de déchiffrer ses propos. Flame est maintenant à demi étendue, en plein soleil, sans aucune protection sur sa peau délicate de rousse. «Décidément!...» pense-t-il.

Il voudrait blaguer, mais il est trop intrigué et ne trouve rien de drôle.

— Qu'est-ce que tu veux dire au juste, maman? demande-t-il.

— Vois-tu, Antoine, tu fais tout pour l'aider et tu le fais si bien que... tout en admettant que je ne suis pas tout à fait rationnelle de ce temps-ci, je ne peux m'empêcher de craindre qu'elle... te prenne trop en affection.

Au fur et à mesure, son ton se raffermit.

— Je veux dire que... j'ai l'impression qu'elle est en train de tomber amoureuse de toi. Je sais que tu vas me traiter de maboule, mais il fallait que je te le dise.

— La vie m'a appris que tu n'es pas aussi détraquée que je t'en accuse. À peu près la moitié! ajoute Antoine en riant jaune. Je peux bien surveiller Elsa si tu as peur, mais je ne crois pas qu'elle soit si affectée. Je suis son demi-frère et elle me prend pour son père durant la transition de la mort d'... tu sais qui.

— Je préférais t'avertir. Comme ça, tu pourras mieux la diriger si... Mais, Antoine, je ne te reconnais plus ! Tu ne me dis pas que j'exagère, que...

— Je le pense, pouffe-t-il dans un rire complice, replaçant sur son front basané une mèche de cheveux blondis par le soleil. Il recale ses verres fumés sur son nez et ferme les yeux.

Antoine ne comprend évidemment rien à ce jargon affectif, mais il sait que ce n'est pas facile pour Flame de tenir ces propos «incohérents». Il pardonne à sa mère de faire une montagne avec un petit tas de sable. Elle souffre tant ! Il l'aime tant !

11

Pascale hésite à se confier à Mᵉ Goyette. Finalement, elle ne prend pas le risque de taire un tel fragment de son scénario à ce fin filou qui règle tous ses problèmes sans avoir l'air de les saisir.

— Il y a un autre point qui me tracasse, s'aventure-t-elle à lui avouer, la main crispée sur l'accoudoir de son fauteuil.

— Dites.

— Anna...

— Qui ça Anna? Ah oui, la domestique des Donnelley.

Mᵉ Goyette craint que Pascale lui fasse regretter que ses émissaires aient commis une erreur lors du cambriolage. Surtout que la cassette trouvée dans le répondeur volé était vierge.

— Anna conservait toujours les cassettes de Mali en lieu sûr.

L'avocat sort de ses gonds. Après tout ce gaspillage de temps et d'argent pour mettre la main sur le répondeur sans message, c'est la bonne qui a la cassette maintenant. Mine de rien, il demande à Pascale:

— Pourquoi ne m'avez-vous pas révélé ceci plus tôt?

— Je ne savais pas qu'il y aurait un cambriolage. C'était le répondeur qui me tracassait à ce moment-là, parce que Flame en a parlé au salon funéraire. Et puis, je ne crois pas qu'il y ait de cassette du tout. Flame a inventé le coup de téléphone de Mali pour se donner un alibi.

— Et votre Anna, est-ce qu'elle en conservait beaucoup de cassettes?

— Non. Seulement celles de Mali.

— Comment pouvez-vous le savoir?

Pascale adopte une attitude sentencieuse pour déclarer:

— Je connais Flame.

— «Je-connais-Flame» n'est pas une réponse. Écoutez, ma petite, je n'ai pas le temps de jouer aux devinettes. Combien de personnes savent qu'Anna conservait les cassettes de Mali, et où Anna cachait-elle les cassettes?

— Aucune! Personne ne savait que Flame conservait des cassettes. Je vous le jure. Personne. Et Flame était la seule à donner les cassettes à Anna pour les ranger. Anna ne touchait pas au répondeur.

— Est-ce qu'Anna a parlé de cette cassette?

— Non. Anna Morin ne parle jamais de ce qui se passe chez Flame. Jamais. Même pas à sa fille Sophie. De cela, je suis absolument certaine. Elle le dira seulement à la cour, si elle y est bien obligée, et encore! Si elle peut éviter de comparaître, elle n'ira pas s'offrir comme témoin.

Le procureur dessine un palmier sur son calepin.

— Elle ne veut pas défendre Flame?

Ses sourcils montent de deux centimètres.

— Oh si! C'est Flame qui ne veut pas se défendre. Cette hystérique s'imagine que Mali est encore vivante. Elle garde la tête plongée dans ses livres à Québec. Elsa et le laboratoire d'Émile sont tout ce qui compte. Ce n'est pas la première fois qu'elle fuit la réalité. Elle n'a jamais pu distinguer une bonne nouvelle d'une mauvaise...

— Elle ne pourrait pas avoir une boîte vocale comme tout le monde? Où les mettait-elle ces cassettes?

L'avocat crayonne un cupidon et les initiales A.M. – F.S.

— Je ne peux pas savoir. Anna Morin les changeait souvent de place.

— Dans le coffre-fort? L'avocat est subitement inquiet et irrité.

— Non. Anna n'a pas accès au coffre-fort.

— Je répète mes questions et je veux des réponses véridiques, entières et précises. Comment pouvez-vous savoir que Flame ne conservait que les cassettes de Mali, que votre Anna ne les mettait pas dans le coffre-fort et que Flame n'a pas la cassette en main ? J'attends.

Pascale dissimule mal son énervement sous son attitude fanfaronne. Elle répond sur un ton plus combatif encore.

— Je sais ce qui se passait chez Flame parce que je l'ai toujours épiée. Pourquoi je l'épiais ? Parce qu'elle était touj... souvent avec Mali, ça la rendait importante pour moi. Pourquoi ça la rendait importante ? Parce que j'admirais Mali et que je voulais devenir aussi bien qu'elle. Je n'ai jamais soufflé un mot de ce que je voyais ou de ce que j'entendais quand je restais chez Mali ou chez Flame. Pourquoi ? Parce que je ne les pistais pas pour bavasser, je les pistais pour apprendre. Je voulais que Mali m'aime. Pourquoi je voulais qu'elle m'aime ? Parce que si Mali aimait quelqu'un, ce quelqu'un devenait important dans la famille, et je voulais être importante dans la famille.

L'explication de Pascale semble plausible à Me Goyette. Elle cadre bien dans son passé qu'il avait demandé d'enquêter.

— Est-ce que Flame donnait les cassettes à la gouvernante immédiatement après les avoir entendues ? s'assure Me Goyette en traçant un avion en plein vol dans son calepin.

— Non. Flame les écoutait et les réécoutait, comme si Mali lui parlait. Elle effaçait les petits messages ; quand la cassette était remplie, elle la remettait à Anna.

— Et sa fille Elsa ?

— Elsa a son téléphone et son répondeur personnels.

Ces questions, à l'intonation incisive, énervent Pascale.

— D'après vous, est-ce qu'Anna écoutait les cassettes ?

Le procureur laisse poindre un soupçon dans ses paroles.

— Jamais. Anna est ronchonneuse et accaparante mais pas indiscrète.

Le ton monte :

— Et là, vous avez peur qu'Anna ait la cassette, je suppose ?

— Oui et non.

L'humeur se glace :

— Oui OU non ?

— Non. Je vous ai parlé des cassettes pour ne pas que vous m'étrangliez si les cambrioleurs dénichaient une supposée cassette, et je vous parle d'Anna parce que vous m'avez intimé l'ordre de vous communiquer les moindres détails.

Me Goyette la dévisage, furieux. Il se penche sur son calepin et dessine deux joncs. L'un à côté de l'autre.

— Si Mali a téléphoné à Flame, continue Pascale, arrogante, Flame n'a certainement pas remis la cassette à Anna avant qu'Elsa soit retournée au couvent. Elle n'allait pas écouter une cassette de Mali mourante devant sa fille qui venait de perdre son père. De plus, c'est son dernier message. Elle va en faire un disque d'or. Cette cassette-là n'ira jamais à Anna. Si elle n'était pas dans le répondeur, ce qui est plus que probable, c'est que Flame la garde précieusement sur elle ou dans un endroit sûr. Ou qu'elle n'existe tout simplement pas. Je ne crois pas qu'il y ait jamais eu d'appel de Mali.

— Alors pourquoi vous tremblez ?

Pascale prend le miroir dans son sac à main et le flanque devant Me Goyette.

— Parce que j'ai peur des monstres, dit-elle.

Me Goyette adopte une expression moins sévère et lui renvoie un sourire forcé.

— Vous n'éliminez pas l'hypothèse que la cassette soit entre les mains de Madame Morin, continue-t-il, plus doux.

— Oui, je l'élimine. Non. Je ne sais plus. Au début de notre conversation, je vous en parlais par acquit de conscience. Là, je ne sais plus. Je dirais que la cassette est dans le répondeur ou sur Flame ou qu'elle n'existe pas.

Me Goyette hésite, puis se tait. Il ne peut confier à cette maligne comploteuse que la cassette dans le répondeur volé était vierge. Il lui faudra relire le dossier d'Anna Morin et de sa fille Sophie. Quant à Flame, la Sûreté du Québec devra accélérer son enquête.

— S'il y a autre chose qui vous tracasse, vous me le faites savoir immédiatement. Et je vous le répète, Pascale, dites-moi tout.

— Vous voyez que je vous dis tout.

— Je ne vois rien !

Jean Goyette n'a pas de temps pour la courtoisie. Sur ces mots secs, il lui indique la porte et appelle sa secrétaire.

D'un bond, Élizabeth Couston est installée droite sur sa chaise devant le pupitre de Me Goyette, crayon, calepin et dossier d'Anna Morin sur ses genoux. En remarquant la mine de dragon du procureur, elle a mis de côté une pile de messages qu'elle se chargera de régler elle-même. Depuis vingt ans, cette perle d'assistante a appris à discerner l'humeur de son patron. Même lorsqu'il doit faire bonne figure devant son entourage.

— Élizabeth, je voudrais parler à Alfred Sweeney, s'il vous plaît.

— Tout de suite, maître.

Élizabeth ouvre le fichier confidentiel de son agenda et compose le numéro de A.(F.) S. sur l'appareil privé caché dans le tiroir du pupitre de Me Goyette. Quand elle entend la voix de l'interlocuteur au bout du fil, elle passe le combiné à Me Goyette et disparaît.

Alfred Freddy Sweeney est un don Juan, ex-policier et copain de toujours de Me Goyette. Il connaît tous les métiers, mais se distingue surtout comme détective privé. Les références provenant de personnages influents, hors du cercle d'amis de Me Goyette, sont toujours excellentes. Ce qui lui assure du travail un peu partout dans le monde.

— Que manque-t-il à ton bonheur, Jean ? lui demande Alfred, installé à Hawaii depuis deux ans, c'est-à-dire depuis qu'il a déménagé ses pénates de Paris vers les îles du Pacifique pour s'esquiver en douce d'une certaine Nathalie, que Jean Goyette lui avait demandé d'entretenir sur un autre continent lors d'un procès plutôt épineux.

— *Lazy* Freddy, que dirais-tu d'une aventure d'un an ou deux avec une dame très bien qui s'appelle Anna ?

— Les qualifications ? Est-ce cette Anna, la domestique chez qui mes hommes sont allés dernièrement ?

L'avocat entend Alfred tirer une bouffée de son sempiternel havane.

— Oui. J'ai son dossier devant moi. Une bonne femme. Un peu grassouillette pour la mode mais attrayante, cheveux bruns, cultivée, habituée d'évoluer dans les milieux huppés. Elle adore le climat de la Jamaïque. Aucune objection de ta part si elle refuse de demeurer aussi loin que Hawaii?

— Hummm!...

Le séducteur ne demande pas mieux que d'aller faire de la plongée sous-marine dans les grandes Antilles. C'est moins long à traverser que le Pacifique. Me Goyette interprète le court silence et le «hummm!...» de son ami comme un accord enthousiaste.

— Alors, je continue... Elle est veuve depuis un an et demi ou deux. Cuisine très bien et se plaît dans tout ce qui ressemble à un foyer. Actuellement, son cœur est libre, mais elle n'a pas oublié son Édouard. Sa fille se marie dans quelques mois.

— C'est trop beau. Le problème? crachote Freddy en expirant sa fumée bruyamment.

Me Goyette imagine le sourire satisfait de son homme de confiance.

— Un, ça presse. Deux, elle adore sa patronne. Trois, sa patronne sera vraisemblablement la cliente de Pierre Lemay. Par contre, l'Anna en question est en Floride pour quelque temps encore et sans amour depuis deux ans.

— Quelque temps? Faut pas charrier, je n'ai plus vingt ans. Surtout si son mari lui trotte encore dans la tête et sa patronne «qu'elle adore» est dans tes griffes. Lemay à la défense pardessus...

Me Goyette sait qu'Alfred marchande ses honoraires. Il ne peut rien refuser à l'avocat.

— La destination du voyage de noces de sa fille n'est pas encore définitive. Tu pourrais orienter leur lune de miel vers Hawaii en vantant Honolulu à sa mère, sous les orangers de Miami. Plusieurs soirées dans le Sud et deux semaines sur la plage de Waikiki avec elle en sortant tous tes charmes, non?

— Elle est descendue où en Floride?

172

— Au Yankee Clipper Sheraton, à Fort Lauderdale. Élizabeth te faxe sa photo tout de suite.

— Quand veux-tu qu'elle s'éclipse de Montréal?

— Dans deux ou trois mois. Je ne le sais pas encore.

— Tu me prends pour le jouvenceau que tu as connu il y a un quart de siècle, ironise Freddy Sweeney.

— Ne parle pas de cette façon, tu me déprimes. Aloha!

* * *

L'aéroport de Mirabel est bondé.

— Quelle corvée ces douanes! maugrée Antoine en apercevant six files de voyageurs bronzés devant les guérites.

— Prenez chacun une ligne et on changera pour celle qui se dégagera la première, chuchote Flame.

— *Yes! Yes!*

Antoine attrape son sac de voyage et celui de sa sœur.

— Ce guichet vient d'ouvrir!

Elsa est fière d'avoir précédé Antoine par sa vivacité. En un clin d'œil, la petite famille se retrouve devant le douanier.

— Je reviens dans un instant, s'excuse le fonctionnaire, et il disparaît.

— Madame Flame Donnelley?

Flame, Elsa et Antoine restent stupéfaits devant deux policiers; l'un tient une paire de menottes en s'approchant de Flame.

— Madame, veuillez nous suivre. Vous êtes en état d'arrestation pour le meurtre de Magalia De Grandpré-Masson.

Antoine se place devant sa mère et explique poliment:

— Vous vous trompez de personne, messieurs.

L'officier écarte Antoine et s'apprête à saisir les poignets de Flame.

— Ne touchez pas à ma mère, c'est une sainte! hurle Elsa en repoussant «l'insolent gendarme».

Pendant que l'un des policiers récite les droits légaux, Flame lève les yeux vers l'agent qui tient les menottes. Son esprit embrouillé confond l'officier de race noire avec le gendarme de la bouteille rapportée de Nassau par Elsa. Elle le supplie tout bas, d'une voix balbutiante: «Monsieur, je vais vous suivre. Épargnez ce spectacle à ma fille, elle vient de perdre son père.»

Le policier cache ses menottes, mais reste très proche de Flame et l'escorte vers la salle des bagages, qu'ils doivent traverser pour sortir de l'aéroport, où les attend une voiture de police. Flame se tourne vers son fils et lui lance d'une voix engourdie de stupeur:

— Antoine, prends soin d'Elsa.

Les grands yeux bleus embrassent Flame avec assurance. Un nœud lui serre l'estomac. Pourquoi ne peut-il jamais remplir son rôle de protecteur auprès de sa mère?

— Maman! crie Elsa, incapable de verser une larme.

Flame trouve le courage de se retourner. Elle lui fait un sourire apaisant puis implore Antoine d'une expression plus grave. Flame ne doute pas que tout va s'arranger, mais cette humiliation devant son adolescente si vulnérable la déchire. Elsa crie un autre tragique «maman!» et se jette dans les bras d'Antoine.

— De grâce, messieurs, un peu de cœur, insiste-t-elle, chancelante.

Le policier fait disparaître les menottes sous sa veste et, sans se concerter, les deux hommes s'écartent de la prisonnière pour rendre la scène un peu moins dramatique.

Dans la voiture qui l'emmène au Bureau des enquêtes criminelles, Flame se blinde contre toute réalité. Se conformant aux ordres, telle une automate, elle ne ressent pas l'horreur des procédures d'incarcération.

* * *

Gaston Dupuis sursaute dans son lit en entendant la sonnerie du téléphone de la ligne qui le tient en communication directe avec Roberto Danzi. *Il est arrivé quelque chose au maire!*

— Oui, Roberto, répond le chef du cabinet en agrippant le téléphone.

— Gaston, c'est Flame! Je regrette de t'appeler sur cette ligne, je...

— C'est parfait, Flame. Est-il arrivé quelque chose à Roberto?

Gaston est complètement réveillé, maintenant.

174

— Non, c'est à moi. Je suis en prison!

— Mince! Pourquoi?

— On m'accuse d'avoir tué M...

Flame est incapable de prononcer le nom de Mali.

— C'est dégueulasse! J'appelle Roberto. Il te trouvera un avocat sur-le-champ. Tu es à Saint-Jérôme, je suppose?

Une petite voix éteinte murmure un «oui» presque inaudible.

— C'est une mauvaise farce, Flame. Compte sur moi pour faire vite. Flame... ne réponds à aucune question avant que l'avocat arrive. Aucune. Tu dois garder le silence. Tu m'entends?

— Mais je ne suis pas coupable, Gaston!

— Je le sais, mais c'est comme ça qu'il faut agir. Promets-moi de ne pas dire un seul mot. Promets-moi, Flame. J'appelle Roberto, Flame. PAS UN MOT. Tu m'entends: PAS UN MOT.

* * *

Même si le cadran du réveil marque 3 h 20, Roberto n'hésite pas à signaler immédiatement le numéro de Me Pierre Lemay, un ami de longue date, devenu l'un de ses conseillers fiables depuis qu'il est maire. Un brillant criminaliste dans la quarantaine avancée.

— Il fff-faut la faire libérer dans un temps mini-minimum, Pierre, ordonne Roberto, vi-vite. Son cautionnement sur ma facture. De-e-hors au plus vi-vite.

Roberto se lève. Plus question de dormir tant que Me Lemay ne l'aura pas rappelé. Il voudrait tellement aider Flame pour une raison autre que celle de la sortir de prison.

* * *

Les yeux rivés au plafond, Antoine revoit les merveilleuses vacances dont la fin tragique ne parvient pas à effacer les moments de bonheur profond qu'il a vécus. Il se sent coupable de se remémorer ces trois semaines, les plus riches de sa vie, alors qu'on vient d'arrêter Flame. Mais il était si heureux entre le sable et le ciel, avec sa mère, sans cet Émile glacial entre eux! Flame devenue vulnérable tout à coup. Exactement comme s'il était le chef de la famille. Le mari de la plus belle rousse de la planète et le père de la plus merveilleuse adolescente du monde. Dans ce climat submergé d'affection, il retrouvait petit à petit sa confiance, sa sérénité et combien d'autres sentiments qu'il avait enfouis au fond de son cœur en quittant la maison, le jour de ses dix-huit ans.

Au Club Med, il ne manquait que Bernard, son père. Son père qui n'a jamais négligé de lui rendre visite ou de lui téléphoner. Mais Bernard, c'est un autre monde, indépendant de la belle famille à la Guadeloupe. Et quel rôle aurait-il joué dans cette réunion déjà complète *anyway*? Le père, c'était lui.

Son regard bleu continue de fixer le plafond. Le malheureux Antoine est redevenu inutile encore une fois. Tante Jackie lui a téléphoné et l'a informé qu'un certain Gaston Dupuis ferait le nécessaire pour qu'un avocat obtienne l'audience devant le juge et sorte Flame de la prison, dans un temps minimum. Gaston! Qui est ce Gaston? Pourquoi n'est-ce pas lui qui «fait le nécessaire»? Antoine reconnaît bien que Gaston, qui qu'il soit, connaît mieux la sauce. Il en souffre autant.

— Antoine? Une tendre voix le tire de sa rêverie.

— Oui, Elsa.

— Est-ce que je peux venir te voir?

— *Of course, honey.*

Elsa entre dans la chambre, va droit dans le lit d'Antoine et se blottit dans ses bras. Elle sanglote, répétant sans arrêt, à peine compréhensible:

— J'ai perdu mon père, j'ai perdu ma mère...

Plus elle pleure, plus elle se colle au torse nu de son frère, l'entourant de ses bras qui fleurent encore le sable des Caraïbes. Le triste jeune homme serre sa sœur très fort contre lui. Il maudit son incapacité à la soulager.

Soudain, Antoine est de plus en plus conscient de la chaleur du corps d'Elsa. À son grand étonnement, il s'aperçoit qu'il ressent le même plaisir délectable que lorsque Diana, Betsy ou Cathy décident que c'est le temps «de baisser l'abat-jour». La discussion qu'il a eue avec sa mère sur la plage revient à son esprit. Il est fier de ne pas avoir ridiculisé ses propos. Tout décontenancé, il reste là, sans bouger.

— *Honey*, calme-toi, elle va être ici très bientôt.

Elsa s'accroche davantage et sanglote plus intensément. Ses cheveux brûlent la joue d'Antoine. Il dépose un baiser affectueux sur le front d'Elsa et, bien à contre-cœur, lui dit gentiment:

— J'enfile mon pull et on va prendre du café au salon. Je vais rester avec toi toute la nuit. De toute façon, je ne dormirais pas.

Il saute du lit et remet son pull de voyage épais, très *american*.

— Quand va-t-elle revenir? demande Elsa, la voix troublée et le regard apeuré.

— Bientôt. Il s'agit seulement d'une erreur judiciaire.

Antoine cache à Elsa tout ce qui va se passer cette nuit pour sa mère, tel que décrit par Me Lemay. Par contre, il ne peut s'empêcher de se figurer Flame se soumettant à des prises de photos, enfilant une défroque de prisonnière, partageant une cellule avec qui? Combien de temps cela prendra-t-il avant qu'un juge se libère pour entendre son avocat? Passant une nuit blanche à la prison avec des criminelles sans savoir l'heure ou, pis encore, le jour de la fin des procédures.

— Elle ne peut pas revenir ici. C'est glacial dans cette maison, déclare Elsa, en frissonnant.

— Pourquoi tu dis ça, c'est très beau. Ici, le salon, là, l'entrée, un style moderne et chaleureux...

— Elle ne peut revenir ici, elle m'a expliqué pourquoi, déclare Elsa en jetant des coups d'œil nerveux çà et là.

— Si maman trouve la maison insupportable, j'irai demeurer avec elle au château Frontenac et je l'aiderai à trouver une maison.

— Et moi?

— Il faut que tu retournes à tes études.

— Non, je veux rester à Québec avec vous deux pendant quinze jours.

L'ingénue finit par s'endormir peu après le lever du soleil.

Le lendemain, quand Sophie effectue sa tournée quotidienne, Antoine prend le temps de raconter en détail les vacances de la famille et s'informe du cambriolage. Une fois assuré que Sophie n'est pas au courant de l'arrestation, il lui signale que sa mère est absente et qu'elle téléphonera à Anna dès son retour. Flame saura comment expliquer à Anna et à sa fille.

Ce n'est que dans la soirée de mercredi que Flame revient à la maison. Elle aperçoit Elsa, Antoine et tante Jackie assoupis sur les divans du salon. Pour la première fois de sa vie, la tenue et le maquillage de tante Jackie sont complètement négligés. Antoine porte le même jean et le même pull avec lesquels il a voyagé. Elsa n'a jamais été aussi blanche malgré son bronzage.

— Vous n'avez pas dormi, constate Flame, navrée. Avez-vous mangé?

— As-tu dormi, toi maman? réplique «l'homme de la famille» en la prenant dans ses bras. Des larmes coulent enfin, des larmes retenues depuis dimanche soir pour soutenir le courage de sa sœur.

— *Dearest* Flame! murmure Jackie, serrant sa nièce adorée, incapable de retenir un sanglot.

Elsa, Antoine et Jackie étreignent Flame longtemps.

— Je vais te préparer un thé. Veux-tu m'aider Elsa? s'empresse de dire tante Jackie afin de laisser Antoine seul avec sa mère.

— C'est Pascale qui s'amuse à être méchante, explique Flame à son fils. Ça aurait été si simple de me dire qu'elle voulait cet argent.

— Quel argent? s'étonne Antoine en attirant sa mère dans le creux d'un canapé.

— Une petite fortune que Mali m'a léguée à la dernière minute. Un mot écrit à la main. J'ai dit à l'avocat que je renonçais à cet héritage et que je ne veux plus entendre parler des mesquineries de Pascale.

— Tu la laisses gagner après ce qu'elle t'a fait?

— Vois-tu, Antoine, il n'y a rien d'autre qui m'intéresse que l'amour d'Elsa et le tien. Ce qui est arrivé à l'aéroport doit s'effacer de notre esprit. C'est trop avilissant et, si je ne cède pas cet argent, des scènes comme celles-là vont se répéter. Elsa ne pourra pas le supporter. Moi non plus. C'est pour cela que j'ai demandé à Gaston de te supplier de ne pas venir à la prison. Je n'ai fait que penser à vous deux tout le temps. Une chance que tu es là, Antoine.

— Ne renonce pas à l'héritage. Ils vont dire que tu as peur.

— Non, c'est trop évident que je ne suis pas coupable. Vois-tu, il faut qu'on se mette ensemble pour faire oublier cette affreuse expérience à Elsa. Aussitôt qu'elle sera au pensionnat, je file à Québec et je me plonge dans mes livres. En étudiant, j'aurai la possibilité de retrouver mon équilibre, et Elsa a besoin que je sois en bonne santé physique et mentale. Mali doit éprouver beaucoup de peine de voir tous ces déchirements autour de son argent!

Flame fait une pause, sa voix tremble, mais elle ajoute:

— C'est dégradant d'avoir un dossier judiciaire, vois-tu, Antoine? Il a fallu que l'avocat dépose cinquante mille dollars pour obtenir ma mise en liberté provisoire. Je ne suis plus «une citoyenne», je suis sans identité. Tu comprends, Antoine? Pas de passeport, pas le droit de quitter la province, c'est avilissant. Tu comprends, Antoine? répète la présumée coupable.

— C'est parce que je comprends que je veux te venger. Je ne peux supporter de te voir souffrir et laisser aller ce petit démon sans te venger. *Boy, oh boy!*

Les yeux bleus d'Antoine ressemblent à une mer démontée.

— Pas tout de suite, Antoine. Le procureur a insisté pour que je n'aie pas le droit de contacter Pascale d'aucune façon. Si tu fais quelque chose, on m'emprisonnera. Sois assuré qu'elle va payer tout ce mal. Mais pas immédiatement. En attendant, il faut oublier. Il le faut si tu ne veux pas que je retourne en prison.

— *Boy, oh boy!*

— Un jour, je serai en mesure de me défendre. Je suis sûre que tu seras là comme tu as été là depuis la mort de Mali. Aujourd'hui, je te demande de placer ta rage au frigo. C'est ça être fort. Le peux-tu?

Tout le tourment de Flame passe dans sa question.

— Je me sens nul, soupire le garçon, laissant sa tête reposer mollement sur le dossier du canapé.

— Nul? Tu m'apportes plus de support qu'Émile ne m'en aurait apporté dans cette situation. Pourtant, il n'était pas un vaurien. Tu as joué le rôle du «chef de la famille». Fort et tendre. Nul? Tu n'as jamais été nul et tu ne le seras jamais. Ni nul ni lâche.

Antoine prend Flame dans ses bras. Il l'aime tant cette mère «tout éparpillée»!

— Veux-tu, Antoine? Veux-tu m'aider à oublier pour le moment?

— Tu me promets de me laisser te venger un jour?

Flame sait qu'il mettra beaucoup de temps à s'apaiser.

— Je te promets que je vais me venger un jour, répond-elle en espérant qu'il ne remarque pas la nuance dans la formulation de sa phrase. Antoine ne participera pas à sa vengeance. Elle l'aime trop pour lui faire courir un tel risque.

Le jeudi matin, Flame téléphone à Anna pour l'avertir de son retour. Déjà emballée par «ce charmant Freddy Sweeney», sa gouvernante en a plus à dire qu'à entendre. Tant mieux! Elle exprime son tracas pour le cambriolage. Tout est «sous contrôle», et Sophie s'est occupée de remplacer les objets disparus.

Après avoir tourné autour du pot, Anna se décide à mettre Flame au courant de certains projets avec un dénommé Freddy Sweeney:

— Alfred m'a invitée à Hawaii. Je ne lui ai pas donné mon assentiment, vous savez... J'ai averti Alfred que si vous n'étiez pas d'accord, de plein gré, il faudrait qu'il attende.

— Non, non, non, profitez de ce voyage. Retournez en vacances dans les îles du Pacifique, c'est une occasion incroyable. Je m'occuperai de la maison. De plus, Antoine est là pour m'aider.

Flame ne demande pas mieux qu'Anna s'éloigne un peu jusqu'à ce que les choses se replacent et souhaite que la gouvernante n'ait pas à rentrer dans la maison où règne une atmosphère de détresse. Elle considère la mésaventure close. Elle renoncera dès aujourd'hui en faveur de Pascale au legs du codicille. Avec les cinq cent mille dollars et tout le contenu du coffre-fort, la filleule de Mali la laissera en paix. Le scandale sera étouffé, et Elsa se remettra vite.

Elle est toutefois contrariée par un coup de fil de Me Lemay qui lui signifie que leur rencontre avec le juge et le procureur de la Couronne pour la remise des documents aura lieu le 29 mars.

Après avoir réitéré à Me Lemay son intention de renoncer au testament, Flame retourne à Québec et se concentre sur son travail à l'université, et plus précisément au laboratoire, toujours dans le but d'apprendre à reconstituer son médicament. Elle multiplie les relations parmi les chercheurs afin de pouvoir leur poser des questions qui ne figurent pas parmi les matières enseignées au programme.

Étant donné les problèmes successoraux dans la famille De Grandpré, Gilles Brière, président d'Informatique 2000, favorise la patience plutôt que la pression sur les héritiers. Les relations demeurent au statu quo en ce qui concerne Informatique 2000 et le *Nouvelliste*.

* * *

Elsa est contente de ne pas avoir à retourner chez tante Jackie toutes les fins de semaine. Son adaptation facile au château Frontenac surprend Flame qui, pour sa part, réserve une attention absolue à sa fille. Elsa a été ravie d'apprendre que cinq autres pensionnaires de l'école secondaire Saint-Nom-de-Jésus demeuraient dans la capitale. Les six copines font le trajet ensemble les vendredis et lundis. Une partie de plaisir plus qu'une corvée !

— J'ai hâte qu'on trouve la maison de nos rêves, s'exclame Elsa, le premier dimanche de mars, après avoir passé un autre samedi à chercher activement un endroit où s'installer à Québec pour de bon.

Deux semaines plus tard, au retour d'un autre samedi passé à visiter des résidences du matin au soir, les deux femmes se retrouvent épuisées et pensives dans la voiture.

En attendant un feu vert sur le boulevard Sainte-Foy, Elsa s'exclame :

— Enfin !

Flame se retourne vers sa fille :

— Laquelle? Dis vite.

— Celle du Cap-Rouge.

Elsa surveille l'expression de sa mère.

— *My, my, my!*

Flame embrasse sa fille, la serre dans ses bras, lui tire les cheveux, l'embrasse encore jusqu'à ce que le klaxon de la voiture derrière elle les fasse sursauter.

Flame et Elsa ne mentionnent jamais la scène de l'aéroport ou tout ce qui peut rappeler de près ou de loin ce mélodrame.

* * *

Le 29 mars, la Couronne remet officiellement à Mᵉ Lemay le dossier complet concernant les preuves qui ont été avancées contre Flame Donnelley. Le rapport de la police de Sainte-Adèle, le résultat de l'autopsie, les dépositions des témoins que la Sûreté du Québec a rencontrés, les conclusions du toxicologue, les copies du testament et quelques autres documents pouvant inculper Flame.

Celle-ci profite des derniers jours froids de mars pour se cacher le visage sous un chapeau à large bord et derrière le long col d'un manteau qui la protègent des curieux. Elle porte de grosses lunettes noires. Mᵉ Goyette ne peut saisir la personnalité de celle qu'il tentera de faire condamner pour meurtre au premier degré, c'est-à-dire avec préméditation. Le procureur de la Couronne prévoit que trois jours d'audition à l'enquête préliminaire suffiront pour établir sa preuve et déterminer s'il y a matière à procès.

Mᵉ Lemay sait depuis sa première entrevue avec Flame que cette irréaliste, passionnée, maternelle *et caetera* cliente n'a pas tué Magalia De Grandpré. Par contre, il juge d'une inconscience ridicule son idée de renoncer à l'héritage avec une présomption de meurtre sur le dos. Il ne se trouve pas sage non plus d'accepter de défendre une accusée aussi hermétique contre les accusations dont on l'assaille. Il n'a pas encore défini pourquoi il s'obstine. Est-ce parce que le maire de Saint-Léon lui a recommandé de traiter Flame mieux que le plus important de ses clients ou parce qu'il ne peut résister à cette désarmante accusée en train de ruiner sa cause par ses agissements irrationnels?

En sortant du palais de justice, il s'apprête à vérifier si la séance n'a pas trop affecté sa cliente. Les bras lui tombent quand il entend les premières paroles de Flame :

— Maintenant que le danger est écarté, je peux signer ma renonciation à l'héritage, Mᵉ Lemay ?

L'avocat est tenté de raser ces beaux cheveux roux, de faire une incision sur ce crâne pour introduire dans cette tête la paperasse qu'on lui a remise. Il se contente de dire :

— Rien ne presse. J'ai déjà téléphoné à Pascale Moreau moi-même.

Mᵉ Lemay n'a pas le goût de s'épuiser en explications. *Meurtre au premier degré!* Il lui accorde un sourire compatissant.

* * *

— J'ai décidé de prendre quelques jours de repos dans le petit village de Shigawake, en Gaspésie, annonce Flame en enlevant ses bottes boueuses au retour d'une promenade dans la forêt.

— En Gaspésie ? Ha ! Ha ! C'est un poisson d'avril, réplique Elsa. Depuis le lever du soleil, la collégienne se tient sur ses gardes.

— Non. Pas de poisson d'avril pour moi aujourd'hui. Pascale me fait suffisamment de surprises cette année. C'est plutôt ce rhume persistant. L'air salin devrait l'éliminer une fois pour toutes.

— Pourquoi en Gaspésie, alors ? s'étonne Jackie. C'est froid.

— J'aurais le goût de revoir des amis que j'ai connus en France et qui se sont installés dans un coin exquis de la péninsule. Et puis, tant qu'à être tenue de rester dans la province, j'en profite pour la visiter.

Ce rappel aux procédures judiciaires coupe net les commentaires.

En vérité, l'idée d'aller au bord de la mer a germé dans l'esprit de Flame au cours de l'élaboration de son plan vindicatif lorsqu'en janvier, Gaston lui a mentionné la partie d'huîtres pour les bénévoles. À ce moment-là, elle pensait se rendre à Marennes, un charmant petit coin de la Charente-Maritime, en France, où quelque cinq mille habitants vivent presque exclusivement de l'ostréiculture. Depuis, Flame n'a cessé d'y réfléchir et, trois mois après l'appel de Gaston, elle considère encore la partie d'huîtres des bénévoles comme une circonstance idéale pour que les deux meurtriers de Mali commencent à payer leur lâcheté.

Ainsi, par un clair matin d'avril, Flame part seule, sa valise remplie de vêtements de laine, d'imperméables et de bottes vers Shigawake. Sa visite sera une grande fête pour ses amis français.

Loin de Pascale et de ses problèmes, de la ville sans Mali, la vacancière se détend, respirant l'air salin de la baie des Chaleurs. Accroupie sur un pic rocheux, elle nourrit son imagination des plus intrépides fantasmes à propos de la croix que Jacques Cartier a plantée à Gaspé, en 1534, quand il a pris possession du Canada.

Presque tous les jours, Flame se lève de grand matin et se rend à Port-Daniel avec Geneviève et Frédéric. Le visage au vent et au froid, ils écoutent les aventures époustouflantes racontées par une poignée de Gaspésiens, amoureux de la mer. Puis, dans un petit bateau, avec ses amis, elle traverse les eaux jusqu'à la rive de Caraquet. À la marée basse, les pêcheurs lui apprennent à détacher la coquille des huîtres fixée aux rochers et à ouvrir ces délicieux mollusques à l'aide d'un couteau, qu'ils manient avec une dextérité impressionnante.

Au retour de son voyage, Flame commente avec emphase d'amusantes anecdotes folkloriques survenues au cours de sa semaine en Gaspésie :

— C'était si bon que j'ai accepté leur offre de m'expédier des huîtres fraîches très bientôt.

— J'adore les huîtres, dit Gaston. D'ailleurs, c'est pour cela que j'ai pensé organiser la partie d'huîtres à l'automne.

— Dès que je vais les recevoir, je vous inviterai à dîner. Un dîner aux huîtres. Soupe et dessert aux huîtres, également.

— J'accepte l'invitation sans me faire prier, remercie l'argentier du Parti de tous les Léonnais.

— Moi aussi, renchérit Carole. Franco adore les huîtres.

— Évidemment, le décor sera différent. Vous comprendrez qu'on ne peut me livrer l'ambiance de la baie qui mouille la plus belle péninsule de l'Amérique, mais je vous promets un dîner gastronomique sitôt la saison de pêche des huîtres ouverte.

Tout ce bavardage autour de ses amis devenus Gaspésiens a pour objet de la préparer à devenir le centre d'attraction de la soirée culinaire d'octobre.

12

Par une coïncidence «planifiée», un samedi soir du printemps, Pierre Lemay se trouve à côté de son confrère Goyette au pavillon des Arts de Sainte-Adèle. Dans l'ancienne église reconvertie en salle de concert, ils attendent les premières notes d'un pianiste inconnu qui a la chance de se produire en public.

Assis sur un typique banc d'église, les deux avocats parlent à voix basse comme si ce lieu autrefois sacré commandait encore le silence. Pierre Lemay feint d'admirer les vitraux religieux derrière la scène. Il se racle la gorge et amène le sujet qui lui chatouille l'esprit depuis que les deux confrères se sont salués dans la salle de réception adjacente.

— Jean, annonce-t-il sans préambule, ma cliente Flame Donnelley est prête à signer une renonciation à tout ce que Magalia De Grandpré lui a légué. Elle veut la paix.

Me Goyette se tourne vers son confrère, sourire en coin, et lui répond:

— La cellule n'était pas décorée de la couleur de son choix?

Me Lemay ne veut pas que son confrère découvre qu'il a le don de le faire monter sur ses ergots. Il répond calmement:

— Tu sais très bien qu'elle n'est pas coupable. Ce procès est traumatisant pour elle. Une vieille tante, décédée avant la mort de Mali, et Émile Duval, son mari, lui ont suffisamment laissé d'argent pour échanger le magot contre sa paix. Juste le mot «codicille» lui donne la nausée. Si tu la voyais...

— Mon cher Pierre, reprend Jean Goyette sans esquisser le moindre sourire, tu peux toujours lui dire que j'éviterai de parler de codicille si ce mot lui barbouille l'estomac, mais il fallait faire l'équation avant de refroidir sa copine si elle n'aime pas l'atmosphère des palais de justice.

Pierre Lemay prend trop sa cause à cœur pour relever la malveillance du procureur. Mieux vaut ne pas dévier du sujet.

— Tu sais que l'enjeu n'est qu'une poignée d'argent. Si ma cliente renonce à l'héritage, Pascale Moreau va cesser d'inventer des preuves de meurtre que tu manipules avec un zèle qui dépasse les balises de ton mandat.

— Informe Pascale Moreau toi-même des intentions de ta cliente. Je te fais remarquer, en passant, que les petites chicanes de famille n'ont aucun rapport avec mon travail de procureur de la Couronne. Je ne saurais que faire des jérémiades de la Pascale en question pour évaluer une cause de meurtre. Pas plus que je ne me trouve perturbé par les cauchemars de ton empoisonneuse.

Me Goyette est curieux de connaître la réaction de Pascale afin d'établir un jugement définitif sur ses intentions. Selon lui, la filleule de Mali est plus pressée de voir Flame en cellule que de toucher son pognon. Cela lui plaît, et il n'a pas du tout l'intention de laisser une cause aussi lucrative et divertissante se désagréger sous les coups d'un maître Lemay ou de tout autre défenseur des misérables.

Le criminaliste se racle la gorge, s'apprête à répliquer, mais au même moment en guise de lever du rideau, les lustres pieux s'illuminent pour souligner l'entrée du présentateur et mettre fin à la conversation des deux grands de la barre.

* * *

Trois jours plus tard, au palais de justice de Saint-Jérôme, Pascale attend de mettre les pieds dans le bureau du procureur pour donner libre cours à sa déconfiture:

— Je viens de recevoir un téléphone de l'avocat de Flame. Elle parle de renoncer à l'héritage.

— Vous êtes contente, non?

Me Goyette lui tourne le dos, attendant la réponse dont dépend toute sa stratégie.

— Contente! hurle Pascale. Contente? Elle va prendre ma place dans la famille. On croira que je l'ai accusée parce que je la hais.

— Oh là là!, ce sera une insolente méprise!

— Tant qu'elle ne sera pas reconnue coupable de meurtre, je ne recouvrirai pas mon statut. C'est ce à quoi je tiens le plus au monde, ma famille. C'est tout ce que je possède, ma famille. Je sacrifierais la somme de l'héritage pour que justice soit faite. Ce n'est pas seulement l'argent qui me fait l'accuser, c'est qu'elle a forcé Mali à agir comme si elle ne m'aimait plus. Maintenant, elle se sent coincée et veut renoncer aux dollars pour se sauver, c'est tout. Elle l'a tuée pour l'argent. Il faut qu'elle soit condamnée.

— Oh là! Calmez-vous, ces détails d'argent ne sont pas de mes oignons.

Me Goyette se retourne lentement, trop lentement. Le visage de Pascale est grisâtre. Ses dents claquent.

— Vous me laissez tomber, alors?

— Mais non! Vous oubliez pourquoi vous êtes venue me voir. Vous m'avez demandé de prouver que Flame était coupable de meurtre. Je vais le prouver. Si vous vous étiez adressée à moi pour accuser Flame de vol, je n'aurais pas accepté cette cause. Vous seriez restée au civil. Je fais mon boulot au pénal, moi.

Me Goyette, sadique sur les bords, savoure la confusion de Pascale, puis la renseigne.

— Tout doux, ma petite! Ce dédain subit pour l'argent ne change rien. Attendez de recevoir les papiers officiels qui n'arriveront jamais. Vous ne semblez pas vous préoccuper que mon adversaire est le deuxième plus illustre avocat de la province. Le premier, c'est moi, évidemment.

Pascale prépare une riposte à la hauteur de la prétentieuse remarque du procureur. Elle laisse l'humour de côté en constatant que Me Goyette ne parle pas tellement à la blague.

— Mais il ne faut pas attirer l'attention sur ses simples intentions, poursuit le «dragon». Embarquez dans le coup. Agissez comme si son appel affolé à la paix calmait votre rage. Comme si le procès ne vous intéressait plus. Seulement l'héritage.

Pascale n'est pas sûre que cela lui convienne. Par contre, un fait est ancré dans sa tête. L'argent n'est plus sa priorité, maintenant. Que Flame soit condamnée et qu'elle-même redevienne «la filleule de Mali» dans la famille De Grandpré, voilà ses objectifs principaux.

— Alors vous ne me laissez pas tomber?

Moitié affirmation, moitié soulagement.

— Y a-t-il eu meurtre, oui ou non?

— Mais oui! clame Pascale en le regardant s'asseoir à la manière d'un pacha.

— Or, le procureur de la Couronne que je suis représente le ministère public. Ma cliente, la Couronne, me demande de poursuivre Flame Donnelley pour meurtre. C'est simple pourtant. Et l'argent a beau sembler vous laisser froide en ce moment, je vous assure qu'avec une condamnation pour meurtre au derrière, renonciation ou non, le codicille de votre Flame est foutu. C'est clair? C'est à votre convenance, candide enfant?

Pascale se contente de marquer son assentiment par un hochement de la tête. Elle déteste les douches écossaises. Mais comment argumenter avec cet homme impossible?

Le procureur est satisfait. Il voulait savoir une fois pour toutes si Pascale flancherait ou non en chemin. Voilà. Aucun incident ne viendra tiédir son informatrice dans son intention de le payer. Elle agira avec tact et promptitude jusqu'à la fin.

Jean Goyette reconnaît le style diplomate de Pierre Lemay. Il a rassuré sa cliente d'un «oui, oui»; il a appelé Pascale pour la bonne forme. Le procureur de l'accusation sait que son confrère ne complétera jamais le processus de renonciation; son «ange» de cliente dormira mieux en croyant qu'une simple intrigante peut stopper la machine juridique en criant ciseau. À l'issue du procès, «l'archange» Lemay lui expliquera tout l'argent qu'elle aurait pu perdre... parce que, incroyable mais vrai, son intègre adversaire pense que, malgré l'insouciance de sa belle cliente, il volera le trône à l'infaillible roi du barreau, Jean Goyette. Que de candeur!

Dans son calepin, le procureur dessine un renard avec les oreilles allongées en «V» pour victoire.

* * *

Flame et Elsa ont décidé de profiter de l'été pour terminer la décoration de leur nouvelle résidence, à Québec. Une magnifique maison canadienne entourée de champs et de petites forêts, située sur le faîte du cap Rouge, face au fleuve Saint-Laurent. Flame invite le plus de confrères possible dans son laboratoire pour parfaire ses connaissances en biochimie. Des amis qui s'intéressent à la microbiologie, à la pharmacologie ou à toute matière qui entre dans son plan.

Elle a fait construire une piscine de dimensions presque olympiques dans un décor sauvage en espérant que ces vacances, qu'elle envisage avec appréhension, aideront Elsa à se faire beaucoup d'amis, qu'elle pourra sélectionner plus tard. Dans sa tête, les procédures de mise en accusation vont être retirées officiellement le 28 novembre. Quand Me Lemay insiste pour lui expliquer «toute cette histoire de procès périmée», elle l'écoute poliment, indulgente pour l'inquiétude de l'avocat, «sans doute une déformation professionnelle».

— Antoine s'en vient nous visiter, annonce Flame avec entrain, déchiffrant une lettre de son fils, alors qu'elle déjeune sur la terrasse.

— Antoine? Pour combien de temps? Quand arrive-t-il?

Elsa dévisage le miroir de la salle à manger comme si son frère avait déjà cogné à la porte.

— La semaine prochaine, le 7 juillet. Pour un mois, peut-être deux, répond Flame, heureuse de l'intérêt suscité chez Elsa.

— Je vais aller magasiner à Sainte-Foy, cet après-midi, décide l'adolescente en abandonnant son déjeuner.

Un autre clin d'œil à un autre miroir.

— Ne te fatigue pas à courir les marchés aux puces pour t'attriquer en lambeaux multicolores. Malgré son habillement de vagabond, Antoine n'a rien perdu de ses goûts racés. Si tu veux l'impressionner, c'est le temps d'épousseter tes perles et de rafraîchir ton Chanel.

Elsa est continuellement joyeuse sans s'en rendre compte. Le bulletin des nouvelles internationales devient sacré... Journaux et revues américaines s'empilent et disparaissent... Elle annule une soirée au cinéma pour suivre l'émission *60 minutes* et un reportage de Dan Rather.

* * *

Impossible pour Pascale de dormir. Amanda lui tourne dans la tête et chavire son estomac. Son «idiote» de voisine va découvrir pourquoi Mali a changé son testament! Comment a-t-elle pu oublier d'informer Me Goyette d'un point aussi catastrophique?!

Lors du décès de Madame De Grandpré, les rumeurs sur le codicille n'ont pas atteint les oreilles d'Amanda. Une chance inouïe: dès janvier, son mari Normand l'a amenée avec lui à une convention en Allemagne pour se faire pardonner de l'avoir trompée avec Pascale. Or, la copine frustrée a «emballé» sa rancune en faisant les préparatifs du voyage et n'a plus adressé la parole à sa voisine. À l'exception du 3 janvier. Cette journée-là, le lendemain de la mort de Mali, Amanda s'est empressée de rapporter à «la voleuse de mari», la conversation qu'elle avait eue avec Madame De Grandpré au cours du week-end précédent. À ce moment-là, Pascale avait des problèmes plus urgents à régler dans la famille et, sans dire un mot, elle avait à peine écouté les balivernes d'Amanda.

Ce jour-là, Amanda ignorait que Madame De Grandpré était morte la veille. Pascale se demande même si Amanda le sait aujourd'hui. Mais quand elle apprendra sa mort et tout le tralala qui l'entoure... Elle va courir chez l'avocat de Flame pour lui dégoiser leur histoire de *Rhapsodie*, de chandail blanc, tout et tout.

Pascale s'énerve, allume sa lampe de chevet et prend un des somnifères qu'elle garde pour les nuits à l'horaire déréglé. Puis, elle lance son verre d'eau sur le mur en rugissant «Maudite Amanda de merde!».

Tout s'explique maintenant. Pascale n'a jamais trouvé la feuille de son programme «COMMENT SÉDUIRE J.P.» parce qu'Amanda l'a piquée. Elle avait confondu les initiales de Jérôme Poupart avec celles de Jean-Paul quand elles préparaient la rhapsodie

191

pour Jérôme !... Ça aussi, elle va le dire au flegmatique Lemay. Et celui-ci va plaider le suicide.

L'idée que Flame ne soit pas enfermée toute sa vie dans une prison, écartée de l'admiration et de la considération de la famille De Grandpré, fait claquer Pascale des dents. Elle frissonne en pensant à sa chance qu'Amanda n'ait rien entendu parler au cours de la semaine qui a suivi la mort de Mali. Une chance sur un million qui ne se répétera pas sans l'aide d'un professionnel. DU professionnel...

Elle imagine Goyette lui criant par la tête, demain ! Mais c'est impossible d'y échapper. Chaque fois qu'elle lui apprend quelque chose de désastreux, tout s'arrange par enchantement.

Un peu rassurée et le somnifère aidant, Pascale éteint la lumière et se couche dans le «King size» d'une chambre du Hilton près de l'aéroport de New York.

Au milieu de la nuit, elle se réveille d'un bond. *Le journal personnel de Mali !* Cette fois, c'est trop. Elle ne peut affronter les foudres de ce diable de Goyette. Rien ne l'oblige à lui parler de ce journal. Personne n'a jamais su que Mali écrivait ses mémoires et encore moins où elle les cachait. Même pas J.P. Ni Suzanne Breton. Ni Flame. De ça, elle est certaine.

Puis, elle s'endort... pour se réveiller à nouveau, le cœur explosant dans sa poitrine, son bras protégeant instinctivement son visage apeuré contre le lon-ong menton, le lon-ong nez, les grrrosses oreilles et les cornes fou-ou-ourchues qui surgissent des cheveux frisés de la tête horrrifiante de Go-ho-ho-o-hi-hi-hi-het-hette.

*   *   *

— Combien d'autres surprises comme ça camouflez-vous encore dans votre cervelle d'oiseau ? s'insurge violemment le procureur, en entendant les révélations tardives de Pascale sur Amanda.

— Vous m'avez ordonné de tout vous dire.

L'avocat se lève, furieux. Il se rassoit. Ses petits yeux noirs lancent des éclairs de colère qui effraient Pascale.

— Eh bien, là, je t'ordonne d'écouter, ma petite ! commence-t-il, se contenant avec difficulté.

192

Les coups nerveux et violents de son index qui frappe son pupitre résonnent dans tout le bureau.

— Si tu as l'intention de me donner tes informations au compte-gouttes, tu apprendras le déroulement du procès dans les journaux. Il sera peut-être différent de celui que tu prévois.

Pascale n'arrive pas à contrôler le claquement de ses dents. Elle épie les gestes brusques de l'avocat. Derrière son sac à main, ses doigts déchiquettent un coquet mouchoir de soie.

— Vous n'avez pas le droit de me laisser tomber. C'est contraire à votre code de déontologie, réplique-t-elle, en dépit de son effroi.

Me Goyette la reluque. *Quel front!*

— Tu ferais mieux de changer de bouquin et de mettre ton signet dans le Code civil, au chapitre de la responsabilité en matière de libelle et diffamation, daigne-t-il lui répondre, à sa propre surprise. Et combien de fois devrai-je te rappeler que je suis procureur de la Couronne? Tu es mon informateur, pas ma cliente. Ma cliente, c'est la COU-RON-NE, martèle-t-il.

— Je n'avais pas pensé à Amanda avant.

Le petit mouchoir de soie se divise en lambeaux dans les jolies mains de Pascale.

— Ne t'arrange pas pour penser dans une cellule de la Maison Tanguay à la place de ta copine. Cette prison grise n'a pas été construite uniquement pour celles qui tuent. Elle abrite les diffamatrices, les inconséquentes et, aussi, ma petite, celles qui se trompent. Alors, si tu as d'autres cachotteries, crache!

Les pires hypothèses surgissent dans la tête en feu du procureur. Il doute presque de son propre jugement.

— C'est le répondeur, c'est la bonne, c'est la voisine!.. Il ne te manque plus qu'une lettre de suicide de la Mali!

Pascale sursaute. Le journal personnel!... Elle se revoit épiant Mali quand elle rangeait son journal personnel à l'abri de tout œil indiscret.

Elle n'en pipe pas un mot. Me Goyette continue:

— Et puis, je voulais justement t'ordonner de t'enfermer pendant deux jours pour réfléchir. Pas de téléphone, pas de télévision et pas de privation sur la nourriture. Deux seules choses : tu penses et tu manges. Quand tu as fini de penser, tu penses encore. Quand tu as fini de manger, tu manges encore. As-tu compris? hurle le procureur.

Ma foi, je ne rêvais pas, c'est Méphistophélès, vrai! Pascale a d'autant plus peur qu'elle évalue autant que lui le rôle que peut jouer Amanda dans sa cause.

— Oui, répond-elle, penaude.

Ses mains sont remplies de confettis de soie.

— Et pas un mot, pas un geste au sujet du procès! crie Me Goyette. Mets-toi dans la tête qu'il n'y a plus de procès. Le fils de ta copine arrive en ville pour protéger sa mère. Ce n'est pas le temps de sonner l'alarme. Agis comme si tu sautais sur le pognon qu'elle parle de te refiler et comme si tes tentatives de la faire accuser de meurtre PAR-LE-TRIBUNAL n'avaient été qu'un détour astucieux pour obtenir le fric. Et cesse de jouer à l'avocat.

Me Goyette dessine une pie sur le banc des témoins. Cette Amanda lui fait perdre contenance. Pascale reste muette un moment.

— Charles? Qu'est-ce que je vais dire à Charles? minaude-t-elle.

— Pars en voyage, j'ai dit.

— Il va vouloir venir.

— Eh bien, tu le feras venir tous les soirs! Tes aventures ne m'intéressent pas. Fiche le camp et ferme la porte de mon bureau.

* * *

Un mois plus tard, Normand, le mari d'Amanda, est muté au Maroc pour trois ans. Il n'a pas hésité un instant avant d'accepter ce travail prestigieux accompagné d'avantages additionnels. Le jour de son départ, l'heureuse parvenue sonne chez Pascale, puis se sauve en courant dans le corridor au milieu de ses nouvelles valises Vuitton. Quand son « ancienne » voisine de palier répond à la porte, Amanda fait mine de ne pas la voir et lance, hautaine, en s'adressant au monsieur en uniforme qui l'attend sur le palier :

— Chauffeur-r, faut mett'e c équecqu' valises dans ma limoussine, touttes.

Puis, elle disparaît, ridiculement dédaigneuse, en maugréant :

— L'Canadâ, cé ben trop fret l'ivair !

— Ah, ce Gogo, murmure Pascale en regardant la porte se refermer sur la dangereuse cocue.

13

Non pas une, mais trois belles jeunes filles attristées accompagnent Antoine à l'aéroport La Guardia de New York. Six semaines d'absence, c'est une éternité !

— Je vais m'ennuyer de toi, *honey*, lui répète Margaret pour la troisième fois, dans l'atmosphère romantique de l'aéroport.

Il la trouve élégante dans son tailleur beige. Plaisante aussi. Elle est très cultivée. Margaret a l'impression d'avoir supplanté ses rivales.

De son côté, Rebecca compte sur cette séparation pour resserrer la boucle de l'amour qui semble se former entre Antoine et elle depuis les dernières semaines.

Christine, elle, a l'intention d'aller le rejoindre. La Québécoise d'origine imagine déjà la grande joie qu'elle lira sur le visage d'Antoine quand elle le surprendra à Québec. Une fois seul avec elle dans leur pays natal, il sera heureux de découvrir toutes les affinités qui les rapprochent.

Au cours des derniers mois, le jeune homme a essayé à plusieurs reprises de vivre une relation amoureuse durable. Impossible. Ou il s'intéresse à des femmes déjà engagées ou il devient de glace dès la première lueur d'un attachement réciproque.

Il voudrait s'installer comme ses copains. Être stable, fidèle et protecteur. Fonder une famille. Avec des enfants qu'il n'abandonnera jamais. Jamais. Et si la femme de sa vie mourait, il resterait veuf. Il ne voudrait faire revivre à ses enfants le refus d'adoption, froidement exprimé par Émile autrefois.

Tout ce qu'il peut vivre, et vivre pleinement, tourne autour de la famille qu'il a retrouvée. Entre-temps, il se divertit avec des flirts ou des camarades.

— Tu devrais nous emmener pour une semaine au moins, insiste Rebecca. Nous habiterions à l'hôtel, et tu nous ferais connaître Québec.

— Il faut que j'y aille seul, leur explique-t-il. J'ai besoin de vivre dans ma famille, de m'y tremper vraiment et de voir clair en moi durant une période prolongée. Pouvez-vous m'imaginer travaillant sur ma croissance personnelle avec les distractions que vous me proposez?

Et le bel Américain passe la barrière des douanes après avoir embrassé passionnément chacun de ses béguins.

Antoine aime bien ses petites copines qui lui font tourner la tête à tour de rôle, mais il se meurt d'envie d'aller constater sur place ce qui est arrivé à sa mère depuis l'horrible arrestation en mars dernier. Elle lui cache des choses, c'est certain.

Par ailleurs, il y a Elsa. Elsa, bien sûr, est redevenue une petite sœur et ses idées folichonnes de l'hiver dernier le font sourire. C'étaient des séquelles de l'atmosphère du Club Med, sans aucun doute.

Et son cœur vole de joie vers Québec, au-dessus des nuages gris égayés par un superbe arc-en-ciel.

C'est à Vivien Lancaster, la nouvelle domestique des Donnelley, que revient la très agréable tâche de recevoir ce beau grand blond bronzé par le soleil de Central Park, vêtu... «comme ce doit être la mode à New York» l'excuse-t-elle, en escortant Antoine vers la piscine à l'apparence d'un immense jardin d'eau.

La domestique aimerait bien rester auprès du splendide Américain. Profiter de l'occasion d'exhiber son bagage culturel et son intelligence remarquables devant ce futur professionnel. Inopportun. La soupe l'attend. Le cœur léger et l'esprit rêveur, elle file vers la cuisine, résolue de démontrer ses talents de cordon-bleu dès le premier souper. Puis, elle se félicite d'avoir enfilé un ensemble légèrement débraillé, ce matin.

Les supposées «séquelles du Club Med» qui ont fait sourire Antoine dans l'avion, le font maintenant frémir; il croit rêver quand il aperçoit Elsa traversant les mètres et les mètres de jardins en fleurs, telle une *fair lady*. La petite sœur est aussi étourdissante au Canada, dans la maison familiale qu'elle l'était dans les Caraïbes. La longue cour, située à l'orée de la forêt, se métamorphose en un paradis terrestre alors qu'Elsa l'entoure de ses bras pour lui souhaiter un été *glamourous*; elle lui exprime son immense plaisir de partager, une deuxième fois, des vacances de rêve dans un décor «tellement, oh, tellement féerique!»

Vivien s'avance près de Flame et lui chuchote à l'oreille:

— Madame Donnelley, Monsieur Gaston Dupuis vous demande au téléphone.

En se dirigeant vers la bibliothèque, Flame suggère à Vivien en riant:

— Tu peux m'appeler Flame. Après tout, tu es avec nous depuis avril.

— Il est beau votre fils, Mad... Flame.

— Vous deviendrez copains. Antoine est ici pour l'été ou presque.

— Justement, j'ai beaucoup plus de temps libre durant les vacances. Je pourrais me rendre plus utile. Je suis si heureuse ici!

— Vraiment? Il y a mes comptes qui sont totalement négligés depuis qu'Anna nous a quittés. Je n'ose plus utiliser mes cartes de crédit parce que je n'ai pas le temps de les régler. J'ignore même mes contraventions. Fait encore plus grave, mon adresse n'a pas été rectifiée. Je perds probablement des contacts à cause de cette négligence. Je ne serais pas surprise de recevoir un avis de saisie de quelque créancier, un beau jour! Tu pourrais t'en occuper, Vivien?

— *Wonderful!* Je me détends plus que je ne travaille ici.

Vivien s'empresse de retourner à ses chaudrons. L'été s'annonce comme un conte de fées pour la jeune étudiante qui a choisi Québec pour rencontrer son professionnel. Tous les jours, pendant des semaines, près de cet adonis! Nager ensemble entourés d'arbrisseaux et de fleurs qui dissimulent le ciment de la structure extérieure de la piscine. Comme en pleine forêt. Se promener dans les étroits sentiers en terre battue à travers les couvre-sols en fleurs et les arbres. Rien de plus romantique. Absolument rien! C'est le prince charmant qu'elle attendait. Elle continue de rêver en cuisinant.

* * *

— Gaston! s'exclame Flame sitôt le combiné du téléphone à son oreille, ça fait plus d'un mois.

— Eh oui! Tu nous a désertés.

— Tu m'appelles pour les préparatifs de la partie d'huîtres?

— Oui. Penses-tu pouvoir t'occuper des tables?

— Certainement. Marielle sera encore là pour me seconder?

— Oui. Flame... euh... Tu te souviens que Jérôme a demandé au comité d'organisation d'être placé à la même table qu'au dernier souper-bénéfice durant la campagne électorale? Ta table.

— *Good Lord*, oui! Pourquoi pas? J'y ai repensé. Comme ça, la brouille entre nous n'y paraîtra pas. Vois-tu, Gaston, quand deux personnes sont publiquement en brouille, le monde cherche à profiter de la situation. Ça met les deux adversaires en état d'infériorité. Ne t'inquiète pas, je vais être très gentille avec eux. Pascale n'était pas au souper-bénéfice, mais si elle exprime le désir d'être à la table de Jérôme, je n'y vois aucun inconvénient. Je te l'ai dit en janvier, ce n'est pas à ta soirée que je vais me venger. *Step by step*, pense Flame.

Gaston Dupuis est soulagé. Nul doute pour lui que Jérôme tremble devant la menace de Flame et qu'évidemment, Pascale va insister pour être assise près de Jérôme... *Mince! Ces deux-là sont mieux morts que vivants.* Un frisson parcourt son dos. *Mali... Mais elle prenait tant de place. Trop de place.*

* * *

Tante Jackie entraîne Elsa vers une chaise longue et entame une conversation avec sa petite-nièce dans l'intention de laisser Flame seule avec son fils.

— Où en es-tu exactement, *mommy*? demande Antoine.

— Je n'ai entendu parler de rien depuis longtemps.

— *Oh boy*! Tu n'as entendu parler de rien ou tu ne veux entendre parler de rien?

— Les deux, je te l'avoue.

Flame souffre tellement depuis la mort de Mali! En silence forcément, elle n'a jamais su épancher ses peines. Il y a toujours le refuge dans l'irréalité qui lui sert de palliatif, mais ce remède n'opère que dans les situations de survie. Pour ses peines quotidiennes, il n'y a aucun réconfort. La grande philanthrope avance derrière un arbre pour cacher son visage de la lumière indiscrète.

— J'ai déjà informé mon avocat que je renonçais à cet héritage, confie-t-elle à son fils. Il n'était pas d'accord, mais il a dû y repenser et faire le nécessaire puisque Pascale a cessé de me harceler. Vois-tu, la considération des De Grandpré est sa priorité. En obtenant l'estime de la famille et l'argent, elle délaisse son jeu cruel. De toute façon, à l'enquête préliminaire, ils se seraient rendu compte qu'il n'y avait pas de cause, mais je suis contente que ce soit fini.

— Une enquête préliminaire? Il va y avoir un procès? Et tu dis que tu es contente que ce soit fini? Ce n'est pas fini, ça commence! Tu ne m'en as jamais parlé. *Boy, oh boy!* Il était temps que j'arrive.

Il casse une branche de l'arbre.

— L'enquête préliminaire avait été prévue pour le 12 septembre, puis on l'a reportée au 28 novembre. On la reportera encore, j'imagine. Le juge va vite constater qu'il n'y a pas de preuves pour justifier un procès, une fois que Pascale aura quitté la scène sans tapage. Pourquoi t'énerver avec un problème déjà réglé?

— Simplement comme ça! Et le procureur va arrêter lui aussi, simplement comme ça! répète Antoine, en levant les yeux au ciel, dérouté devant tant de naïveté. *Boy, oh, boy!*

— Pourquoi pas! C'est tellement évident. D'ailleurs, je suis si occupée avec mes études et l'éducation d'Elsa que je pense à toutes ces stupidités seulement quand je suis obligée de me présenter à la Sûreté du Québec une fois par semaine.

Antoine voudrait martyriser Pascale. Il prend Flame dans ses bras et la supplie:

— Tu vas tenir ta promesse? On va se venger?

Ses lèvres effleurent la chevelure soyeuse de cette mère «chimérique» qu'il vénère.

— Nous serons vengés. Promis. Juré.

Flame lève les yeux vers son fils.

— Antoine, tu as toujours été ma fierté. Tu es tellement responsable, solide moralement et affectueux malgré tes allures je-m'en-foutistes. Tu remplaces Émile haut la main.

Puis, elle blottit sa tête contre l'épaule musclée de son fils. Antoine est heureux. Depuis toujours, il aurait voulu un tel échange avec sa mère. Mais quand il est sorti de l'enfance, Émile a surgi de *nowhere*, s'est installé et lui a enlevé les chances de devenir un support pour Flame. Par la suite, il a tenté de reprendre sa place dans sa famille. Utopie puisque Bernard, son père, n'y avait plus accès et que ce beau-père égoïste ne l'aimait pas. Flame constituait sa famille. Il attendait le jour où elle aurait besoin de lui. Ce jour-là est arrivé. Un jour triste, mais «un jour» quand même.

Flame et Antoine se dirigent vers le laboratoire. Antoine se fige un moment à la porte du local, ce mystérieux endroit où il ne doit toucher à rien ni faire de gestes brusques. Pis encore, pour lui, il y a toujours eu l'interdiction d'entrer dans un tel lieu. Flame devine sa réaction.

— Depuis que tu es arrivé, nous ne parlons que de moi. Comment t'arranges-tu avec tes études? demande-t-elle, le dirigeant à travers les fioles et les appareils compliqués.

— Assez intelligemment pour être sûr de devenir un bon chirurgien tout en me permettant des vacances au besoin, répond-il, faisant galamment allusion aux nombreuses absences que les difficultés de Flame pourraient lui occasionner.

201

— Ce n'est pas le laboratoire d'Émile, assure-t-elle, c'est le mien. Ici, tu peux toucher à tout et j'aimerais t'y voir très souvent.

Antoine est ému. Sa haine pour les laboratoires tombe comme une croûte qui se détache d'une plaie. Pour mettre à l'épreuve la générosité de sa mère, il se met à tapoter fiole après fiole, se promène sans arrêt entre les comptoirs, revient et déplace un petit flacon de verre. Un autre. Un autre encore. Son cœur bat fort. S'il lui arrivait de briser une pièce!... Il en mourrait sûrement!

Il prend un bocal dans ses mains à la manière d'un brise-fer. Il vérifie l'expression de sa mère... Comblé par le calme et la mine amusée de Flame, il pose un baiser sur le bocal et le replace en disant:

— *Oh boy*, c'est vraiment ton laboratoire, maman. Je me sens bien dans ton laboratoire.

Le grand fils prend sa mère dans ses bras et la serre très fort. Longtemps. Tant et aussi longtemps que ses larmes de joie ne se sont pas asséchées.

* * *

De nombreux facteurs facilitent le travail de Flame, voué exclusivement au médicament d'Émile: études en biochimie, stages, recherches acharnées, séminaires, son cours d'infirmière et, par-dessus tout, les nombreux et savants monologues d'Émile.

L'étudiante en biochimie engourdit son malheur en essayant de déchiffrer constamment les notes sur le remède de son ex-mari. Ses questions sont rusées. Ainsi, elle peut apprendre à manipuler les cultures contaminées par le sida sans éveiller de soupçons. Heureusement, ses amis chercheurs ne demandent pas mieux que de répondre aux interrogations étonnamment pointues de l'adorable veuve. Surtout Michel, qui travaille presque tous les soirs dans le laboratoire de Flame depuis le mois de mars.

Michel a trente-deux ans et ne vit que pour Flame depuis qu'il l'a rencontrée. Il admire sa soif d'apprendre autant que son courage dans l'épreuve. En fait, il admire tout chez Flame. Le scientifique était du groupe de travail d'Émile à l'institut Armand-Frappier. Leur équipe, composée de brillants chercheurs, avait exploré une piste ambitieuse pouvant mener à l'élaboration d'un médicament contre le sida. Stimulé par l'intérêt de Flame, il poursuit les recherches à son tour, là où Émile et ses collègues avaient dû les abandonner. Il veut tellement travailler auprès d'elle qu'il se surprend à espérer, par moments, que les expériences de laboratoire délaissées à l'Institut, aboutissent sur une découverte «miraculeuse».

Flame apprend à déchiffrer la formule du médicament. Il ne lui reste qu'à la reconstituer selon les indications très détaillées d'Émile.

*　*　*

Après deux semaines de discussions et une rencontre à trois avec Me Lemay, Flame a réussi à convaincre Antoine que Pascale voulait uniquement mettre le grappin sur l'argent et le contenu du coffre-fort. Puis, le fils perplexe a constaté de visu que «la méchante cousine» venait rarement à Montréal, ne parlait plus de démarches légales et que la famille n'avait aucune amertume envers Flame. Mieux encore, Carole, la sœur de Mali, qui visite la capitale pour la troisième fois, ne se montre en aucun temps tracassée par l'arrestation et ses suites.

De son côté, Me Lemay – sur l'ordre exprès de Flame – a expliqué à Antoine que, selon lui, persuadée que sa mère renonce à l'héritage, Pascale sera satisfaite et cessera d'alimenter une poursuite peu sérieuse. Dès l'enquête préliminaire, il sera facile de démontrer qu'il n'y a pas matière à procès. Flame ne peut être trouvée coupable à moins d'un montage très compliqué.

Il y croit... avec des réserves et un gros «SI» Pascale est satisfaite. L'avocat passe outre ses réserves et ses «si» pour calmer le fils de sa cliente. Par contre, Pierre Lemay connaît suffisamment Jean Goyette pour s'interroger sur le volte-face conciliant de Pascale.

*　*　*

Toute autre personne tremblerait d'anxiété en ce matin de juillet. Pas Flame. Mali lui manque plus que jamais; elle atténue sa détresse en se concentrant sur chacun de ses gestes. Habituée à endurer ses épreuves en solitaire, l'apprentie justicière sait comment exécuter seule sa *vendetta*. Son calme provoquerait le frisson à quiconque l'observerait, car elle est totalement consciente des menaces qui pèsent sur elle, advenant une faille dans son plan. Pourtant, son unique préoccupation reste de réussir son acte punitif.

Au cours des derniers mois, elle a appris qu'une injection de cultures contaminées par le rétrovirus du VIH garantit l'infection immédiate et que la maladie tarde rarement à se manifester comme dans certains autres cas.

Aujourd'hui, le 5 juillet, c'est le moment idéal. C'est un lundi, jour de la semaine le plus calme pour les visites et les appels téléphoniques.

Très bientôt, Flame sera donc séropositive. La plus satisfaite des séropositifs sur terre. Dans trois mois, elle confirmera son diagnostic avec le nouveau test individuel qui vient d'arriver sur le marché.

Flame ne tremble même pas quand, d'une main experte, elle prépare la seringue, en manipulant attentivement les cultures contaminées. Le corps inanimé de Mali est présent à son esprit; puis, Mali fait place à Pascale.

Après avoir concocté différents plans, la «sœur» meurtrie a opté pour la plus sécuritaire des façons de tuer l'assassin de Mali. Ainsi, s'il arrive un accident ou un simple incident, on ne la prendra jamais avec un produit «tueur» sur elle, un flacon dont elle aurait à expliquer la provenance et l'utilisation. Le seul risque, en cas d'accident grave, serait qu'on la découvre sidéenne. Comment elle a été contaminée n'intéresserait personne. Chaque minute qui rapproche Flame de sa vengeance allège son fardeau de vivre. Elle n'en est pas moins malheureuse, mais cette initiative lui donne l'impression de travailler avec Mali, pour Mali. Bientôt, très bientôt, Pascale avancera, ignorante, sur l'un des chemins les plus cruels pour se rendre à sa propre mort expiatrice. Cette consolation annihile toute hésitation maladroite qui pourrait tempérer sa fureur de faire justice.

Pour Jérôme, Flame a choisi une stratégie différente. *Step by step.*

* * *

Finalement rassuré, Antoine vit un été merveilleux.

204

Son emballement pour Elsa ne fait qu'augmenter et se traduit par une humeur euphorique et un paternalisme exagéré. Il va jusqu'à demander à Vivien, qui n'a d'attentions que pour lui, de retenir ses excès de gentillesse à son égard et de toujours faire passer les demandes de sa sœur avant les siennes. Enfin, le comportement type pour rendre Elsa insupportable si la situation s'éternisait!

Par conséquent, lorsque Antoine prévient Flame qu'il ne pourra revenir avant les vacances de Noël, elle n'insiste pas. Elle pourra se montrer plus ferme devant les fantaisies de sa fille si elle tient les rênes seule.

Le fils chéri part à la fin d'août, convaincu que les problèmes de sa mère seront «sous contrôle». Seule sa hantise de sauver le journal de Mali demeure. Elle y réussira, il en est sûr.

*   *   *

Depuis plusieurs semaines, Flame maîtrise la fabrication du médicament. Toutes ses journées et ses soirées y sont consacrées. Elle en a administré une vingtaine à des connaissances d'Émile, et les résultats révolutionnaires décrits par son mari se sont avérés exacts.

*   *   *

Ce soir, c'est la partie d'huîtres du Parti de tous les Léonnais.

Dans la salle paroissiale jouxtant l'école Saint-Luc, bénévoles et organisateurs du PTL célèbrent leurs retrouvailles dans un enthousiasme bruyant. On s'embrasse, on mange, on boit, on se raconte les aventures de la campagne électorale en exagérant, comme il se doit. Cette marque de reconnaissance de la part des élus est très appréciée... Les onze mois d'attente sont oubliés.

Une table de dix personnes, voisine de celle du maire Roberto Danzi, se trouve dans un coin de la salle près de la porte qui mène au local à la disposition des organisateurs.

Gaston, accompagné d'un aide, y est assis. De cet endroit, il peut surveiller le déroulement de la soirée. Flame, chargée de regrouper les convives aux tables et d'assurer leur bien-être, s'y trouve aussi. Tout près d'elle, Marielle, son assistante pour la semaine, reste attentive aux moindres signes de Flame et garde un œil sur la trousse des premiers soins. Même si Flame n'a jamais pratiqué comme infirmière, elle s'est toujours intéressée à ce rôle. Quand ses proches ont un petit ou un gros bobo, ils ont recours à ses services.

Installée aussi à la même table, Pascale en est à son troisième verre. Peu à l'aise au début de la soirée, elle rit et chante maintenant plus fort que les autres invités, et se gave d'huîtres fraîches, assaisonnées de citron et de condiments inimaginables.

Elle suit Jérôme, mais Jérôme la fuit. Impossible de lui parler depuis le soir du drame. Aux funérailles, ils se sont croisés mais son amant d'une nuit s'est vite éclipsé. Par contre, ce soir, chaque fois qu'elle le peut, elle se faufile à la dernière seconde pour être photographiée à ses côtés, déjouant l'œil pourtant très aiguisé de Gaston. Le politicien n'a pas envie d'une fête placée sous de mauvais auspices reliés à la tragédie du 2 janvier.

Flame étudie la disposition de ce qui l'entoure et se tient à l'affût du moment propice.

Le voici ce moment!...

Procédant à sa traditionnelle tournée des tables, le maire Danzi profite de l'emballement des curieux autour de Flame pour s'arrêter plus longtemps près d'elle. Un compliment du premier magistrat de Saint-Léon, et les membres du Parti aux tables avoisinantes entourent Flame. Chacun vante sa dextérité et lui demande d'ouvrir les mollusques.

Flame demande soudain à Marielle d'aller chercher sa caméra vidéo dans sa voiture.

— Fais vite, Marielle. J'aurais dû y penser avant.

Son assistante disparaît immédiatement.

Comme Flame s'y attendait, aussi simplement qu'une grenouille attirée vers le rouge, Pascale croque dans l'occasion de se faire remarquer. Elle s'approche de Flame, sachant bien que «la *snobbish English*» ne refusera pas une gentillesse à la filleule de Madame De Grandpré devant le tout Saint-Léon. Et pourquoi ne pas exposer son audace devant des témoins de la menace lancée par Flame? Ravie, elle prend un malin plaisir à voler la vedette à sa rivale.

Elle avance, ondulant des hanches pour marquer le rythme de la musique. Ses cuisses de nymphe collent à un mini-fourreau de cuir très souple, acheté à Milan.

— À mon tour maintenant, Flame, ordonne l'aguicheuse cousine, empruntant une allure théâtrale pour affronter celle qui l'a menacée et défiée devant la famille De Grandpré et ses intimes.

La belle rousse sent son cœur résonner comme un tambour dont la rythmique enterre la contrebasse de l'orchestre *Répertoire illimité* qui se déchaîne à l'autre bout de la salle. Elle sourit à Pascale. *À MON tour maintenant, Pascale.*

— Allez, oust! montre-moi comment on fait, insiste Pascale se frayant un passage à la gauche de Flame.

Les assistants se taisent et ne bougent pas. Leurs yeux louvoient et leur visage grimace. Le rapprochement avec la scène des roses noires au cimetière est trop évident... Ce couteau dans les mains de la jolie hystérique... Et Jérôme est juste à côté!

Pour la quinzaine d'observateurs, il est certain que la grande politesse de la justicière la pousse à réprimer sa haine envers la filleule chérie de Madame De Grandpré. La salle compte au moins six cents personnes, y compris les membres des médias, qui n'ont jamais eu vent de la condamnation. Flame tiendra-t-elle le coup si Pascale continue d'être arrogante?

La tension monte.

Lentement, Flame déploie une mise en scène élaborée. Elle donne l'impression d'avoir pris quelques bières de trop. Cet excès d'alcool explique aux proches son étonnante camaraderie avec «la meurtrière de Magalia».

Seul Jérôme relève l'anomalie. Il regrette continuellement et amèrement son moment de faiblesse. Il voudrait mourir. Pour bien masquer sa déprime, le médecin chante plus fort alors qu'il ouvre gaiement une troisième huître.

— Je vais t'enseigner la façon des marins de la Gaspésie. Va, mets tes mains sur les miennes.

Les belles mains de Pascale entourent solidement celles de Flame.

Enjouée, Flame s'apprête à ouvrir l'huître. Elle tient sa main gauche collée sur celle de Pascale et mesure exactement sa prise. La vengeresse imagine son couteau traverser sa propre peau entre l'index et le pouce puis, continuer son chemin jusqu'à l'index de Pascale.

Soudain, dans un geste tout à fait imprévu, Jérôme avance le bras pour saisir une huître et s'accroche sur le couteau de Flame, bêtement, comme s'il avait planifié sa gaucherie.

Un hurlement de douleur déchire la musique. C'est Pascale.

La plaie de Jérôme est ouverte, aussi. Flame voit le sang jaillir «miraculeusement» des trois mains coupées. Flame saisit les doigts blessés pour arrêter les sangs qui s'écoulent et se mélangent. Simulant une réaction de rage pour son geste inhabile, Flame place son couteau à huîtres en sécurité, hors de portée des autres invités.

De sa main gauche, qui saigne, Flame plonge l'index coupé de Pascale dans le verre d'eau glacé devant elle. Puis, toujours avec sa main gauche, elle porte la moitié de la main de Jérôme dans un autre verre d'eau aussi froide. Ses réflexes d'infirmière guident sa main droite vierge de sang, dans la trousse de premiers soins. Chacun admire son habileté à secourir les deux blessés simultanément.

Quand Marielle revient, les trois mains sont déjà pansées. L'opération a pris une minute et demie.

Flame s'affaire. Ses gestes sont très professionnels. Elle ne ressent pas sa douleur. *Inespéré, inespéré, inespéré! Les deux d'un seul coup!*

Le regard de Jérôme croise celui de Flame. Sans pouvoir en définir la raison, il a peur de ce qu'il y lit.

À peine après avoir mis le pied dans la maison, Flame se précipite vers son laboratoire où l'attend l'antidote au sida. En s'injectant le médicament d'Émile, elle se souvient du 5 juillet dernier alors que sa main experte préparait la seringue sans trembler.

Il n'y a pas eu de faille dans son plan. Au contraire, les deux sont venus chercher sa vengeance en dansant et en chantant. Jérôme, de sa propre initiative, a balayé d'un revers de la main toutes les nuits blanches consacrées à imaginer un autre plan. Il a galopé vers la vengeance de Flame.

Ce soir, devant la foule de Saint-Léon, le sang infecté a pénétré abondamment dans le sang de Pascale et, incroyable, *my my!* dans celui de Jérôme. Jamais elle n'aurait rêvé d'utiliser si vite son virus sur Jérôme.

Flame se répète, transportée de ravissement *Tout ce qui a trait à Mali réussit toujours. Toujours. Toujours!* Puis, achevant de s'injecter le médicament, elle consacre cinq secondes de reconnaissance à Émile pour lui avoir confié son secret, lui pardonnant même ses défauts, largement compensés par ce remède miraculeux. Elle continue de parler doucement à Mali. Elle n'a pas cessé de lui parler depuis qu'elle a quitté la salle de l'école Saint-Luc. «Vois-tu, Mali, vois-tu? Ils vont mourir tes meurtriers. Je t'ai vengée à ta façon: avec humour, en pleine fête, dans la joie! Tu faisais tout dans la joie. Avec leur accord, en respectant leur désir!... Oui, oui, oui, sans imposer ma volonté. *Good Lord!* Sans le savoir, ils ont poussé les autres pour se tuer ensemble. Comme ils t'ont tuée ensemble. Pascale l'a demandé carrément, et Jérôme s'est avancé sur le couteau. Je voudrais t'entendre me féliciter, Mali *dearest!*»

Malgré la réussite totale de son plan, Flame ressent une bouffée de cafard. La trop grande facilité avec laquelle elle a exécuté sa vengeance la laisse désemparée. Pis encore, comment être certaine que Mali l'approuve? Elle n'est pas là pour applaudir son étonnante performance. Mali ne se servait de ses armes que lorsque sa survie en dépendait, jamais par vengeance. *C'était de la survie. Je n'aurais pas pu continuer à vivre sans venger Mali.*

14

Quelques semaines plus tard, alors que la première neige couvre les feuilles mortes sur les marches du palais de justice, les deux procureurs sortent secoués de l'enquête préliminaire. Me Lemay, à la défense pour Flame Donnelley, est renversé d'apprendre que la poursuite évoque un meurtre au premier degré. Et, même si la cause ne présente pas de preuve directe, ce montage de preuves circonstancielles fait beaucoup de tort à l'accusée. De plus, l'attitude totalement indifférente de sa cliente le déconcerte. Comment arriver à lui faire comprendre que le procès n'est pas un caprice de Pascale Moreau ? Que c'est la Couronne qui l'accuse ?

De son côté, Me Goyette reste complètement décontenancé par la personnalité de Flame. En mars, son visage angélique était dissimulé sous un large chapeau et derrière des lunettes fumées. Mais, depuis qu'il l'a aperçue en plein jour, ses yeux, ses cheveux, son corps le hantent. Il bougonne en descendant les marches du palais de justice et encore plus fort une fois dans sa voiture: «Quand la friponne m'a parlé d'un ange, j'ai pensé à Lucifer, pas au petit Jésus de la crèche.» L'avocat brûle un feu rouge. «Ça explique pourquoi elle n'a pas lésiné sur les deux cent cinquante mille dollars. La gueuse ! Ce n'est pas l'argent qu'elle lorgne, elle veut voir cette beauté au fond d'une cellule pour la vie.»

Flame est la seule personne à se sentir sécurisée. Selon elle, le délai que la cour vient de lui octroyer va permettre à Pascale de se désister en douce. Ne possédant aucune notion légale, la présumée meurtrière en déduit que le juge a facilement perçu le ridicule des accusations, qu'il a renvoyé sa cause aux calendes grecques.

La date du procès a été fixée au 3 avril 1995; le juge Stéphane Lavoie a admis que c'était loin; mais les assises étant complètes pour les prochains mois, les accusés criminels incarcérés bénéficient de la préséance.

Me Lemay a compris qu'il devra compter uniquement sur ses propres ressources pour récuser les preuves circonstancielles contre sa cliente. Combien de fois a-t-il eu l'envie de se retirer de la cause, mais le maire Roberto Danzi a commandé: «Défends-la comme si c'était moi.» De plus, seul un plaideur d'expérience peut sauver Flame. Autrement, elle pourrait être condamnée sans s'en rendre compte. Il prépare donc, pour la deuxième fois dans sa carrière, un procès en solo, sans aucune collaboration de la part de son client. L'expérience antérieure, quasi analogue, s'était terminée par une victoire accompagnée d'une profonde satisfaction.

L'avocat s'impose une discrétion contraignante dans sa course aux témoins, aux indices et aux faits salvateurs. Il ne peut alerter inutilement cet «oiseau du paradis» qui refuse qu'on importune son fils et encore moins sa fille.

De fait, Flame continue son petit train-train sans se soucier du 3 avril. Quand elle téléphone à Antoine, elle lui explique qu'il n'y a pas lieu de s'énerver et que, avant cette date, les quelques esprits fermés s'ouvriront, évidemment.

* * *

Elsa n'en pouvait plus d'attendre ce beau jour de décembre où elle pourrait entrevoir la voiture d'Antoine à travers deux bordées de neige et s'écrier: «Joyeuses fêtes, mon grand frère adoré!» Il est là devant elle, tout enneigé et, merveille des merveilles, il est seul.

Dans la belle ville de Québec, tout est d'un blanc féerique le jour et poétiquement illuminé le soir. Bonshommes de neige, patinoire, ski, raquettes... Jusqu'au soleil qui défie le froid durant la journée! Théâtre, promenades en traîneau, patinage sous les étoiles, chaque soir égayé par les décorations de Noël et du Carnaval qui se prépare pour février.

Au retour de l'une de ces magnifiques journées, Elsa enlève vite ses chauds vêtements d'hiver, reste debout dans le hall et déclare :

— Je veux être la reine du Carnaval cette année.

Antoine serait prêt à lui acheter sa panoplie de bougies pour la voir sur le trône royal, envoyant des baisers de son char allégorique le long du défilé sur la Grande-Allée et dans les rues du Vieux-Québec. Cependant, il remarque :

— Tu n'as que seize ans. Il faut avoir dix-huit ans pour accéder à la royauté du Carnaval de Québec.

— Toi, tu le sais, mais les organisateurs, eux... ça s'arrange ces choses-là, répond Elsa, une lueur mutine dans les yeux.

— Pas trop d'illusions, la belle. Un carnaval dont la publicité fait le tour du globe... les finalistes sont choisies depuis longtemps.

Puis il tire sur la longue tresse qui orne le dos de sa sœur.

*   *   *

C'est le 22 décembre, et Antoine, arrivé depuis le 18, n'a pas encore demandé à Elsa si elle aurait une objection à ce qu'il invite une copine pour Noël. Il profite d'un moment de détente pour aborder la question.

— Oui ! J'ai des objections, lui répond-elle sèchement.

— Pourquoi, Elsa ?

— Elles t'ont toute l'année à New York, elles.

— Vous pourriez devenir de grandes amies, essaie de suggérer Antoine. Tu aurais une personne de plus pour te gâter.

— Tu me suffis.

La malheureuse adolescente aurait le goût de crier à Antoine combien elle hait ses copines dont il vante les charmes. Mais elle n'ose pas. Ça pourrait le faire fuir. Elle regrette d'avoir été si catégorique en lui répondant, mais, comme Flame, Elsa n'arrive jamais à choisir la bonne manière d'exprimer ses sentiments. Encore moins quand elle se sent menacée. Pour corriger sa gaucherie, elle saute au cou d'Antoine et le serre fort de ses bras en lui murmurant :

— Si tu veux inviter une *chum*, je vais être gentille. Seulement pour Noël, par exemple. Pas pour...

Antoine a peine à se contenir. Les lèvres d'Elsa, naïves autant que possessives, s'agitent, frôlent son visage avec des mots de supplication. Et son regard implorant, rempli d'une sensualité inconsciente!... D'un élan incontrôlable, il la serre contre lui et répond haletant: «Je n'ai pas besoin d'une copine pour passer un beau Noël.» Il reste là quelques secondes, puis se détache brusquement d'Elsa qui vient de perdre sa candeur au contact trop intime d'Antoine. Elsa qui s'aperçoit qu'Antoine est un homme. Pas seulement un papa né pour l'adorer, la protéger, la gâter et l'émerveiller. Antoine la désire. Il désire son corps. Elle l'a vu dans ses yeux. Elle l'a ressenti au bas de son ventre. Elle comprend le geste brusque d'Antoine et n'est aucunement surprise de l'entendre affirmer maladroitement de façon tendre et ferme:

— Elsa, tu n'es plus une enfant, il faudrait que tu perdes l'habitude de me sauter au cou à tout propos. Ce n'est pas convenable.

Pas plus qu'elle ne s'étonne de le voir disparaître subitement en direction de sa chambre.

— C'est normal de s'embrasser entre frère et sœur, s'écrie-t-elle, avant de sentir une chaleur étrange monter dans ses veines. Elle reste là, songeuse, comprenant sans comprendre, ébranlée par des fantasmes enivrants. Puis, soudain, ses sensations s'éteignent devant la peur d'avoir déplu à Antoine.

Antoine... Elle réalise qu'il n'est plus là! Mendiant toutes les affections, elle court vers sa chambre. Antoine est assis sur le bord de son lit. Se croyant à l'abri des charmes d'Elsa, il se permet quelques instants de répit et se répète qu'il doit sortir au plus vite de la maison; ne plus jamais, absolument jamais, y rester seul avec sa sœur.

Elle s'approche de lui, tellement effrayée de le perdre qu'elle en oublie ce qu'elle vient d'éprouver:

— C'est normal de s'embrasser entre frère et sœur, Antoine, c'est, c'est... je suis jalouse de tes amies. Égoïste aussi. Téléphone à Christine, je vais te partager, je ne veux pas que tu t'en ailles. Je veux que tu restes jusqu'à la fin des vacances et que tu reviennes pour le Carnaval. Tu as dit que tu remplacerais papa. Et puis, maman m'a expliqué une fois qu'un amour n'enlevait rien à un autre amour.

Des larmes coulent sur les joues d'Elsa. Elle est prête à accepter toutes les concessions pour qu'Antoine reste son grand frère.

— Tu n'as rien à te reprocher et surtout n'aie pas peur que je parte ou que je ne vienne pas à ton carnaval. Et je n'ai pas besoin de Christine pour passer un beau Noël, répète-t-il.

Puis, regrettant sa faiblesse, d'un geste fraternel ou paternel, il ne le sait plus, il serre très fort Elsa et ajoute :

— Tu as raison, c'est normal !

Il n'en croit pas un mot et se demande comment il pourra tenir le coup. Il se demande surtout comment il pourra préférer une Margaret ou une Rebecca quand cette enfant, qui a tant d'attrait sur lui, sera devenue une femme.

* * *

Pascale rage de passer la veille de Noël, clouée au lit, dans le premier «trou» qu'on a trouvé pour elle hier quand les ambulanciers l'ont déposée à l'urgence de l'hôpital Notre-Dame de Montréal.

Elle doit partager cette «chambrette» avec trois autres patientes, et cela la déprime encore plus. La malade se revoit l'an dernier chez Mali, soir pour soir, heure pour heure, épiant Jérôme au réveillon. Jalousant sa marraine... qui lui a manqué durant l'année, pourtant. Plus spécialement depuis qu'elle a commencé à se sentir fatiguée pour un simple rhume suivi d'une mauvaise grippe. Mali avait toujours soin d'elle lorsqu'elle était malade. Elle la dorlotait tellement qu'un arrêt forcé devenait souvent une semaine de détente agréable. Son hôpital, c'était la maison de Mali.

Tandis qu'ici, dans cette chambre terne, pas de traitement spécial. *Un coin pour les pauvres, filleule de personne.* Pascale n'a jamais connu la misère. Elle tousse, frissonne et peste contre sa voisine de gauche, qui ronfle comme un tonneau. De plus, les deux commères d'en face lui cassent les oreilles avec leurs histoires de Noëls précédents.

— Cessez de déconner, essaie-t-elle de crier.

Rien ne sort de sa bouche sèche et molle. La porte de la chambre s'ouvre. *Un visiteur, deux autres... elles vont parler encore plus fort! Maudite maladie!*

«C'est une pneumonie» a diagnostiqué le médecin à l'urgence, hier. Il a promis de la remettre sur pied. Tout à l'heure, l'infirmière en chef lui a expliqué qu'elle n'aurait pas dû attendre si longtemps avant de se faire soigner. «Un rhume qui persiste après trois semaines doit être traité sérieusement. Surtout quand on se sent épuisée à ce point», a-t-elle ajouté.

Pascale voudrait revenir à décembre 1993 et revivre, autrement, ce beau réveillon chez Mali. Si elle s'était foutue de ce chien de Jérôme Poupart, elle ne serait pas dans cette chambre, seule. Elle se reposerait chez Mali, entourée de soins. Elle le hait, elle hait cette merdeuse de Flame qui passe pour la sœur de Mali, qui réussira peut-être à obtenir le même statut qu'elle dans la famille... Non, il ne faut pas que cela se produise!

La rage fait grimper sa fièvre.

C'est le premier Noël triste de la vie de Pascale. Malgré sa jalousie à l'égard de Mali les autres années, cette fête réveillait son côté romantique. Il y avait de la joie, de l'amour, de la splendeur. C'était une filée d'heures de rêve. Depuis sa tendre enfance. Et Mali l'aimait malgré ses défauts, excusait sa méchanceté, ne la délaissait jamais. Surtout pas quand elle était malade comme ce soir. «Je n'ai jamais été malade comme ce soir», se reprend-elle. Pascale a peur de la souffrance. Elle a peur de ses cernes qu'elle cache à tout le monde. Surtout à Charles. Le pauvre désespéré a appelé le médecin, hier. Depuis, il ne peut avoir de ses nouvelles que par l'intermédiaire de l'infirmière.

Pour tromper sa dépression, elle continue d'imaginer Flame au fond d'une prison pour la vie, au milieu de criminelles qui la détestent. Condamnée et méprisée par sa famille de snobs en Angleterre. Départie du titre de «la sœur» de Magalia par les De Grandpré... Rien, absolument rien ne l'empêchera de réussir à la faire mettre sous verrous. Elle se figure Flame laide avec les cheveux négligés et les yeux continuellement rouges de larmes. Laide et abandonnée. Malade aussi, probablement.

La toux donne la nausée à Pascale. Ses draps sont mouillés par la sueur. Il faut absolument que ce «bolé» de gogo trouve un moyen de forcer le maudit psychiatre à témoigner contre Flame. Une déposition impressionnante. Jérôme a certainement des secrets qu'il ne veut pas étaler sur la place publique.

Pascale tousse et tousse encore, sentant le feu couver dans ses poumons congestionnés.

* * *

Depuis un an, la spacieuse salle de conférences d'Informatique 2000 se transforme en un champ de bataille de guerre froide lors de chaque assemblée mensuelle du conseil d'administration du *Nouvelliste*. De chaque côté de la table ronde, les membres du CA font figure de soldats face-à-face, attendant le lever du soleil pour attaquer. L'enjeu: l'acquisition du journal.

Le calendrier indique: 24 janvier 1995. Cette réunion du deuxième mois de janvier depuis la mort de Magalia De Grandpré est la plus fébrile jusqu'à ce jour.

Ils sont quatre administrateurs à droite de la table: Gilles Brière, président du conseil d'administration d'Informatique 2000; Serge Bellefeuille, PDG d'Informatique 2000; Roger Drolet, contrôleur; Rachelle Laviolette, directrice intérimaire du *Nouvelliste*.

À gauche de la table, Flame Donnelley, actionnaire minoritaire et membre du conseil d'administration du *Nouvelliste* depuis ses débuts; Carole De Grandpré, membre du conseil d'administration depuis quatre ans; Marc De Grandpré, contrôleur du journal depuis cinq ans et Olivier De Grandpré, liquidateur pour la succession Magalia De Grandpré.

Selon la convention, Informatique 2000 doit notifier un avis de six mois dans l'éventualité d'une intention de retirer les fonds injectés dans l'entreprise. Par ailleurs, la convention stipule qu'advenant le décès de Magalia De Grandpré, Informatique 2000 peut ou bien exercer immédiatement son pouvoir de rachat des actions moyennant une extension de trente jours, ou bien continuer de traiter avec la succession l'emprunt tel qu'établi avec Magalia De Grandpré, soit percevoir l'argent et rendre les parts d'Informatique 2000 aux héritiers, soit avoir recours à la clause du *shot gun*.

Évidemment, la famille n'est pas disposée à faire valoir cette dernière clause de «je t'achète ou tu m'achètes» à coup de millions étant donné que chacun entend utiliser l'héritage à sa guise. Par ailleurs, Informatique 2000 n'a pas encore fait connaître sa position ultime.

Gilles Brière, le président du conseil d'administration d'Informatique 2000, a déjà mentionné vaguement, lors d'une assemblée des actionnaires au mois de juin 1994, l'intention du conseil d'administration de retirer incessamment son prêt à la suite de la mort de Magalia De Grandpré. Mais depuis, aucun écho.

C'est donc une course contre la montre pour Flame Donnelley et ses alliés. Le trajet qu'ils parcourent du *Nouvelliste* à Informatique 2000 paraît plus long qu'auparavant. Les assemblées sont moralement lourdes et, lorsque la rubrique «Affaires nouvelles» se pointe à l'ordre du jour, la tension devient insoutenable.

Par contre, tant que le directeur des acquisitions n'assiste pas à l'assemblée, les quatre représentants du *Nouvelliste* espèrent contre toute espérance.

Ce matin, dès les échanges de poignées de main, les quatre ont eu l'intuition que c'était aujourd'hui l'assemblée fatidique. Pourtant, aucune indication en ce sens n'apparaît à l'ordre du jour. C'est écrit sur le visage de Gilles Brière.

Au cours de l'assemblée, les rapports des membres de l'hebdomadaire sont écoutés sans interruption, et aucune réquisition ne suscite de débat. Un seul refus est enregistré et accompagné d'une explication généreuse. Les tasses sont continuellement remplies de café. La carafe à eau se vide trop souvent.

À un moment donné, la porte s'ouvre. Les quatre têtes à gauche de la table se tournent d'emblée, l'appréhension blanchit les visages. Une secrétaire entre et présente un papier au président du conseil. Du menton, Gilles Brière lui signifie son assentiment et signe ensuite deux documents d'une plume routinière. Elle repart. On respire mieux de ce côté de la table.

L'assemblée continue. Les points à l'ordre du jour sont ratifiés au rythme des années grasses. Plus vite que prévu, les yeux de la gauche sont confrontés au dernier *item* noté au point: *Varia...* La tension monte.

Voilà qu'un monsieur d'une quarantaine d'années pousse la porte, hésitant.

— Entrez, entrez, Paul, dit le président du conseil d'administration, lui indiquant la place à sa droite d'un geste condescendant.

Paul Bélanger transfère une série de dossiers de son bras droit à son bras gauche. Arborant un sourire embarrassé, il se dirige vers Gilles Brière. C'est la chaude poignée de main. Le président présente trop longuement Paul Bélanger. À gauche de la table, personne ne l'écoute. Tous dévisagent l'intrus.

— [...] ce qui explique la compétence de notre directeur du service des acquisitions, termine le chef d'Informatique 2000 comme si de rien n'était. Paul Bélanger est avec nous depuis quinze ans.

Flame se répète: «Cette fois, je ne perdrai pas connaissance.» Carole contrôle mal le tremblement de ses genoux, sous la table. Marc a la nausée. Il se leurre sur le fait qu'il s'adaptera dans une autre firme que celle de sa tante Magalia. Olivier caresse son crâne chauve. Il ne réussira jamais à convaincre Charles, Raymond et Pascale de convertir une fraction de leur héritage en actions dans le *Nouvelliste*, même si le liquidateur juge l'investissement profitable. La pâleur du visage de Marc lui fait mal.

Depuis un bon moment, la voix trop affable d'un Gilles Brière jubilant s'éternise dans une entrée en matière.

— [...] tenant compte de ces considérations, continue le président d'Informatique 2000, nous comptons nous prévaloir de notre pouvoir de rachat des actions au cours des six prochains mois, soit avant le 14 août 1995, à moins que, d'ici là, le prêt ne soit entièrement remboursé. Vous comprendrez que cet emprunt avait été accordé dans des circonstances tout autres que...

Les quatre actionnaires à gauche de la table s'apprêtent, chacun à sa façon, à minimiser les conséquences de ce qu'ils entendent.

— Je laisserai Paul vous informer des détails, conclut enfin Gilles Brière.

Le directeur des acquisitions, moins impliqué et plus sensible à la réaction des personnes avec qui il transige, est conscient du malaise autour de lui. Ses premières paroles tempèrent un peu le discours trop engagé de son président.

— Bien entendu, commence-t-il, nous travaillerons sous réserve. Durant les prochaines semaines du moins. C'est-à-dire que nous effectuerons une analyse approfondie du *Nouvelliste* en tenant compte d'éventuelles possibilités pour vous de payer la dette et, ainsi, de...

Malgré son approche bien humaine et son expérience dans les prises de possession, le directeur des acquisitions ne réussit pas à atténuer l'intensité du jeu financier qui se déroule. Dans quelques mois, le *Nouvelliste* sera englouti dans Informatique 2000. Pour sa part, le président Gilles Brière est trop enthousiaste dans la poursuite de son plan d'action pour percevoir combien ses ambitions font mal à Flame, à Carole, à Marc et à Olivier.

* * *

En arrivant au *Nouvelliste*, Carole, qui a réussi à se recomposer un visage, affronte un problème quotidien aussi alarmant pour elle que le sort futur du journal.

La journaliste Pat entre dans le bureau de la rédactrice en chef, en furie.

— Carole, tu m'avais promis de mettre le gala des bénévoles en première page !

— Oui, je me souviens, répond Carole.

Elle repousse ses cheveux derrière son oreille droite, sa bouche se pince en redoutant une nouvelle gaffe de Franco.

— Regarde !

Pat étale la une sur le pupitre encombré de sa patronne. Un espace géant est consacré au tournoi de golf qui implique une dizaine de Léonnais, et rien, rien sur les milliers de bénévoles de tous les coins de Saint-Léon qui ont oublié les dissensions existant entre les organismes respectifs afin d'unir leurs forces pendant un mois.

Carole reconnaît le copain de Franco sur la photo de golf. Son estomac se contracte.

— Attends-moi ici, je vais chercher deux cafés.

La rédactrice en chef a besoin de quelques minutes pour réfléchir. Il faut absolument calmer Pat. Elle revient et invite la journaliste à s'asseoir.

— Je vais voir ce qui est arrivé, Pat. Je regrette beaucoup. En attendant, peux-tu dire aux organisateurs de l'événement qu'il y a eu erreur de photo à l'atelier de montage et que tu vas leur donner la une la semaine prochaine?

— Oui, mais c'est effrayant!

Pat tourne des yeux énormes.

— En plus, promets-leur que tu vas compenser en publiant la photo et la légende d'un organisateur chaque semaine, ajoute Carole, étudiant la réaction de Pat.

«Ce n'est pas encore assez», lit-elle sur le visage de la journaliste. La rédactrice en chef enchaîne: «Non seulement les organisateurs, mais aussi les bénévoles qui sont très actifs.»

Elle observe Pat: un sourire étire les commissures de ses lèvres charnues. Carole respire un peu mieux.

— Ah oui? Je peux? Autant d'espace? Je peux leur accorder autant d'espace?

— Tu as ma parole. Des erreurs semblables ne se produisent pas toutes les semaines et je t'avais promis la une, répond Carole soulagée. Elle demeure quand même abattue devant l'inconséquence de Franco qui n'a pas eu le courage de l'avertir.

— Merci, Carole! Pat est emballée par le compromis. Et... pardonne-moi de m'être emportée, ajoute-t-elle avec son charmant accent haïtien, mais tu sais comment...

— Ce qui compte c'est que tes bénévoles soient heureux de notre couverture, se dépêche de dire Carole au bord des larmes.

Submergée de travail en raison de la disparition de Mali, Carole n'a pas le temps de se questionner sur l'intolérable désinvolture de Franco. Pas plus que sur son manque de respect envers elle. *Heureusement*, pense-t-elle, *Pat ne se doute pas que c'est Franco qui a fait supprimer la photo des bénévoles. Et Franco ne s'en vantera pas, c'est sûr.*

* * *

Quand Antoine revient, en février, il est accompagné de Kate. «Je suis en amour», proclame-t-il en arrivant. Flame sourit intérieurement. Comme elle a souri chaque fois qu'elle allait le voir à New York quand Émile vivait. Antoine a trop souffert du manque d'une vie familiale pour «être en amour». Actuellement, ses sentiments convergent vers la chaleur du foyer retrouvé. Il se nourrit, s'abreuve de l'affection maternelle et fraternelle. Quand il sera rassasié, il connaîtra l'amour. En attendant... Flame sourit chaque fois qu'il s'amourache.

Sa tentative ayant échoué à Québec, Elsa s'est présentée au Carnaval de Saint-Jacques. Encore plus enthousiaste, Antoine a acheté des boîtes et des boîtes de crayons au lieu des boîtes et des boîtes de bougies. «Le Carnaval de Saint-Jacques sera un bel avant-goût et un entraînement pour ton rôle de reine du Carnaval de Québec», lui avait-il écrit dans la carte accompagnant son chèque pour les crayons destinés au financement des festivités.

Afin de répondre aux critères exigés des finalistes du Carnaval, Elsa a dû adopter un nouveau maquillage et une silhouette qui lui confèrent les charmes d'une «presque femme» de dix-huit ans. Cette fois, Antoine retrouve une éblouissante jeune fille qui se pavane devant tous les garçons venus acclamer la reine du Carnaval 1995 de Saint-Jacques. Mais il décèle sans peine la fragilité intérieure de l'adolescente orpheline et s'en trouve ému. L'envoûtement pour sa sœur se réveille d'un bond.

Le grand frère essaie de s'accrocher à Kate, mais rien ne va. Il déteste ces garçons qui font la ronde autour de sa sœur et réalise que la présence de sa compagne l'agace.

Flame constate que son fils exagère son affection pour Elsa. Mais elle en déduit que c'est sa manière à lui de régler ses comptes avec Émile.

* * *

Kate ne voit pas la situation du même œil. L'an dernier, après le retour d'Antoine du *glamourous* été à Cap-Rouge, elle avait réussi à se faufiler dans le *fan club* du futur chirurgien; maintenant qu'elle a supplanté ses rivales américaines, Margaret, Rebecca et Christine, sa patience pour mettre le grappin sur Antoine est épuisée. Impossible de s'attaquer à Antoine! Elle passe alors sa jalousie sur la «starlette».

Elsa en devient troublée, et Antoine est perturbé. Un soir, à la suite d'une dispute ouverte entre Kate et sa sœur, il décide de se confier à Flame.

— [...] Quel drame, j'en suis tombé amoureux fou. Chaque fois que je retourne à New York, je suis persuadé d'avoir repris mes esprits... mais dès que je la vois, je retombe amoureux d'elle, heureux et très malheureux à la fois.

Flame réussit à dissimuler son bouleversement. Elle a deux graves problèmes maintenant: Elsa et Antoine. Son cœur bat fort. Elle tourne son visage vers le foyer pour cacher sa tristesse. Ses enfants n'ont-ils pas souffert suffisamment?

— Tu n'es pas scandalisée? s'étonne Antoine.

Sa question rebondit sur la chevelure rousse de sa mère.

— Non.

La tête de Flame revient vers son fils. Elle continue de gratter son vernis à ongles. Il ne faut surtout pas empêcher les confidences d'Antoine quelles qu'elles soient.

— Je ne peux t'encourager cependant. Les mœurs évoluent, mais...

Les mots lui échappent. Elle gagne du temps en parlant d'elle.

— Si je m'étais dit que mon amour pour Mali n'était pas conventionnel, je n'aurais jamais été heureuse comme je l'ai été toute ma vie.

Elle cesse de se gratter les ongles.

— J'ai arrangé ma vie pour ne pas trop détonner dans la société tout en vivant selon mes principes. Mais ta situation est plus délicate.

— Ça me soulage que tu comprennes. Je n'en pouvais plus de lutter tout seul.

Assise sur le sofa, Flame se rapproche davantage d'Antoine, prend sa main dans la sienne. Cela ne suffit pas. Elle entoure sa tête affectueusement entre ses bras et la serre très fort contre elle.

— Oh oui, je te comprends, répète-t-elle. Mais je ne peux te donner ma bénédiction. Ni régler ton problème avec ma sympathie...

Un court silence permet à Céline Dion et son orchestre de s'introduire dans l'entretien. Puis Antoine continue:

— Je suis soulagé de ne pas t'avoir scandalisée. Il n'y a qu'à toi que je puisse confier mon secret et j'avais peur de te décevoir.

— Tu me décevrais si tu n'étais pas correct avec Elsa car ta sœur est trop jeune pour entendre une telle déclaration. En ce moment, cela la traumatiserait et tu pourrais saboter ses chances de bonheur, que tu aies raison ou non.

Flame veut éviter à son fils le dédain de soi et les sentiments de culpabilité.

— Si nous vivions dans un pays où toutes les liaisons sont naturelles, je te dirais: quand Elsa sera majeure, elle choisira. Mais nous sommes des gens d'Amérique. Sans se tordre le cœur, il faut s'adapter au mieux. Si vous étiez des adultes dans la trentaine et que vous décidiez tous deux que personne d'autre puisse vous rendre heureux, je dirais, aimez-vous et taisez-vous... Mais, Antoine, vous êtes deux jeunots en plein choc émotif, égarés dans une situation dramatique. Vos réactions sont explicables mais inacceptables. Passagères aussi, j'en suis sûre.

Antoine donne un coup de pied de révolte au pauvre chat de Flame qui, pour la première fois, l'agace.

— Antoine! s'indigne-t-elle, hautement surprise.

— L'inceste est une sottise de mode! Au prochain siècle, on rira de tout ce chichi... Père-fille, sœur-frère! *Why?* Il y a quarante ans, c'était encore gênant d'avoir un enfant sans se marier. Il y a trente ans, on prescrivait la pilule anticonceptionnelle exclusivement pour des raisons de santé, ici. Il y a vingt ans, on hésitait à vivre une union libre. Dans dix ans, je dirai: où est le mal si on prend soin d'être tendre et bon envers sa sœur? Où est le mal? rage-t-il sur chaque syllabe. Pourquoi se soumettre à tous ces tabous quand ils disparaissent tôt ou tard?

— Je ne discute pas ta philosophie, Antoine, mais le monde n'est pas prêt pour l'amour que tu m'exposes. Cet amour est jugé répugnant... Elsa est très jeune, et nous sommes nés trop tôt.

223

— Alors Œdipe n'avait pas à se crever les deux yeux parce qu'il avait couché avec sa mère sans le savoir!

— Se crever un œil est déjà trop pour moi. Par contre, ta façon de penser n'est pas au diapason des mœurs de la société actuelle.

— Comme je voudrais que l'on vive dans cinquante ans d'ici!

— Mais nous sommes encore en 1995, mon grand. Et il faut traiter le problème en 1995.

Antoine reste silencieux. Il pose une question sans espérer une réponse.

— Avec Elsa, comment casser sans nous... briser.

— Pour Elsa, il faudra que tu canalises son affection démesurée vers une autre personne sans l'abandonner.

Antoine dévisage sa mère. *Boy, oh, boy!*

— C'est du stoïcisme que je te suggère, continue Flame, mais vois-tu, je n'ai pas le choix. Il faut que, malgré ta soif de la garder pour toi, tu transfères ces sentiments sur une autre personne.

— *Boy, oh, boy!* J'ai l'impression que tu me surestimes.

— Au contraire, ton contrôle sur tes sens et sur ta vie me surprend.

Flame se trouve abominable d'avoir contribué au développement de cette relation entre ses deux enfants, mais comment prévoir? Tout avait l'air si simple, et sa vie était si compliquée!

Vivien apparaît dans l'entrée du salon, un plateau en équilibre précaire entre ses mains. Elle apporte le thé, mais aussi du café frais moulu et, surtout, un petit gâteau au fromage garni de fraises fraîches. Flame s'amuse à voir Vivien s'appliquer à ce point pour faire un gâteau au fromage, très américain, pour Antoine.

— Tu peux rapporter mes petits biscuits secs, Vivien, dit-elle en riant. Je ne laisserai pas Antoine déguster seul cet irrésistible *cheese cake*.

L'apprentie intendante disparaît, heureuse du succès de son gâteau. C'est le huitième qu'elle prépare et mange avec des copines, notant chaque fois l'amélioration à apporter selon leur opinion. Ce soir, le *cheese cake* semble parfait.

Elle a attendu Antoine avec autant d'impatience qu'Elsa et Flame. Sans en souffler mot cependant. Le «professionnel» n'a d'attention que pour sa sœur éplorée, et la gentille domestique se sent de plus en plus frustrée par son indifférence.

Cela ne l'empêche pas d'espérer qu'un jour, ce patron, bon, beau, intelligent et galant reconnaîtra ses charmes et son esprit. Ce soir, elle est convaincue d'avoir réussi à attirer son attention et savoure d'avance les compliments qu'elle recevra d'Antoine demain.

— Pour en revenir à notre conversation sur Elsa, continue Flame, tu peux essayer de la remplacer par Kate ou une autre femme chaque fois que tu as des fantasmes, puis essayer de les réaliser avec Kate.

— *Boy, oh, boy!*

— Vois-tu, après avoir réussi à te sortir de ce pétrin, tu pourras libérer Elsa de ton emprise. Ce n'est pas facile. Mais tu as vingt-deux ans, et elle n'en a que seize. Tu ne peux pas l'étourdir avec une philosophie rejetée par la société. Elle est sans défense.

— *Boy, oh, boy!*

— Tu devras même l'aider à réussir à transférer ses sentiments, elle aussi. Sans la briser.

— *Boy, oh, boy!* Un transfert sur qui?

La suggestion lui donne la nausée.

— Je pense à Michel, un confrère. Nous travaillons souvent ensemble dans mon laboratoire. Il a trente ans et il est responsable. Vois-tu, elle cherche son père.

Antoine veut bien s'éclipser, mais il n'est pas capable de laisser sa place à un étranger. Il préfère partir.

Très tôt, le lendemain, Antoine annonce à Kate son obligation de retourner illico à New York: une urgence personnelle. Les malles se font en douze minutes. Kate chante. Elsa dort.

Le fils et frère chéri quitte la maison maternelle, décidé à ne plus y revenir tant que sa sœur restera vulnérable.

Flame comprend et lui offre d'aller lui rendre visite souvent.

— Tu me ferais vraiment plaisir, soupire Antoine en réalisant que pour la deuxième fois, il est de trop dans la famille. Mais cette fois, se console-t-il, il y a de l'amour dans l'air.

— Comme tu dois regretter d'être revenu ! lui dit Flame, sur le seuil de la maison, en le couvant de ses yeux verts.

— Surtout pas ! Je préfère souffrir d'amour que de rejet... et la relation que j'ai reprise avec toi compense pour ce que j'endure.

— N'oublie jamais, Antoine, que tu as et que tu auras toujours une mère et un père qui t'aiment profondément.

Elle se jette dans ses bras.

— Super !... et une sœur, ajoute-t-il, mi-amer, mi-moqueur.

Dans la voiture qui démarre lentement, Kate pose sa tête sur l'épaule d'Antoine.

— J'ai bien aimé ton Québec, mais j'ai hâte de revoir New York. Chéri... Tu as de la peine de laisser Elsa et Flame, n'est-ce pas ?

Antoine lui fait signe que oui et ajoute tendrement :

— Une fois à New York, le train-train de notre «chez-nous» fera disparaître peu à peu toutes ces émotions.

— Chez-nous ?

— Chez-nous ! répond Antoine, essayant de se convaincre que les longs bras de Kate qui entourent son cou seront aussi passionnants que les bras minces et possessif d'Elsa.

15

Charles lui tape sur les nerfs. Olivier l'ignore. Carole la méprise. Jérôme l'évite. Raymond s'impatiente parce que les procédures traînent.

Et voilà que ce Goyette vient de lui annoncer au téléphone que le procès ne se tiendra pas avant avril. Pascale enfile son manteau et, sans prendre la peine de s'informer si l'avocat est disponible, elle arrive subito presto devant sa secrétaire.

— C'est d'une extrême urgence, insiste-t-elle. Cinq minutes suffiront. Il faut que je le voie.

Au bout d'un court instant, la secrétaire la prévient que son patron peut la recevoir.

— Pourquoi le juge a-t-il reporté la date si loin? demande Pascale, sans préambule, en entrant dans le bureau de Me Goyette.

— C'est toujours long comme ça, lui répond l'avocat, en continuant de compulser un énorme dossier. Il y a eu l'enquête préliminaire avant les fêtes, les témoins ont été interrogés et contre-interrogés. Il ne se passera plus rien avant avril. Fais gober ça à ta colonie d'impatients.

— Je voudrais bien avoir plus de mouvement, rouspète Pascale en se laissant choir dans un fauteuil.

Elle est épuisée.

Me Goyette lève les yeux de ses papiers:

— Écoutez les grands maîtres de la musique si vous êtes mordus des mouvements. Je vous conseille Beethoven. Les grands maîtres de la loi, eux, prennent plus de temps à accorder leurs violons. Informe tes amis de ne pas espérer le point d'orgue avant avril ou mai.

— C'est ridicule, râle-t-elle, gesticulant pour déguiser sa fatigue.

— Vous semblez oublier que l'on décide de la vie d'une personne.

D'un geste sec, le procureur remet le dossier dans sa mallette.

— Ils sont impatients de toucher l'héritage.

— Eh bien moi, l'héritage, je laisse ça aux notaires! Je t'ai déjà dit de ne pas faire de vagues avec ses idées de renonciation qui n'ont jamais été confirmées d'ailleurs. Tu m'as demandé de cloîtrer ta copine, alors subis le noviciat.

Furieuse de lui donner raison, Pascale reste là, passive devant la logique de Me Goyette.

Elle reprend contenance et, certaine de soulever l'intérêt de l'avocat, elle lance:

— Et Jérôme?

Le visage de Jean Goyette s'éclaire. Il souhaitait sa question depuis longtemps. Pascale se lève de son fauteuil, se dirige vers la porte.

— Quoi Jérôme? demande-t-il, d'un ton innocent. Je préfère ignorer le Dr Poupart.

— Pourquoi?

— Ne cherche pas à comprendre mon casse-tête. Il te manque des morceaux.

L'avocat griffonne un divan sur son calepin.

— C'est tout? demande-t-il pour clore l'entretien.

— Non. Quand Antoine avait seize ans, il se plaignait des colères de Flame. Il disait à son entourage qu'elle perdait contrôle quand il la contredisait. Il avait peur que sa mère l'étouffe. Pourquoi n'exploitez-vous pas ce côté dangereux de Flame, connu de ses proches? Il voulait se sauver de...

— Tu ne trouves pas que la mère attire assez de sympathie comme ça sans lui accoler un fils de la race d'Antoine prêt à faire de la prison pour elle? Évite d'attirer l'attention sur Antoine et sur

228

des frasques dont il ne se souvient même plus si tu veux mettre ton amie à l'ombre, petite.

Il regarde Pascale. *Dieu, qu'elle a l'air fatigué! On jurerait que c'est elle qui va plaider.* Il avance la tête au-dessus de son pupitre et lui souffle, inquiet:

— Quand avez-vous dormi une bonne nuit, Pascale?

— Pardon?

— Vous semblez exténuée. Avez-vous perdu confiance ou est-ce votre conscience qui a des sursauts?

— Ni l'un ni l'autre, répond Pascale. Je n'ai jamais le temps de manger et je dors mal depuis cette grippe interminable.

Me Goyette n'est pas la première personne à souligner la mine terne de l'agente de bord. Elle se promet de changer son maquillage et de faire plus d'exercice.

En l'aidant à passer son manteau, le procureur revient candidement sur la question du psychiatre.

— Dites donc, ma grande, vous me parlez de votre ami Jérôme. Est-ce parce qu'il aurait quelque chose d'intéressant à étaler s'il témoignait?

— Vous m'avez dit de ne pas toucher à votre casse-tête!... Je ne l'ai pratiquement pas rencontré depuis le fameux soir de la mort de Mali. Je crois que vous êtes mieux placé que moi pour l'influencer.

— Il n'est pas question d'influencer qui que ce soit. Le tribunal lui demande de l'éclairer.

— Justement, je soupçonne la présence de lampes halogènes sous vos cheveux frisés! C'est encore mieux que la boule de cristal. Elles peuvent lire dans le passé. Parfois, c'est plus précieux que de lire dans l'avenir.

Me Goyette admire les réparties de Pascale Moreau. Il se demande à quoi elle fait allusion, puis se rappelle qu'elle s'était déjà accusée d'avoir épié Mali toute sa vie. Il se promet de rendre visite au Dr Poupart avant de faire émettre une citation à comparaître. Il fouillera dans ses dossiers et recherchera dans sa mémoire de nombreuses informations enregistrées au cours de ses trente années de pratique du droit.

— Dommage que je ne puisse espionner Flame comme auparavant, regrette Pascale à haute voix, en captant le regard de «son partenaire».

Elle sort lentement du bureau. Puis, sa tête espiègle réapparaît dans l'entrebâillement de la porte.

— Si j'étais à la place de Vivien Lancaster, je vous apporterais de quoi vous soûler l'imagination.

L'avocat, qui a le doigt sur le cadran du téléphone, repose le combiné.

— Qui est Vivien Lancaster? demande-t-il.

— La domestique des Donnelley. Je l'imagine pâmée devant Antoine et détestant Elsa... Au fait, comment va votre fils, Me Goyette?

Pascale disparaît sans attendre de réponse.

Elle a vraiment la touche, pense l'avocat. *Vivien... mon fils... Je la prendrais comme assistante. Plus encore, je paierais son cours de droit. La friponne!*

* * *

Pour Vivien Lancaster, Antoine aurait été le «professionnel» par excellence: beau, éduqué par un savant et une *lady* de la presse, on ne peut plus gentil. Mais il a disparu sans lui dire au revoir et, pis encore, sans la complimenter sur son *cheese cake*.

Elle retourne vers son refuge quotidien lorsqu'elle a ses après-midi libres: la bibliothèque municipale.

Depuis trois jours, un jeune avocat, qui s'appelle Sébastien Dubé, l'invite à prendre un café en fin d'après-midi, et ce soir, elle l'accompagne à une représentation de l'opéra *Carmen*. Un «Me» diplômé vaut bien un «Dr» étudiant!

Vivien oublie vite Antoine alors qu'elle cause avec Sébastien, assise dans un fauteuil, une coupe de champagne à la main, en attendant l'ouverture du deuxième acte. *Il est chouette ce Sébastien! Et je lui plais, c'est évident, il ne parle que de moi,* constate-t-elle, alors que son nouveau copain lui demande si elle aime son travail, comment sont ses patrons et se préoccupe des plus petits riens qui constituent sa besogne quotidienne. Sébastien s'intéresse à elle au point de l'écouter lui raconter certains détails qui ennuieraient même ses copines. Elle trouve de mise qu'un bon avocat soit captivé par la vie des gens et veuille savoir comment le monde pense.

Maintenant, son «chouchou» du barreau l'interroge avec un intérêt flatteur sur la conversation d'Antoine avec sa mère le soir du fameux *cheese cake*. Elle débite le plus clairement possible la confession d'Antoine au sujet de son attirance incontrôlable pour Elsa. Évidemment, Vivien ne dit pas à son distingué ami qu'elle a écouté à la porte du salon avant de s'annoncer ce soir-là. Elle aurait l'air de quoi? Certainement pas d'une future épouse de «professionnel».

Dans le grand chic du hall de la Place des Arts, à Montréal, elle atténue un peu ses racontars, adoptant le ton affecté et l'expression *high class* de l'élégante femme debout près d'elle:

— Madame Donnelley est très bonne, mais elle a une morale singulière. Qu'en penses-tu, Sébastien?

— Es-tu certaine d'avoir bien entendu, Vivien? Ta patronne, qu'a-t-elle dit, exactement? Répète...

La jeune domestique débite donc une seconde fois l'entretien d'Antoine et de Flame sur l'absurdité des mœurs, dont il faut subir les tabous jusqu'à ce que le monde évolue. L'inceste, par exemple...

Vivien est intriguée d'entendre l'opinion de Sébastien qui ne semble condamner ni Flame ni Antoine. Au contraire, il veut en savoir plus sur Flame, Antoine et Elsa, sur ce que l'on pense dans cette maison. L'étudiante tient à impressionner Sébastien et son imagination favorise une certaine distorsion des paroles de Flame.

Vivien se promet de suivre davantage les philosophies de Flame qui intéressent tant ce brillant jeune homme. *C'est peut-être vrai que dans cinquante ans, on pensera différemment*, raisonne-t-elle, au retour de l'opéra, en enfilant sa robe de nuit devant le miroir de sa chambre qui lui renvoie un visage radieux.

* * *

Suivant son agenda établi depuis trois semaines, Me Goyette se rend chez Jérôme pour essayer de suggérer une déposition satisfaisante. Le procureur sait qu'il n'obtiendra rien qui aille à l'encontre

231

des principes du psychiatre. Il connaît maintenant à peu près tout du Dr Jérôme Poupart. Il peut le faire chanter à condition de ne pas dépasser la dose permise. Pour deux raisons: le Dr Poupart est aussi fin renard que lui et il est consciencieux. Malgré certaines idées très discutables dans la vie privée du médecin, il est impensable de négocier une expertise biaisée avec le psychiatre. Il devra se contenter d'un témoignage neutre. Un interrogatoire bref. Même si Flame a déclaré ouvertement vouloir se venger de Jérôme, l'avocat sait que le docteur ne blâme pas Flame. Il se blâme, lui.

L'avocat et le psychiatre terminent donc leur entretien sur une entente relative. Dès le début, c'est le Dr Poupart qui en avait établi la règle principale. Le psychiatre témoignera à titre de témoin ordinaire, soit d'ami impliqué dans le drame, et non pas en qualité d'expert. Donc, pas de questions indiscrètes sur Magalia De Grandpré.

Malgré tout, Me Goyette est satisfait d'avoir tiré le meilleur parti possible de la rencontre.

Obligé de s'absenter au début de la semaine suivante pour un examen routinier à la clinique Mayo, aux États-Unis, Jérôme Poupart sera l'un des premiers témoins de l'accusation, trois jours plus tard, soit le vendredi 7 avril. *Vaut mieux m'en débarrasser dès l'ouverture,* conclut le procureur. *C'est le témoin que je contrôle le moins.*

* * *

Les preuves sont accablantes et continuent de s'empiler contre Flame. Pourtant, Me Jean Goyette reste des heures, mal à l'aise, à évaluer la réaction des jurés. Il a mobilisé sa batterie d'informateurs pour obtenir le profil de chacun des candidats appelés à juger «la beauté rousse». Après s'être penché longuement sur leur passé, leurs principes, il ne perçoit que des influences qui le satisfont.

Malgré tout, le procureur ne parvient pas à étouffer ses inquiétudes, à soupeser les répercussions désastreuses de l'attitude de Flame sur leur décision. Son obstination à ne pas voir ce qui se déroule autour d'elle dégage une sorte d'authenticité agaçante. Il ne peut nier qu'elle donne vraiment l'impression d'attendre que tout le monde se réveille.

En principe, rien ne peut sauver l'accusée. En pratique... l'expérience lui a appris à s'abstenir des sauts périlleux. Tout peut arriver durant un procès. Il le sait. Et les réactions de cette femme sont imprévisibles. Une fois dans la boîte, elle peut réussir à créer un doute raisonnable, une confusion entre les jurés, et être acquittée purement et simplement. Blanche comme une colombe, avec l'argent, l'honneur, et bonjour la visite.

La nuit, quand le sommeil ne vient pas, Me Goyette se surprend à imaginer les jurés tirant à pile ou face, exaspérés de discuter en vain. Surtout qu'il ne gagerait pas un sou percé qu'elle est coupable. Bien au contraire !

Le procureur de la Couronne ne peut se permettre de courir le risque de perdre une cause aussi spectaculaire. Une présumée meurtrière désarmante à ce point, c'est une manne pour les médias. Il saisit donc la première occasion qui amène Me Lemay à plaider une autre cause au palais de justice de Saint-Jérôme pour l'aborder. En causant de choses et d'autres, les deux avocats se retrouvent dans le bureau de l'accusation, café en main et pieds sur le pupitre.

— Dis donc, Pierre, ta cliente, la rousse, est-elle toujours aussi sauvage ?

— Toujours aussi convaincue, tu veux dire. Elle n'est pas coupable et tu le sais.

— N'exagérons pas. Antipathique, non. Mais coupable... Tu as vu les preuves, le testament, les médicaments, la première arrivée, la dernière partie, le revolver... mais je t'avoue que ce n'est pas tentant de l'accuser au premier degré.

L'attitude compatissante de Jean Goyette confirme l'impression de Pierre Lemay. La poursuite n'est pas aussi convaincue de gagner sa cause qu'elle ne le laisse croire.

— Tu n'es pas obligé de l'accuser du tout, suggère le criminaliste, guettant la réaction de son collègue.

— Allons donc !... Mais je te concède qu'elle n'est pas un bandit, je parlerais d'un moment de faiblesse qu'elle n'avouera jamais. C'est une impulsive. Pas d'antécédent et un passé irréprochable...

— Un coup de malchance, coupe Me Pierre Lemay. Des preuves qui se sont donné rendez-vous et que tu as bien manipulées.

— Non, les preuves sont indiscutables, c'est ce qui me pousse à t'en parler...

Me Goyette donne une pichenette sur le boulier près de son calepin. Il se lève. *Ma prestance en impose davantage quand je suis debout.*

— Ça n'a pas de sens de mettre une croix sur sa vie. Depuis que je l'ai vue, je trouve inhumain de lui faire subir un procès qui va la condamner à perpétuité avec un minimum de vingt-cinq ans sans possibilité de libération conditionnelle. On l'enterre. Elle est bien trop jeune, bien trop utile à sa famille et à son entourage. Tu la vois avec de vrais bandits à Kingston, avec ses petites manières de princesse! Elle va sortir de là comme un légume. C'est pire que la potence. Moi, je suggère qu'elle enregistre un plaidoyer de culpabilité. Je suis fort disposé à t'offrir un meurtre au deuxième degré, avec une recommandation commune. Elle plaide coupable, il n'y a pas de procès et je recommande un minimum de dix ans de prison. Je trouverai bien un juge qui va accepter cela. Si je dis dix ans, ça va être dix ans. Qu'est-ce que t'en penses?

— Je peux toujours lui en parler, répond Me Lemay sceptique, replaçant ses pieds sur le plancher.

Il boit sa dernière gorgée de café.

— Je ne vois pas comment elle admettra avoir tué Mali quand elle refuse d'admettre qu'elle est morte.

Le criminaliste se retire, décidant de miser davantage sur le jugement hystérique de sa cliente plutôt que de le maudire.

— Vous me trahissez, accuse Flame. Comment osez-vous me suggérer de plaider coupable du meurtre de Mali?

Son blouson rose accentue le nacre de ses joues.

— Non, Flame. Je sais que vous n'êtes pas coupable. Mais je suis votre avocat, et c'est mon devoir de vous transmettre les offres de règlement proposées par la Couronne. Je dois même vous faire signer un document stipulant que vous refusez de plaider coupable de meurtre au deuxième degré.

Me Lemay voudrait expliquer à Flame qu'en matière de meurtre, la pression est toujours terrible sur la défense. Le procureur de la Couronne a un pouvoir de négociation épouvantable, étant donné que la différence entre un meurtre au premier degré et un meurtre au deuxième degré est énorme. Il sait qu'elle n'est pas coupable, mais il tremble en pensant que Flame pourrait être condamnée à perpétuité donc vingt-cinq ans ferme, si le procès tournait mal.

Mais, comme il l'avait prévu, inutile d'insister.

16

Comment apprend-on à un ami qu'il est atteint du sida? se demande le docteur Jack Gardner alors qu'il engloutit nerveusement une troisième gorgée de scotch en attendant le Dr Poupart au restaurant Elizabeth's Room de l'hôtel attaché au centre de diagnostics de l'institut Mayo, à Rochester.

Tous les cinq ou six ans, Jérôme se rend à la clinique Mayo. Sa visite est autant sociale que médicale. Sociale, parce qu'il y retrouve un confrère de longue date, et médicale, parce qu'il en profite pour effectuer un examen complet de routine.

Impressionné chaque fois par sa forme excellente, Jack lui chante toujours la même rengaine: «Si ce n'était pas que tes examens sont la seule occasion de se revoir et de s'amuser, je te dirais que ce n'est pas la peine de venir jusqu'ici.» Et Jérôme de lui répondre chaque fois: «C'est une façon de prendre du répit sans me sentir coupable envers mes patients.»

Ce soir, en rejoignant Jack pour leur souper traditionnel qui clôt les trois jours d'examens, Jérôme remarque que son hôte n'a pas commandé le non moins traditionnel champagne pour célébrer son bilan médical. «C'est la crise partout», s'explique-t-il. Il ne s'en plaint pas. Jérôme n'a pas le goût de fêter depuis le drame du 2 janvier de l'année précédente. Il a même l'intention de confier son état dépressif à son ami Jack. La seule personne qui le connaisse vraiment.

Il termine à peine d'exprimer au serveur ses petits caprices au sujet de l'assaisonnement de son potage que Jack l'engage dans

236

une interminable conversation sur la politique au Québec, le bombardant de questions dont il subit les réponses. Le médecin de l'institut Mayo retarde le sujet de la santé du psychiatre jusqu'à l'arrivée du châteaubriant dont ils raffolent tous deux. Jérôme perçoit de plus en plus la réticence de son grand copain à aborder le sujet de sa santé. Ça ne peut être bien grave... le cholestérol... une intervention chirurgicale... une pierre qui se cache ici ou là... Il est en forme comme jamais. Bizarre que Jack s'en fasse toujours plus que lui.

— Et puis, Jack, pas de gros bobo, j'espère? lance le psychiatre pour alléger le tourment de son médecin.

— Jérôme, je n'ai pas...

— ... de bonnes nouvelles, finit Jérôme. *Shoot!*

Il se sert un grand verre de vin.

— Ce n'est pas facile, hésite Jack.

— Pas facile?... Jérôme n'aime pas du tout l'expression. Un cancer? le cœur? les pou...

— Tu peux être des années sans que...

— Sans que quoi? De quoi parles-tu?

Le psychiatre essuie trois fois ses lèvres sèches avec sa serviette de table.

— Du sida.

Les deux médecins restent muets. Après quelques minutes, Jérôme demande simplement:

— Je peux compter sur ta discrétion?

— J'ai effacé immédiatement les traces du diagnostic. Tu ne souffriras pas. Quand le temps viendra, j'irai te voir à Montréal et nous nous arrangerons, vieux.

— Je n'ai plus faim.

— Moi non plus... *Sir, the bill please.*

Jérôme dort paisiblement toute la nuit. Il s'en trouve surpris quand le service aux chambres le tire du sommeil à six heures. Bizarre... En se brossant les dents, le psychiatre a l'impression que la nouvelle fatale vient de libérer ses épaules d'un gros poids. Il déguste un déjeuner gastronomique dans sa chambre et quitte l'hôtel.

Le trajet de Rochester à Minneapolis ne lui semble pas trop long, pas trop court. Le temps a si peu d'importance.

Au comptoir de l'aéroport de Minneapolis, il présente ses papiers de voyage, pour la deuxième fois, aujourd'hui. *Mon dernier trajet Minneapolis-Chicago!* La même réflexion de ce matin au comptoir de l'aéroport de Rochester avant de prendre l'avion pour Minneapolis. Une réflexion analogue lui viendra à l'esprit quand il présentera son billet Chicago-Montréal. C'est la dernière fois qu'il prend ces trois avions. La plupart des gestes qu'il exécute ne reviendront jamais, et cela ne lui apporte que du soulagement.

Jérôme sait qu'il mourra prochainement. Bientôt? Il l'apprendra à Montréal après avoir prélevé un échantillon de son sang qu'il enverra sous un nom fictif à Jack pour faire évaluer le dosage d'anticorps dans son sang. Ce qui peut lui indiquer approximativement le temps qu'il lui reste à vivre. Jack... un bon ami... Il ne lui a pas dit au revoir.

Le sidéen ne veut pas d'une mort à petit feu. Jack le sait. La mort programmée n'est pas exactement celle qu'il aurait choisie non plus. Il aurait préféré une attaque subite et imprévisible de Flame. Au moins, la mort va venir et peut-être très vite.

Jérôme se demande quand il aurait pu commettre une telle imprudence. Il se protège toujours... À part le tragique soir avec Pascale... Mais Pascale... non, pas Pascale.

Depuis son impardonnable trahison, sa vie est un cauchemar. Enfoui dans le siège première classe de l'avion, il réalise que ce n'est pas seulement la dépression qui lui fait accueillir la mort avec autant de calme. Plus jeune, très jeune, ses rêves de sauver les gens de l'angoisse, de leurs troubles psychologiques, de leurs blocages sexuels, lui donnaient un goût de vivre peu commun et un besoin de se battre pour la sérénité des autres. Malgré ses méthodes condamnées, ses difficultés avec le corps médical et les autorités policières, il se nourrissait d'espoir et de conviction. Après ses mésaventures en France, il a continué à soigner et à guérir, à libérer, à changer des vies, à aimer et à s'amuser. En dépit de ses déceptions, il était heureux.

Puis, cette soirée fatale est arrivée. Plus de compensation aucune. Où puiser le besoin d'attiser l'ardeur d'autrui alors que sa propre existence n'a plus de sens? La mort, souhaitée à chaque instant depuis sa négligence professionnelle, se profile enfin. Sachant que ses jours sont comptés, Jérôme éprouve un calme malsain mais reposant. Il attendra, ni anxieux ni impatient, que la maladie se manifeste.

* * *

Me Lemay recommence à s'inquiéter des conséquences entraînées par l'attitude amorphe de Flame. Il n'en peut plus d'imaginer cette femme si agréable en prison pour le reste de sa vie. Le criminaliste décide d'outrepasser son mandat. Sans en parler à sa cliente, il s'arrange pour rencontrer Me Goyette sur le terrain de stationnement extérieur du palais de justice, à l'heure où le trafic est presque nul.

Le criminaliste bénit le début de la tempête de neige qui rend plus discret l'intérieur de sa voiture dans laquelle vient de s'asseoir son confrère.

— Tu m'as offert un meurtre au deuxième degré, Jean, commence l'avocat de la défense. C'est quand même dix ans de prison, minimum. Inconcevable, il faut l'admettre. Tu l'as vue, ma cliente! Elle fait pitié. Pour les motifs qui ont justifié ton offre, pourquoi tu ne la réduis pas à un homicide involontaire? Avec une proposition raisonnable. Par exemple, sept ans. Elle serait admissible à une libération conditionnelle au tiers de sa peine. Elle pourrait sortir dans un peu plus de deux ans. Peut-être que je pourrais la convaincre.

Me Goyette est bien tenté d'accepter. Pour lui, ce qui compte, c'est que Flame soit coupable. S'il y a meurtre, le codicille est effacé. Pascale ramasse le magot et envoie sa rivale au cachot.

Le grincement des essuie-glaces trouble le silence de la voiture. Il répond négativement:

— Sept ans, c'est trop peu. Je t'offre dix ans. Mais dix ans sans minimum. Ça veut dire qu'elle peut être relâchée au tiers aussi, donc, seulement trois ans et demi de prison. N'oublie pas que toutes les preuves sont contre elle. Y compris son alibi.

Un autre long silence. La chaleur de l'automobile fait fondre la neige sur les vitres. De nouveau, on entend le bruit monotone des essuie-glaces. Me Lemay comprend qu'il n'obtiendra pas davantage. Il salue son confrère sans le regarder et descend de la voiture, affrontant la rafale dans le noir.

* * *

Le criminaliste décide de se rendre chez Flame, à Québec. C'est dans le laboratoire de sa cliente, les deux bras croisés sur le réfrigérateur, qu'il déclare :

— Il y a peut-être de bonnes nouvelles pour vous, Flame. J'ai parlé à l'avocat de la Couronne. Il est prêt à accepter que vous plaidiez coupable d'homicide involontaire. Ce qui veut dire que, contrairement à une sentence de meurtre où le minimum est dix ans, vous seriez admissible à une libération sur parole au tiers de la condamnation maximale de dix ans, donc un maximum de trois ans et demi de prison. Cette proposition mérite réflexion.

Me Lemay sent que son raisonnement sonne faux malgré son intention de convaincre Flame de se pencher sur sa cause. Si sa cliente accepte au moins de discuter, il espère obtenir un traitement plus souple encore de la Couronne.

Flame regarde son avocat et des larmes coulent sur ses joues.

— Vous me croyez coupable !

— Non, répond Lemay avec conviction. Je ne vous crois pas coupable, c'est votre attitude qui m'inquiète.

Il lui tend un mouchoir.

— C'est impossible que j'aie tué Mali, le jury verra bien qu'il fait le clown avec ses preuves de châteaux de cartes.

Me Lemay se sent tellement impuissant devant le comportement de Flame qu'il voudrait la prendre dans ses bras et lui expliquer comme à une petite fille qu'elle est en danger, qu'elle peut en mourir. *Elle ne comprendrait pas*, se résigne-t-il, très triste.

* * *

Dès son retour à Montréal, Jérôme s'empresse d'obtenir les informations relatant le procès de la Donnelley.

— Je ne voudrais pas être jurée dans cette affaire-là, ronchonne son intendante Françoise Laurier, en lui remettant une pile d'extraits de journaux qu'elle a découpés durant son absence.

Évidemment, Jérôme n'entretient aucun doute sur l'innocence de Flame. Il se questionne plutôt sur l'intérêt que Jean Goyette porte à cette cause. Cela le rend encore plus curieux d'imaginer quels subtils stratagèmes le procureur utilisera pour rendre crédible jusqu'à la fin une accusation tout à fait illogique. Le psychiatre admet que l'exposé impressionnait, vendredi, juste avant qu'il soit appelé à prêter serment comme premier témoin. Les preuves, quoique circonstancielles, semblaient patentes à première vue. Et quel style!

Le malheureux sidéen s'apprête également à découvrir le jeu de Pascale qu'il flaire derrière l'interrogatoire de l'avocat.

Depuis que son ami le docteur Gardner lui a fait part de son diagnostic, Jérôme pense continuellement à Flame. Flame qui sait aimer et qui sait tuer. Flame qui lui ressemble avec ses rêves humanitaires et irréalistes. Flame et son tempérament de feu. Il la revoit, adolescente, jeune fille, femme. Toujours aux trousses de Mali. Il réalise qu'il n'a jamais vu Flame sans Mali, sauf au banc des accusés. Il comprend qu'elle veuille le tuer.

Tout en se faisant cette réflexion, la scène de la partie d'huîtres lui traverse l'esprit. Pascale, lui et Flame! Automatiquement, il pense à Émile. Le psychiatre et le scientifique se comprenaient bien. Si Émile vivait, tout le contexte serait différent.

Puis, il commence la lecture des coupures de journaux...

LE PROCÈS DE FLAME DONNELLEY
LA BEAUTÉ ROUSSE, DÉBUTE

La Couronne entend prouver qu'elle a assassiné sa «sœur» pour en devenir une des héritières

Dans la salle des assises du palais de justice de Saint-Jérôme a finalement commencé cet après-midi le procès de Flame Donnelley, cette rousse au visage angélique, accusée du meurtre de la propriétaire d'un hebdomadaire des Basses-Laurentides. La victime, Madame Magalia De Grandpré, aurait considéré l'accusée comme une sœur véritable.

Le choix du jury, contrairement à ce que l'on appréhendait, a duré moins de trois heures. Finalement, six hommes et six femmes ont été retenus pour décider du sort de la prévenue.

Même si Flame Donnelley risque une peine de vingt-cinq ans de prison ferme, dans l'éventualité d'une condamnation pour meurtre au premier degré, elle n'a montré aucune nervosité pendant qu'on scrutait la vie des douze membres du jury. Au contraire, son attitude nous donne l'impression qu'elle n'est aucunement impliquée dans ce procès. La quadragénaire, dont le mauvais éclairage de la salle «accentue» (si l'on peut dire) la douceur des traits, semble garder intacte la tranquillité de son innocence, telle que proclamée sans forfanterie inutile lors de sa première comparution devant la Cour.

Les lèvres de Jérôme Poupart murmurent, à peine audibles: «Négation!.. Négation!.. Elle nie carrément ce qui lui arrive!»

[...] Après un ajournement d'une trentaine de minutes, pour leur permettre de prendre possession des quartiers où ils seront confinés pendant quelques jours tout au moins, les jurés sont revenus à leur banc.

Le procureur de la Couronne, Me Goyette, a alors exposé ce qu'il a l'intention de prouver à partir de vendredi [...].

Le psychiatre se sert un scotch. *Bizarre ce Goyette. Bizarre. Ce n'est pas un casse-cou, pourtant!* Il prend une coupure du journal *Le Soleil*.

PROCÈS DE FLAME DONNELLEY

LA PREUVE SERA CIRCONSTANCIELLE

L'enquête préliminaire s'étant déroulée sous une ordonnance de non-publication, on attendait avec grande impatience le résumé de la preuve qu'entend présenter le ministère public, vendredi matin.

Après le lunch, alors que des dizaines de curieux ne pouvaient avoir accès à la salle, ceux qui y avaient trouvé place ont dû patienter pendant encore plus d'une heure pour apprendre ce que la Couronne allait leur mettre sous la dent.

Le juge Armand Dupras a insisté fortement auprès des jurés sur la portée et les écueils d'une preuve circonstancielle dans un procès de ce genre. Il les a également mis en garde contre toute interférence dans leur tâche, surtout que ceux-ci ont été recrutés, comme la loi l'oblige, dans le grand district judiciaire de Saint-Jérôme, où la victime et plusieurs membres de sa famille jouissent d'une bonne réputation et d'une influence certaine.

En peu de temps, le vétéran de la poursuite, qui semblait avoir quelque peine à réprimer une certaine agressivité contre «l'ange roux» à la barre (c'est lui qui a utilisé l'expression qui a fait toussoter le tribunal d'une réprobation contenue) a souligné d'entrée de jeu que la preuve serait circonstancielle [...]

Flame Donnelley donnait l'impression étrange de ne ressentir aucune implication dans l'avalanche d'accusations qui fusaient de la bouche du procureur de la Couronne contre elle. L'accusée était sans contredit la personne la plus impassible du prétoire, y compris les moins curieux dans l'assistance.

La troisième coupure de journal est datée du même jour, mais l'extrait provient de l'hebdomadaire peu sérieux, *Dans les fonds de Cour*. Jérôme commence à redouter la stratégie latente dans l'énoncé de Goyette.

Il s'assoit sur le bras du fauteuil.

PROCÈS DE FLAME DONNELLEY, L'ENVOÛTANTE

Preuves circonstancielles contre la tête rousse au visage d'ange

Les curieux sont contents: le procès de la Donnelley, celle qui fait parler les mauvaises langues de sa trop belle silhouette autant que du meurtre dont on l'accuse, a débuté aujourd'hui. [...]

Le jury

Le procureur de la Couronne [...] On aurait cru que sa sélection était déjà faite. Sûr de lui comme toujours, Mᵉ Goyette n'y allait que de quelques interrogations générales. Rien d'insidieux. Il en était de même pour l'avocat à la défense, l'éminent criminaliste, Mᵉ Pierre Lemay [...]. Le choix découlant de cette procédure, toujours fastidieuse pour les procureurs, lui semblait peu important.

Le juge

[...] les deux procureurs semblaient à leur aise. Le magistrat désigné pour présider ce procès à retentissements redoutés, Me Armand Dupras, est un juriste peu contesté, quant à sa connaissance profonde du droit, et acceptable, si l'on peut dire, pour avoir œuvré des deux côtés de la barrière judiciaire.

Me Jean Goyette semblait tout fier qu'on ait sélectionné cet ancien procureur de la Couronne, et un loustic a dit que Me Pierre Lemay avait eu vent de certaines soirées passées par Me Dupras, verre à la main, avec des avocats de la défense. Sans complexe et sans avoir jamais créé de scandale.

L'accusée

Restait la beauté provocante de l'accusée. Un autre loustic a rapporté que la grande beauté de celle-ci semblait, dès les premières séances, attirer l'œil du président tout autant que ses oreilles pouvaient rester attentives aux témoignages les plus compromettants débités contre elle [...].

Pendant toute l'intervention du représentant du ministère public, l'accusée ne s'est pas départie de sa calme indifférence, et plusieurs jurés, de leur côté, semblaient sympathiques et incrédules devant «la preuve circonstancielle» qu'on déballait en vrac contre elle.

«Pauvre Flame! proteste Jérôme Les rats des journaux à sensation vont faire un festin de sa cause. Je devrais dire "pauvres enfants!" parce que Flame ne lira jamais ces commérages.»

Le psychiatre passe à une coupure de *La Presse*.

Flame, la dernière personne vue en compagnie de Mali

Flame Donnelley a été la dernière personne à être vue avec celle que tout le monde appelait affectueusement Mali, avant que le cadavre de celle-ci soit découvert dans sa maison de Sainte-Adèle... empoisonnée par une mixture composée d'un médicament (l'ergotamine) contre les migraines et d'un antibiotique (l'érythromycine) contre la grippe. Deux médicaments dont l'interaction s'avère mortelle si l'on prend une dose de deux pilules de chacun, mais anodins si ingurgités séparément.

C'est là la principale révélation faite hier au procès de la rousse au visage d'ange, par une sexagénaire qui avait été la plus fidèle domestique de la défunte depuis seize ans.

Selon Suzanne Breton, l'accusée Flame Donnelley semblait plus nerveuse que d'habitude au cours de l'après-midi du 2 janvier.

Dans la soirée, vers 19h30, avant de s'absenter pour une soirée familiale, l'intendante a regardé dans la direction de la maison de la «châtelaine» de Sainte-Adèle – elle vivait tout près —, et a vu la voiture de Madame Donnelley stationnée dans l'entrée semi-circulaire du bâtiment principal.

À son retour sur les lieux, environ deux heures après la découverte du cadavre par l'accusée, elle a trouvé la vaisselle et les casseroles lavées et rangées.

Contre-interrogée par Me Lemay, le procureur de la défense, la domestique a confirmé que l'accusée, Flame Donnelley, était très proche de Mali, qu'elle visitait régulièrement. Madame Breton a également déclaré n'avoir jamais entendu les deux femmes se disputer à propos de quoi que ce soit. Et certainement pas pour des questions d'argent. Leurs sujets de conversation habituels: les affaires, la politique, la cuisine et, souvent, les voyages.

La déposition de Suzanne désappointe Jérôme. Il comprend que les témoins sont ordinairement nerveux lors d'un interrogatoire, surtout dans une affaire de meurtre. Mais l'intendante se tient sur la défensive comme si elle se sentait personnellement visée. Pourtant, elle connaît Flame. Bizarre!

Le psychiatre prend une coupure du *Journal de Montréal*.

La Donnelley portait toujours un petit revolver dans son sac

Hier, c'est véritablement un autre témoin surprise que le procureur de la Couronne a tiré de sa... serviette, au procès de Flame Donnelley. Une jeune femme, à l'expression très indignée, a en effet répondu très sèchement au procureur de la Couronne.

Brigitte Lamoureux, une copine de la présumée victime, était présente pour confirmer un incident cocasse survenu dans un grand hôtel de Montréal, il y a plus d'un an.

Au cours d'une soirée, Brigitte Lamoureux s'est retrouvée aux toilettes en même temps que la filleule de Magalia, Pascale Moreau.

Madame Lamoureux, en ouvrant son sac Chanel pour retoucher son maquillage, s'est rendu compte que ce n'était pas le sien. Pascale Moreau a été très surprise d'y apercevoir un petit pistolet et Brigitte, confuse, a répondu à Pascale qu'elle s'était trompée de bourse. En revenant à la table, elle a signalé son erreur ainsi que la découverte inattendue de l'arme à... Flame Donnelley qui, par un curieux hasard, avait elle aussi un sac à main Chanel.

Flame a demandé aux deux femmes d'oublier l'incident.

Devant cette étonnante révélation, les gens de l'assistance ont remué ostensiblement sur leur siège.

Brigitte Lamoureux n'a pas caché son mépris envers le procureur et ses insinuations «scandaleuses». À plusieurs reprises, la jeune femme, apparemment intimidée, a reformulé certaines déclarations après avoir essayé de faire comprendre au procureur que ce n'était pas ce qu'elle voulait dire.

La distorsion des faits commise par Pascale depuis le 2 janvier 1994 insulte Jérôme. Et la façon dont le procureur a manipulé les racontars de la petite garce le fait davantage rager.

Une ordonnance pour les comprimés mortels au nom de Flame Donnelley

Moment d'agitation fort perceptible, hier, sur les banquettes réservées aux membres de la famille De Grandpré, au procès de Flame Donnelley, à Saint-Jérôme.

La Couronne vient d'appeler son premier témoin de la journée: Olivier De Grandpré, le frère aîné et liquidateur désigné de sa sœur Magalia. Me Goyette affiche un air de magicien s'apprêtant à sortir un lapin d'un chapeau.

Monsieur Olivier, dans la cinquantaine, ne se montre pas le plus heureux des hommes face à celle que sa sœur défunte semblait tant affectionner. Avec Olivier à la barre, on pouvait remarquer une grande tristesse sur le visage de l'accusée, qui se montre ordinairement d'une profonde indifférence.

Sans donner de détails sur les divisions familiales qui ont suivi la mort de Magalia, il révèle que (on s'en doutait bien) lors de l'ouverture du coffre-fort – dont le contenu avait été légué à la prévenue par le codicille de dernière heure —, tous les bijoux de la décédée s'y trouvaient. Oui, les héritiers étaient présents, à la demande expresse du liquidateur de Magalia De Grandpré.

Celui-ci, considérant le litige, tenait à ce que toute initiative de sa part soit transparente.

Avec un sourire narquois, Mᵉ Goyette lui demande alors s'il y avait quelque chose d'autre que les bracelets, les pendentifs et les bagues valant plusieurs centaines de milliers de dollars, à l'intérieur dudit coffre-fort.

«Oui, dit-il, il y avait plusieurs papiers personnels, de la correspondance, des photos, des films, des petits objets qui semblaient être des souvenirs et... un flacon de comprimés.»

Le procureur de la Couronne lui tend le flacon d'ergotamine contre la migraine, un peu innocemment, et lui fait lire le nom du remède sur l'étiquette de l'ordonnance. Avec difficulté, le témoin nomme le remède: ergotamine. Mᵉ Goyette lui présente ensuite un second flacon qui avait été retrouvé sur la table de la cuisine. Olivier lit le nom de l'antibiotique: erythromycine.

Trop d'émotion

Dissimulant son contentement, Mᵉ Goyette lui demande enfin à qui ces remèdes avaient été prescrits. A... Flame Donnelley, répond alors Olivier De Grandpré, en tournant la tête vers le *box* des accusés, comme pour s'excuser auprès de la présumée coupable.

La grande tristesse qui a assombri le visage de Flame Donnelley tout au long de la déposition du frère de la morte a visiblement provoqué un coup au cœur du témoin. On aurait dit que l'accusée s'était permis une incursion dans la réalité.

L'atmosphère glissant vers l'émotion, Mᵉ Goyette décide d'interrompre ses questions. En laissant traîner l'interrogatoire, le procureur craint que Olivier De Grandpré ne ramène la sympathie des jurés vers Flame Donnelley.

D'un geste vif, le Dʳ Jérôme Poupart étale sur la table le reste des coupures de journaux. *La déposition d'Olivier lui a fait très mal.*

Un titre, à côté d'une photo de Flame sur trois colonnes, le fait sursauter. La main hésitante d'appréhension, il prend la page du journal entièrement consacrée au procès.

Un mélange létal de médicaments anodins a causé la mort

La tâche du pathologiste qui reçoit un cadavre non suspect et sans recommandation particulière, consiste à déceler tout ce qui semble anormal dans ce corps. Puisque aucun soupçon ne planait sur les causes de la mort de l'individu autopsié, le Dr Lucien Mathieu a procédé à une autopsie de routine sur le corps de la présumée victime, prenant soin de faire une prise de sang au niveau du cœur et des veines fémorales ainsi que de prélever le contenu de l'estomac et de mettre le tout, sans l'analyser, en réserve dans le réfrigérateur, au cas où il y aurait, éventuellement, une enquête commandée par le coroner.

Si la mort de Madame Magalia De Grandpré n'avait pas créé de bruit ou soulevé de vagues à l'époque où elle était survenue, c'est que l'autopsie pratiquée dans les heures suivantes avait été, selon l'expression couramment utilisée à la morgue, qualifiée de «blanche». C'est ce qu'est venu confirmer hier le Dr Lucien Mathieu, pathologiste réputé.

«J'ai fait l'autopsie de routine sans trouver de lésions susceptibles d'expliquer formellement le décès en dehors d'une simple congestion pulmonaire, a déclaré le médecin. Toutefois, quelques semaines plus tard, après sollicitation du coroner au cours de l'enquête du Bureau des crimes majeurs répondant aux interrogations soulevées par le testament, le prélèvement sanguin et le contenu gastrique ont été analysés au laboratoire médicolégal du Québec.»

Le pathologiste Mathieu, qui en a vu bien d'autres pourtant, jette plusieurs coups d'œil vers l'accusée. Il ne semble pas lui non plus enchanté d'ajouter de sérieux doutes sur la personne que ses propos accusent, malgré lui. Il poursuit: «Ceci a révélé la présence d'une dose d'ergotamine et d'érythromycine dans le sang. Deux médicaments sévèrement incompatibles. L'un est généralement administré aux migraineux; l'autre est prescrit couramment pour combattre une mauvaise grippe, un antibiotique donc. Puis des traces de caféine, que l'on trouve autant dans le thé et le cola que dans le café. L'antibiotique érythromycine peut augmenter le taux plasmatique de l'ergotamine en inhibant le métabolisme au niveau du foie. Le taux alors élevé d'ergotamine peut engendrer un vaso-spasme sévère, fatal, qui peut se traduire par la congestion pulmonaire et même une crise cardiaque.»

Hier, donc, le Dr Linda Pomerleau, toxicologue, a fait sourciller momentanément les jurés en leur affirmant que pris ensemble, notamment dans une concoction de deux pilules de chacun de ces médicaments, ces ingrédients entraînent rapidement la mort, même sans y ajouter de la caféine. Le mélange devient irrémédiablement létal quand la personne à qui on les administre ne peut bénéficier rapidement d'un antipoison ou d'un lavement d'estomac.

Le procureur de la Couronne a ensuite demandé au témoin de dire si oui ou non c'est un tel mélange qui a causé la mort foudroyante de la riche résidente de Sainte-Adèle. La réponse a été catégorique et affirmative.

Me Lemay, le procureur de la prévenue, en contre-interrogatoire, sans contester l'opinion de la savante toxicologue qui semblait définitivement peu encline à discuter de sa théorie, lui a demandé, mine de rien, si elle savait dans quelles circonstances la victime avait absorbé ces médicaments. Se pouvait-il que Madame De Grandpré les eût avalés dans l'intention de se donner elle-même la mort après avoir appris le décès tragique de son mari?

Deux grosses larmes glissent jusqu'à la monture noire des lunettes de Jérôme et forment des gouttes qui vont se loger au bas de ses cernes. Le psychiatre imagine le visage décomposé de Flame. Comme elle doit haïr son avocat! Pour elle, Mali ne peut s'être suicidée, Mali est une survivante. Mais comment en vouloir à Me Lemay d'essayer de la sauver malgré elle?

«Ce procès se caille», murmure-t-il, baissant à nouveau ses yeux sur le reportage. Il craint la suite.

[...] Le procureur de la Couronne grimpe vite sur ses ergots, s'objecte à ce que le médecin réponde. Elle est là à titre d'expert, pour fournir des explications scientifiques, se plaît-il à préciser.

Le juge Dupras lui donne raison et rappelle que les témoins qui sont appelés ne sont pas là pour donner leur opinion sur les faits, mais uniquement pour les relater tels qu'ils les ont vus ou vécus. Quant aux témoins experts, leurs opinions sont admises sous réserve qu'elles relèvent du champ de leur compétence.

Me Goyette est d'autant plus fier de son objection qu'il avait préalablement terminé son interrogatoire par une série de questions sur les effets, la préparation, le mélange, etc. Le procureur avait notamment posé une question (préparatoire dans sa logique) à la toxicologue Linda Pomerleau, à savoir si le mélange avalé suffisait pour tuer une personne. Le Dr Pomerleau avait répondu oui, qu'il n'y avait aucun doute sur une mort éventuelle.

Jérôme se verse un autre verre de scotch sans se dessaisir de la coupure de journal.

[...] Me Goyette avait ensuite demandé à la docteure si une dose plus élevée aurait attiré l'attention du pathologiste. La toxicologue avait répondu oui.

Me Goyette avait continué, plus spécifique: si on exclut le thé qui contient de la caféine, la dose ingurgitée était-elle exactement ce qui pouvait causer la mort sans attirer l'attention du pathologiste ou de quiconque? Oui. Une préparation d'expert, donc? La docteure avait répondu affirmativement.

Le procureur avait regardé les jurés comme pour leur dire: «Veuillez retenir ceci» et fait un geste qui semblait signifier: «Vous en aurez besoin dans mon prochain interrogatoire.»

C'est alors au tour du notaire Tétreault de se faufiler à la barre avec la démarche hésitante d'un témoin réticent. Il a eu vaguement connaissance d'un brouhaha en dernière ligne de son étude, lorsqu'il lisait le codicille qui faisait de Flame Donnelley la principale héritière de Mali.

«Avez-vous eu l'impression que c'était là une perte de connaissance véritable de la part de Madame, ou un geste théâtral pour tromper la galerie?»

Me Lemay s'objecte et tonne que l'homme de loi n'est ni médecin ni psychologue pour qualifier d'une manière ou d'une autre l'évanouissement de l'accusée.

Mais le notaire se rappelle que celle-ci a repris ses esprits sans secours médical, dans son bureau privé où l'avaient conduite Carole De Grandpré et Suzanne Breton. Peu avant d'avoir refusé de l'eau ou du cognac qu'on lui offrait. Elle a annoncé, presque aussitôt qu'elle allait prendre immédiatement le chemin de Québec.

Jérôme jette les coupures de journaux sur la table. Il était absolument certain que Flame sortirait indemne de ce procès. Il souhaitait même que cette «tuile» la distrairait de son deuil. À la lecture des articles, il se rend compte qu'il n'est pas suffisant d'être innocent pour éviter une condamnation pour meurtre avec un judicieux renard comme Mᵉ Goyette. Le procès ne se déroule pas du tout comme il l'avait imaginé.

Les coupures de journaux froissées entre ses mains, le médecin pense au mal qu'il a fait au cours de sa vie, sous le prétexte minable de compenser ses rêves philanthropiques interrompus par une divergence d'opinion avec la société. Il réalise que ce piètre contrepoids l'a entraîné dans une dépendance sexuelle néfaste envers des êtres qu'il estimait pourtant. Une épouse ruinée émotionnellement à cause de ses infidélités; des réputations ravagées à la suite de ses orgies; et par-dessus toutes ces blessures infligées aux autres, se greffe la mort de Mali. La plus odieuse des conséquences de sa dépendance sexuelle. Va-t-il ajouter à cette panoplie d'insouciances, un autre meurtre moral et peut-être physique, juste avant de mourir lui-même? Déjà, il craint que ses déclarations nébuleuses n'aient contribué à la condamnation imminente de Flame.

Il ne peut la blâmer de vouloir le tuer, il le mérite. Et avec son tempérament de feu, Flame ne pouvait réagir autrement... Lui-même ne désire-t-il pas mourir, étouffé comme il l'est par le remords? Décidé à intervenir, le psychiatre téléphone à l'avocat de Flame et lui demande de venir le voir sur-le-champ.

En attendant Mᵉ Lemay, Jérôme se fait la prise de sang qu'il doit envoyer à son ami Jack, à la clinique Mayo. Cherchera-t-il à retarder les effets de sa maladie? *Certainement pas*, se répond le médecin, alors qu'il aperçoit de sa fenêtre Mᵉ Pierre Lemay fermant la portière de sa voiture.

Si le procureur de la défense connaissait plus intimement le Dʳ Poupart, il serait surpris de voir l'intendante Françoise Laurier lui ouvrir la porte au lieu d'un Jérôme, verre à la main. Il remarquerait le singulier silence de la maison sans la moindre note de musique, omniprésente jusqu'alors; il s'étonnerait du fait que Jérôme n'insiste aucunement quand il lui propose un alcool et qu'il répond «juste une eau minérale»; il croirait que sa visite dérange Jérôme en l'entendant écourter le placotage amical d'introduction et sauter immédiatement dans le sujet qui le concerne.

— J'ai l'impression que vous êtes en train de perdre votre cause, mon cher maître, déclare le psychiatre à Pierre Lemay, sans attendre d'être assis.

Il s'enfonce doucement dans son fauteuil en velours brun, appuyant sa tête contre le dossier, question de mieux décrire le pathétique de la situation.

— Je sais, répond simplement l'avocat. Elle ne collabore pas du tout. C'est le grand problème avec les clients qui ne connaissent rien aux procédures légales. Comme si le fait d'être innocent suffisait! Sa confiance est absolue.

Me Lemay caresse sa barbe châtain. Derrière ses lunettes rondes aux contours invisibles, ses yeux scrutent l'expression du psychiatre et reconnaissent en lui un allié précieux. Il lui renvoie un sourire interrogateur.

Jérôme engouffre une gorgée de scotch, se penche en avant et explique avec autorité:

— Il faut la sauver malgré elle. C'est un suicide inconscient.

Il boit une autre gorgée.

— Une preuve existe quelque part. Un indice qu'elle ne se donne pas la peine de chercher. Vous a-t-elle parlé du répondeur?

— Oui, mais trop tard. Par une curieuse coïncidence, le répondeur a été volé pendant que Flame et la gouvernante Anna Morin étaient en vacances. Donc, avant l'arrestation de ma cliente. Par une autre curieuse coïncidence, Anna a disparu sitôt sa déposition à l'enquête préliminaire terminée. Supposément pour se marier. Cette Anna n'a jamais parlé du répondeur avant de partir. Ce n'est que la semaine dernière que Flame a daigné se souvenir du répondeur et d'un certain message de Mali.

D'un geste vif du poignet, Jérôme fait danser les glaçons dans son verre qu'il fixe à travers ses lunettes à épaisse monture noire, comme pour y noyer une profonde amertume. Le criminaliste ne trouve pas chez son compagnon la verve et l'aisance qu'on lui avait attribuées. Les yeux foncés du psychiatre délaissent les glaçons. Il replace ses cheveux, hoche la tête de gauche à droite en regardant Me Lemay.

— On ne doit pas considérer Flame comme faisant partie du procès, dit-il, elle attend patiemment de retourner chez elle et d'y vivre avec le souvenir de sa Mali. Vous devrez trouver ce répondeur sans son aide... ou... Peut-être avec l'aide de son fils, Antoine. Toutes les domestiques lui courent après. Il est presque aussi beau que sa mère et très brillant.

— Son fils vit aux États-Unis depuis cinq ans.

— Évidemment... bizarre qu'Anna ait disparu...

Le psychiatre se concentre. Il dit soudain :

— La fille ! La fille d'Anna ! Si Antoine est venu voir Flame une seule fois et que Sophie était présente, vous allez retrouver la mère.

L'avocat ne comprend toujours pas que Flame ne lui ait jamais offert d'indications susceptibles de le mettre sur une piste.

— Parfois, je me questionne sur son état d'esprit. Si j'avais su, j'aurais plaidé l'aliénation mentale.

— Elle est saine d'esprit, assure le Dr Poupart. Sa douleur a dépassé son seuil d'endurance. Alors, pour contrecarrer, elle nie la mort de Mali et se morfond à la croire vivante.

Jérôme reconnaît Flame dans ses réactions de confiance névrotiques. Évidemment, Goyette a orienté les dépositions et le procès de façon à éviter le message sur le répondeur ; et Lemay, sans la collaboration de sa propre cliente...

D'instinct, le psychiatre hésite à briser le secret professionnel même si Mali est morte. Puis, il a l'impression de jouer une carte maîtresse.

— J'ai quelque chose de plus fort encore, confie-t-il à son hôte. Mali écrivait son journal personnel. Il y a certainement un tas d'indices dans ce journal personnel.

— Flame n'en a jamais parlé !

La voix remarquablement chaleureuse de l'avocat est teintée de colère.

— Elle ne le sait probablement pas. Je vous conseille de ne rien lui dire. Je sais, moi, où se trouve ce document. Quand Mali était jeune, elle le cachait dans un grand tiroir à double fond, près de son lit. Le meuble était encore là, le soir de sa mort. Si le journal n'est pas dans le meuble, faites fouiller la maison par des professionnels. Je vous jure qu'il existe.

— Je me rends chez le juge immédiatement, dit Me Lemay.

Il se lève brusquement, agrippe sa mallette et se dirige sans invitation vers la porte.

— Ce n'est pas une cliente facile, vous savez, s'avance-t-il à dire. Complètement désintéressée. Aucune collaboration. Aucune. Inimaginable dans une telle situation !

— Votre cliente n'est pas coupable, maître. Si vous ne la sauvez pas, vous ne méritez pas votre toge... *Pas plus que je ne mérite de vivre*, continue Jérôme, d'une voix imperceptible.

17

Le procès tire à sa fin et Mᵉ Jean Goyette reçoit déjà des félicitations de la part de ses confrères pour sa performance.

— Vous êtes vraiment *cool*, répète Pascale à l'issue de chaque interrogatoire. Et chaque fois, Mᵉ Goyette lui répond :

— Ne vendez pas la peau de l'ours avant de l'avoir tué.

— Pourquoi ne m'appelez-vous pas à la barre ? Je suis un témoin important, j'ai vu le revolver et je pourrais déposer sur des points capitaux.

Le procureur reluque Pascale, un sourire arrogant au coin des lèvres.

— Tu ne pourrais réprimer ta joie dans le *box*, surtout au moment du contre-interrogatoire de la défense. Je parie que tu te retournerais pour voir les réactions de Flame. Ton rôle est derrière les rideaux, dans le fin fond des coulisses.

— Elle est condamnée d'avance par vos preuves étalées chaînon par chaînon, Mᵉ Goyette, continue Pascale, pour ne pas lui donner raison. J'ai une hâte folle d'entendre votre réquisitoire après-demain. Chaque fois qu'un témoin de la défense passe à la barre, je *badtrippe* et quand il débarrasse la boîte, penaud, je suis pâmée d'aise. Ils viennent là, l'un après l'autre, pour s'évertuer à prouver que Flame ne peut avoir tué Mali et, quand vous retournez à votre tribune, ils l'ont carrément accusée de meurtre malgré eux. Vous êtes macabre, mais vous les percez à jour !

255

Un paon en parade ne serait pas plus pénétré de son importance que le procureur. La barbiche élevée et les yeux baissés vers Pascale, il rétorque du haut de sa grandeur :

— Vous semblez surprise. Pourtant, une fille renseignée comme vous devrait reconnaître un phénix quand elle en voit un. C'est vrai que je peux m'apprécier plus facilement en vivant avec ma personne depuis plus de cinquante ans.

Il est fier de lui. Cette satisfaction n'amortit pas sa prudence, cependant. Surtout depuis qu'il a appris que Pierre Lemay est allé visiter le psychiatre Poupart. Il répète donc très sévèrement à Pascale :

— Cachez votre emballement... et cachez-vous avec si possible. C'est le jury qui décide. Pas d'optimisme mal séant, vous m'entendez ?

Pascale se dandine vers la porte et lance :

— À en faire une otite !

* * *

Dans le bureau du juge Dupras, le mercredi matin, Me Lemay se promène de long en large, s'arrête net de temps à autre pour pointer un doigt colérique vers Me Goyette et lâcher des mots que personne ne lui connaît. Puis, l'avocat continue ses allées et venues limitées aux quinze pieds de l'espace dont il dispose.

— [...] C'est scandaleux ! C'est un refus de divulgation d'élément de preuve connu par la Couronne. Ce journal personnel repose dans le fond d'un tiroir depuis la mort de la présumée victime et mon brillant confrère, qui le sait très bien, n'a jamais produit la pièce. Nous devons en prendre connaissance dès aujourd'hui. Dans les heures qui suivent. Immédiatement ! hurle Me Lemay, s'adressant au procureur de la Couronne. J'ai besoin d'une journée et de deux nuits pour passer au travers de ce document.

Même s'il sait que Jean Goyette n'est pas au courant de l'existence du journal – autrement il l'aurait fait disparaître comme le répondeur —, il répète :

— Votre Seigneurie, je m'adresse au tribunal pour obtenir une pièce pertinente au litige, que le procureur de la Couronne n'a pas mentionnée au tribunal.

Le juge Dupras cherche le regard de Me Goyette. Le «dragon» est impassible.

Trop orgueilleux, Me Goyette se garde bien d'avouer qu'il ne sait rien de ce journal personnel. Il sait, par contre, que les mémoires de la victime ne peuvent aider sa cause.

Me Lemay, ordinairement posé au point de décontenancer ses adversaires dans les plus orageuses situations, tourne maintenant autour du pupitre comme un déchaîné. Son pas trépidant fait voler les feuillets. Il n'arrête ses «U turns» que pour dévisager le juge, des éclairs dans les yeux sans s'en rendre compte et répéter: «C'est scandaleux! Scandaleux!»

— Je demande la permission de présenter une nouvelle preuve, soit le journal personnel écrit par la victime. Ce document peut prouver l'innocence de Flame Donnelley. Depuis deux jours, l'accusation s'objecte à ce qu'on demande un mandat de perquisition afin de récupérer le journal personnel écrit par la victime elle-même. Une pièce aussi importante...

Le juge Dupras ne prise pas l'explosion de colère du criminaliste. Cependant, il passe outre cette irrégularité pour le moment. Il devient de plus en plus soupçonneux à l'égard de ce journal personnel resté caché tout le long du procès. Pourtant, d'autres pièces plus compliquées à découvrir ont été présentées.

— L'ouverture du coffre-fort a permis à la poursuite de formuler des accusations contre Flame Donnelley, continue l'avocat Lemay. L'ouverture du coffre-fort et son contenu ont fourni à la Couronne l'occasion d'avancer certaines allégations boiteuses. Je demande à votre Seigneurie de considérer avec autant d'importance l'ouverture du journal personnel tenu quotidiennement par la victime.

Me Lemay cesse sa parade étourdissante et continue:

— Je demande à votre Seigneurie d'ordonner et de rendre possible la divulgation de l'élément de preuve qui peut dissiper le brouillard dans ce procès et nous éclairer sur la vraie cause de la mort de Magalia De Grandpré. Y compris l'hypothèse du suicide.

Me Pierre Lemay ne quittera pas le bureau du juge tant que celui-ci n'aura pas ordonné au procureur de la poursuite de demander un mandat de perquisition à la Sûreté du Québec pour qu'on récupère le journal personnel de la victime dans les plus brefs délais.

Le criminaliste a fait installer une surveillance autour de la résidence des Masson à Sainte-Adèle-sur-Lac, immédiatement après son entrevue avec le Dr Poupart.

Tous les témoins ont été entendus et la conclusion du procès est prévue pour le surlendemain, vendredi, à 15 heures.

*　*　*

À sa grande surprise, le juge Dupras a lu sur la boîte en carton présentée par la Sûreté du Québec: «À ma sœur Flame.»

La boîte contient cinq cartables – dont l'un presque vide – de dimensions supérieures à la moyenne, supportant quelque quatre mille pages écrites à la main pendant les premières années relatées, puis dactylographiées pour le reste du journal intime. Cet amas de feuilles suit l'évolution du papier et de la technologie à travers les trente dernières années; un carton bleu, légèrement plastifié, protège la première page, ainsi que l'envers de chaque tranche décennale du journal intime. Une tablette perforée sur son côté gauche attend d'autres confidences quotidiennes ou hebdomadaires de Magalia De Grandpré.

Me Goyette ressent une douleur dans la poitrine en apercevant le nom de Flame écrit au stylo sur la boîte. Une date est apposée à la dédicace: 2 janvier 1994.

Le juge Dupras ayant pris connaissance du document au préalable, en discute maintenant avec les procureurs.

Flame voit son nom sur l'exemplaire dans les mains du procureur de la Couronne. Elle est horrifiée de voir l'indifférence avec laquelle «ces hommes qui font résonner leurs sottises dans les palais de justice» traitent ces «feuilles sacrées».

258

Dans un geste imprévisible, la «tigresse» saute sur Me Goyette, lui enlève le document et l'enveloppe à la fois en hurlant comme une démente:

— Ne touchez pas à ça! Ça m'est adressé! Adressé à moi! À moi! Vous ne savez pas lire? *Blind rats!*

Me Goyette, déjà paniqué par la dédicace sur la boîte, sursaute et laisse aller le premier cartable. Personne ne bouge, médusé. Tous guettent le prochain mouvement de Flame.

Après quelques secondes de confusion, le juge, intrigué par le geste subit de cette «supposée angélique et déphasée meurtrière», demande à Flame si elle voudrait bien lui remettre le document.

Le juge Dupras ordonne du regard à Me Lemay de calmer sa cliente; il lui laisse le temps d'aller parler à Flame dans un coin de la salle.

— C'est moi qui le tiens, exige Flame en serrant l'enveloppe très solidement dans ses bras.

Le juge fait signe à Me Lemay d'acquiescer à sa demande le plus rapidement possible.

Une fois seul avec Flame, Me Lemay lui murmure:

— Je vous promets de vous le prêter pour le lire demain matin de très bonne heure. Acceptez, Flame. Autrement, vous allez tout perdre. C'est votre unique chance d'en lire le contenu tout de suite. Ce document est l'original. Je risque beaucoup en vous faisant une telle promesse.

— Comment puis-je être certaine que vous allez me le livrer et à quelle heure?

— C'est dans mon intérêt de vous le prêter. J'espère qu'en le lisant, vous allez trouver un argument de défense, car pour le moment, vous n'en avez aucun. Aussitôt que j'aurai passé à travers, je vous l'apporterai.

Flame calcule déjà combien de temps il lui faudra pour photocopier ces milliers de feuilles, quitte à les lire plus tard. Elle se méfie de ces menteurs qui peuvent en voler des extraits et les faire disparaître, de connivence entre eux.

— Il faudra me le rapporter vendredi matin, 8 heures, dit l'avocat.

À regret, la main agrippée au journal personnel relâche son étreinte sur les pages «déjà violées».

* * *

Me Goyette se promet de questionner Pascale au sujet du journal personnel. Comment se fait-il que cette maligne «omnisciente Magalienne» ne soit pas au courant d'un élément aussi majeur?

Quand la secrétaire revient avec la photocopie du procureur, un problème plus urgent lui tombe dessus. Sur la première page du document, on peut lire, écrit de la main de Magalia De Grandpré: MON JOURNAL PERSONNEL QUE JE DÉDIE À FLAME, MA SŒUR.

Me Goyette fait appel à tout son sang-froid pour ne pas trahir sa déconfiture. Il se montre affairé et quitte la salle, profondément affecté.

* * *

Pressé de remettre le document à Flame pour qu'elle puisse peut-être sauver sa vie en se rappelant des points significatifs au cours de sa lecture, Me Lemay confie le document à son super photocopieur avant d'enlever sa cravate. Il commence à lire l'original pendant que le café passe et que l'imprimante galope. Il risque beaucoup, mais il a confiance dans la discrétion de cette sauvageonne. Par ailleurs, dès les premières pages, son espoir de la sauver renaît. Il croit en un revirement radical. Même s'il ne lui reste exactement que quarante-huit heures avant la conclusion du procès.

* * *

Élizabeth Couston dépose le plateau de café de Me Goyette sur la petite table près du *Lazy boy* dans lequel son patron s'installe vers 17 heures et trouve ses idées les plus brillantes.

— Remplissez-moi ça de cognac, grogne-t-il, sans lever la tête.

Élizabeth, croyant avoir mal entendu, reste immobile quelques secondes. Me Goyette ne boit pas d'alcool en travaillant. Le procureur ne perd jamais contenance devant sa fidèle secrétaire, non plus.

— Ça, ça! Remplissez-moi ça de cognac, s'il vous plaît, Élizabeth, répète-t-il en désignant sa tasse d'un coup de tête impatient.

— Quelque chose de foutu, Me Goyette? s'étonne la quadragénaire.

— Foutu le revolver, foutu le poison, foutus les bijoux. Foutues toutes nos preuves irréfutables. Vous voyez ces quatre mille feuillets barbouillés? C'est la romance de la Mali. Le jury n'attendait que ça. Que ça! Je sais reconnaître des jurés subjugués. Avec son air de chérubin, elle les a tous, tous dans sa poche! Chaque fois qu'ils mettent les pieds dans la salle d'audience, ils sont unanimes pour l'acquitter. U-na-ni-mes! Mes interrogatoires et l'exposé des preuves font chambranler leur esprit tordu. En se retirant, ils sont indécis, je l'admets. Mais ils sont des indécis contrariés. Contrariés d'avoir à avaler que cet archange peut égratigner un meuble! Ils l'auraient vu tirer sur la De Grandpré qu'ils hésiteraient encore. Imaginez maintenant avec ce journal personnel de Mali qui vient tout bousiller! Le jury n'attendait que ça! Que ça! Que la Mali l'étiquette «sa sœur», qu'elle lui dédie le griffonnage de sa vie pour magnifier une histoire de rein.

Élizabeth est décontenancée par l'incohérence des propos de son patron normalement maître de lui en toutes circonstances.

— Vous allez les voir se trémousser quand ce «chanceux comme un bossu» de Lemay va déposer le journal personnel. Douze boîtes de kleenex! Oui, douze boîtes de mouchoirs pour ces morveux en pâmoison devant un ange qui les envoie tous au diable.

Le procureur appuie sa tête sur le dossier de son fauteuil, rapproche la petite table à roulettes qui forme un pont au-dessus des appuie-bras.

La secrétaire l'observe du coin de l'œil.

Me Goyette va remédier à la situation, elle n'en doute pas. Depuis des décennies, elle acclame ses victoires. Comment cette fois? La loyale employée préfère ne pas savoir. Une chose est sûre: son patron ne peut se permettre de perdre un procès qui a fait la une des journaux. Malgré tout, cet éclaboussement de doutes, à quelques heures du réquisitoire, l'inquiète. Jamais, elle n'a vu le «dragon» dans cet état. «Ce procès a du plomb dans l'aile», murmure-t-elle en maquillant ses traits lourds et ses yeux cernés que lui renvoie le miroir.

Au bout de dix minutes, le procureur se redresse et maugrée, encore très affecté: «Cette table en a vu d'autres, pourtant!» Puis, confiant dans son «génie», il ôte ses souliers, coupe la musique et s'installe confortablement pour affronter le journal personnel de Magalia De Grandpré.

Quand la secrétaire quitte le bureau, Me Goyette répond à son bonsoir d'un mouvement bref de la main, sans se déconcentrer.

Madame Couston règle la sonnerie à 18h30, pour rappeler à son patron de prendre les deux sandwichs qu'elle a mis dans le réfrigérateur. Le café est frais. Elle voudrait lui redire de ne pas sauter le souper, mais elle juge ce rappel incongru ce soir. Me Goyette s'énerve rarement, mieux vaut risquer le jeûne. Elle s'éclipse sans bruit, le cœur un peu gros. Élizabeth Couston admire son patron et s'y est attachée au cours des années. Même si elle n'approuve pas toujours ses façons peu orthodoxes. *Les avocats, comme les politiciens, ont une morale plus élastique que le reste du monde*, raisonne-t-elle pour étouffer ses scrupules.

Le lendemain matin, la secrétaire est surprise d'apercevoir Me Goyette ronflant dans son fauteuil, le stylo entre l'index et le pouce sur une tablette de notes entrecoupées de barbouillages incompréhensibles.

— J'espère qu'il s'en est sorti, murmure-t-elle, s'apprêtant à préparer un café très fort.

Avec réticence, elle secoue poliment son patron. L'avocat se réveille en sursaut.

— Je regrette, maître, c'est l'heure de vous préparer pour la Cour.

— Pas de Cour pour moi aujourd'hui, Élizabeth.

— Tant mieux! La tempête est insupportable.

La mine chiffonnée de son patron ne plaît pas du tout à la secrétaire.

Après une douche et un espresso, Me Goyette est présentable pour une journée très chargée. Élizabeth doit annuler tous ses rendez-vous et téléphoner au fils du procureur, Sébastien Dubé-Goyette.

— Nous prendrons le lunch ici, Élizabeth, et vous retiendrez tous mes appels tant que je serai en conférence avec Me Dubé.

Quand, à 16h30, Élizabeth voit Me Jean Goyette taper sur l'épaule de son fils en lui disant «Tel père, tel fils, Sébastien! Oui, tu es vraiment mon fils! Vraiment mon fils, Sébastien!» elle comprend que le gros de la tourmente est passé. Elle le regarde, affectueusement, se réinstaller dans son *Lazy boy* et se permet une remarque:

— Pas une autre nuit blanche, maître?

— Une autre nuit blanche peut-être, lui répond le procureur, mais pas une nuit noire, espérons!

L'humour de son patron est revenu. *Le travail ne fait pas mourir*, se rassure Élizabeth en rappelant à Me Goyette de ne pas oublier de manger à 18 heures.

*   *   *

Le photocopieur de Flame n'est pas assez puissant pour imprimer ces quatre mille feuillets en deux tours d'horloge. Vaut mieux se rendre chez Carole pour utiliser celui du journal conçu pour les «heures de tombée».

Pas question de fermer l'œil de la nuit. Ni avant 4 heures au petit matin, ce jeudi, ni après, alors que le messager mesurant près de deux mètres lui apporte une mallette dont elle possède déjà la combinaison. Flame ne laissera pas partir le journal personnel de Mali sans en avoir copié chaque syllabe!

Les mémoires intimes sont accompagnées d'une enveloppe sans identification qui contient une feuille blanche sur laquelle est écrit en caractères dactylographiés: N'HÉSITEZ PAS À ME TÉLÉPHONER AU MOINDRE INDICE QUE VOUS DÉCOUVRIREZ. Aucune signature.

Flame prend un quatrième thé et commence à photocopier le journal de Mali.

Vers huit heures, alors que tout allait bien, catastrophe! Le chargeur automatique se dérègle.

Carole, sur place depuis 6h30, s'installe près du téléphone et part à la recherche d'un technicien. Elle n'ose regarder par la fenêtre. Durant le trajet de chez elle au *Nouvelliste*, il neigeait. Pourvu que ces flocons abondants ne soient que les égarés d'une tempête annoncée qui doit épargner Montréal et les Laurentides. Les minutes sont longues entre 8h10 et 8h45.

Neuf heures. Même les plus ponctuels ne se sont pas encore montré le nez. Flame est concentrée sur son travail. Carole doit se rendre à l'évidence. Elle ouvre la toile. Horreur! C'est la rafale. Celle qui gêne la visibilité et qui fait capoter les voitures. La neige s'est amoncelée. Les véhicules ont l'air d'être stationnés les uns derrière les autres au beau milieu de la rue. Flame et elle sont confinées dans les bureaux du *Nouvelliste* pour une partie de la journée. Seules. Étant donné que ce n'est pas le jour de tombée, le journal n'en souffrira pas. Impossible de rejoindre un technicien, cependant. Seuls les contraints, les sportifs et les enfants montrent leur nez dehors avant le chasse-neige.

C'est presque l'aube du vendredi quand les dernières pages tombent sur la pile que Flame a surveillée et replacée sans arrêt durant la journée de jeudi et une partie de la nuit. L'accusée de meurtre n'a pas encore lu une ligne du journal. Pour elle, l'important est qu'il soit recopié et en sa possession. Elle se méfie de ces hommes de robe et de leurs manigances.

N'ayant pas dormi depuis mercredi matin, Flame tombe de sommeil sur le divan du bureau jusqu'à ce qu'elle sursaute en entendant la voix de Carole:

— Flame! Il est sept heures!

Carole lui présente un café et ne la laisse pas partir sans qu'elle ait engouffré un muffin et un morceau de fromage.

Les souffleuses sont passées. Même le soleil est là.

Flame s'est-elle aperçue qu'il y a eu une violente tempête pour ne pas obtenir l'assistance d'un technicien, hier? Flame s'est-elle aperçue qu'elle a travaillé quarante-huit heures d'affilée?

Flame s'est-elle aperçue qu'elle a à peine grignoté des aliments dépanneurs sortis du réfrigérateur du bureau depuis mercredi soir? Carole observe Flame plaçant le journal personnel sous clef. *Bien sûr que non!* se répond-elle.

Aussitôt au volant de sa voiture, Flame compose le numéro de Me Lemay.

— Flame! s'exclame le criminaliste, où avez-vous passé la nuit? C'est de l'inconséquence inqualifiable!

— Je me suis endormie sur le journal de Mali!

Me Lemay est hors de lui. Jamais il n'a vu un client aussi irréaliste. *On jurerait qu'elle va être mise en pénitence dans le coin pendant un quart d'heure si elle est condamnée,* bougonne-t-il.

— Venez vite à la Cour, se contente-t-il de lui dire.

— Il faut que j'aille me changer.

— À la Cour, immédiatement!

Me Lemay claque le combiné sur son socle. «Trop c'est trop», maugrée-t-il, un peu confus d'avoir perdu patience. De son côté, Flame n'a pas remarqué sa mauvaise humeur.

Cinq minutes plus tard, le criminaliste fait les cent pas dans le hall du palais de justice de Saint-Jérôme, repassant en mémoire les questions les plus pertinentes à poser à Flame qu'il entend appeler à la barre. Il se croise les doigts pour qu'un délai de la cour lui permette de préparer l'interrogatoire avec sa cliente. *Cet interrogatoire sur le journal personnel constitue la carte qui devrait changer le verdict. Qui* **doit** *changer le verdict*, se reprend-il.

À 8h30, Flame fait son apparition devant Me Lemay; elle n'est pas maquillée et n'a pas changé de tailleur depuis l'avant-veille.

— Hâtez-vous, nous avons peut-être le temps de nous parler un peu. Il l'entraîne fermement par le bras, mais elle se dégage.

— Je dois aller à la salle de bains.

L'avocat n'a plus le temps de châtier son langage.

— Vous pisserez dans la Cour! Il faut parler! Avez-vous quelque chose de votre côté? demande-t-il.

— J'ai... j'ai...

Flame ne peut avouer qu'elle n'a pas jeté un œil sur le document.

«Les procureurs dans la cause Donnelley sont priés de se présenter dans la salle RC 40», crache le haut-parleur. Me Lemay s'apprête à assommer Flame de la pire engueulade, mais sa bouche ne s'ouvre pas. Il aperçoit Antoine et Elsa, l'un aussi pâle que l'autre, qui s'avancent dans le couloir. Ils sont touchants dans leur inquiétude. Ils savent, eux, que c'est l'unique et dernière chance. Flame court vers ses deux enfants. Antoine, silencieux, prend la main de sa mère dans la sienne et la regarde avec une tendresse plus paternelle que filiale. Il soutient Elsa, on ne peut plus émouvante, accrochée au bras de son frère comme une orpheline en détresse.

Le criminaliste fait un effort pour sourire aux deux enfants et pose son bras sur l'épaule de Flame.

— Venez, Flame, je suis avec vous et vous êtes plus préparée qu'on le pense.

— Avez-vous des doutes? demande-t-elle, étonnée de sa remarque.

Me Lemay est désarmé.

18

Devant la porte de la plus grande chambre criminelle du palais de justice de Saint-Jérôme, la foule joue des coudes pour tenter d'assister au dernier interrogatoire du procès de «l'ange roux». Tout ce beau monde attend une performance spectaculaire des plaidoyers de l'après-midi lors de la conclusion du premier face-à-face des deux vedettes de la barre. Pour l'audience du matin, le *Journal de Montréal* a promis des rebondissements renversants. Plusieurs personnes ont apporté leur lunch pour ne pas risquer d'être délogées durant les pauses, aussi longues soient-elles.

La Donnelley intrigue depuis le début du procès par son indifférence absolue envers l'inculpation de meurtre au premier degré pesant sur elle. Son attitude énigmatique autant que sa beauté angélique et sa grande classe animent les conversations. Dans les bars comme dans les corridors du palais de justice, on parie sur le verdict des jurés.

D'après le quotidien, le banc des témoins semble fin prêt à recevoir un élément sensationnel pour ouvrir la séance. Selon une rumeur de source sûre, le criminaliste Pierre Lemay, reconnu pour gagner «les causes perdues», s'apprêterait à sortir une «bombe atomique» de sa mallette.

À la poursuite, l'intérêt est électrifiant. Quelle stratégie le procureur de la Couronne adoptera-t-il pour tenter de «désamorcer cette bombe» quelques heures seulement avant son réquisitoire? La légende veut que Me Jean Goyette, criminaliste anciennement à son compte, n'ait jamais perdu une cause depuis plus d'un quart de siècle.

Tous les témoins sont convaincus de l'innocence de Flame Donnelley. Pourtant, aucun d'eux n'est parvenu à infirmer les preuves circonstancielles du tribunal. L'un après l'autre, ils ont incriminé davantage la présumée meurtrière avec leurs dépositions bien intentionnées.

«OUI, Magalia De Grandpré m'a téléphoné à 21 h 30 exactement pour me demander d'accourir», a spécifié le docteur Jérôme Poupart...

«OUI, c'est Flame Donnelley qui a insisté pour que je prenne congé vers 16 h 30», a finalement convenu Suzanne Breton. «Madame De Grandpré était dans son bain à l'étage supérieur. Mais, c'est elle qui...

«OUI, je me suis absentée pendant l'après-midi, laissant seule Madame De Grandpré-Masson avec Flame Donnelley. Mais...

«OUI, a admi Brigitte Lamoureux, hautement froissée par les soupçons planant sur son amie», j'ai vu un petit revolver dans la bourse de Flame Donnelley. Cependant, la...

«OUI, l'accusée m'a demandé à deux reprises de n'en parler à personne. Par contre...

«OUI, a dû répondre Carole, pleurant à chaudes larmes, quand Me Goyette lui a demandé si elle était arrivée environ un quart d'heure après Flame Donnelley à la résidence de Magalia De Grandpré.

«OUI, c'est à 22 h 05 que Flame m'a téléphoné dans ma voiture. Elle était très ébranlée.

«OUI, a sangloté Carole, après une longue hésitation, quand Me Goyette l'a sommée de dire si Mali avait toujours (il a répété: toujours et en toutes circonstances) veillé au bien-être moral et financier de sa filleule adoptive, Pascale Moreau.

«OUI, l'appel de Flame Donnelley est enregistré comme ayant été composé dans la zone de Saint-Jérôme et non dans la zone de Saint-Léon, a confirmé, devant une audience sidérée, le représentant de la compagnie TelBel, sans ajouter des commentaires.

«OUI, j'ai parlé à une personne de sexe féminin pour annoncer à la famille que Jean-Paul Masson se trouvait parmi les victimes de l'écrasement du vol 501 qui faisait la liaison Montréal-Toronto. L'appel pour annoncer la mort de Jean-Paul Masson a été effectué à 15h17. Aucun membre de la famille ne se trouvait à la résidence de Jean-Paul Masson. C'est une nommée Flame Donnelley qui a pris l'appel, selon les registres. Elle s'est présentée à titre d'amie de Magalia De Grandpré ainsi que de Jean-Paul Masson.»

«OUI, les traits de son visage étaient très crispés», a déclaré le médecin urgentologue.

«OUI», «OUI», «OUI»...

Et il y a eu les «NON» susceptibles de l'inculper tout autant:

«NON, selon mon avis d'amie de longue date de Magalia De Grandpré, la décédée ne présentait aucun symptôme apparent d'une personne suicidaire...»

«NON, Pascale Moreau ne s'est pas absentée de ma résidence de Saint-Sauveur depuis environ 16 heures jusqu'à ce que nous arrivions... trop tard chez Magalia De Grandpré.»

«NON, je n'ai vu personne d'autre que Madame Donnelley dans la cour le jour du drame», a dû répéter deux fois Suzanne Breton, «mais...

«NON, je n'ai vu personne dans la maison non plus...

«NON, je n'ai pas reçu de téléphone de CanAir à 15h17. Je me suis absentée de 13h à 16h, j'avais laissé une note à Madame De Grandpré sur la table. Une note qui disait que je serais de retour à 16 heures, mais...»

«NON, j'étais en congé», a attesté le jardinier en charge de la résidence des De Grandpré-Masson. «Je n'ai vu aucune voiture autre que celle de Madame Donnelley depuis la fenêtre du bungalow que j'occupe.»

«NON, je n'ai pas vu Madame Donnelley à la maison de Saint-Léon en soirée. J'étais en congé», avait déclaré la gouvernante Anna Morin lors de l'enquête préliminaire avant de disparaître avec son Freddy.

«NON», «NON», «NON»...

Pourtant, personne ne veut croire que Flame Donnelley sera condamnée pour le meurtre de Magalia De Grandpré. Chacun y va de ses propres commentaires...

— Elle a l'air de ne rien y comprendre elle-même...

— On ne peut nier qu'elle l'aimait.

— Ça prend une bonne raison pour tuer une amie d'enfance.

À 9h10, les membres du jury s'assoient. Comme à chaque début d'audience, leurs regards scrutateurs se dirigent vers l'accusée à l'affût d'une preuve, d'une seule preuve d'innocence favorable. Le moindre doute serait étudié avec enthousiasme. Me Lemay dépose le journal personnel devant le tribunal, appelle Olivier De Grandpré à la barre pour authentifier l'écriture de Magalia et obtient que l'accusée vienne au banc des témoins quand la poursuite aura terminé sa preuve.

Comme dernier témoin, Me Goyette appelle Vivien Lancaster, la jeune intendante chez Flame Donnelley-Duval.

— Un ultime coup de théâtre, commentent les journalistes.

Le visage pâle, Vivien s'avance d'un pas déterminé et trébuche sur la marche séparant la salle d'audience du *box* des témoins. Pour dissimuler son tremblement, elle pose ses mains et ses coudes sur l'appui devant elle.

— Vivien Lancaster, vous êtes à l'emploi de Flame Donnelley depuis plus d'un an? demande Me Goyette.

La voix du procureur lui est familière. Vivien la compare à un écho. L'écho des sympathiques questions de son ami de la bibliothèque et de l'opéra. Sa tension diminue. Elle veut témoigner intelligemment. Impressionner ce «futur beau-père» si célèbre.

Me Goyette la regarde... *Comme si Sébastien me regardait!*

— Vivien Lancaster, pourriez-vous rapporter la conversation que vous avez entendue par mégarde entre votre patronne et son fils Antoine le 12 février dernier?

Pour s'encourager, Vivien imagine Sébastien Dubé, son «professionnel», la félicitant pour son sens judiciaire et sa déposition. Elle reluque l'annulaire de sa main gauche, adresse son témoignage au jury comme le père de Sébastien le lui a indiqué.

Sans aucune hésitation apparente, Vivien rapporte en détail la conversation captée «par mégarde» entre Flame et son fils. Son imagination a travaillé depuis la veille du départ d'Antoine. «La folle du logis» a déformé certains propos dans l'esprit de Vivien, en a suggéré d'autres de son propre cru. Ce qui compose maintenant une déposition stupéfiante.

Au lieu de se révolter, Flame fait la sourde oreille, toujours convaincue que le jury ne peut croire tant de mensonges répugnants.

— [...] Madame Donnelley a carrément encouragé son fils à pratiquer l'inceste avec sa sœur, poursuit la jeune intendante. Cependant, elle lui a recommandé d'être discret vu que la société moderne entretient encore des préjugés et vote des lois que Madame Donnelley considère comme périmées.

Soudain, la jeune fille accélère le rythme de sa déposition afin de tout dire sans être interrompue. Comme si elle voulait modérer l'odieux de son témoignage.

— Ma patronne est une femme remarquable. Très autonome. Elle organise sa vie – et celle des autres si elle le juge nécessaire – sans se soucier des «tabous» de la société.

Me Lemay saute sur ses ergots.

Vivien continue comme si, énervée, elle n'entendait pas l'objection de l'avocat et les paroles du juge:

— Je ne peux nier que Madame Donnelley aimait passionnément Magalia De Grandpré. Elle l'appelait «sa sœur» quand elle parlait à ses chats.

Me Goyette déclare:

— La preuve de la Couronne est terminée!

La défense décide d'appeler nulle autre que la prévenue, elle-même. Celle-ci, sur la recommandation de Me Lemay, a renoncé à son droit au silence.

Me Lemay s'approche du banc des témoins en regardant Flame Donnelley comme si elle était sa fille.

La prévenue, menue dans un tailleur bleu pâle qui fait ressortir l'éclat de ses cheveux rougeoyants, répond impétueusement à la première question de son défenseur: «Non, non, non, je n'ai pas empoisonné Mal... Elle est ma sœur! Je l'aime plus que tout au monde!

Ce cri du cœur semble ébranler les deux seuls membres du jury qui ne paraissaient pas lui être sympathiques.

Son avocat lui fait ensuite expliquer que, lorsqu'elle a quitté la défunte, celle-ci n'avait pas encore appris la nouvelle de la mort de son mari. Et c'est en arrivant chez elle, à Saint-Léon, qu'elle a entendu le message sur son répondeur. Mali lui demandait de revenir en toute hâte à Sainte-Adèle parce qu'elle était en train de mourir.

L'accusée explique qu'elle a donc repris immédiatement le chemin du Nord et en arrivant sur les lieux, elle a découvert le cadavre.

Même s'il redoute le contre-interrogatoire du procureur de la Couronne qui suivra inévitablement, Me Lemay est heureux d'avoir amené Flame dans la boîte aux témoins.

L'assurance d'un renversement complet donne un souffle inédit à sa performance. Quand, face-à-face avec Flame, il accepte de naviguer à ses côtés dans son monde d'émotions, il est impressionné par l'authenticité que son attitude dégage. Au lieu de maudire son inconséquence, il la vit avec elle. À mesure que son interrogatoire progresse, l'avocat perçoit clairement une vague de sympathie du jury envers Flame.

Dieu, elle a pris des cours de lecture rapide. Quatre mille pages!... s'étonne Me Lemay. Les réparties de sa cliente sont d'une cohérence inouïe.

L'avocat poursuit son interrogatoire sans ambages. Chacune de ses questions obtient une réponse plus persuasive que les précédentes. Flame n'avait pas besoin de lire le journal personnel. Elle l'a vécu.

Me Lemay constate que, de toute évidence, l'authenticité de l'affection de Flame pour «sa sœur Mali» est communiquée aux jurés, et impressionne autant le juge Dupras et les spectateurs que les douze personnes qui tiennent sa vie entre leurs mains.

Il possède enfin les armes nécessaires pour prononcer, cet après-midi, un plaidoyer assez puissant pour amener les jurés à l'innocenter. Satisfait, il cède sa cliente aux questions compromettantes de Mᵉ Goyette.

Le procureur de la Couronne se lève alors d'un geste qu'il veut carrément dramatique, et se met à bombarder l'accusée d'une série de questions ravageuses.

Flame Donnelley convient que la décédée n'était pas sujette aux migraines et aux grippes, et que les médicaments pour la migraine dans le coffre-fort de Mali lui appartenaient. Elle explique leur présence dans le coffre-fort par le fait que, s'il lui arrivait d'oublier ses comprimés chez elle, elle pouvait les prendre dans le coffre-fort.

— Coffre-fort dont personne d'autre ne connaissait la combinaison, spécifie le procureur. Et votre petit pistolet, lui demande-t-il encore, il était en état de fonctionner?

Elle ne le nie pas.

— Aviez-vous un permis?

La réponse est négative.

— Et pourquoi craigniez-vous qu'on en parle?

Réponse inaudible cette fois.

Le procureur ne ménage pas ses questions ni ses insinuations. Il continue pendant dix minutes son interrogatoire périlleux.

Finalement, le procureur de la Couronne fait un rappel de l'interrogatoire de la toxicologue Linda Pomerleau.

— Au fait, lui demande-t-il après avoir insisté sur le fait que la dose de poison ingurgité par la décédée avait été admise comme «préparation d'expert» par la toxicologue Pomerleau, vous êtes bien diplômée comme infirmière?

— Oui, répond l'accusée sans autre nuance.

— Et aux examens provinciaux de votre profession, à quel rang vous êtes-vous classée?

— Première, répond sèchement l'accusée qui fait le geste de quitter le *box* prématurément.

Mᵉ Goyette ne l'en empêche pas.

Le témoignage de la gouvernante Vivien Lancaster sur l'inceste qui, à un autre moment, aurait provoqué un scandale à faire grimper les tirages et les cotes d'écoute de tous les médias, se noie dans l'impact créé par les quatre mille feuillets du journal personnel de Magalia De Grandpré.

Les spéculations recommencent cette fois dans un langage différent:

— Le journal personnel renverse tout!

— Me Goyette n'a pas insisté outre mesure, non plus. Ce fin renard ne peut nier l'adoration de la rousse pour Magalia De Grandpré, c'est écrit dans le journal personnel.

— Sa «sœur»!

— Les jurés n'ont pas retenu leur soulagement!

— Elle a offert de lui donner un rein. C'est écrit dans le journal de Magalia De Grandpré.

— Meurtrière, cette femme dévastée?... *Niet!*

Niet pour toute âme qui vive dans la salle RC 40 en ce moment.

Me Goyette s'arrange pour s'éclipser. Il ne veut pas être importuné par les journalistes. Par personne, en fait.

Me Lemay est radieux. Il félicite Flame pour sa performance et s'apprête à la rassurer que son cauchemar achève. Mais il réalise qu'elle n'en éprouve aucun besoin. «Quel cauchemar?» recevrait-il comme réponse. Il s'occupe plutôt de voir à ce que sa cliente ne soit pas trop importunée par les journalistes et par la foule. Il la confie à Antoine, lui montre comment se faufiler hors du palais de justice et lui recommande d'ignorer toute personne autre que sa mère et Elsa.

Puis l'avocat s'apprête à concevoir dans sa tête l'un des plus renversants plaidoyers de sa carrière pour cet après-midi.

À maintes reprises, ses professeurs et ses confrères lui ont suggéré de miser davantage sur son aspect physique. Me Lemay décide d'appliquer ces conseils aujourd'hui. Son plaidoyer déjà très étoffé sera soutenu par une présentation de charme. Le criminaliste exposera au maximum le jeu de son regard, de ses gestes. Enfin, il utilisera les atouts de sa physionomie pour manifester sans ambages sa crédibilité, sa perspicacité et sa lucidité.

Il appuiera sur la balustrade devant les jurés, le porte-étendard de sa défense, complet et ouvert: le journal personnel. Une scène impressionnante prendra forme: le journal, son visage, le haut de sa toge et ses poignets. Il est convaincu qu'en quelques minutes, l'assistance, le juge et tous ceux présents dans la salle d'audience n'existeront plus pour les jurés. Il ne restera que ce tableau dont ils ne pourront détacher leur attention: le charisme et la voix de l'avocat leur présentant Magalia De Grandpré, soutenus par la preuve tangible d'innocence des quatre mille feuillets du journal. Rien d'autre. L'affection et la reconnaissance de Mali pour Flame «sa sœur» éclateront.

«Membres du jury, commencera-t-il, fidèle à son style sans prétention, vous ne pouvez condamner, en vous basant uniquement sur un faisceau de preuves purement circonstancielles et habilement présentées, une femme que plusieurs témoins ont qualifiée de foncièrement philanthrope, une personne que tous les témoins ont reconnue comme une très grande et très sincère amie de la victime.

«Chers jurés, l'accusée ne peut faire la preuve d'aucun alibi, ajoutera-t-il. C'est un fait. Mais comment se préparer à justifier des gestes anodins quand vous ne les avez pas faits avec une intention coupable? Vous ne vous êtes évidemment pas créé d'avance un savant alibi. Par exemple, dira-t-il, si ma cliente avait empoisonné son amie, aurait-elle été assez stupide pour laisser ses comprimés dans le coffre-fort de la défunte quand personne d'autre qu'elle et la morte ne savaient que les comprimés étaient là?»

* * *

Une meute de journalistes bloque le chemin à Me Lemay qui avait pourtant pris soin de s'éclipser par la porte avant du prétoire et d'attendre pour emprunter le petit corridor adjacent. Pour ne pas se déconcentrer, il entre dans la salle des témoins qu'il trouve vide et ferme la porte au nez des gens de la presse. De sa serviette, il sort une minuscule enregistreuse, la pose sur la table.

Pour sa «répétition générale», le criminaliste définit à peu près l'espace qu'il aura à sa disposition dans la salle d'audience pour son plaidoyer. Il s'approche de la table des témoins, simule dans sa tête la balustrade de la cour devant le jury et imagine la double rangée des visages déjà conquis par l'audience de ce matin. Comme il le fera cet après-midi, il ouvre le journal personnel à la première des pages types, dont chaque juré a reçu un exemplaire. Il se racle la gorge. Ses deux poignets appuyés de chaque côté du document incontestable, le criminaliste continue à haute voix, comme s'il était en présence des jurés, «le plaidoyer qui sauvera la Donnelley du bagne».

«[...] Flame Donnelley est indépendante de fortune. Son mari, décédé une semaine avant la mort de Magalia De Grandpré, lui a laissé un généreux héritage. DONC, NOUS NE POUVONS ÉVOQUER LE MOTIF DE L'ARGENT.

«Puis, ajoute-t-il sur un ton toujours pondéré, vous qui détenez la vie de cette bonne personne entre vos mains, souvenez-vous que Flame Donnelley aimait Magalia De Grandpré AU POINT DE METTRE EN DANGER SA PROPRE VIE POUR SAUVER CELLE DE SON AMIE. Et ce, non pas dans un passé lointain, durant son adolescence ou une période d'euphorie. Non. Une centaine d'heures AVANT LE DRAME DU 2 JANVIER.»

Délaissant pour quelques secondes les vingt-quatre yeux devant lui, il accorde un long regard au journal. L'avocat signale la page 3830, laisse le temps aux jurés de repérer le passage et en lit un extrait: «[...] Il y a deux semaines, je suis allée passer de nouveaux examens pour mes reins et le Dr Lyne Gagné nous a fait venir J.P. et moi pour nous avertir que, si je n'avais pas une transplantation rénale, je mourrais. Évidemment, J.P. était renversé. Ne sachant à quel saint se vouer, il en a parlé à Flame, la première personne qui s'est enquise de ma santé. Flame a pris rendez-vous immédiatement avec le Dr Gagné pour lui déclarer qu'elle était prête à me donner un de ses reins. Le médecin a convoqué J.P. et moi pour nous informer de l'offre de Flame. Le docteur a déclaré que Flame Donnelley avait déjà signé pour le don de son rein, après quelques heures de réflexion imposées par le Dr Gagné qui n'a pas voulu accepter son autorisation plus tôt. Quand le médecin a montré la signature de Flame à J.P. [...].»

«Et plus loin», ajoute Me Lemay, le journal personnel toujours appuyé sur la balustrade devant les jurés, entre ses deux poignets immobiles: «Magalia De Grandpré écrit "[...] JE VAIS LAISSER QUELQUE CHOSE À FLAME. QUELQUE CHOSE QUI LUI FASSE PLAISIR. MAIS QUOI? L'ARGENT N'EST

PAS UNE PRIORITÉ POUR ELLE. JE DEVRAI PENSER... JE PEUX MODIFIER LE TESTAMENT À MON GRÉ... JE DOIS ME RENDRE À L'ÉVIDENCE QU'ELLE EST PLUS QU'UNE AMIE POUR MOI. C'EST UNE VÉRITABLE SŒUR." Page 3844.»

Me Lemay laisse au jury le temps de vérifier le texte sur les feuillets détachés mis à leur disposition. Il continue en s'adressant au jury, misant sur les expressions de son visage cette fois: «Le Dr Lyne Gagné a confirmé devant vous ce passage du journal personnel relatant son entretien avec Flame Donnelley. Le Dr Gagné a exprimé son étonnement devant tant de dévotion. Flame Donnelley a autorisé le prélèvement d'un de ses reins pour sauver son amie, dont les jours semblaient comptés, à ce moment-là. NOUS DEVONS EN CONCLURE QU'ELLE NE PEUT PAS L'AVOIR TUÉE POUR QUELQUES SENTIMENTS MALICIEUX. Elle venait de lui donner une preuve d'amour incontestable.»

Puis, sa voix empreinte d'émotion enchaîne: «Pressée de témoigner sa reconnaissance au noble geste de Flame Donnelley, Magalia De Grandpré a officialisé, en faveur de son amie, deux gages de son affection pour elle dans un codicille écrit d'une main qualifiée par des experts de «contrariée mais déterminée». Premier gage: cinq cent mille dollars. Second gage: LA CONFIRMATION DU TITRE DE SŒUR TANT DÉSIRÉ PAR SON AMIE DE TOUJOURS.

«Distingués membres du jury, concède-t-il, les preuves circonstancielles ont été accablantes... Jusqu'à la découverte de ce journal. Jusqu'à ce qu'on lise...» L'avocat jette un coup d'œil pour bien relater les phrases prédominantes... «Jusqu'à ce qu'on lise, écrit de la main de la présumée victime dans son journal personnel: "JE VAIS LAISSER QUELQUE CHOSE À FLAME. QUELQUE CHOSE QUI LUI FASSE VRAIMENT PLAISIR. MAIS QUOI? L'ARGENT N'EST PAS SA PRIORITÉ. JE DEVRAI PENSER À QUELQUE CHOSE DE TRÈS TOUCHANT".»

Les poignets du procureur délaissent la balustrade afin de céder la vedette à son visage charismatique: «Quoi de plus touchant dans le contexte de leur amitié que de placer Flame Donnelley au-dessus de sa filleule adoptive, de la proclamer membre de sa famille autant que Carole, sa sœur naturelle?» demande-t-il, les yeux presque humides.

Pour la première fois, le procureur s'éloigne de la balustrade. Les bras croisés, il fait quelques pas vers Flame, espérant que les jurés le suivront et observeront l'accusée.

Il revient à la balustrade afin de réveiller l'hypothèse du suicide. Il regarde Flame. *Je lui ai promis de ne pas mentionner le suicide.*

«Magalia De Grandpré peut, sous le choc de la mort de son mari, s'être enlevée la vie en utilisant les médicaments de Flame Donnelley, sans réaliser qu'elle provoquerait ce malheureux procès. Vous avez tous lu son journal personnel, vous savez quels étaient les principaux liens qui rattachaient Magalia De Grandpré à la vie: l'amour de son mari, la responsabilité de sa filleule Pascale et son travail», répond-il lui-même.

Il baisse la tête vers le journal personnel. Les poings fermés faisant corps avec le document ouvert, sa voix remplit la salle avant qu'il relève la tête: «Son mari? IL VENAIT DE MOURIR.»

Une pause.

«Sa filleule? ELLE VOULAIT SÉDUIRE SON MARI CE SOIR MÊME. Vous l'avez lu dans le journal personnel. Sa voisine de palier lui avait montré le programme de Pascale Moreau: "Séduction de J.P. 02/01/94".»

Une pause.

«Son travail? ELLE AVAIT PERDU LE CONTRÔLE DU *NOUVELLISTE.*»

Une pause.

Le plaideur lève la tête. Sa conviction de l'innocence de Flame passe dans ses mots et se lit sur son visage. «Avec un tel bilan émotif et seule devant le présent autant que devant l'avenir, sans l'assistance de son ami et médecin, Jérôme Poupart, on doit formuler l'hypothèse d'un suicide. Personne n'est à l'abri d'un moment de désespoir. Personne. Le Dr Donald Morrisseau, psychiatre reconnu, en a convenu dans sa déposition à titre d'expert.»

«[...] Flame Donnelley a déclaré, sous serment, que, dans son message laissé sur le répondeur, Magalia lui a dit qu'elle allait mourir.»

En parlant de l'accusée, l'avocat se tourne vers Flame. Elle le dévisage avec une expression réprobatrice. *Je lui avais promis de ne pas mentionner le suicide!* Le regard de sa cliente lui fait mal. Désolé, il ne tient pas compte de la tristesse dans les yeux pâles et insiste avec une verve irrésistible: «Comment Magalia De Grandpré pouvait-elle savoir qu'elle allait mourir? Pourquoi ne pas avoir appelé IMMÉDIATEMENT Flame Donnelley quand elle a appris la mort de Jean-Paul, si elle ne voulait pas mourir? Pourquoi Magalia De Grandpré a-t-elle attendu une heure après avoir téléphoné au Dr Poupart pour appeler sa meilleure amie, «sa sœur», pour la sauver de la mort?

«[...] Et pourquoi écrire un codicille?» demande-t-il, prenant les jurés à témoin. «Qu'est-ce qui pressait? Pourquoi ne pas attendre le lendemain matin et demander au notaire Tétreault de faire une correction au testament encore chaud? PARCE QUE MAGALIA DE GRANDPRÉ SAVAIT QU'ELLE ALLAIT MOURIR. Et comment le savait-elle? PARCE QU'ELLE S'EST SUICIDÉE.»

Flame est pâle. Me Lemay craint qu'elle perde connaissance et interrompe son plaidoyer. Seule sa grande expérience au tribunal réussit à ne pas affecter l'intensité de ses dernières phrases.

«[...] Flame Donnelley ne peut pas avoir tué Magalia De Grandpré. Le bonheur de Flame Donnelley, tout comme son malheur, reposait sur son désir de rendre la décédée heureuse. Elle se serait suicidée ensuite, si l'on poursuivait l'infâme hypothèse de meurtre.»

Me Lemay avance la tête à l'intérieur du *box* du jury. Son visage et ses poignets de chaque côté du volumineux journal personnel ouvert sur la balustrade, constituent une attitude farouchement authentique.

«Membres du jury, la poursuite a apporté des preuves circonstancielles percutantes justifiant certains doutes à première vue, tellement elles ont été bien manipulées. Mais, tout au long du procès, la poursuite n'a pu évoquer, encore moins prouver, UN SEUL MOTIF qui puisse inciter Flame Donnelley à tuer Magalia De

Grandpré. Au contraire! insiste-t-il, tous les témoins sont d'accord et ce document le confirme: Flame Donnelley aurait donné sa vie pour Magalia De Grandpré. Par amour! La défunte l'a écrit sans aucune équivoque. Et on constate dans le journal personnel que tout allait comme dans le meilleur des mondes entre les deux amies. Alors POURQUOI Flame Donnelley aurait-elle tué Magalia De Grandpré? POURQUOI?»

Me Lemay regarde une dernière fois les membres du jury et répond à sa propre question: «Parce qu'il n'y a AUCUN MOTIF. Des preuves circonstancielles? Autant que l'imagination fertile de mon confrère de la Couronne peut en fabriquer, mais il n'y a AU-CUN MO-TIF.»

Puis, il baisse la tête vers le journal de Magalia De Grandpré.

Soudain confronté dans le monde réel de la salle des témoins, l'avocat interrompt son magnétophone.

«Oui, prévoit-il, plaçant son magnétophone dans sa serviette, une fois peaufiné, ce plaidoyer sera l'un des plus brillants de ma carrière!»

En s'engageant dans le corridor maintenant désert, le criminaliste a une pensée reconnaissante pour le Dr Jérôme Poupart qui lui a révélé l'existence du journal intime salvateur.

* * *

Les médias électroniques traitent l'affaire de «Flame, la suspecte beauté rousse», en manchettes et dans les émissions d'actualité. Les presses du quotidien *La Presse* impriment déjà plusieurs extraits du journal personnel de Magalia De Grandpré, et le *Journal de Montréal* y va avec des titres à faire frissonner les plus indifférents.

Les journalistes ont déjà taillé leurs crayons et se tiennent aussi près que prêts dans les couloirs du palais de justice de Saint-Jérôme pour le plaidoyer et le réquisitoire des deux éminents avocats.

* * *

«[...]AU-CUN MO-TIF» claironne la voix de Me Lemay dans la grande salle des assises du palais.

À l'extrême gauche de la salle, dans la deuxième rangée, Me Lucien Cholette est subjugué par le plaidoyer de son confrère et ami. Il est de ceux qui avaient suggéré à Me Lemay de miser davantage sur son physique. Il se félicite de son conseil.

«DES PREUVES CIRCONSTANCIELLES? AUTANT QUE L'IMAGINATION FERTILE DE MON CONFRÈRE DE LA COURONNE PEUT EN FABRIQUER, MAIS IL N'Y A AU-CUN MO-TIF, répète Me Lemay. AU-CUN MO-TIF. MERCI.»

Manifestement secoués par le *one punch* du procureur et encore envoûtés par la puissance de son verbe cossu, les membres du jury restent rivés au tableau composé par ce visage éloquent, ce document incontestable et ces deux poignets fermes, agrippés à la balustrade.

L'avocat penche la tête sur le journal ouvert; il est vraiment heureux et il sait qu'il vient de renverser le verdict du jury.

Douze paires d'yeux hypnotisés l'accompagnent jusqu'à son fauteuil rouge, devant la longue table parallèle au pupitre du juge Armand Dupras. Les yeux reviennent d'instinct sur Flame qui leur fait face; elle est plus fragile et paraît plus innocente que jamais, assise dans le *box* vitré des accusés et flanquée de deux gardes du corps.

La salle est muette. Le procureur de la Couronne juge même séant de laisser s'écouler quarante secondes avant d'attaquer pour son réquisitoire.

Me Goyette se lève juste assez lentement pour réussir à capter le visage de Flame du coin de l'œil. Tel qu'il l'espérait, ses yeux sont baissés, comme ils l'ont presque toujours été depuis le début du procès, accentuant l'aspect angélique du visage. Satisfait, il se tourne vers le banc du jury et prend le temps d'échanger un regard avec chacun des membres. Le procureur se tient droit, se pare de prestance devant la balustrade, et déclare pompeusement: «Mesdames et Messieurs les jurés, l'accusée Flame Donnelley aimait la victime Magalia De Grandpré PLUS QU'ELLE-MÊME.»

Il réussit sans conteste une pause magistrale.

Le juge s'allonge le cou pour voir le visage du procureur. *Il ne boit jamais, pourtant. Jamais!*

«Mesdames et Messieurs les jurés, répète-t-il, adoptant une voix patriarcale, j'aimerais que vous regardiez l'accusée.» Superstitieux, Me Goyette touche le bois de la rampe et souhaite ardemment que les yeux de Flame, qui devraient être encore baissés, se lèvent. Il souhaite qu'une expression débonnaire se dessine à travers sa peur de traumatiser Elsa en ce moment crucial. Par-dessus tout, il souhaite que son inconséquence se traduise par une tenue racée et un sang-froid extraordinaire.

Le procureur se retourne pour vérifier si le tableau est tel qu'il l'a imaginé. Il a vu juste.

«Mesdames et Messieurs du jury, demande-t-il encore plus solennel, que voyez-vous dans les yeux et l'attitude de l'accusée?» Son expression patriarcale ne délaissant pas son visage, l'avocat répond: «De la bonté.»

Devinant presque l'approbation des douze jurés devant lui, il poursuit: «Pourquoi Flame Donnelley a-t-elle l'air bonne?... Parce qu'elle EST bonne. Bonne, aimante et... au-da-ci-eu-se. À la veille d'un verdict de condamnation, son sang-froid nous fait frissonner. Aucune trace de mesquinerie ou d'ambition inassouvie sur le visage non plus. Aucune. Flame Donnelley pourrait incarner l'ange de l'amour.»

Les dents de Pascale se mettent à claquer. Me Lemay toussotte sans contrôle. La salle grommelle. Le huissier-audiencier se prépare à intervenir sévèrement tandis que la stupéfaction du juge Dupras passe dans sa rengaine: *Il ne boit jamais, pourtant!*

Seule Flame ne change pas d'expression.

«TOUS les témoins qui ont comparu devant vous, poursuit Me Goyette, sont tombés d'accord quant à la personnalité de Flame Donnelley et à son affection désintéressée pour Magalia De Grandpré.» Le procureur énumère en comptant sur ses doigts: «Elle sait aimer comme peu de personnes en sont capables... Elle est une mère exemplaire... une épouse dévouée... une philanthrope innée... elle situe l'amour et l'amitié au-dessus de tout, *et caetera, ET-CAE-TE-RA...*

«Sans ignorer, évidemment, le journal personnel de la victime déposé devant le tribunal et commenté devant vous ce matin, insiste le procureur de la Couronne. Un franc hommage à l'affection de Flame Donnelley pour Magalia De Grandpré.

«Flame, continue-t-il en laissant tomber Donnelley pour rendre la cause plus intime, aimait Magalia PASSIONNÉMENT. Elle l'aime encore.»

Me Goyette observe un court silence et reprend: «Plusieurs témoins ont déclaré que Flame ne pouvait supporter que Mali soit malheureuse. DE SON PROPRE AVEU, Flame était très nerveuse quand Magalia se trouvait LÉGÈREMENT contrariée. Nous sommes tous d'accord que la grande préoccupation de Flame depuis son adolescence a toujours été le bonheur de Magalia. Jusqu'à en être nerveuse en sa présence. Sympathique! Touchant!»

Me Goyette ne quitte pas le jury des yeux et poursuit son réquisitoire grandiloquent, avec une insistance calculée sur les mots moins plaisants.

«Ce qui explique, hélas, qu'en apprenant la mort de Jean-Paul Masson, Flame Donnelley ait choisi sur l'heure de mettre de côté le désir qu'elle avait entretenu durant sa vie, au fond de son cœur: rendre Mali heureuse ELLE-MÊME. Flame Donnelley a conclu que c'était impossible. FLAME a DÉCIDÉ que, sans son mari, Magalia De Grandpré ne serait plus jamais la joyeuse compagne pleine de vie et de charme que tout le monde adulait. FLAME a DÉCIDÉ que Mali RISQUAIT de souffrir tout le reste de sa vie... FLAME a DÉCIDÉ que Magalia préférait mourir plutôt que de continuer à vivre sans son mari.

«ALORS, ELLE L'A TUÉE. ELLE L'A TUÉE TOUT SIMPLEMENT. Flame a tué Magalia par amour!... MAIS ELLE L'A TUÉE!»

Me Goyette sent qu'il a franchi le pont.

Jusqu'ici, il avait pris soin de ne pas s'approcher de Flame, craignant que la physionomie attendrissante de l'accusée se trouve fragilisée par l'imposante stature et l'assurance de l'accusateur. Maintenant qu'il doit frapper le grand coup, il s'avance vers elle. Il sait, pour les avoir étudiées depuis sa première rencontre, que ses yeux verts vont cracher des éclairs de mépris sur lui, renforçant ainsi l'impact final de son réquisitoire.

«Ce crime, dit-il en transportant le regard des jurés vers Flame, ce crime dont les motifs vacillent entre l'immolation et le besoin de décider pour l'autre, est un meurtre au premier degré.»

Me Goyette se tait. Le silence du prétoire est atterrant.

Le procureur feuillette une tranche du journal personnel et spécifie:

«Certains passages du journal de Magalia De Grandpré démontrent clairement que Flame Donnelley était heureuse à condition que Magalia soit heureuse et en santé.

«À la page 3200, par exemple, la victime a écrit: "Flame ne peut pas venir, elle est très malade elle aussi." À la page 3500, Flame m'a dit: "Tu appelles toujours au bon moment. Quand je n'en peux plus, tu arrives avec un médicament." Et la victime fait une remarque.»

Me Goyette élève un peu la voix: «Écoutez bien, Mesdames et Messieurs les jurés, et entendez ce que la victime écrit: "J'AIMERAIS POUVOIR DIRE LA MÊME CHOSE EN CE QUI ME CONCERNE. QUAND JE SUIS MALADE OU MALHEUREUSE, JE TOMBE TOUJOURS SUR UNE MALADIE DE FLAME. ON JURERAIT QUE FLAME NE PEUT SOUFFRIR DE ME VOIR SOUFFRIR." Et plus loin, à la page 3621, la victime écrit: "Aujourd'hui, le ton de Flame était agressif, je lui ai demandé si elle était fâchée, elle m'a répondu: 'Non, non, non! Je ne suis jamais fâchée contre toi, ça me brise de te voir malade, je peste contre la maladie'." La victime écrit: "Si Flame savait comme toute agressivité me fait mal quand je suis malade. Dans ces moments-là, j'apprécierais son amitié et ses gâteries. Mais sur ce point, JE NE SUIS PAS CHANCEUSE".»

Une pause.

«Et pour finir, dit le procureur en pointant le journal personnel, le lendemain, à la page 3630, la victime écrit: "Aujourd'hui, Flame m'a appelée pour s'excuser du ton agressif qu'elle a pris hier, elle m'a expliqué que lorsqu'elle me sait malade, elle prie pour que ce soit elle qui tombe malade à ma place. Je lui ai dit 'Tu pries encore?', elle m'a répondu 'Oui, seulement la Sainte Vierge. Je lui demande de te protéger contre la maladie et les grands malheurs, parce que..." Écoutez bien, mesdames et messieurs les jurés... "PARCE QU'AUTREMENT JE PERDRAIS L'ESPRIT QUAND JE TE VERRAIS MALADE'." «JE PER-DRAIS L'ESPRIT», répète très lentement le procureur.

Me Goyette ferme le journal personnel et va le déposer sur la table. Puis il reprend:

«Flame Donnelley n'a jamais pu supporter de voir Magalia De Grandpré dans le chagrin, si léger soit-il. Il va de soi qu'elle est devenue LÂCHE en apprenant le plus grand des malheurs de son amie. LÂCHE quand elle, Flame Donnelley, a DÉCIDÉ que Magalia n'aurait pas la force morale de se relever du deuil de son mari. LÂCHE surtout, quand elle a réalisé que elle, Flame Donnelley, ne pourrait endurer de voir Magalia malheureuse. Si LÂCHE qu'après avoir reçu l'appel annonçant la mort de Jean-Paul Masson, elle n'a pas pris le risque d'être là quand Magalia allait, à son tour, apprendre la mort de Jean-Paul. SI LÂCHE QU'ELLE L'A TUÉE ET S'EST SAUVÉE!»

Le procureur revient près des jurés, agrippe la balustrade, s'adresse à eux sur un ton de confidence.

«Si elle était vivante, Magalia De Grandpré serait une femme heureuse et très adulée en ce moment, tout en continuant de vénérer le souvenir de son J.P.»

Me Goyette va chercher le journal personnel et lit en reprenant sa place devant les jurés: «Page 3780: "Plus je prends de la maturité, plus j'attache de l'importance aux souvenirs, je suis en train de me monter une banque de bons souvenirs pour les mauvais jours. Si J.P. venait à mourir, je vivrais des souvenirs enfouis dans ma banque et peut-être que ce serait plus supportable que je ne l'imagine".»

L'avocat se tait.

Après quelques secondes, Me Goyette promène un regard triste du jury à Flame et de Flame au jury. Sa voix baisse d'un ton. «Si elle était vivante, Magalia De Grandpré dirait merci aujourd'hui à son amie, l'accusée, qu'elle considérait comme sa sœur, merci pour avoir résisté à la tentation de la tuer.»

Me Goyette abandonne vivement la balustrade et va chercher sur la table un cadre présentant une photo couleurs de Magalia resplendissante, trophée de «L'OISEAU-ANNONCEUR» en main, belle et rayonnante de sérénité. Il se dirige vers les jurés, sa voix descendant d'un octave, il leur confie, insufflant quelques trémolos émouvants dans la voix et pointant la photo d'un doigt nerveux : « Mesdames et Messieurs les jurés, voici Magalia De Grandpré deux mois avant que Flame Donnelley décide qu'il n'y avait plus de possibilité de bonheur pour elle sur cette terre. C'est cette femme dans toute sa splendeur que Magalia De Grandpré serait encore aujourd'hui... SI ELLE ÉTAIT VIVANTE. »

Puis sa voix basse va crescendo pour arriver à des accents épouvantables d'indignation : « Mais Magalia De Grandpré ne vit plus PARCE QU'ELLE A EU LA MAUVAISE FORTUNE D'ÊTRE ASSISTÉE PAR FLAME DONNELLEY QUAND SON MARI EST MORT. FLAME A DÉCIDÉ POUR MAGALIA. BANG ! »

Bang ! Comme dans un geste d'emportement involontaire, Me Goyette laisse choir le cadre par terre, et la vitre, très mince, éclate en morceaux.

Flame sursaute, essaie de voir le visage de Mali par terre sans y parvenir. Puis elle foudroie Me Goyette de son regard meurtrier tel que décrit par Pascale. Le procureur observe son assistant qui, par signe, lui indique la réaction de Flame.

« La loi que vous avez à appliquer ne peut admettre le meurtre d'une femme de quarante ans en pleine santé, une survivante, quand cette loi interdit de tuer une dame de cent ans, mourante, sans argent, sans famille, sans espoir de jours meilleurs, ou encore de mettre fin à l'agonie morale et physique d'un accidenté, paralysé pour le reste de sa vie. »

L'avocat s'écarte du banc du jury ; il dévisage sévèrement le portrait fracassé. Son silence laisse le temps aux jurés d'imaginer le climat de la scène du meurtre reconstituée par le resplendissant visage fracassé, gisant sur le sol. Automatiquement, les douze paires d'yeux suivent le regard de Me Goyette jusqu'à ce sourire figé pour l'éternité. Arborant une expression scandalisée, le procureur reprend doucement : « Le déroulement de ce procès nous a permis de découvrir le motif du meurtre de la propriétaire du *Nouvelliste* : FLAME A TUÉ MAGALIA POUR S'ÉPARGNER LE RISQUE DE LA VOIR SOUFFRIR. Flame Donnelley avait-elle le droit de tuer Magalia De Grandpré parce qu'elle, Flame Donnelley, ne pouvait envisager l'avenir de Magalia De Grandpré sans le bonheur qu'ELLE, Flame Donnelley, définissait comme PARFAIT POUR Magalia De Grandpré?

«Pourtant, Mesdames et Messieurs les jurés, Magalia De Grandpré jouissait d'une santé florissante et d'une capacité remarquable d'être heureuse.»

L'avocat explique, consterné: «Les croyances de Magalia De Grandpré condamnaient l'atteinte à la vie. Pas question de suicide. Malheureusement, nous avons vu au cours des dépositions que Flame Donnelley défie, sans scrupule aucun, les règles de la société. Les règles de TOUTE société.»

Me Goyette fait une pause, s'avance lentement près des jurés, les englobe tous à la fois de ses yeux hypnotiseurs.

«Mesdames et Messieurs les jurés, au moment de l'ultime décision, si l'un d'entre vous hésite à condamner Flame Donnelley pour meurtre au premier degré, demandez-vous ceci: une mère qui exhorte son fils à pratiquer l'inceste AVEC SA PROPRE FILLE DE SEIZE ANS POUR S'ÉVITER LE RISQUE DE LE VOIR SOUFFRIR À CAUSE D'UN BÉGUIN PASSAGER, hésitera-t-elle à préméditer en quelques heures le meurtre de "L'AMOUR DE SA VIE" POUR S'ÉVITER LE RISQUE DE LA VOIR MALHEUREUSE LE RESTE DE SES JOURS?»

* * *

Durant la fin de semaine des délibérations, Antoine, Elsa et Jackie répriment leur inquiétude, craignant que leurs funestes pressentiments soient confirmés. Ils se relaient pour entourer Flame de leur affection. Quitte à inventer des maux et des problèmes à régler dans le but de retenir son attention loin de l'anxiété du verdict final. Pourtant, l'accusée apprécierait pouvoir lire le journal de Mali dans la tranquillité de sa chambre. Selon elle, cette déplorable histoire va se terminer lundi.

Dès le début de leur promenade dominicale, Flame rapporte à Antoine:

— Je n'ai pas vu Carole au *Nouvelliste*, vendredi soir.

Elle émiette un quignon de pain pour les oiseaux.

287

— Les salauds ont appelé une réunion du conseil d'administration vendredi après-midi. Immédiatement après... Ils savaient que tu ne serais pas là, répond Antoine, en fragmentant son pain lui aussi.

— Oui, j'ai reçu la convocation, mais la réunion est close, on est dimanche. Carole ne m'a pas téléphoné, elle n'est pas venue. Elle n'est peut-être pas bien.

Antoine ne sait trop comment apprendre la nouvelle à sa mère. Il suit des yeux la source qui coule le long du chemin et donne un coup de pied sur des rocailles dispersées.

— Ils veulent acheter les parts de la succession De Grandpré avant l'échéancier. Avec une prime, finit-il par expliquer.

— *Oh, dear!* Ils n'ont pas le droit. Mali m'a laissé toutes ses voix au conseil.

Antoine ne répond rien. Il sait que Flame va réaliser que ce que Mali a légué est gelé. Elle n'a qu'une voix au conseil, celle des parts qu'elle possédait avant la mort de Mali. Et la famille De Grandpré est pressée de récupérer l'argent du *Nouvelliste*.

— Carole a mal pris ça, ajoute Antoine.

Flame le questionne d'un mouvement sec de la tête.

— Elle va venir te voir aussitôt que possible, continue Antoine sans la regarder. J'en suis sûr. Les De Grandpré ont des opinions partagées. Olivier, pour sa part, a exigé de remettre l'assemblée. Il a été très ferme. Rien ne peut s'accomplir avant que tu sois disculpée.

Antoine a envie de vomir. Il voudrait croire que sa mère sera innocentée, mais... D'un geste dégoûté, il jette la provision de pain qu'il avait apportée pour les oiseaux. Puis, il passe son bras autour des épaules de Flame. Celle-ci pose sa tête contre lui.

— Comment expliquer que Carole ne m'ait pas appelée? demande Flame d'une voix lasse et regardant le fleuve qui coule à travers la forêt encore blanche.

— Je pense que Franco ne l'aide pas tellement. Il avait pris un verre et s'est rangé du côté d'Informatique 2000 au cours des discussions entre la famille De Grandpré et l'intérim, une fois l'assemblée terminée, lui apprend Antoine.

Flame s'arrête de marcher et se détache de l'épaule d'Antoine.

— La crapule! La crapule! La crapule! Mais que faisait-il là?

— Il est allé rejoindre Carole.

— Comment a-t-il pu l'injurier de la sorte, s'indigne-t-elle. Ivre ou à jeun... Je m'imagine à quel point Carole peut souffrir. Son propre mari. Elle, si loyale!

Flame ne comprend plus le comportement de Franco depuis la mort de Mali.

* * *

Les jurés reprennent leur place respective pour la dernière fois. Ils scrutent le visage de Flame pour la dernière fois. Ils sont troublés pour la dernière fois.

Les délibérations ont duré trois jours.

Tout autour de la salle RC 40, on se tait ou on parle bas sans en avoir été intimés; retenus dans le corridor bondé de curieux, les photographes sont agglutinés contre la porte RC 40, exaspérante de discrétion. On dirait même que la curiosité des journalistes l'emporte sur leur nerveuse chasse au scoop.

À l'intérieur de la Cour, c'est le silence intégral.

Le président du jury se lève. Il n'a pas l'habitude de parler en public. Comme ses pairs, l'épuisement des soixante heures de délibération ont laissé des sillons sur son visage. Un papier tremble dans sa main.

— [...] coupable de meurtre au premier degré.

Photographes et journalistes se ruent sur Flame qui n'entend rien, ne voit rien, ne sent rien. Mᵉ Lemay a le goût de tirer sur le sourire en coin de Jean Goyette; Antoine essaie de se frayer un chemin jusqu'à sa mère, serrant Elsa dans ses bras d'une façon aussi paternelle que l'aurait été celle d'Émile. Toute la famille De Grandpré reste là, stupéfiée.

La désapprobation et les reproches de la foule adressés au procureur amplifient la victoire foudroyante de Pascale et du procureur Goyette. Tous deux arborent un air de satisfaction mal camouflé. La Cour, bondée de curieux sympathisant avec Flame, est trop petite au goût de Pascale qui voudrait être vue du monde entier. Et quand Me Goyette passe près d'elle, seule la perspective d'être rejetée par les De Grandpré étouffe son expression glorieuse. Alors qu'elle parade à ses côtés, la triomphante rivale présente un visage censuré au neutre. Dans son for intérieur, elle jouit en voyant les mines contrites de Carole, de Raymond et d'Olivier. L'ingrate cousine ne daigne pas saluer Charles qui lui quémande, les yeux pleins d'amour, un petit clin d'œil discret de reconnaissance. Pascale se répète et répète encore: *Vingt-cinq ans de placard!... Vingt-cinq ans hors de mon chemin dans la famille. Quel printemps magnifique!*

* * *

Pascale a insisté pour que «son» avocat vienne saluer «leur exploit» d'une coupe de champagne, en s'arrêtant chez elle pour clore LEUR journée.

Elle avait commencé son complot triomphant chez Jérôme le 2 janvier 1994 avec une mise en scène gagnante. Elle veut maintenant couronner ce complot avec Jean Goyette avec la même mise en scène: angora blanc, champagne, chandelles, chorégraphie, etc.

— Vous auriez pu faire au moins un petit clin d'œil à votre cousin Charles, lui reproche Me Goyette en entrant chez sa précieuse informatrice.

— Je l'ai dorloté suffisamment jusqu'au verdict, je n'avais pas le goût de «niaiser» une seconde de plus, répond-elle, en lui présentant une fine coupe ciselée de Dom Pérignon.

— C'est une mesquinerie trop flagrante, Pascale. Vous savez, la mesquinerie non masquée coûte cher parfois. Il faut la cacher. Toujours. Conseil d'un expert.

Ce qu'il peut être imposant! La victoire lui remplit sûrement les couilles!

— Je vais arranger ça, il y va de mon statut dans la famille, dit-elle en descendant son index bien verni sur la mèche de cheveux longeant sa peau basanée dans l'encolure de son cou...

— Ne tardez pas. Vous l'avez blessé, votre Charlot. Pendant que les journalistes m'assaillaient cet après-midi, j'ai observé sa physionomie par hasard. Ne tardez pas, je le répète.

— D'accord, cher maître, mais pas aujourd'hui. Pas ce soir, insiste-t-elle, câline.

Le solo de SA *Rhapsodie* remplira son appartement dans quelques secondes, ce n'est guère le temps de discuter de Charles. La glorieuse séductrice tire sur le mystérieux cordon de son chandail magique en angora blanc. Le réseau de fils vaporise sa peau d'un parfum aphrodisiaque, lentement, progressivement.

Alors, c'est le jeu du chandail qui recommence. Le cou... les épaules... le sein droit...

Jean Goyette s'arrête, extasié, les yeux en transe. Ignorant les splendides seins presque nus de Pascale, il s'exclame :

— Cet arrangement de la *Rhapsodie hongroise nº 2* de Liszt est un chef-d'œuvre. Au saxophone ! Génial ! Je n'ai pas cette version. De qui est-ce ?

Pascale fulmine de colère devant si peu de galanterie. Aussi précieuse que les femmes savantes de Molière, elle prend sa revanche :

— C'est l'un de mes arrangements.

Jean Goyette laisse tomber sa coupe de champagne sur le tapis.

— Ce que tu peux être *sexy* ! Les notes me remuent les entrailles, dit-il en saisissant Pascale violemment, sans égard pour la mèche de cheveux, les ongles rouges en évidence, et le chandail angora blanc qui décampent *presto*, remplacés par la bouche violente et par le corps effrontément brutal de Goooyyyeeettte.

— Ah ! ce Liszt ! ricane Pascale.

19

Antoine descend de la BMW de Flame et longe le stationnement en demi-lune qui le conduit vers la porte grise de la Maison Tanguay. Le fait que la nouvelle demeure de sa mère ressemble à un collège d'époque atténue un peu le choc d'être confronté avec une bâtisse à cellules et à cachots. Par contre, lorsqu'il approche cette sinistre maison, son cœur en miettes supporte mal la prison de Bordeaux, à l'arrière-plan. Il lui semble que sa lugubre coupole constitue une abominable identification de la Maison Tanguay.

Au parloir, en signant la feuille d'entrée des visiteurs, il se juge hideux de ressentir une fierté de chef de famille dans de pareilles circonstances. Comment peut-il être assez ignoble pour éprouver un soupçon d'enthousiasme parce qu'il est celui que sa mère veut voir avant son avocat, alors qu'elle est au bagne pour la vie?

Les traces de sa joie égoïste et de sa culpabilité disparaissent vite quand il aperçoit à travers une fenêtre impersonnelle fichée de six micros, sa mère, cette femme adorée. Comme il souhaiterait la prendre dans ses bras!

Il reste assis sur l'un des petits bancs rigides, ses coudes retenus par un appuie-bras commun, devant la vitre aussi longue que le local rectangulaire, d'un beige négligé.

Antoine voudrait tellement renverser les rôles! Être celui qui rassure, celui qui donne l'impression de bien s'accommoder de cette prison en attendant d'en sortir.

Il regarde la prisonnière. Il doit engager tout de suite une conversation pratique et, surtout, ne pas pleurer près de sa mère dont les yeux restent secs.

— Nous allons en appel, dit-il. Je m'en occupe et je vais te sortir d'ici.

— En appel, comment? demande Flame faisant semblant de se montrer intéressée.

— Me Lemay m'a demandé de retrouver Anna pour qu'elle parle de la cassette qui était dans le répondeur lors du vol. Il a appris l'existence de cet élément de preuve trop tard. Je m'en occupe déjà. Tu vas sortir d'ici.

Antoine se répète, parle vite, bégaie. Tout, plutôt que d'étaler ses doutes.

— Le répondeur a été volé. Pourquoi voulez-vous rejoindre Anna? s'étonne Flame.

— Me Lemay trouve ce cambriolage louche. Le répondeur a disparu... avec la cassette évidemment.

Antoine réprime une allusion à l'indifférence de sa mère durant le procès. Si elle avait mentionné la cassette à son avocat...

— J'aurais dû l'enlever tout de suite. Je regrette mon inconséquence. Tu n'as jamais retrouvé le coffret mauve dont je t'ai parlé?

— Non. Nous avons fouillé tous les recoins de la maison. Qu'y avait-il dans ce coffret mauve?

— Des cassettes de conversations importantes. Me Lemay a raison. C'est louche. Seule Anna savait que je conservais des cassettes, même Sophie n'était pas au courant. Je ne comprends pas. Le dernier message de Mali n'était pas dans ce coffret, mais combien d'autres cassettes auraient pu m'aider! La dernière fois, le coffret était rangé dans le tiroir du meuble Louis XVI face aux deux fauteuils *Old English* dans le coin en saillie du salon.

— Me Lemay ne s'explique pas qu'Anna Morin soit partie sans laisser de traces. Elle avait l'air heureuse avec toi.

— Oui, mais je dois admettre que je ne l'ai pas retenue. Je ne voulais rien ni personne me rappelant la vie à Saint-Léon. De toute façon, après qu'elle eut rencontré son Freddy en Floride, elle l'aurait suivi aux antipodes.

— Me Lemay soupçonne une relation entre le cambriolage et son départ. Y a-t-il autre chose dont tu te souviennes?

— Je ne peux pas l'avoir tuée, dit Flame, la voix un peu brumeuse.

— Nous le savons tous. Il faut seulement le prouver. Me Lemay travaille très fort pour toi. Il semble encaisser ça comme un échec personnel.

— Antoine...

— Oui, *mommy dearest?*

— Comment va Elsa? Elle était très pâle hier à la cour.

— Affligée, évidemment, mais elle se porte bien dans les circonstances. Je m'occupe beaucoup d'elle, sois tranquille.

— Est-ce que je peux compter sur toi, Antoine?

— Je te le jure, je remplacerai Émile. Et surtout, ne crains rien pour mes sentiments. J'ai bien réfléchi, tu sais. Ce drame m'a fait mûrir et m'incite à voir Elsa d'un œil différent.

Antoine a peur d'éclater en sanglots. Comme il voudrait prendre la place de sa mère!

— Vois-tu, dit Flame, il y a ce garçon avec qui je travaille souvent dans mon laboratoire. Je t'ai déjà parlé de lui. Michel.

— Oui, je sais. Je me rappelle très bien. Je devais lui ouvrir le chemin pour Elsa.

La plaisanterie d'Antoine sombre dans l'embarras.

— Peux-tu lui demander de venir me voir?

Antoine ne sait comment expliquer à Flame que le parloir est permis aux membres de la proche famille exclusivement, jusqu'à l'approbation de la liste des visiteurs désirant voir la prisonnière.

— Oui, je lui dirai que tu souhaites le voir, il ne demande que ça. Il est venu me retrouver à la sortie du palais de justice. Tu veux que j'oriente les sentiments d'Elsa vers lui, n'est-ce pas?

— Oui! Est-ce trop te demander?

— Rien n'est trop beau pour t'apporter un peu de tranquillité.

— Antoine, il faut que tu retournes à tes études, tu ne peux perdre ta vie à t'occuper de moi.

— Je m'arrangerai avec ma vie après, quand on aura sauvé la tienne. Lorsque tante Jackie sera remise de son opération, je retournerai à New York. Elle pourra veiller sur Elsa. Mais tous les weekends, je prendrai l'avion pour venir te voir et je resterai en contact avec les avocats pendant la semaine.

— Je m'inquiète pour les vacances d'été d'Elsa.

— Tu ne seras plus ici en mai. Maman... tu vas me laisser me venger de Pascale?

— Pascale sera punie. Par toi ou par moi, mais sois convaincu qu'elle va payer très cher. Au-delà de ce que tu imagines.

— Quand? Dès cette année?

— Probablement. J'ai toujours ta promesse d'attendre?

— Oui, si j'ai ta parole qu'elle sera punie.

Flame reste silencieuse. Puis elle demande:

— Antoine, as-tu vu ton père? Je serais plus tranquille si tu avais son appui.

— Il était à la Cour. Il pleurait, répond Antoine les yeux rivés sur la table.

* * *

Michel fait piètre figure dans le parloir de la prison, s'abstenant de remarquer les murs ternes et dégarnis à travers ses lunettes embuées par les larmes. Flame a réclamé sa présence. Il était en tête de liste des amis-visiteurs approuvés par la Maison Tanguay: le bonheur ultime pour lui si sa bien-aimée séjournait ailleurs que dans une maison pour criminelles...

La prisonnière franchit la porte et Michel n'a pas encore trouvé les mots dont il aura besoin pour briser la glace. Flame s'approche, manque son banc, reprend son équilibre et s'assoit sans le regarder.

— C'est un changement de décor, n'est-ce pas, Michel? murmure-t-elle, les yeux toujours baissés.

— Antoine m'a dit que vous alliez sortir vite, répond-il, soulagé d'avoir passé le début de cette scène insoutenable.

— On s'efforce de trouver de nouvelles preuves. Comment aurais-je pu m'imaginer que Pascale continuerait une fois tout concédé? J'ai trop négligé la cause. Vois-tu, cette histoire m'apparaissait totalement invraisemblable. Maintenant...

— Y a-t-il quelque chose que je puisse faire? N'importe quoi.

Flame hésite. Quelle belle occasion de répondre à sa question. Est-ce trop tôt? Non. Il le faut!

— Je meurs d'inquiétude pour Elsa, ma fille.

Humiliée et gênée, elle n'arrive pas à laisser Michel découvrir ses yeux rougis.

— En quoi pourrais-je l'aider?

— Antoine veille sur elle, mais c'est son frère... Elsa est très gentille, intelligente, intéressante... Elle n'a que seize ans, mais elle a la maturité d'une personne de vingt ans...

— Vous aimeriez que je m'en occupe?

— Oui, j'aimerais que tu t'en occupes. Elle est très bien, tu sais. Très jolie aussi.

Michel voudrait lui déclarer «pas autant que vous», mais il répond:

— Elle serait un laideron que je la sortirais tous les soirs si vous me le demandiez. Flame, continue-t-il, laissant sa gêne de côté, je voudrais que vous sachiez que je ferais n'importe quoi pour vous. N'importe quoi. Le laboratoire m'intéresse beaucoup, mais je pourrais utiliser le mien, chez moi, vous savez. Comprenez-vous?

— Un peu. Tu veux dire que tu aimes travailler avec moi, j'imagine.

Flame lève enfin les yeux vers son visiteur attentif au moindre de ses désirs. Elle ignore le reste de la pièce.

— Plus que ça, énormément plus que ça, dit-il, je voudrais... je voudrais vous épouser un jour. Depuis la première fois que je vous ai vue, je rêve de vous. Je sais que vous ne resterez pas ici longtemps, mais je suis prêt à vous attendre tant qu'il le faudra.

Le jeune chercheur ne sait pas où il a pris l'audace de lui déclarer son amour, mais il est très soulagé d'avoir enfin exprimé ses sentiments.

— Quel âge penses-tu que j'ai, Michel?

— Peu importe l'âge, je... vous aime. Je pense à vous continuellement.

— C'est gentil, mais c'est une passade. Vois-tu, il faudrait peut-être commencer par me considérer comme ta mère.

— Comme ma mère, vous? Vous avez l'air plus jeune que moi.

— Alors, pourquoi me vouvoies-tu? Vraiment Michel, je suis flattée, mais il faut être réaliste.

— J'ai presque trente ans. Un tas de personnes se marient avec dix ou vingt ans de différence. C'est très fréquent.

— Pas nous. J'ai trop vécu pour cela, Michel. Tu ne pourrais me rejoindre. Vois-tu, ce n'est pas que je suis contre les mariages entre personnes d'âges non conventionnels, mais pas nous.

— Flame, j'ai vécu moi aussi. J'ai été brisé en mille miettes, moi aussi. Je n'espère plus le grand amour, moi non plus. Mais nous pourrions vivre une nouvelle relation ensemble, un jour. Un bonheur paisible, joyeux, l'un désirant la sérénité de l'autre... Tu es capable de vivre cela.

— Nous pourrons rester de bons amis. J'ai besoin d'un ami, Michel. Je n'ai pas besoin d'un amoureux. Elsa a besoin d'amour.

— Je suis d'accord pour continuer comme avant si c'est ça que tu veux dire, la rassure-t-il, amèrement déçu.

— Oui. Deux bons amis, répète-t-elle, le cœur en charpie.

Elle lui sourit. Michel ne reconnaît pas l'expression du visage de la femme désirable qui décore ses rêves. Il lui sourit à son tour. Flame ne reconnaît pas l'expression du visage de son compagnon de laboratoire.

— J'ai une grande considération pour toi, affirme-t-elle. Tant de considération que je suis prête à te confier ma fille. En dépit du risque de la voir s'attacher à toi, car je la trouve trop jeune pour tomber amoureuse.

— Je saurais bien contrôler son béguin tout en la protégeant si cela arrivait. À cet âge-là, l'amour est frivole.

— Je connais ta loyauté et tes principes. Je crois que tu n'abuseras pas de la situation. Vois-tu, Michel, je suis désespérée quand je pense à Elsa. Elle a perdu son père, je ne suis pas là, Antoine est occupé à me sortir d'ici...

Flame éclate en sanglots.

— Michel, il faut m'excuser... cette approche est abominable, mais je suis complètement incapable de trouver mieux. Je me sens tellement coupable de laisser Elsa toute seule dans la vie. J'ai tant rêvé pour son avenir et je l'ai probablement gâché par mon inconséquence. Je regrette de ne m'être pas défendue, mais si tu savais! Je n'étais pas là. Pas là!

— Je sais, Flame. Je comprends plus que tu ne peux l'imaginer. Je t'aime. Et parce que je t'aime, je vais t'enlever ce fardeau. Je m'occupe d'Elsa dès aujourd'hui. J'ai une sœur qui a seize ans aussi. Elles vont bien s'entendre.

— Elle est spéciale et tellement éprouvée.

— Si elle s'attache trop à moi, je ne la laisserai jamais tomber. C'est ça que tu me demandes, n'est-ce pas? Tu voudrais que je la distraie au point qu'elle s'accroche à moi pour adoucir sa douleur? Tu voudrais que je te remplace?

Flame n'ose regarder Michel. Elle a honte de ce qu'elle fait. Elle souffre de laisser partir son admirateur. Elle voudrait garder cette affection pour elle, c'est la seule relation sentimentale qu'elle s'est permise de cultiver depuis la mort de Mali. Il a toujours été là depuis sa mort. Elle ne l'aime pas d'amour, son cœur n'est pas prêt pour l'amour. «Il ne le sera jamais», se dit-elle, mais elle éprouve un besoin si intense de l'admiration et de la vénération de Michel.

— Elsa est ma copie conforme. Un jour, avec elle, tu pourrais peut-être avoir ta chance. Avec moi, il n'y a pas d'espoir.

En prononçant une phrase aussi catégorique, Flame sent quelque chose se briser en elle... Mali... c'était si beau! Sa vie... finie. *Où puise-t-on l'énergie de croire que demain sera meilleur?* se demande-t-elle, intérieurement méconnaissable. Comme dans un cauchemar, elle entend les paroles nébuleuses de Michel.

— Compte sur moi pour Elsa. Je vais être exactement comme tu veux que je sois.

Ce soir-là, avant de s'endormir dans la cellule de la prison, Flame se sent seule et complètement démunie pour la première fois de sa vie.

* * *

Le relieur du magasin Desautels attendait qu'Antoine apporte le journal photocopié de Mali pour confectionner cette pièce d'art dans le plus bref délai. Sur le cuir rouge en lettres d'or est gravée la dédicace qui aurait épargné la prison à Flame si Me Goyette n'avait été si habile et corrosif dans son réquisitoire: JE DÉDIE MON JOURNAL PERSONNEL À FLAME, MA SŒUR.

Antoine a ensuite remis à Me Lemay le volume de deux mille feuillets amincis, écrits recto verso cette fois. Le criminaliste a obtenu l'autorisation du directeur de la Maison Tanguay de transmettre ce précieux document à Flame. Elle en connaît certains passages, les plus tristes, pour avoir entendu Me Goyette les interpréter avec désinvolture devant le jury, révélant ainsi à tout un chacun des secrets que Mali tenait jalousement à l'abri de toute indiscrétion.

Ces étalages de sentiments intimes ne devraient pas être permis, pense Flame en tirant le revers de son drap blanc miséreux. *Du moins, pas sans la permission de ceux qui les vivent*, soupire-t-elle, ramenant jusqu'à sa taille une couverture trouée, grise et piquante.

Flame contemple avec tendresse chacun des deux plats luxueux enveloppant le journal personnel de Mali. Au cours de la fin de semaine qui a précédé le verdict, elle mourait d'envie de commencer la lecture de ces quatre mille pages, mais on ne l'a pas laissée seule une minute; à la Maison Tanguay, les premières semaines se sont écoulées dans une brume absolue. La nouvelle prisonnière a subsisté dans une tour de verre teinté, soutenue par les écrits de Magalia De Grandpré entendus lors du procès.

Ce soir, dans le calme morbide de sa cellule éclairée par un plafonnier déprimant, Flame compte veiller une longue partie de la nuit. Toute la nuit, probablement. À partir d'aujourd'hui, elle vivra avec Mali, ce sera moins pénible.

MON JOURNAL PERSONNEL QUE JE DÉDIE À FLAME, MA SŒUR.

Flame ferme les yeux comme pour savourer une fois de plus cette consécration écrite en lettres d'or.

Elle va doucement à la première feuille intérieure du plus beau cadeau que Mali lui ait laissé. *Oh! Une lettre pour moi!* Le cœur battant autant de surprise que d'émerveillement, elle commence à lire très lentement...

Sainte-Adèle, 30 décembre 1993

Chère Flame, j'ai décidé de te laisser mon journal intime après avoir appris que tu étais prête à sacrifier un rein pour me sauver la vie. C'est, je crois, le cadeau le mieux indiqué que je puisse t'offrir, car tu as toujours été curieuse de savoir comment je vivais intérieurement. Je te dois cela, toi qui as toujours été là, comme une amie très spéciale, une sœur. Ne montre jamais ce document à personne.

J'avais commencé à l'écrire avant de te connaître. Au fil des années, j'ai intercalé, ici et là, des extraits de ma vie rédigés sous forme d'histoires. Soit parce que ces faits m'ont été racontés, soit pour le plaisir de mieux décrire l'ambiance dans laquelle je les ai vécus.

Mali

«Comme je la reconnais!» murmure Flame en prenant la lettre dans ses mains. «Si précise, si respectueuse de la vérité, des événements et du monde.» Elle regarde la date sur la lettre. «Le 30 décembre 1993. Juste avant de partir...» Flame ressent un petit sursaut de joie. Puis, elle dévore des yeux chaque mot de son volume.

* * *

Mon journal personnel

par Magalia De Grandpré

2 novembre 1961 — Aujourd'hui, j'ai vu Monsieur Euphride
Cockerel (drôle de nom) pour la première fois. C'est un
psychanalyste. Monsieur Cockerel va m'aider à ne plus avoir peur.
Il m'a dit que, pour lui, c'était très simple : je souffre d'anxiété.
Alors, j'ai l'impression qu'il ne sait pas comment je me sens parce
que s'il savait, ce ne serait pas simple. Il m'a conseillé d'écrire
mon journal personnel tous les jours. De décrire mes peurs et tout
ce que je vis. Alors, je commence...

2 novembre 1961 — Ma vie a débuté à dix ans. Le premier
jour d'octobre 1960. J'étais en train de donner une dictée à mes
douze élèves : Berthe, Claire, Diane, Irène, Jeanne, Laure,
Micheline, Odette, Rose, Simone, Thérèse et Yvonne. Elles étaient
toutes sages, studieuses et disciplinées. Forcément, c'étaient des
poupées éduquées par ma grande sœur Carole ou par mes deux
cousines devenues religieuses.

Je n'approuvais pas le mauvais exemple que je leur donnais
avec mes longues périodes de distraction ce jour-là. Il fallait
m'excuser : tante Léa était à l'hôpital pour en revenir avec un
beau petit bébé.

J'adorais tante Léa. Devant ma classe attentive, je ne
pouvais m'empêcher de revivre cette « abominable surprise »
survenue le jour de la Confédération de l'été qui venait de se
terminer. Par la suite, cette « abominable surprise » s'était
transformée en une longue joie dans mon cœur.

J'imagine que je n'avais pas vu tante Léa depuis au moins
deux mois, parce que, en l'apercevant, j'eus peur. Elle s'en aperçut
et me dit : « Tu trouves que j'ai engraissé ? » J'étais gênée pour elle
et je me reprochai de lui avoir montré mon étonnement. « Je suis

301

enceinte », m'expliqua-t-elle. En réponse à mon sourire ignorant, elle me déclara : « Je vais avoir un enfant. Un beau petit bébé. Il est ici, dans mon ventre. »

Tellement étonnée d'entendre parler de petit bébé dans le ventre et terriblement horrifiée à la pensée que ce bébé pourrait prendre ma place dans le cœur de tante Léa, je continuai à sourire et à sourire encore plus pour ne pas m'effondrer, en pleurs.

Tante Léa était la seule personne sur la terre qui avait l'air de savoir que j'existais. Elle était mon unique communication avec les adultes. Elle m'enseignait le chant et s'extasiait devant ma voix. Alors, je laissais tout le reste du monde à ma grande sœur Carole, une vraie Shirley Temple, et je gardais tante Léa pour moi.

Une fois mon bouleversement passé et mon cours de grossesse à peu près compris, nous étions épuisées. Nous riions pour rien. Il faisait si chaud, si chaud, ce 1er juillet 1961.

Au cours des mois qui suivirent, tante Léa m'expliqua longuement que le petit bébé serait si petit et moi si grande, et j'avais fini par croire que je ne perdrais jamais ma place. C'est ce bébé que j'attendais en ce premier jour d'octobre, incapable de me concentrer sur ma dictée.

Flame oublie que Mali est morte; elle se sent heureuse, si heureuse lisant et relisant les phrases qui la transportent dans le temps, deux ans avant qu'elle connaisse Magalia De Grandpré.

Soudain, maman entra sans frapper dans ma classe et me dit tout énervée :

— Léa est mourante, je dois aller à l'hôpital.

— Elle ne peut pas mourir, elle attend un bébé.

302

Ma mère, estomaquée par ma remarque, continua :

— Où est Carole ? Ah oui, à l'école, c'est lundi ! Raymond ? Ah oui, à l'école, c'est lundi !

Ma mère ne savait jamais où étaient ses enfants.

— Alors qu'est-ce que tu fais ici, tu n'es pas à l'école ?

— J'ai la grippe.

— Ah oui, j'avais oublié ! Alors, viens avec moi à l'hôpital.

— Ils ne voudront pas que j'entre.

— Je vais te cacher, viens.

En arrivant à l'hôpital, le médecin, très préoccupé, courut vers ma mère pour l'informer que Madame Léa De Grandpré réclamait continuellement Magalia.

Ma mère, toute surprise, lui répondit que c'était moi, Magalia ; le médecin lui expliqua qu'il n'y avait pas d'inconvénient à ce que « la petite entre » puisque tante Léa était mourante. Aussitôt que ma mère fit signe que oui, je me lançai sur la porte de la chambre 421 que je regardais depuis quelques secondes.

— Magalia ! murmura faiblement tante Léa.

J'avançai vers le lit, tout apeurée, sans trouver un mot à dire.

— Viens plus près, Magalia...

Je m'approchai encore plus. Délicatement, pour ne pas briser le petit bébé.

— Magalia, je m'en vais au ciel. Je vais mourir, Magalia...

J'interrompis tante Léa pour lui dire qu'il fallait que j'aille avertir le médecin qu'elle avait un bébé.

— Tu m'as juré qu'on avait mal comme si on allait mourir, mais qu'on ne meurt pas.

— Je me suis trompée.

Dans mon affolement, j'étais trop troublée pour lui déclarer que j'avais besoin d'elle.

— Qui va prendre soin du bébé ? lui demandai-je, espérant lui faire comprendre qu'elle ne pouvait pas mourir.

— Toi, Magalia, veux-tu ?

— Je ne sais pas comment, il faut que tu vives pour le bébé.

— Tu sais, dit-elle avec difficulté. Ah oui, tu sais, Magalia.

Je la suppliai de ne pas mourir. Que le bébé serait tout petit, qu'il aurait besoin d'elle.

Tante Léa fit un effort pour ajouter : « C'est une fille, Pas... Pas... ca... Pascale », puis elle ferma les yeux pour toujours.

Effrayée de vivre sans l'affection de tante Léa, je restai là sans réagir. J'avais peur. Peur devant le départ de la seule personne qui me protégeait sur la terre. Tout le reste du monde était tellement occupé ! Qui m'enseignerait tout ce que je ne savais pas ? Qui me dirait ce qui fait mal aux autres ? Qui rirait avec moi ?

« Pascale ! *Bloody* Pascale ! Elle est entrée dans le monde en tuant la seule personne qui protégeait Mali ! » rage Flame.

Puis l'infirmière me trouva là, seule, en larmes. Ma mère était furieuse que j'aie laissé mourir tante Léa sans l'avertir. Je lui répondis que je ne savais pas qu'on pouvait mourir avec un bébé dans le ventre. Et j'aurais voulu qu'elle me prit dans ses *bras. Mais non ! Elle me dit : «Chut ! ne parle pas comme ça !» Je ne comprenais pas comment j'avais parlé. J'étais perdue sur cette immense terre avec des gens et des «chut !» mystérieux.*

Bébé Pascale avait été ondoyée à la naissance et le baptême fut retardé. Alors bébé Pascale était un peu moins fragile. Carole me chuchotait tout bas quoi faire. Car la «marraine», c'était moi.

Bébé Pascale m'apportait une consolation pour la mort de tante Léa. Non pas que j'étais entichée de cette poupée qui ne comprenait rien à la grammaire, mais la responsabilité de ce cadeau qui venait du ventre de tante Léa me tenait occupée. Je priais chaque soir pour qu'elle ne soit pas malade comme tante Léa et je suppliais toute âme qui vive de m'enseigner comment prendre soin d'elle.

Les vacances de Noël furent entièrement consacrées à bébé Pascale, à lui donner son lait sans bouger, à changer ses couches et à l'aider pour d'autres tâches «extrêmement importantes».

L'été suivant, je n'avais plus peur de faire mal à bébé Pascale et je savais qu'elle apprendrait la grammaire. Je l'aimais beaucoup. Mes autres poupées ne m'intéressaient plus. Je m'énervais jour et nuit pour son bien-être. Un méchant médecin dit à ma mère de m'éloigner de bébé Pascale. J'ai appris cette pénitence seulement la veille de mes vacances de Noël. J'avais onze ans.

Flame s'arrête de lire. *Pauvre Mali. Déjà responsable comme une adulte, à onze ans. Si elle avait su quel monstre deviendrait bébé Pascale !* La prisonnière caresse du regard la dédicace sur la couverture du livre: «[...] QUE JE DÉDIE À FLAME, MA SŒUR»... Puis, elle poursuit sa lecture.

[...] à partir de ce moment-là, j'avais si peur qu'il arrive quelque chose à bébé Pascale que je ne dormais plus et ne

mangeais que lorsque j'en étais capable. Je me sentais coupable de ne pas prendre soin de bébé Pascale. De plus, tante Léa n'était plus là pour m'expliquer tous les dangers qui m'effrayaient. J'avais continuellement la nausée.

Carole, qui avait quinze ans et qui était dans une période difficile elle aussi, me dit que son but dans la vie serait de me protéger. Au bout de quelques jours, ma nausée disparaissait quand Carole était avec moi. Monsieur Cockerel dit que je souffrais d'angoisse, mais comment associer un mal de cœur et de l'anxiété ?

Je venais de perdre tante Léa, et on m'enlevait bébé Pascale, je me mis à craindre de perdre Carole, et là, les vrais problèmes ont commencé.

Je trouvais la terre si grande que j'avais peur d'y rester seule. Je trouvais la vie si longue que j'avais peur de l'avenir. Puis, mes peurs se sont multipliées et sont devenues plus incommodantes. J'avais peur des changements. Entre autres, changer de place pour jouer, passer du froid au chaud. J'avais peur que le sol sous mes pieds disparaisse. Un jour, je ne pouvais plus fermer la porte de ma chambre, plus tard, j'avais peur de prendre l'autobus. Peu de temps après, je ne pouvais plus sortir de la maison pour aller ailleurs qu'à l'école qui se trouvait, heureusement, à trois minutes de chez nous. Chaque fois que Carole me laissait pour aller dans sa classe, j'avais peur. Plus tard, j'ai appris que, inconsciemment, tout changement ou tout départ représentait l'abandon, c'est-à-dire la mort de tante Léa.

Des larmes embrouillent la vue de Flame. Elle essuie ses yeux pour revenir vite dans le monde secret de Mali...

À Pâques, on m'a demandé de chanter, en solo, le «Panis Angelicus». Quand je m'exerçais, il me semblait que la Vierge

306

Marie allait me récompenser si je chantais assez bien pour faire comprendre aux pécheurs qu'il fallait être bon. Cela atténuait mes peurs. Avec misère, j'ai terminé ma septième année scolaire.

Par-dessus tout, j'avais peur que les autres s'en aperçoivent. Alors Carole, qui n'en pouvait plus de me voir souffrir, a parlé de moi au curé de notre paroisse. Il lui a dit d'aller voir Monsieur Euphride Cockerel. C'est pour cette raison que j'écris mon journal.

6 novembre 1961 – [...] Monsieur Cockerel m'a expliqué que toutes mes peurs sont des symptômes d'une angoisse réveillée par la mort de tante Léa et renforcée par ma trop grande confiance en Carole. Selon lui, quand je me tracassais avec bébé Pascale, ça calmait mon angoisse, car la responsabilité du bébé me valorisait. En me fiant sur Carole, je perds confiance en moi. En perdant confiance, je fais de l'angoisse. En faisant de l'angoisse, je me sentais très mal. Tout ce que j'ai retenu, c'est que je dois reprendre ma confiance et que Monsieur Cockerel va m'enseigner à utiliser des mécanismes pour mieux contrôler ce qui peut venir de mon inconscient.

Quand je lui ai dit que j'étais embarrassée d'avoir ces malaises, il a sorti son livre de statistiques et m'a répondu que de quinze à vingt pour cent des gens souffraient une fois ou une autre dans leur vie, et parfois toute leur vie, de peurs inexplicables, de vertiges, de claustrophobie, ou de toutes sortes de sensations bizarres. Il a spécifié : souvent des personnes avec des postes très importants.

P.-S. Je ne peux croire que d'autres souffrent comme moi. Il se trompe ou il ne sait pas ce que j'endure. [...]

Flame voudrait lire le journal personnel d'un seul trait, mais elle n'a que quelques heures par soir pour se concentrer sur de courtes périodes de la vie de Mali. Souvent moins. Durant la journée, elle doit participer à diverses activités au gymnase et aux ateliers afin d'obtenir des fins de semaine dans la roulotte familiale avec ses enfants.

15 janvier 1962 – [...] Ce matin, j'avais très peur. Comme si j'avais été dans le désert, toute seule. J'avais peur de mes propres mouvements. J'avais peur de ne plus contrôler mes mains. J'ai téléphoné à Monsieur Cockerel. Il m'a dit: «Établissez-vous un programme qui vous oblige à vous dépêcher pour le reste de la journée. Mettez-en beaucoup. Ne pensez pas à autre chose qu'à ce que vous êtes en train de faire.» J'ai planifié ma journée avec Carole. C'est vrai que je me suis calmée. [...]

1ᵉʳ mai 1962 – [...] Il y a deux semaines, Monsieur Cockerel a parlé à Carole, et Carole ne prend plus soin de moi. [...]

11 juin 1962 – [...] Carole ne m'aime plus. Je suis encore seule sur la terre. Monsieur Cockerel dit qu'elle m'aime beaucoup et m'assure que toutes mes peurs vont disparaître si je redeviens indépendante d'elle comme avant. Il m'a demandé d'aller le voir pour que nous soupions ensemble. Je dois y aller seule. Je ne suis pas capable. [...] Je pleure tout le temps. C'est tellement effrayant d'être abandonnée. Carole me dit qu'il faut qu'elle cesse de m'étouffer, je ne la crois pas. C'est une sans-cœur. [...]

Flame essuie une larme et soupire: «Je saisis maintenant pourquoi Carole a dit que la mort de Mali changerait sa vie.»

Depuis deux jours, Flame est privée de lire le journal de Mali. Elle a accepté une charge supplémentaire afin d'obtenir un week-end de plus dans la roulotte avec Elsa et Antoine.

18 octobre 1962 – [...] J'ai décidé de ne pas aller chez Monsieur Cockerel. Il est trop méchant. [...] J'y pense, mes peurs sont toutes parties ! [...]

18 octobre 1962 (soir) — J'ai changé d'idée. J'y suis allée. Il dit que chaque fois que je réussis à prendre l'autobus, c'est une victoire, et que chaque victoire rebâtit ma confiance. [...]

20 novembre 1962 — [...] Monsieur Cockerel m'a dit que j'ai besoin de protection, mais pas de surprotection. Je ne dois pas surprotéger non plus mais protéger. Je vais faire attention à ne pas surprotéger bébé Pascale. Il ne faut pas qu'elle souffre comme moi. [...]

29 juin 1963 — [...] aussi j'ai fait une indigestion parce que bébé Pascale (qui n'est plus un bébé) a failli se noyer. Bébé Pascale est intrépide, elle risque tout ce qui est dangereux. Elle aurait besoin de surveillance continuelle. Je pense qu'elle est une exception et qu'elle a besoin de surprotection. [...]

Depuis une demi-heure, Flame a peine à lire. Les larmes embrouillent sa vue. 1963... Tous les mots lui rappellent des mois et des mois de bonheur. 1963... Le début de: «Trente années d'amitié... c'est chocolat!» Il y a trente-deux ans, Magalia est devenue Mali... C'est elle qui lui a donné le surnom de Mali... Flame éloigne le journal pour ne pas le tacher de ses larmes. Des larmes de souvenirs. Des larmes de joie.

4 avril 1964 — [...] Je ne vis que pour bébé Pascale. Elle a beau être maussade, je la regarderais continuellement. Je suis certaine que, dès son entrée à la maternelle, elle va s'assagir. [...]

5 mai 1964 — [...] et Monsieur Cockerel m'a écrit de Paris. Il me dit que, malgré la distance qui nous sépare, je peux compter sur lui comme je pouvais compter sur tante Léa. Il m'a donné son adresse à Paris. Il a ajouté: l'idéal est de ne pas avoir à compter sur qui que ce soit, mais cela viendra petit à petit. Pour le moment, c'est bon d'avoir une personne pour les moments difficiles. [...]

Les moments difficiles... pense Flame devant son lavabo en acier, gros comme un bol, composant un austère petit bloc avec son minuscule cabinet d'aisance également en acier. Instinctivement, elle remonte le second oreiller d'un blanc corrosé pour ignorer l'impression que son lit sans tête et sans pieds, cloué au plancher, n'est pas si proche du radiateur.

21 juillet 1964 – [...] Incroyable! Flame et moi avons rencontré Monsieur Cockerel en Angleterre! Sur les marches de la Tate Gallery. Je lui suis si reconnaissante de m'avoir ôté mes peurs!

22 juillet 1964 – [...] Je suis allée manger avec Monsieur Cockerel au restaurant Churchills'. Je comprends maintenant que c'était mieux d'éloigner Carole de moi pour un certain temps. [...]

4 février 1965 – Je savais que Pascale se replacerait. C'est une merveille. Elle veut tout apprendre. À la maternelle et à la maison. Elle me suit partout: «Pourquoi çi, marraine? Pourquoi ça, marraine?» On me dit qu'elle va devenir tannante. Moi, je dis qu'elle va devenir savante. Je l'aime. Elle est le souvenir vivant de tante Léa. Elle lui ressemble physiquement. [...]

1ᵉʳ août 1970 – [...] Charmaine défend à Flame de retourner à Montréal maintenant qu'elle a terminé ses études d'infirmière. Elle a peur qu'elle épouse un Canadien. Flame m'écrit qu'elle fréquente les places où elle peut rencontrer des Canadiens. [...]

Chaque soir, Flame dévore son livre jusqu'à ce qu'elle tombe endormie. Puis, elle se réveille en sursaut, se lève pour ranger le précieux volume dans le casier au pied de son lit et le protéger avec un petit cadenas qu'elle s'est acheté à la cantine. Elle se contraint à ne l'ouvrir que dans sa chambre quand la porte est close; durant la journée, elle vit dans le monde du journal personnel de Mali.

10 mars 1971 – [...] Je n'ai pas eu de nouvelles de Monsieur Cockerel depuis longtemps. Je me demande ce qu'il est devenu. Il avait la plume triste dans ses dernières lettres. [...] Il est sans adresse permanente. [...]

20 septembre 1971 – [...] J'ai reçu une lettre d'Euphride Cockerel. Il est toujours en France. Il voyage continuellement. Il n'a pas d'adresse. J'ai l'impression qu'il a des ennuis. [...]

12 décembre 1971 – [...] Flame est enceinte. Enceinte de Bernard, un Canadien français de Montréal. Charmaine, sa mère, est en furie. Flame dit qu'elle va réussir à venir vivre à Montréal très bientôt, parce que Charmaine ne laissera certainement pas le déshonneur salir le nom des Donnelley. Elle va pouvoir se marier. Flame m'écrit: «C'est chouette, il connaît toutes les parties du corps parce qu'il est gynécologue.» [...]

«Si Charmaine me voyait! murmure Flame. Depuis presque deux mois, dans une cellule plus petite que le plus modeste de ses placards. Barricadée dans un espace de 1,5 mètre sur 2,4 mètres de surface. Avec, pour fauteuil, une rondelle de banc qui pivote sous la table pour ne pas m'assommer quand je me lève. Si maman me voyait!»

Elle continue de lire, réconfortée à l'idée que Charmaine ne connaîtra jamais sa situation et que Me Lemay trouvera un moyen de la faire sortir de ce trou très bientôt. Les démarches effectuées pour aller en appel n'ont pas encore abouti. Le processus est long.

3 février 1972 – [...] Euphride Cockerel est arrivé au bureau comme un cheveu sur la soupe. Ça faisait sept ans que je ne l'avais pas vu. Il est tout changé. Il m'a invitée à souper. M'a raconté la mésaventure qui lui est arrivée en France. Pourquoi il n'a pu communiquer avec moi au cours des dernières années. Ah oui, j'oubliais, il a changé de nom! Il s'appelle Jérôme Poupart. C'est bien mieux qu'Euphride Cockerel. Il m'a confié des secrets

311

que je ne dois raconter à personne. Jamais. Je ne les écris même pas.

Un photographe a pris une photo de moi en train de faire boire le petit cochon au restaurant Lutin qui bouffe. Euphride, pardon, Jérôme, a commandé deux photos et en a gardé une. C'est gentil. Jérôme n'est pas seulement psychanalyste, il est psychiatre maintenant.

8 septembre 1972 – [...] Le fils de Flame est né. Antoine. Une merveille. Flame est folle de joie. Elle est tellement maternelle! [...] Je me souviens de bébé Pascale... elle était si fragile! Maintenant, elle est solide, intelligente, imaginative, belle, vive, audacieuse, curieuse, sensible, et j'en oublie. Par-dessus tout, elle est spirituelle. Drôle! Drôle comme tante Léa. Je ris continuellement de ses répliques. [...]

20 novembre 1973 – [...] Franco est en tournée. Pas tellement heureux. Il n'a pas de succès à cause du manque de publicité. J'espère qu'il connaîtra la gloire, un jour. Avant de partir, il m'a présenté son frère Roberto. Tout un autre genre! À peu près vingt-huit ans. Ce n'est pas un «gypsy» celui-là. Autant Franco est accroché aux étoiles avec ses rêves de vedette, autant Roberto est terre-à-terre. Je veux dire qu'il adore la terre... De plus, il hait les foules. Il travaille à la pépinière de Gaston. [...] Il aime philosopher et rêve de refaire le monde. [...]

5 décembre 1973 – [...] Franco a l'air en amour avec Carole et celle-ci ne semble pas vouloir le repousser. Franco fait des photos à la pige pour le «Nouvelliste» et quelques autres journaux. Il n'a pas encore réussi à gagner sa vie uniquement avec le théâtre. [...]

14 février 1974 – [...] Je ne comprends pas Flame. Ou elle garde tout en dedans, ou elle ne ressent rien. Elle est très gentille. Elle devance mes moindres désirs, mes caprices même.

312

Évidemment, j'apprécie ses gâteries. Mais je ne la comprends pas . Et pourquoi, pourquoi n'a-t-elle jamais besoin de moi ? [...]

2 juin 1974 — [...] Pascale a gagné le premier prix du concours de dictée organisé par les éditeurs de « Français parfait ». Maintenant, elle joue du piano et du saxophone... entre autres. [...]

1ᵉʳ août 74 — [...] Flame m'a téléphoné d'Angleterre pour me dire que Charmaine, sa mère, est morte. Quel ton ! On dirait qu'elle a perdu son chat. En l'écoutant, j'ai réalisé que Flame a dû souvent me dissimuler ses émotions. [...]

Comme je regrette de ne pas avoir exprimé ce que je ressentais ! pense Flame. J'aurais tellement voulu que Mali soit au salon mortuaire, aux funérailles, chez nous ! Je ne voulais pas l'ennuyer avec mes ennuis. Elle était la seule personne capable de me consoler vraiment.
Elle essuie deux larmes et se dépêche de lire la suite.

20 juin 1975 — [...] Flame épouse Émile. Je pense qu'il est encore plus taciturne que Bernard. Décidément, elle aime entendre les planchers craquer. Un bon gars. Un chercheur. [...]

16 mars 1976 — [...] Jérôme Poupart et moi, nous avons parlé longtemps en prenant un café après nous être rencontrés par hasard. Je pense que Jérôme est encore plus philanthrope que Flame, si ça se peut. Il s'oublie complètement pour aider les autres. Je trouve déplorable qu'il soit esclave de son « déséquilibre » sexuel, mais j'admire sa philosophie et son amour pour l'être humain. [...]

18 juillet 1976 — [...] Demain je me marie !

Flame interrompt sa lecture et parle tout bas. «Elle semblait si heureuse ! Elle était si belle ! Le jour de son mariage fut le plus triste

313

de ma vie. Je détestais Jean-Paul. Par la suite, quand je réalisai qu'il lui avait apporté le vrai bonheur, je devins copine avec J.P. Après avoir choisi délibérément de trouver mon bonheur dans celui de Mali, je m'aperçus que cela me rendait de plus en plus heureuse. Je pouvais la voir aussi souvent qu'avant. Rien n'avait changé entre nous. J'étais comblée.»

Flame continue à lire, le cœur battant, les mains moites...

30 décembre 1979 – [...] Flame a eu une petite fille. Aussi belle que sa mère. Deux maris, deux enfants. Ce n'est sûrement pas terminé avec les maris. Encore moins avec les enfants. [...]

2 août 1988 – [...] J'ai l'impression que Flame s'en fait autant que moi pour les difficultés financières au «Nouvelliste». Elle est étrange. Par bout, elle agit comme si j'étais la personne la plus importante pour elle. Avant Émile même [...]

10 février 1989 – [...] Carole est toujours en amour par-dessus la tête avec Franco après neuf ans de mariage. Franco ne m'inspire pas confiance. J'espère que je me trompe parce que... [...]

28 janvier 1990 – [...] Pour prendre de l'expansion, je suis obligée de m'associer avec la compagnie Informatique 2000. Ils me font un prêt. Je garderai l'entière autonomie sur la gestion du «Nouvelliste», mais quand il s'agira d'investissement, d'expansion ou d'acquisitions, ce sont eux qui auront le dernier mot tant que je n'aurai pas remboursé l'emprunt. Le conseil d'administration sera formé comme suit: cinq sièges pour Informatique 2000 et quatre pour le Nouvelliste: J.P., Flame, Carole et moi. Flame a des qualités d'administratrice. Elle gère ses maisons, son budget, sa famille et la carrière de son mari comme si elle avait un MBA.[...]

Dix semaines se sont écoulées depuis le verdict. L'horreur sur le visage d'Elsa, à l'annonce de la sentence, est toujours présent.

314

Ce jour-là, Flame n'écoutait pas les paroles du juge qui la condamnaient à vie; elle regardait Elsa.

15 septembre 1990 – [...] Je savais que Pascale m'épiait quand elle était jeune, mais je croyais qu'elle avait laissé tomber cette manie. Elle épie Flame tout autant. Pas grave, elle ne dit rien sur rien. Pascale... si curieuse et si peu colporteuse. Rare. [...]

15 février 1991 – [...] J'ai parlé à Gaston Dupuis de Roberto et de Franco... je lui ai fait promettre qu'après que Roberto sera élu maire, il (Gaston) continuera à trouver des contrats pour Franco au théâtre. Franco accepte d'être le faire-valoir de son frère, à la condition bien précise que je m'engage avec lui «sous peine de mort» de lui obtenir des contrats et de la promotion après qu'il aura perdu ses élections. [...]

«Déjà en 1991, regrette Flame. Je voudrais que Mali ait écrit dix mille pages et je pourrais les lire durant la durée de mon séjour ici. Son journal personnel me permet de ne rien voir et de ne rien ressentir de ce qui se passe dans cette prison depuis trois mois.»

Flame dévore le livre, ligne par ligne, y retrouvant tous les événements qui ont jalonné la vie de Mali. Elle déplore qu'il y ait moins de détails sur les pages écrites au cours des dernières années.

6 octobre 1993 – [...] Cet après-midi, un journaliste insistait sur le fait que Roberto soit le frère de Franco. Roberto a répondu: «[...] Une fois que l'un des deux sera élu maire de Saint-Léon, nous travaillerons ensemble, pour vous. [...] Dans un match sportif, les adversaires [...]»

Quand on sait que Roberto est le moins sportif des non-sportifs! Il a horreur de la compétition. C'est d'ailleurs ce qui m'a fait penser de suggérer Franco comme adversaire. Roberto n'aurait jamais accepté de participer à une vraie lutte électorale. Là, si Franco gagnait, Roberto serait content pour lui. [...]

10 octobre 1993 – [...] Les électeurs acceptent très bien la campagne ouverte des deux frères. C'est intéressant d'étudier les stratégies différentes des organisateurs, les programmes électoraux. [...]

17 octobre 1993 – [...] Ma foi, je pense que Roberto est en amour avec Flame. Si Flame s'en aperçoit, elle va faire attention pour ne pas jouer avec son cœur. D'accord pour des escapades en passant, mais Flame n'est pas méchante. Pas parlante, pas plaignante, pas méchante. [...]

23 octobre 1993 – [...] Les applaudissements devaient caresser les oreilles du paon, ce soir. Devant des bénévoles catholiques de la paroisse Sainte-Sophie, Franco a déclaré (sans souffleur depuis longtemps): «Les adversaires nous accusent d'être deux frères. De toute façon, nous sommes tous frères en Jésus-Christ. [...]»

Depuis la campagne électorale, Franco n'est plus le Franco que nous avons connu, il y a quelques années! Je me demande si Carole aime sa nouvelle façon d'agir. Je le préférais avant. Il est devenu vaniteux, fat. Des fois, son expression me fait peur. [...]

Flame pense soudain à Michel qui veille sur Elsa. Elle se sent coupable de ne pas avoir été plus réaliste au cours du procès.

Réaliste... le sera-t-elle un jour? À part des moments où elle est confrontée à sa vie de prisonnière, elle ignore ce qui existe en dehors du journal personnel et de ses enfants. Elle ne pourrait décrire la prison, le visage des gardes ou celui des prisonnières.

5 novembre 1993 – [...] Victoire! Roberto est élu maire de Saint-Léon. Franco s'en est bien sorti: vingt mille votes. Le troisième candidat a perdu son dépôt. La stratégie des deux frères a plu. Le souffleur a bien travaillé tant qu'on en a eu besoin. Franco s'en va en tournée très bientôt. C'est rassurant parce que je crois qu'il serait dangereusement méchant si on le laissait tomber. Gaston doit lui obtenir un autre contrat dès son retour de tournée. [...]

17 novembre 1993 – [...] parce que j'ai mal dans le bas du dos. Je suis allée passer une série d'examens médicaux. [...]

2 décembre 1993 – [...] Je crois que j'ai fait une erreur en empruntant à Informatique 2000. J'avais besoin de beaucoup d'argent, mais j'ai hérité de beaucoup d'ennuis. Je pensais que c'était une compagnie extraordinaire. Ouais! Me tromper m'assomme! [...]

16 décembre 1993 – [...] Pourquoi a-t-il ignoré Carole pour m'apporter des photos? Peut-être est-ce une coïncidence, mais... Il m'arrive de penser que Franco s'est servi de Carole. Maintenant qu'il a une carrière devant lui... Non, je me fais des idées! C'est comme si je sentais quelque chose de faux en lui. Comme s'il préparait... Non, je me trompe.

Un autre qui me cache mal sa jalousie est Gaston. Il est toujours aussi gentil, mais j'ai l'impression qu'il souhaiterait me voir très loin. Qu'est-ce qui m'arrive, je deviens paranoïaque, quoi! [...]

Flame s'exclame presque à voix haute «*No! No! No!* Mali *dearest.* Tu ne deviens pas paranoïaque pour Franco. Notre pauvre grande sœur est si triste! Nous allons l'aider à vivre sa déception.»

25 décembre 1993 – [...] Un Noël extraordinaire. Nous avons fêté les trente années d'amitié qui nous lient, Flame et moi. Présents: Elsa, Roberto, Flame, Émile, Pascale, Jérôme avec Brigitte, Carole et Franco. Un réveillon céleste! Encore une fois, Pascale s'est attaquée à l'homme d'une amie: Jérôme. Elle est partie avec Jérôme et Brigitte. Sa voiture ne démarrait pas!

Pourquoi, mais pourquoi ? Avec tous les hommes qui lui courent après ! Pardon, tante Léa. Oh ! pardon. Je veille sur elle et je l'aime quand même, tante Léa. Je l'aime comme si elle était ma fille, tante Léa. [...]

27 décembre 1993 – Un drame atterrant est survenu ce matin : le D*r* Lyne Gagné nous a fait venir J.P. et moi pour nous avertir que si je n'avais pas une transplantation rénale, je mourrais. Je ne peux écrire tellement je suis bouleversée. Je continuerai plus tard.

28 décembre 1993 – [...] Émile, le mari de Flame est mort hier. [...] c'est vrai qu'elle ne montre pas tellement ses peines. Le prochain mari sera peut-être Roberto. Flame, mairesse de Saint-Léon ! Je rirais... si je vis encore !.. avec ce rein qui me terrorise. Mais avec Roberto, pas d'amants. C'est tout un handicap pour commencer une relation avec Flame. Une épreuve peut-être surmontable, si l'on considère que ses mariages avec Bernard et avec Émile l'avaient incitée à des égarements, disons planifiés.

Franco n'est pas venu au salon mortuaire. Je vais parler à Gaston. Il m'avait promis qu'il s'occuperait de la carrière de Franco après les élections. C'était la condition de Franco. Franco peut être dangereux si Gaston le néglige. Pour ma part, j'ai l'impression qu'il me hait et cela me fait peur. Pourtant, il recherche mes faveurs. Il faut absolument qu'il se replace, Carole en mourrait si elle savait comme il est hypocrite. Je me demande si mourir d'amour n'est pas pire que mourir d'une anomalie aux reins... [...]

29 décembre 1993 – Quel soulagement ! Je vais vivre ! Je vais vivre en santé. Je n'ai rien d'anormal aux reins. Erreur sur la personne ! C'est J.P. qui s'en est aperçu. Le laboratoire a envoyé le dossier d'une autre Magalie De Grandpré. En relisant le dossier, J.P. a vu que c'était écrit : « Yeux : bleus. » Mes yeux sont noisette.

Le Dr Gagné me faisait venir pour m'annoncer que Flame avait été la voir pour signer (après quelques heures de réflexion imposées par elle) pour me donner l'un de ses reins. «Vous pouvez compter sur cette amie», a dit le docteur. Je crois que je n'ai jamais vu J.P. si heureux. Moi non plus. Quel soulagement ! Je suis ressuscitée ! [...] J'espère pouvoir lui rendre la pareille un jour. [...]

Flame pleure des larmes d'émotion en se souvenant qu'elle n'avait pas hésité à tenter de sauver la vie de Mali. Elle sait bien qu'elle se sauvait la vie à elle autant. Comment aurait-elle pu voir Mali?... Flame pleure. Mali !

30 décembre 1993 — Ce matin, nous sommes allés chez le notaire, J.P. et moi. Depuis quelque temps, nous travaillons à notre testament afin d'éviter des dissensions après notre mort, s'il nous arrivait de mourir ensemble. Ce que je souhaite ardemment. Nous avons apposé notre signature finale à notre testament aujourd'hui. Je ne veux pas imposer aux héritiers de continuer mon œuvre, mais comme je souhaiterais que le «Nouvelliste» demeure un journal prospère qui véhicule beaucoup de bonheur ! Toujours ! [...]

Jour de l'An 1994 — [...] Ce soir, alors que nous flânions sous les étoiles en marchant doucement dans la neige, J.P. m'a reparlé une énième fois de l'histoire du rein. Je vais laisser quelque chose à Flame. Quelque chose qui va lui faire plaisir. Je ne la comprends peut-être pas toujours, mais des fois, je dois me rendre à l'évidence : elle est plus qu'une amie pour moi. C'est une véritable sœur. Oui, c'est ma deuxième sœur. Je vais en parler à Carole. Je vais lui demander de la respecter comme sa deuxième sœur s'il devait un jour m'arriver quelque chose. [...]

319

2 janvier 1994 — [...] Il est sept heures. J'ai très mal dormi. J.P. est parti à Toronto très tôt pour dîner avec un Chinois qui veut investir à Montréal. Il rentre ce soir. Il fait des pieds et des mains pour m'obtenir des fonds pour le «Nouvelliste». Au moins le paiement de janvier: un million de dollars. Il me le faut! Autrement, il faudra procéder à des paiements partiels et les arrérages vont s'accumuler vite. Et Informatique 2000 sera justifiée de rappeler la totalité du prêt.

Je suis complètement bouleversée. Une certaine Amanda, voisine de palier de Pascale, est venue me voir hier. Elle m'a dit des choses tellement affreuses!

Elle m'a dit que Pascale avait l'intention de séduire J.P. ce soir. Elle m'a montré une feuille sur laquelle il y avait le programme de tout un tralala de danse et de provocations sous le thème de la «Rhapsodie hongroise» de Liszt. Le titre du programme: «Séduction de J.P. 02/01/94.» Je suis profondément bouleversée.Pourquoi Pascale est-elle si méchante? Et ça me met hors de moi de ne pas être capable de lui faire de la peine vu que j'ai promis à tante Léa sur son lit de mort de veiller sur elle. Je veillerai sur elle, mais je ne suis pas obligée de l'aimer. Tante Léa comprendra. Je me sens coupable de ne pas l'avoir éduquée comme il le fallait.

C'est tellement effrayant que j'en ai parlé à J.P. Il m'a dit qu'il y a beaucoup de J.P., que Pascale elle-même s'appelle Jeanne-Pascale. Je suis si peu habituée à ce genre de préoccupations. Il m'a encore répété que les dires d'Amanda ne sont peut-être pas fondés. J'ai plus confiance en Amanda qu'en Pascale. Je souffre beaucoup. Je suis vraiment ébranlée. Très fâchée aussi. Pascale exagère. Cette fois, elle est allée beaucoup trop loin. [...]

Flame doit venir aujourd'hui. Sa compagnie va m'aider à faire passer la journée plus vite.

Flame fixe la dernière des quatre mille pages qui renferment sa vie autant que celle de Mali. Des larmes mouillent le feuillet à moitié blanc.

Mali a fini de lui parler! *Good Lord*, que lui arrive-t-il? Soudain, elle prend conscience d'être en prison. En prison! Comme si, pendant trois mois, la lecture du journal personnel avait été une niche qui lui permettait d'ignorer la froideur du grand vide de sa cellule.

La lecture du journal est terminée. Elle est en prison! En prison! Quelle horreur! Que va-t-elle faire maintenant? Enfermée par la porte en métal et le petit carré vitré, recouvert à l'extérieur d'un macramé que n'importe quel intrus peut soulever! Oh non, oh non, oh non! Elle ne peut rester ici...

20

«Merde. Merde. Merde! De quel maudit christ d'enfant de chienne j'ai hérité cet écœurant ostensoir de sida! Avec toutes les taberna- cles d'achalantries de précautions que je prends.»

C'est Pascale qui hurle ces mots en lançant son manteau droit sur sa précieuse verrerie de Murano dont elle est si fière. La déto- nation de ses blasphèmes et l'éclatement des cristaux, rapportés de Venise, n'atténuent pas sa colère d'un souffle. Soleil, son dober- man, s'élance vers elle sans japper.

Devant le médecin, elle a réussi à ne pas s'effondrer. Mais une fois seule, en voiture, la mort lui a claqué au visage.

«Mis à part les deux soirs avec Jérôme et Jean Goyette», continue-t-elle de s'époumoner en bombardant le vaisselier de son sac à main, de son parapluie et de tout ce qu'elle attrape. «Je suis hermétisée à tout ce qui n'est pas "condomé". Ça ne peut être Jérôme, il s'y connaît trop, ce christ de pédant... Je vais quand même fouiner dans sa vie. On ne sait jamais!»

Sa voix démoniaque atteint son volume maximal. «Oui, je vais fouiner. Quitte à lui flanquer un détective à son psycho cul, je trouverai quel médecin lui tâte le pouls!» Le mitraillage des cris- taux reprend de plus belle.

La tête de Soleil oscille comme un pendule, de sa maîtresse au buffet.

Pascale pense à Jean Goyette. Elle crie encore plus fort: «Le pompeux frais chié a perdu la tête avec ma maudite *Rhapsodie* jérômienne en "Fou majeur". Autrement, c'est impensable qu'un homme de sa position risque... pourtant, merde, c'est le "psy" ou le "procu!"» Un 747 miniature va s'écraser sur la verrerie déjà en miettes. «Mais non, ça ne peut être cette pie juridique, j'ai eu ma première pneumonie à Noël!»

Elle ouvre le bar, se verse du cognac dans une tasse rapportée de Copenhague et en boit une puissante rasade. «Le câlice! J'espère que je lui ai passé ce sacristie de virus! Il est assez démoniaque pour sortir la vache rouge de la prison après ma mort, avec sa verve de Perry Mason et son sourire en coin.»

La tasse danoise presque pleine rejoint les morceaux de verres brisés. Pascale n'a jamais recouvré ses forces depuis sa pneumonie. Elle a repris son travail en puisant dans sa réserve d'énergie qu'elle générait grâce au procès de Flame. Malgré tout, c'est de peine et de misère qu'elle a réussi à maquiller son épuisement jusqu'à la semaine dernière. À l'issue d'un week-end insoutenable à grelotter en plein mois de juillet, elle a décidé d'aller chez le médecin pour se faire expliquer cette morveuse faiblesse et le thermomètre qui fait scie-saw, scie-saw...

«Vous êtes sévèrement atteinte, lui a appris le médecin, cet après-midi sur un ton précurseur de catastrophe. Il y a des médicaments pour soulager mais...»

Et le docteur l'a assommée avec sa confirmation du sida.

Épuisée par sa colère, Pascale s'assoit par terre. Elle n'a plus la force de s'égosiller. «Au moins, cette hostie de pédant va mourir et souffrir autant que moi!... murmure-t-elle. Et Flame n'aura pas le plaisir de me tuer!»

Soudain, c'est le calme mort dans le luxueux condo.

Quatre pattes nerveuses continuent de taper le plancher entre Pascale et les débris de verres. Des larmes silencieuses délaient le noir du mascara dans l'orangé du fard à joues. Ce bariolage disgracieux glisse sur le fond de teint qu'elle doit utiliser depuis qu'on lui a fait remarquer la pâleur de son visage.

Ses yeux méchants regardent sans voir les fleurs du tapis de Turquie. La filleule choyée réalise pour la deuxième fois depuis le 2 janvier 1994 les conséquences qu'a soulevées la mort de Mali. Qui va l'aider? Surtout avec cette maladie honteuse! Mali n'avait pas de préjugés, elle. Aucun. Elle la protégeait. Elle ignorait ses défauts. Quel sort maléfique a jeté ce puant de Jérôme sur son chemin?

Celle qui a fait tant souffrir, souffre. Maintenant, elle mourra seule. Comme une dépravée... Aussi péniblement que Flame dans sa prison. Avec l'unique consolation de la voir enfermée, condamnée autant qu'elle. Et les De Grandpré l'oublieront vite! Le satané Goyette avait raison de lui dire que la mesquinerie coûte cher! Elle aurait dû se forcer avec Charlot-Nigaud. Il lui aurait servi de support. Elle le voit déjà rire dans sa barbiche, maintenant qu'elle l'a laissé tomber comme une vieille serviette...

La sidéenne se tait. *Charles!* L'idée que son cousin lui ait transmis le sida traverse son esprit. Elle rejette immédiatement l'hypothèse. Impossible, le pauvre n'a jamais touché une femme ou un homme de son existence. Il lui a suffisamment cassé les oreilles avec les insipides récits de sa vie sans sexe.

Soleil revient vers Pascale, en marchant de guingois. Le malheureux chien pose son museau sur la cuisse de sa maîtresse, tout ouïe pour une confidence. D'un geste brutal, elle le repousse. L'animal se rapproche, insistant. «Déguerpis, imbécile!» rugitelle en lui assénant un rude coup de bouteille brisée sur la tête. La pauvre bête va s'échouer dans les débris de verres coupants. C'est la première d'une série d'attaques furieuses que sa maîtresse lui infligera. Le sang coule sur le poil et sur la gueule ouverte de Soleil, mais ses deux yeux loyaux restent tendres et ne se ferment pas.

* * *

Marc De Grandpré n'en peut plus de voir ce qui se trame derrière le dos de Carole. Afin de faire la lumière sur une conversation qu'il a interceptée par hasard entre Rachelle Laviolette et Franco, il se dirige d'un pas ferme vers son bureau.

— Carole, commence-t-il, j'espérais que les choses finiraient par s'arranger sans que tu sois au courant, mais il faut que je te dise que Rachelle Laviolette et Franco complotent avec Informatique 2000 pour LE placer à la direction du journal, lance-t-il abruptement.

La rédactrice en chef pâlit, laisse tomber une pile de feuilles et ses longs cils voilent à peine le désarroi qui assombrit ses prunelles. D'un geste machinal, elle repousse ses cheveux derrière une oreille et s'assoit. Un rire nerveux s'échappe de sa gorge nouée. Essayant de se calmer, elle répond :

— C'est impossible. Allons, Marc! Franco ne me ferait jamais une telle abomination!

Aussi mal à l'aise que Carole, Marc n'évalue pas la mesure de sa détresse. Il insiste :

— C'est ce qui m'a poussé dans ton bureau. Moi aussi, je trouve cela impensable. Ils parlaient bien en français, pourtant. Une fois Franco à la place de Rachelle, il l'engagerait pour te seconder comme rédacteur en chef.

— Je crois que tu t'en fais pour rien. Franco n'est pas méchant et le *Nouvelliste* ne l'intéresse pas. Il travaille en attendant une percée spectaculaire au théâtre. Allons, Marc, tu sais comme nous sommes unis.

— Carole...

— Oui, continue, il y a autre chose?

Soudain, la pâleur du visage de sa tante amène Marc à réaliser l'impact de sa révélation. Le jeune comptable a la nausée à la pensée d'avoir déchiffré une telle catastrophe. Vaut mieux prendre le risque qu'elle ne sache jamais la vérité, calcule-t-il.

— Non, rien, tu as raison. On est si désorienté ces temps-ci que l'on entend tout de travers. J'ai mal interprété la conversation.

Il se dirige vivement vers la porte.

— Sûrement. Une équivoque a dû se glisser quelque part. Franco n'est pas méchant, répète Carole.

Une fois assise, elle s'empresse d'oublier cette nouvelle méprise en révisant les feuillets de textes empilés devant elle.

* * *

Flame, habituée à de succulents petits plats servis dans de la porcelaine délicate, ne s'est pas encore apprivoisée à la nourriture

325

et à la vaisselle de la Maison Tanguay. Pour oublier son entourage, elle concocte les détails de son évasion.

Hier, Flame s'est fait couper les cheveux à moitié de leur longueur. Pendant une partie de la nuit, entre les tournées des agentes, ses mains habiles ont cousu les cheveux coupés pour en faire une perruque; elle achèvera son travail ce soir.

Soudain, par la coïncidence d'un arrêt prolongé du tintamarre dans le réfectoire, Flame entend:

— Aïe, ma Nick, j'ai comme l'impression qu'il se prépare une cavale dans une des cellules de mon bout. La lumière est brisée depuis ce matin. Ce n'est pas normal, ça. Il fait déjà noir dans le coin.

— Ramba! C'é pas une façon de m'dire que tu t'tires?

— Es-tu malade? Je suis bien trop bien ici.

— Si tu t'sauvais, tu m'amènerais, hein?

— Garanti, ma Nick! Mais où est-ce qu'on irait? Ici, tout le monde m'écoute. Je mange, je dors, je baise, je travaille, je fume mon joint, et puis je me déniaise gratuitement. Pourquoi courir après les embêtements? N'empêche que c'est une bouffonnerie de s'évader d'ici. Il fait noir comme le poêle; ensuite, la même clé ouvre nos cellules par en dedans et par en dehors. Tiens, voilà la grosse qui s'amène.

— Regarde ça, Ramba! Il est trippant, oui ou non, l'intervenant Rémi Faucher avec ses cheveux à la Richard Gere, dit Gisèle alias «la grosse».

— Ne te fie pas trop, la grosse, il n'a pas un poil sur le crâne.

— Hein? Qu'est-ce que tu dis là?

— Je dis que tu es bien mieux de lui lorgner le cul que la tête. Il est chauve.

— Mais tu es devenue une casseuse de veillée, Ramba!

— Énerve-toi pas! Il y en a une qui aime bien tenir son bowling entre ses deux tétons et les balancer d'une oreille à l'autre.

— Qui ça?

— Es-tu crampée? Je parle, le lendemain, je suis chipée à Kingston. Mais je vais te dire une chose: quand le *shift* change le soir, il y en a une qui ne s'en va pas chez elle, le mercredi. Elle va

326

le retrouver dans la cellule FF. Ils se rencontrent toutes les semaines.

— Dans la cellule «Face à Flame»? Tant que je ne l'aurai pas vu chauve, il mouillera mes culottes.

Une fois seule, Monique demande à Sylvie, alias Ramba:

— Aïe, maintenant qu'on est rien qu'nous deux, de qui tu parlais devant la grosse?

— Du «gorille rouge».

— Du «gorille rouge»? Tu t'fous d'ma gueule. Sans farce, Ramba, de qui tu parlais?

— Du «gorille rouge», garanti.

Le «gorille rouge» fait son entrée dans le réfectoire.

— Ta gueule! Ta gueule! Je ne t'ai rien dit. Rien.

— Voyons, on é icitte pour la vie. Penses-tu que chte vendrais!

Le «gorille rouge» passe près d'elles. Ramba se tourne vers Flame.

— Aïe! La belle rousse. Tu grimpes, toi. Tu grimpes. Je t'ai vue hier, sur la bâtisse pour aller chercher le chat. Wouaouaou! Ça te tenterait pas... qu'on grimpe ensemble? Je te promets de t'amener dans les nuages.

— Le mont Everest ou rien. Tout équipée, naturellement.

— Belle pis drôle!.. Ça te prend absolument un mec?... Faudrait que je trouve un troisième partenaire. À trois, peut-être que tu accepterais. Avec le chauve, non? Il garderait ses cheveux à la Richard Gere pour toi.

Monique regarde Flame et lui dit tout bas:

— En toué cas, moé, ça fait mon affaire que tu r'fuses, poil de carotte. J'ris ben, mé ça m'crève e l'cœur quand Ramba t'drague.

Flame se sent souillée. Elle pense à Elsa, à Antoine.

* * *

La conduite exemplaire de Flame lui a valu la permission de recevoir ses visiteurs dans un minuscule parloir privé, sans vitre ni micro qui coupent la liberté de parole et les contacts physiques.

Roberto, bien entendu, est sur la liste restreinte des amis autorisés. S'il en avait le droit, le maire de Saint-Léon viendrait la voir toutes les fins de semaine, mais comme la règle ne permet que huit heures de visite par mois, il attend patiemment, pour la troisième fois en trois mois, ses soixante minutes, douces et pénibles à la fois.

À moitié assis sur un siège usé, l'amoureux trouve irrespirable l'odeur de moisi de la pièce. Quel contraste avec le parfum de Flame qu'il chérit de plus en plus. Il faut absolument que sa dulcinée sorte de la prison. Par contre, s'il fallait...

Depuis que Flame collabore, Me Lemay effectue un travail à la hauteur de son talent; tous espèrent une libération en appel. Mais ce processus est long. Roberto connaît assez le caractère pétulant de sa bien-aimée pour savoir qu'elle ne supportera pas d'être confinée indéfiniment dans une prison. Il frissonne à l'idée de ce qui pourrait survenir. Pourvu qu'elle ne tombe pas malade.

Flame passe la porte, plus pâle que les autres fois. La prisonnière, privée de contact humain, se jette dans les bras de Roberto. Il la serre fort. Il veut communiquer par cette accolade l'affection des gens qui l'aiment et qui l'attendent de l'autre côté de l'impitoyable clôture en fer barbelé. Après un long moment, ils s'assoient l'un en face de l'autre. Le bel Italien tient affectueusement les mains de son amour dans les siennes, appuyées sur une planche de bois rugueux fixée au mur. Loin sont les nappes tissées sur les tables de sa *bellissima*.

— J'ai fini de lire le journal de Mali, annonce enfin Flame.

— *Ecco!*

Roberto hésite. Est-ce trop tôt pour suggérer une évasion?

— Qu'est-ce que je pour-pourrais faire pour t'aider?

— Je ne peux plus rester ici, déclare-t-elle simplement.

Roberto attend.

— Une fois la lecture du journal personnel terminée, j'ai réalisé que j'étais en prison. Je ne peux accepter d'être dans une prison pour avoir tué Mali! rétorque Flame enfermée dans ses pensées.

Le visage de Roberto s'éclaire.

— Tu sais, Flame, com-comme maire, je me suis fait des amis solides. Ce se-serait très facile pour moi de t'obtenir des papiers, un déguisement et de t'aider à te refaire une nou-nouvelle vie, si... si tu voulais par-partir.

— Ne plus jamais être moi-même?

— Ta personnalité ne changerait-rait pas. Combien d'artistes sont complètement métamorphosés après avoir adopté un *new look*! Seulement le f-fait de suivre la mode et de maigrir un peu suf-suffisent pour ne pas se faire recon-nnaître, des fois.

Il tend le cou jusqu'au milieu de la table et chuchote:

— Je ne pense qu'à ç-ça! Oh Flame, tu ne peux res-rester ici. Tu peux refaire ta vie. Tu n'as pas d'an-antécédents, alors on ne s'acharnera pas à te chercher. Tu pourrais revoir tes enfants en passant pour la gouvernante de tes petits-enfants aussitôt qu'ils ne se-seront plus suivis.

— Moi aussi, je ne pense qu'à ça depuis que j'ai fini de lire le journal de Mali. Je dois absolument m'échapper d'ici, Roberto. Mais je veux me sauver sans aide extérieure. Surtout pas l'aide d'un ami comme toi.

— Je suis pr-prêt à prendre des risques, répond-il.

— Essayons sans risques et si ça ne marche pas, on verra. Je ne veux pas non plus que tu me fasses faire de nouveaux papiers. C'est trop grave. D'après mon plan, si on m'attrape, j'écoperai d'une dure sanction et je perdrai tous les privilèges que j'ai acquis par ma bonne conduite – elle ne prononce pas le mot «cachot» – mais si j'ai de faux papiers, je serai sûrement transférée à Kingston; on enquêtera et tu seras pris. Tu te vois dans une prison, toi aussi?

L'amoureux s'imagine à la prison de Bordeaux: *Horrible, mais accepté*. Pourvu que sa bien-aimée décampe de là.

— Tu as peu-peut-être raison. Kingston, c'est effrayant. Est-ce compliqué pour s'é-s'évader de la prison?

— *Good Lord*, non! C'est facile à ne pas y croire.

Un triste sourire se dessine aux commissures des lèvres de Flame.

— Faut étud-étudier la situation à fond. Il y a peut-être un pi-piège quelque part.

Les yeux de Roberto fouillent la pièce avec méfiance.

329

— Comment ex-expliquer qu'il n'y ait pas plus d'éva-d'éva-sion ?

— La plupart des prisonnières n'ont pas intérêt à sortir. Elles préfèrent améliorer leur sort ici. Elles portent leurs propres vête-ments... dans leur cellule, elles ont droit à huit appareils électriques chacune, comme la télévision, le baladeur... Il y a un salon de coiffure, une pharmacie, où elles peuvent acheter des produits de beauté, une chapelle, un piano... Et surtout, il y a la roulotte fami-liale où elles peuvent vivre un week-end tous les deux mois avec leur conjoint...

Roberto rougit. Il retire sa main.

— ... Des ateliers, continue la prisonnière. Elles se font copi-nes entre elles, bénéficient de l'appui moral de spécialistes. Pour certaines, c'est un genre de foyer, un substitut à la famille.

— Mais toi...

— Si elles s'évadent, elles peuvent être envoyées à Kingston et là ce n'est pas une famille ! Elles espèrent toutes être transférées un jour au nouveau pénitencier en construction dans la région de Joliette pour les personnes qui purgent une longue sentence. Une nouveauté. Dans cet établissement, les mères auront le droit de garder leurs bébés avec elles.

— Mais toi, tu-tu ne peux rester ici.

Les lèvres de Roberto se crispent. Ses yeux noirs et fougueux regardent deux chaises qui remplissent un espace sombre à droite de leur table, devant une fenêtre à barreaux.

Il reprend la main de Flame.

— Depuis que j'ai terminé de lire son journal personnel, je ne pense qu'à ça. Mon plan est au point. J'agirai seule jusqu'à ce que je sois à l'extérieur. Une fois...

D'un petit coup de pied, Roberto la prévient de la présence d'une agente derrière elle et l'apaise d'une pression de la main.

— On m'a dit que bientôt, j'aurai droit de travailler dans le jardin, enchaîne la prisonnière. Ça me dégourdira un peu. Quand j'étais enfant, je passais mes vacances à aider le jardinier. Je me souviens de la colère de maman quand *Benny daddy* m'avait donné une trousse d'outils en cadeau.

Roberto voudrait expliquer à Flame sa capacité d'action dans les situations dangereuses, son sang-froid durant les risques. Il ne considère pas que c'est le moment propice pour se dévoiler, ni pour lui raconter les aventures qu'il a dû braver dans sa jeunesse afin de survivre et de subvenir aux besoins de son frère Franco. Flame veut absolument agir en solo.

Intrépide beauté, pense le maire de Saint-Léon. Par contre, il est épouvanté en l'imaginant seule dans la noirceur de la rue Tanguay.

Flame s'emballe. Son fidèle ami jette des regards anxieux autour d'eux. Il lui fait signe de continuer.

— Il n'y a qu'une chipie qui me déteste vraiment. On l'appelle le «gorille rouge». Elle n'aime pas que mes cheveux soient d'un roux naturel, alors...

— Elle te fait du mal?

— Non, non, non. Elle va être engagée au pénitencier de Kingston sous peu. Pour elle, Kingston, c'est un pas de géant dans son métier de mégère! Elle pourra y exercer sa cruauté plus librement.

Flame se tourne vers la fenêtre comme pour vérifier les appliques à travers les barreaux. Puis son visage fatigué revient à Roberto.

La recluse est emportée par la description de son projet, une fois à l'extérieur, lequel semble logique mais audacieux à Roberto.

Une responsable s'avance, intriguée par sa mimique animée. Roberto lui presse la main pour qu'elle change de sujet.

— Je cours deux kilomètres tous les jours, coupe vite la comploteuse sans changer d'expression.

Une fois l'intervenante éloignée, avec plus de réserve, Flame demande à Roberto si son scénario concorde avec le sien.

— N'oublie pas que je suis un «garçon manqué». Et je m'entraîne tous les jours, précise la prisonnière.

— Je vais en discuter avec Antoine. Il veut absolument que ce soit lui qui te libère. Nous en parlons souvent. Flame, si ta chipie est de gard...

— Oh non, non, non, je ne veux pas qu'Antoine soit mêlé à ça. C'est trop dangereux.

Encore une fois, le ton de Flame se fait plus retentissant.

— Es-tu ner-nerveuse?

— Non. L'inertie m'énerve. L'action me calme.

— Carole s'est offerte pour te trou-ouver un refuge.

— *No, no, no!* C'est trop dangereux pour elle.

— On ne peut faire au-autrement. Je me suis informé avec un ami pour faciliter ta sortie du Québec. Il y a-a une heure pré-précise pour que tu tra-traverses la frontière à Plattsburg sans r-risques. Tu ne peux errer-er pendant des heures dans les rues de Montréal. Quand tu auras décidé du soir propice, Carole restera à la maison pour attendre ton appel. Tu t'id-t'iden-den-tifieras comme DI-DIANE pour téléphoner à Carole. Par-parle le moins pos-pos-sible.

— Je vais te confier le jour que j'ai choisi, à condition qu'Antoine ne sache rien. Pas même que j'ai l'intention de m'évader. Et rien de ce que je t'ai dit plus tôt.

— C'est impossible, Fl-Flame.

— Alors je ne te dirai rien à toi non plus.

— Non! J- je ne dirai rien à Antoine. Seulement à Carole.

— Oh, Roberto, peux-tu me procurer ce machin avec lequel les faussaires font le duplicata d'une clé?

— Compte sur moi. Je vais l'envelopper et le donner à Antoine. Il ne saura pas ce qu'il y a dedans.

— Dis-lui de faire attention. Il ne faut pas...

— C'est petit. Quand Antoine viendra, mets ta tunique avec le capuchon. En l'embrassant à son arrivée, place-toi face à la porte et il le glissera dedans.

Roberto décrit avec appréhension comment «sa fugitive» devra franchir la frontière. Il lui passe un papier. Les deux étudient la combinaison de leur plan respectif. Il a confiance dans leurs stratégies, mais l'impétuosité de Flame l'inquiète. D'après lui, elle a toutes les qualités... à part la prudence.

* * *

Tout un dilemme! L'échéancier du 14 août 1995 approche. Les De Grandpré doivent décider s'il est préférable de rembourser Informatique 2000 ou de lui vendre les actions laissées en héritage. À première vue, tout le monde s'accorde pour vendre les actions et toucher l'argent le plus vite possible, donc d'accepter l'offre d'achat très alléchante de la compagnie.

Une phrase lancée par Carole, dans le but de provoquer Charles, amèrement déçu d'être rejeté par Pascale, change subitement la décision presque déjà prise.

— Je crois que nous devrions attendre que Flame Donnelley connaisse son verdict en appel pour nous prononcer, suggère Carole. Elle gagnera certainement cette fois et le codicille pourrait modifier notre décision.

C'est une suggestion que Flame lui a faite par l'intermédiaire de son avocat. La prisonnière ne peut laisser aller le journal, il faut que les employés l'achètent «comme Mali le souhaite». Que le *Nouvelliste* continue de progresser «comme Mali le souhaite» et que Carole poursuive sa carrière «comme Mali le souhaite».

— Nous ne connaissons rien dans les journaux, je suis d'accord pour attendre Flame, accepte Raymond. Elle était active depuis des années au conseil d'administration. En attendant, nos parts dans le *Nouvelliste* seront administrées par Olivier. Le journal est bien tenu par Carole et les autres employés qui ont tous plusieurs années d'expérience. Un mois de plus, un mois de moins, au point où nous en sommes.

— Elle sortira tôt ou tard de la prison, appuie Charles.

— Y a-t-il quelqu'un qui s'objecte? demande Olivier. Pour ma part, je considère que c'est notre devoir de respecter le testament de Mali. Grâce à son journal personnel, nous saisissons mieux ses volontés et nous croyons tous que Flame est innocente.

Olivier rappelle à sa famille que Mᵉ Lemay ne l'a jamais informé officiellement du mandat que Flame lui avait confié de renoncer à l'héritage. Son avocat a déclaré que le refus de se disputer sur la tête de Mali aurait été mal interprété et aurait ajouté une flèche de plus à l'arc d'accusation dans le jeu du procureur de la Couronne.

La famille s'entend pour reporter la décision. Même Charles, surtout Charles.

Informatique 2000 accepte, bon gré mal gré, que la date d'échéance du prêt soit retardée au 9 octobre, étant donné que la cause en appel est enregistrée pour le 27 septembre 1995.

* * *

C'est le lundi 24 juillet 1995. Un jour chaud et brumeux. Flame joue du piano.

La mélodie de *La Bohême* de Charles Aznavour répond aux doigts joliment potelés de la prisonnière; pour la quatrième fois en deux jours, la belle rousse sourit au menuisier qui répare la moustiquaire de la salle de séjour; plus loin, assises sur le divan, deux incarcérées ont une conversation orageuse. Puis, toutes deux quittent l'appartement, la larme à l'œil.

Après leur départ, les notes entraînantes de *La Bohême* arrêtent subitement. Flame laisse passer une seconde et reprend avec *L'Habanera* de *Carmen* sur un rythme insidieux. Fixant le dos de l'ouvrier, elle roucoule: «L'amour est enfant de bohême.» L'ouvrier se retourne. «Il n'a jamais, jamais connu de loi.» L'ouvrier la regarde. «Si tu ne m'aimes pas, je t'aime... Et si je t'aime, prends garde à toi.» L'ouvrier la questionne du regard. «L'oiseau que tu croyais surprendre battit de l'aile et s'envola», pianote et chantonne Flame. «L'amour est loin, tu peux l'attendre, tu ne l'attends plus, il est là.» L'ouvrier s'assoit sur le banc du piano et pose son index sous le menton de Flame; les yeux verts promettent tous les astres du firmament.

— Je m'appelle Claude, murmure l'homme de maintenance.

Un bruit provenant du corridor fait sursauter Claude. Il se retourne. Flame lorgne le coffre à outils; sa main agile s'empare de la pince indispensable à son plan, et la glisse dans la grande poche de côté de sa tunique.

Contrarié par l'interruption, le travailleur reprend son ouvrage à la fenêtre derrière le piano.

— On se reverra? demande-t-il tout bas.

— Je l'espère, répond Flame en quittant la salle de séjour.

Une fois dans sa chambre, la comploteuse surveille le petit carreau vitré sous le macramé: il n'y a personne dans les environs. Elle cache la pince dans son veston noir, la poussant bien au fond de la poche.

La sonnerie stridente qui annonce le souper la fait sursauter.

Flame a passé une partie de la nuit à défaire la moustiquaire de sa cellule. Une bagatelle... n'eût été la tournée horaire de la surveillante: dévisser, refermer, camoufler le tout et se coucher. Se relever, dévisser, etc. Jusqu'à ce que quatre des six rivets de la moustiquaire soient détachés et que les deux du haut tiennent le tout en place.

Ce soir, l'opération sera plus ardue et plus risquée.

En attendant la noirceur, Flame se convainc qu'elle réussira son évasion comme elle réussissait ses prouesses quand elle utilisait sa trousse d'outils au grand désespoir de sa mère Charmaine. Que de punitions a-t-elle écopées dans sa jeunesse pour avoir «aidé» les jardiniers ou les menuisiers!

À 9h55, la captive guette, sur le mur, le reflet de la lampe de poche du «gorille rouge». *Bloody lumière espionne! Plus jamais!* Après cette dernière tournée, la surveillante devrait aller rejoindre son «Richard Gere» dans la cellule FF. Le macramé reprend sa position sur la porte de la cellule de Flame et ramène l'obscurité.

Depuis qu'elle a fini de lire le journal de Mali, Flame s'est habituée à dormir sur le côté gauche, le visage caché par ses cheveux. Ainsi, du carreau indiscret, les surveillantes n'aperçoivent que ses cheveux roux frisés hors de la couverture vallonnée.

La prisonnière se lève, installe sur l'oreiller la perruque rousse confectionnée avec ses cheveux coupés, dispose des vêtements pour simuler sa silhouette sous les draps et cache le journal personnel dans son havresac près de la fenêtre.

Les mains moites, les genoux tremblants, elle se dirige, lampe de poche, petite cannette et débarbouillette mouillée à la main, vers la cellule FF, juste en face de la sienne. *Je dois voir mes enfants. Je dois veiller sur Elsa...*

Flame lève un tout petit morceau du macramé couvrant le hublot de la cellule FF: c'est l'obscurité complète. De plus, aucun son ne parvient à travers la porte en fer. Comment savoir où en sont les cachottiers dans leurs ébats amoureux? *Je dois voir mes enfants, je dois veiller...* Elle risque le tout pour le tout et faufile la clé dans la serrure.

La porte s'ouvre... sans craquer, *Good Lord, merci!* Dans le noir, des gémissements entrecoupés de jurons révèlent à Flame où se trouvent les têtes des amants enfouis sous les draps. C'est le bon moment! En avançant un peu, elle touche – quelle chance! – à la perruque du surveillant Faucher sur le lavabo en métal. Elle n'aura pas besoin de la chercher avec sa lampe de poche.

Doit-elle vaporiser quand même son produit anesthésique vers la tête du lit? Mais oui, pas de risque à prendre! D'une main, elle couvre son nez avec sa débarbouillette mouillée et de l'autre, appuie sur le bouchon de sa cannette. Instantanément, le «gorille» et le chauve sont réduits au silence pour des heures, dans un sommeil profond. Flame s'enfuit avec les longs cheveux «qui font penser à Richard Gere».

Sur la pointe des pieds, Flame tremblote jusqu'à sa cellule, se répétant: *Je dois voir mes enfants, je dois veiller sur Elsa... je dois voir mes enfants, je dois veiller sur Elsa...*

Elle place la perruque brune sur sa tête, enfile son havresac, vérifie si rien ne paraît, pousse la moustiquaire, sort et s'agrippe à la corde retenue par un clou.

Dans quarante minutes, la surveillante passera. Flame replace la moustiquaire et fixe un petit morceau de bois afin que la surveillante suivante n'y voit rien. De minuscules entraves dans la pierre du mur devraient lui servir de légers soutiens.

Et soudain... Un son à casser les oreilles lui parvient de l'intérieur. L'alarme! Les lumières s'allument. *Qu'est-ce que je fais?* Flame saute.

Les accroches, fixées au câble pour ralentir sa descente jusqu'au-dessus de la fenêtre du premier étage, cèdent sous la pression de la vitesse imprévue de la chute de Flame. Une fraction de seconde et boom! Sur le gazon atterrissent le havresac, les pinces, le journal personnel et le derrière de Flame ! Puis, c'est la lumière, les cris dans la prison et les phares dans la cour !

L'ampoule brûlée qui devait garder l'endroit dans l'obscurité ne sert à rien. Ni le fait que sa cellule, la dernière au fond du corridor, donnait sur l'endroit le plus sombre du côté de la prison de Bordeaux. À plusieurs reprises, depuis qu'elle a décidé de s'évader, Flame a minuté l'éclairage extérieur depuis sa cellule. La caméra pivotante balaie le terrain toutes les soixante secondes.

Flame s'étend à plat ventre sur le sol dans un recoin de la bâtisse et ne bouge pas.

La sirène des voitures de police maintenant ! *Good Lord! Please!*

Dans la Maison Tanguay, c'est le charivari. Les prisonnières cognent sur les portes. Des agentes du service correctionnel surgissent de partout la main serrant leur radio-émetteur; elles attendent le pire. Les policiers sont déjà sur place.

Au bout d'une longue minute, la grande responsable se montre enfin le nez avec son «crieur» et annonce: «Cessez ce vacarme. Le concierge a constaté qu'il y avait une défectuosité dans le système de sécurité.» En fait, des prisonnières du premier étage ont réussi à détourner l'attention des surveillantes afin de faciliter un coup plus important dans une cellule à occupation double de l'autre côté de la prison: poignarder une «moucharde». Les plafonniers s'éteignent, la ronde des phares ralentit à l'extérieur. Les policiers sont toujours là.

Dans la cellule FF, les deux endormis ne reçoivent aucun écho de tout ce brouhaha. Quand ils se réveilleront de leur sommeil au chloroforme, Flame devrait être rendue loin, arborant la perruque de «Richard Gere» dont les mèches brunes frôleront une robe en soie turquoise.

* * *

L'herbe très haute qui longe la clôture, là où personne ne peut la voir, se trouve à une vingtaine de mètres de Flame.

Sitôt l'obscurité revenue, l'échappée s'y précipite comme une gazelle. Elle sort la pince de sa poche, dégage le grillage de la clôture sur une longueur de cinq à sept mètres en libérant les boulons qui tiennent les pieux tous les un mètre vingt.

L'aventurière creuse et creuse. Bénissant sa minceur, elle se glisse dans un espace bon pour les souris.

Puis, elle part.

Le poids de son havresac ne ralentit pas la vitesse de sa course à travers le chemin de ronde pendant une centaine de mètres, les plus dangereux. Ses pieds touchent à peine le sol qui longe la clôture. Flame file si vite que sa silhouette est à peine visible dans la brume; lorsqu'à toutes les cinquante secondes, elle s'étend sur le gazon afin d'éviter la lumière de la caméra, la pauvre fugitive en profite pour essuyer ses yeux aveuglés par la transpiration. Alors, elle peut voir l'arrière des résidences de la rue Tanguay; cela lui donne le courage de continuer sa périlleuse aventure.

Good Lord! *Enfin!* Flame est à deux mètres de la clôture de la résidence décrite par Carole. La camionnette d'Émile devrait avoir été stationnée entre deux véhicules impersonnels sur la rue Tanguay.

*   *   *

Franco feint de s'assoupir sur le divan. Carole donne l'impression de se détendre, assise à l'autre bout du sofa près du téléphone. Tous deux attendent un appel différent, lourd de conséquences pour l'un et pour l'autre. Soudain, la sonnerie les fait sursauter. Carole agrippe le combiné.

— C'est moi, déclare une voix essoufflée à l'autre bout.

Carole se retient de pousser un soupir de soulagement et s'écrie très fort, trop fort:

— DI-A-NE! Quelle belle surprise! Tu es à Montréal?

— Oui, répond Flame sans ajouter un seul autre mot.

D'une voix contrôlée, sans se permettre une pause, Carole débite en articulant bien pour éviter toute ambiguïté: «Ne t'enregistre surtout pas à l'hôtel. Tu peux utiliser mon studio-bureau. Je n'y vais pas tous les jours de ce temps-ci. Je néglige mes pauvres petits chats. C'est Madame Lavigueur qui vient les nourrir. Tu connais Madame Lavigueur? Elle ne te dérangera pas avant tard demain matin. Ah oui, Diane, la clef est toujours dans la remise avec les marteaux et les clous! Je suis tellement contente que tu aies pu te libérer pour venir à Montréal!»

La sœur de Mali sait que la silencieuse évadée donne un sens différent à ses paroles. Les Lavigueur, locataires de Carole, sont en voyage et c'est Carole qui va venir nourrir les chats.

— As-tu besoin de quelque chose, Diane? continue Carole. Je veux dire, avais-tu l'intention de venir me voir ce soir? Je n'insiste pas parce que je sais combien on est exténué au retour d'un voyage.

Elle continue d'un trait:

— Je t'assure que tu tombes bien, je ne suis pas occupée. On casse la croûte ensemble demain? Disons vers 14 heures. Toujours chez Lucerne... Il y a un tas de choses dans le frigo. Même si tu n'aimes pas cuisiner, ne te laisse pas mourir de faim. Ça va bien, toi?

— Oui...

— Excuse-moi, Diane, on sonne à la porte. À demain, alors?

Cette conversation confirme à Flame que le plan n'a subi aucune modification.

Carole souhaiterait discuter avec Franco comme autrefois du plan d'évasion et de ce qu'elle doit faire plus tard pour «Diane»... mais Roberto a dit de n'en parler à PERSONNE. C'est la raison que Carole préfère évoquer. Sinon, elle devrait se demander si elle peut parler du coup de fil à Franco. L'épouse aimante, inconditionnelle et confiante jusqu'à il y a quelques semaines, n'est pas prête à affronter les pires doutes.

Elle feuillette un magazine. Incapable de lire, elle essaie de diriger ses pensées vers «sa sœur» évadée pour ne pas pleurer sur le comportement incompréhensible du seul homme qu'elle ait aimé dans sa vie.

— C'est Flame, cette Diane? demande Franco en reposant son journal.

Carole, qui ne sait pas mentir, hésite.

— J'ai deviné parce que je te connais, mais tu as bien parlé. Elle va rester chez les Lavigueur?

— Personne ne doit savoir...

— Pour qui me prends-tu? Tu me fais l'affront de douter de moi maintenant? crie Franco sur un ton agressif.

— Oh non. Je ne voulais pas t'embêter au cas où...

— Combien de temps chez les Lavigueur?

— Quelques heures seulement.

Une deuxième sonnerie du téléphone interrompt leur conversation. Franco saute sur l'appareil. «Oui, très bien», répond-il.

Puis, à l'attention de Carole:

— J'ai une course à faire. Je reviens dans une dizaine de minutes.

En préparant un plat d'asperges aux œufs et au parmesan, Carole repense à l'attitude de Franco: la campagne électorale, les élections, la tournée et surtout la mort de Mali. D'une part, elle s'efforce de justifier ses colères impétueuses, ses remarques acerbes... D'autre part, elle juge ses excuses disproportionnées pour des «fautes» très pardonnables et sans conséquence à première vue, comme s'il était coupable de beaucoup plus. *J'ai peur de lui, est-ce possible!* Carole s'empresse de s'occuper pour ne pas se demander ce qui pousse Franco à être violent. Depuis des mois, Carole sait ce qu'elle ne veut pas envisager. Franco est à genoux devant ceux dont il a besoin, d'une indifférence totale envers ceux qui ne lui rapportent plus rien et tyrannique avec ceux qui l'aiment. *Au fait*, raisonne-t-elle, morose, *qui aime vraiment Franco depuis qu'il a changé... à part moi? Peut-être Roberto parce qu'il est son frère. Mais a-t-il confiance en lui?*

Ce n'est pas la première fois que Carole vient à deux doigts de s'ouvrir les yeux sur la situation qui prévaut entre elle et son mari. Chaque fois, son émotivité dresse une barrière devant toutes ces horreurs, et elle se répète que Franco est bon. Que Franco est différent d'elle, qu'elle ne le comprend pas. Que personne ne le comprend. Par contre, l'équation est de plus en plus difficile à résoudre, constate-t-elle en s'apercevant qu'elle manque de beurre pour son plat d'asperges. *Franco ne peut pas être mauvais.* Elle saisit son sac à main pour aller au dépanneur. *Je ne l'aimerais pas comme je l'aime, voyons!*

«J'aurais dû m'arranger avec le beurre que j'avais. Je n'aurais rien vu», murmure Carole en apercevant – ô horreur! – à travers la vitre de l'épicerie... Franco et Rachelle Laviolette! La directrice intérimaire entretient une conversation animée, parsemée de clins d'œil complices à l'égard du photographe pâmé. Tous deux sont bien installés dans la voiture de Rachelle. Carole disparaît sans payer, court vers sa maison, le beurre fondant dans ses mains brûlantes de fièvre. Le tendre jeune homme qu'elle a aimé aveuglément et aime encore plus qu'elle-même serait-il vraiment faux... comme on le lui a souvent décrit? Impossible! Franco va la convaincre avec une explication qu'elle n'imagine pas. Mais oui, une bonne nouvelle pour eux. Peut-être que Rachelle Laviolette, qu'il a sûrement rencontrée par hasard, n'est plus d'accord avec Informatique 2000... La photo pour laquelle on l'avait appelé?... Il l'a oubliée en réalisant que Rachelle était de leur côté. Quelques mensonges joyeux à l'occasion pour lui éviter de la peine ou pour se défendre, d'accord. Mais la trahir, jamais. Leur dévotion inconditionnelle l'un pour l'autre est viscérale.

Au bout d'une demi-heure, Franco revient à la maison. Très simplement, il lance:

— J'ai rencontré un copain.

— Vous avez parlé longtemps, remarque Carole avec le plus de détachement possible.

— Ah oui, j'oubliais, j'ai croisé Rachelle Laviolette.

— Rien de spécial?

— Non, nous avons échangé quelques mots. Il faut entretenir de bonnes relations avec elle. On en a besoin.

Malgré elle, le voile amoureux qui recouvre depuis toujours l'hypocrisie de son mari se déchire. Les avertissements de Marc, les retards trop minutieusement justifiés, les insinuations de ses amis qu'elle a ignorées au sujet des infidélités de son «infaillible» Franco, son supposé manque de jugement trop humblement admis... Elle ne peut plus nier la fausseté de Franco. Elle ne peut plus nier ses expressions sournoises affichées tant de fois. Elle ne peut plus nier qu'elle a découvert, depuis longtemps, sa petitesse.

341

— Menteur! crie-t-elle en le giflant.

Franco reste surpris de la claque. Comment peut-elle savoir? Son visage manifeste, sans pudeur ni retenue, l'agressivité qu'il a réprimée pendant des années. Depuis trop longtemps, il a dû accepter sans révolte la supériorité de Carole. Maintenant, il a conquis le haut du pavé, et son expression de méchanceté ne laisse aucune équivoque.

Carole regarde son mari, incrédule. *Quelle haine! Ces yeux violents! Ce sourire diabolique! Ce monstre devant moi ne peut être mon Franco!.. Non!.. Oui!..* Les prunelles de la femme trahie dans sa plus profonde conception de l'amour fixent tout à coup Franco sans le voir.

Avec la lourdeur d'une roche, elle tombe inanimée, le corps rigide et la bouche ouverte.

21

Adoptant l'allure d'une reine réintégrée, Flame s'allonge sur le velours du fauteuil Marie-Antoinette dans la maison des Lavigueur. Enfin, deux bonnes heures sont à sa disposition pour commencer à relire le journal de Mali... Lentement, sans être dérangée par une activité ou par un indésirable de la prison.

Autrefois, la téméraire «travestie» aurait dégusté une tisane bien chaude en attendant le coup de fil de Carole. Plus jamais. Cette boisson évoque trop les horreurs énoncées au cours du procès. C'est avec un verre de sherry à la main que l'évadée s'installe en attendant les instructions concernant son passage à la frontière.

Jusqu'à 7 heures demain matin, personne ne devrait noter sa disparition de la prison. Et quand sa fuite sera annoncée, elle aura déjà dépassé Lake George. Elle sera au volant d'une voiture américaine filant vers New York et arborant une perruque d'un brun foncé et des verres de contact marron. Carole lui a préparé tout ce qu'il y a de plus convenable pour voyager à cette heure de la nuit par une chaude soirée de juillet. Une fois la frontière franchie, elle enfilera des jeans comme une vraie voyageuse à l'américaine.

Ce scénario lui conviendrait parfaitement si ce n'était de rester sans nouvelles d'Elsa et d'Antoine et d'en être éloignée pour un temps indéfini. Flame est saisie de frayeur, puis elle se reprend, convaincue de trouver un moyen pour les garder à l'œil sans cesse et pour leur faire parvenir son amour.

Elsa... combien d'adolescentes auraient traversé cette avalanche de coups du sort avec autant de maturité! Antoine... il a réussi

343

à maîtriser ses sentiments et à canaliser ceux d'Elsa vers un étranger.

Michel... Tante Jackie... Deux anges gardiens pour Elsa et Antoine. Si Anna était retrouvable! Elle aiderait Antoine. Elle le chérissait tellement, «son Tony»!

Flame monte d'un cran l'éclairage de la lampe. *Comme c'est chaud, une maison!* pense-t-elle. Ses prunelles «brunies» aperçoivent un très grand lit. Good Lord! *m'étendre sur un vrai matelas pendant trois minutes!* Flame jette ses jolis escarpins dans les airs, et la jupe en soie de sa robe turquoise se déplie en éventail. Flame s'étale sur la couette fleurie du lit des Lavigueur, ses bras protégeant le précieux document de quatre mille pages.

La sonnerie du téléphone secoue son bien-être d'un coup. Flame hésite avant de répondre. Ce n'est pas l'heure prévue. À moins que les plans soient changés. Elle décroche.

Franco, au bout du fil, pleure comme une fontaine.

— Flame! viens vite, je pense que Carole est morte. C'est de ma faute. Elle est tombée et ne bouge pas.

— Appelle le 9-1-1. J'arrive.

Flame sort de son refuge sans hésiter. Carole a besoin d'aide et «son autre sœur», Mali, n'est pas là. L'audacieuse femme saute dans la camionnette d'Émile.

À quelques rues de la maison de Carole, Flame sursaute. Une sirène se met à hurler. En même temps, les lumières d'une voiture de police illuminent son rétroviseur. Good Lord! *Je ne peux m'arrêter.* L'auto-patrouille dépasse sa voiture et bloque le chemin.

— Votre permis de conduire et l'enregistrement de la camionnette, lui ordonne une voix sévère.

— Je n'ai pas le temps, ma sœur est mourante.

— Vos papiers, répète le policier, agressif. Vous rouliez à 90 kilomètres-heure dans une zone de 50. Sans compter votre obstination à ignorer notre signal. Vous préférez venir au poste?

L'état de Carole préoccupe trop Flame. Ce n'est pas le moment d'entamer une discussion. Sans se soucier du danger qui la guette, elle tend son permis de conduire identique à celui qu'on lui a confisqué à son arrivée à la Maison Tanguay et l'enregistrement de la camionnette d'Émile, décédé.

Pendant que l'agent vérifie les papiers, elle s'empresse de téléphoner à Franco de son cellulaire. Désemparé, il sanglote toujours.

— Elle ne bouge pas.

— Réveille-la tout de suite. Ne la laisse pas dormir.

— Impossible. Sa bouche est ouverte et ses yeux fixent le vide. Aucun signe de vie sur son visage. Est-ce que ma femme est morte, Flame, Carole est-elle morte?

— À quel hôpital vont-ils la transporter?

— L'Hôpital général de Montréal.

— J'y vais directement.

* * *

Lorsqu'elle reprend connaissance dans l'ambulance, Carole ne cherche pas à savoir ce qu'elle fait sur une civière. L'ambulance et la sirène ne l'impressionnent pas non plus. Seule l'expression aperçue, il y a un moment, sur les traits si beaux et si romantiques de Franco lui fait atrocement mal. *Je vais mourir, quel soulagement!*

La confirmation de doutes étouffés, de signes indéniables exprimant la mesquinerie du seul homme qu'elle ait aimé, défonce le barrage de son conscient qui s'obstine à lui faire affronter la réalité. *Quatorze ans de mirage!* La solide mais trop aimante Carole retombe dans son sommeil comateux.

* * *

Sans arrêt, Flame écaille le vernis rouge de ses ongles. Le policier revient près de sa camionnette et lui annonce:

— Madame, vous devez nous suivre au poste pour régler une contravention non payée malgré les avis que vous avez reçus.

— *Oh dear!* Quelle contravention?

— Ce véhicule a brûlé un feu rouge le 2 janvier 1994 et l'enregistrement n'a pas été renouvelé.

— Le lendemain du jour de l'An? s'exclame-t-elle, fort.

— Dans le monde entier, Madame.

— À quelle heure?

— !!!

— Je vous en prie, Monsieur, à quelle heure?

Le policier juge que ce sera moins long de vérifier l'heure que de faire taire cette jolie déboussolée. Il retourne à sa voiture et revient.

— Vers 22h40 à l'intersection du boulevard Rimelle et de la rue Dalhia, à Saint-Julien-du-Lac. Voulez-vous connaître la couleur des yeux du constable qui vous a arrêtée?

— Pas immédiatement, je vais en avoir besoin demain. Je peux partir, Monsieur l'agent? Ma sœur va mourir sans que je la voie.

Épouvantée par l'état de Carole, Flame passe outre le danger de se faire reconnaître et lève les yeux vers le flic peut-être malléable. Marcel Lamarche est stupéfié par les propos de Flame et visiblement séduit par la sensualité que dégage la séduisante casse-cou. «La mort me rend humain», se justifie-t-il.

De son côté, Flame croit percevoir une possibilité de gagner du temps en usant de son charme.

— Je peux vous payer en argent tout de suite ou venir vous voir demain si vous préférez, suggère-t-elle, mais il faut me laisser partir, je vous en supplie.

La peur que Carole ne meure sans elle à ses côtés la rend encore plus séduisante.

— Je choisis de te rencontrer demain. Je m'appelle Marcel.

— Ici, à la même place, à la même heure, Marcel? demande Flame tout aussi aguichante avec ses boucles brunes à la Richard Gere qu'avec sa chevelure rousse.

— O.K., mais pas à la même vitesse... ma jolie.

Flame lance une œillade reconnaissante à son sauveteur pas mal *cute* lui aussi. Marcel veut se rassurer:

— On se voit demain?

— Demain soir, ici, au soleil couchant, jure Flame, et elle enfonce allègrement l'accélérateur, sans noter le nom de la rue.

My, my! De ses doigts tremblants, la belle Anglaise ajuste son rétroviseur et regarde la silhouette du constable qui retourne à la voiture de police toujours stationnée dans la nuit. Son souffle revient.

— J'espère que tu m'approuves, Joseph, demande le constable Marcel Lamarche, un tantinet mal à l'aise. Cette grande dame avait une bonne raison d'aller si vite. Elle va payer demain. Qu'est-ce que t'en penses, Joseph? Depuis que son mari est mort, elle a négligé tous ses papiers.

— Tu m'as déjà sauvé la vie, *chum*, je peux bien faire le mort pour que tu laisses filer une jolie casse-cou vers sa copine égratignée.

Puis, les deux partenaires dégustent un bon beigne frais du jour et un hummm! de bon café.

Entre deux coups d'œil sur l'aiguille du compteur de vitesse, Flame décide qu'elle retournera à la Maison Tanguay après s'être rassurée de l'état de Carole à l'hôpital. Demain matin, elle appellera son avocat. Cette contravention écopée à Saint-Julien-sur-Lac, situé à une minute de Saint-Léon, alors que Mali était à Sainte-Adèle, l'exonérera de tous soupçons et lui fournira un alibi irréfutable. Mieux vaut attendre sa libération sagement à la Maison Tanguay. Une question de quelques heures, de quelques jours tout au plus... Good Lord! *Ils tiennent drôlement leurs livres à ce poste-là! C'est moins grave de tuer que de ne pas payer leurs amendes!* Elle dépasse un chauffeur du dimanche, vérifie instinctivement dans son rétroviseur ce qui ressemble à des voitures de police et poursuit sa course vers Carole. Elle frissonne en pensant à la coïncidence salvatrice qu'on ait annoncé de la neige la journée fatidique du 2 janvier 1994, il y a un an et demi. Autrement, elle aurait pris sa BMW et non la camionnette d'Émile pour filer plus vite dans le Nord! *Mali, Mali, c'est toi qui me sors de prison! Merci, merci, merci, incomparable Mali!*

Flame s'approche du lit de Carole. Elle lui prend la main et attend qu'elle reprenne conscience. L'infirmière l'a prévenue que le coma de Madame De Grandpré a été provoqué par un choc émotif. Un rude choc.

— Flame, il faut me laisser mourir, lui confie Carole émergeant de son coma comme si elle sentait la présence de son amie.

Sa voix brisée traduit la conviction de ses paroles.

— Pourquoi? Peux-tu me le dire?

— Franco. Franco n'est pas celui que je pensais.

— Je l'ai vu dans le couloir, il avait l'air misérable.

— Non... Est-ce qu'on va se revoir, Flame? Je vais avoir besoin de toi. Je dois...

Flame ne veut pas annoncer tout de suite à Carole son intention de retourner derrière les barreaux.

— Bien sûr, je prendrai contact avec toi dès demain.

Carole plonge à nouveau dans son sommeil comateux.

* * *

La fugueuse, rassurée, arrive devant la Maison Tanguay à 5h15, dissimulée par une brume épaisse. Comment enjamber la première clôture sans s'écorcher aux fils de fer barbelés dirigés vers l'extérieur? Les plans ont été dressés pour sortir et non pour rentrer.

Flame fouille partout dans la camionnette. Elle arrache la carpette de protection. Le journal personnel, maintenant. Et son sac à main. Le téléphone cellulaire sonne. *Est-ce que je réponds?*

D'une main tremblante, elle décroche l'appareil et ne dit rien.

— C'est moi, souffle la voix de Roberto, au bout du fil. Tu as un pro-problème?

— Je dois rentrer et je ne suis pas capable.

— Rentrer? Où? Où-où-où es-tu?

Roberto essuie la sueur qui perle de son front et sur ses joues.

— Près de la Maison.

Le bel Italien n'en croit pas ses oreilles. Qu'est-il arrivé?

— Je ne réussirai jamais à grimper jusqu'au deuxième étage, continue-t-elle. Et la clôture...

— J'arrive avec ce-ce qu'il faut.

— Non, pas toi! Un maire!

348

Roberto a déjà raccroché. Il attrape l'échelle en corde beige qu'il s'était procurée au cas où Flame changerait d'idée et accepterait son aide pour s'évader; il court chercher son coffre à outils et empoigne en passant le tapis en caoutchouc dans son portique. *Avec ça, elle ne s'égratignera pas.* Le maire de Saint-Léon saute dans sa Buick et file vers la Maison Tanguay.

— Pourquoi tu ne t'es pas sauvée? demande Roberto en voyant Flame devant la clôture de la prison.

— J'ai une preuve de mon innocence. Je t'expliquerai.

Roberto est transi. *Une preuve de son innocence!* Pas le temps d'insister. Il déroule l'échelle et montre à Flame la longue carpette.

— Pour te pro-otéger. Je t'aiderai de l'autre côté de la clôture.

— Oh non, Roberto, c'est de la complicité! Je suis une condamnée à vie. Je vais être libérée, mais toi, on...

— Vite, vite, Flame, insiste l'amoureux en nage.

— Non, non, non! La caméra! J'ai cinquante-huit secondes. Je peux le faire en trente. Attends. Une fois cette *bloody* clôture franchie, plus de problème. O.K.! J'y vais.

Flame grimpe comme un singe. Roberto la suit. Il la protège contre les égratignures, mais s'entaille la main sur les barbelés de la clôture.

— Va-t'en, Roberto. Pas toi sur ce côté-ci, implore Flame en courant vers la seconde clôture.

— Prends l'échelle. Tu ne peux te rendre jusqu'à ta corde au deuxième.

— Oui, je peux.

— Roberto! La lumière! À terre!

Pendant que la caméra éclaire le foin et la brume matinale qui les cachent, Roberto dit à Flame:

— Attache ces ven-ventouses à tes mains pour monter sur le mur jusqu'à la corde qui pend de ta fenêtre.

— Il faut que je tienne le journal personnel de...

— Je te le rap-rapporte demain-main, promis. Ton sac aussi. Vi-vite, vite Flame. Je t'en supplie.

— Je surveille l'œil de la caméra...

— Laisse tes choses ici, Flame!

Flame compte... la caméra tourne.

— C'est le temps!

Flame part comme un boulet de canon.

Roberto reste là malgré le risque qu'on le surprenne, même si le sang suinte de sa main blessée à travers son gant. Il attend là aussi longtemps qu'il peut voir Flame répéter les pirouettes du début de la soirée sous le grillage de la seconde clôture; aussi longtemps que le grillage ne retombe pas automatiquement; aussi longtemps qu'il peut voir Flame escalader le mur à l'aide de ses ventouses jusqu'à la corde restée suspendue depuis la fenêtre de sa cellule; aussi longtemps que Flame ne disparaît pas derrière la moustiquaire de sa fenêtre qu'elle réussit à replacer pour quelques heures.

Puis, le maire de Saint-Léon reprend l'échelle, lance pardessus la clôture toutes les pièces compromettantes, passe la clôture défiant les fils barbelés, et se faufile à travers les machineries lourdes du terrain municipal. Roberto cherche le gardien, le repère et au pas d'un marathon longe en courant les six énormes véhicules qui le séparent de sa voiture. Sur la rue Tanguay, la lumière du matin éclaire sans clémence les vêtements éraflés et les blessures suspectes de ce fuyant portant l'échelle et la carpette, le journal personnel et le sac à main.

Une fois au volant de sa voiture, le complice de Flame est certain de rester éveillé, le cœur nauséeux, jusqu'au coup de fil de son intrépide *carissima*.

* * *

Carole De Grandpré se réveille de son coma et cherche Flame. Elle doit absolument la rejoindre. Où? Pourquoi? Elle essaye de se lever.

— Garde, il faut... Flame chez les Lavigueur, les Lavigueur...

— J'ai quelque chose pour vous, voulez-vous que je vous le lise? lui demande l'infirmière en lui remettant une enveloppe contenant une feuille de papier de l'hôpital.

350

Très chère Carole, je n'ai malheureusement pas pu attendre plus longtemps. Tout va merveilleusement bien. Je te téléphonerai dès ce matin. Je t'embrasse. Ton amie.

Carole est rassurée. Flame a dû rejoindre Roberto.

— Comment vous sentez-vous, Madame De Grandpré? demande la garde. Votre mari attend pour vous voir. Devant l'agitation subite de sa patiente, elle ajoute: Je vous recommande de ne recevoir aucune visite cette nuit.

— Vous voulez lui dire bonjour de ma part?

Carole n'est pas prête pour revoir Franco. Elle ne le sera plus jamais.

Par l'entrebâillement du rideau beige entourant son lit collé au mur blanc de la salle d'urgence, Carole observe son mari. Elle repasse dans sa tête les années de leur union... Franco... tellement exceptionnel alors que Carole ne l'aimait pas encore. Pendant des années, il a déployé son talent de séducteur, d'homme impeccable envers la jeune femme instinctivement méfiante... Il semblait l'aimer et l'admirer. Puis, au bout de trois ans, Carole tomba amoureuse de Franco. Pleinement.

Le comédien frustré convoitait le statut social de son épouse dont la popularité le rendait ombrageux. Rien n'y paraissait, cependant. Un peu plus tard, il envia son travail. Pendant plusieurs années, il joua le rôle de mouton. Sans faille... Jusqu'à ce que Madame Carole De Grandpré devienne l'amoureuse vulnérable. Alors, il se montra plus exigeant, plus égoïste, plus grognon et, finalement, plus tyrannique. Tout en lui jurant qu'il l'aimait comme au premier jour.

Sous prétexte qu'il agissait pour leur bien à tous les deux, il la grugea. Un peu plus chaque fois. Avec tact et contrôle, il tenta de nuire à son prestige. Au *Nouvelliste* d'abord, dans son cercle d'amis ensuite, puis à la maison et finalement dans son cœur. Toujours un peu à la fois. Si bien que Carole ne sentit pas qu'il la dépouillait... Malgré l'obstination de Carole à refuser de prêter l'oreille aux conseils de prudence de ses amis, aux racontars, aux interprétations erronées, les agissements de Franco corrodaient son amour incommensurable...

Et Mali disparut. Franco ne perdit pas de temps à trahir Carole ouvertement; il calcula mal cependant.

Humiliée et se sentant dévalorisée d'avoir placé sa confiance dans un être aussi vil, Carole regarde «l'inconnu» qui insiste auprès de l'infirmière pour la voir. *Mon Dieu! Il semble si sincère!* Puis, elle affronte bravement l'évidence: *Franco est incapable d'aimer. Franco est incapable d'être aimé. Franco est faux, profiteur, fat.*

Toujours par l'entrebâillement du rideau beige, les yeux larmoyants de Carole De Grandpré suivent la chevelure châtain et la silhouette élancée de Franco; elle sent que c'est un dernier souffle d'amour qui accompagne son mari vers la sortie de l'hôpital. *Franco, ô Franco! pourquoi n'as-tu pas joué ton rôle jusqu'au bout? Tu avais le plateau, et il te restait si peu de temps à tenir!*

Carole sait qu'elle lui aurait volontiers cédé sa place s'il la lui avait demandée. Il n'avait qu'à lui faire sentir que sa position au *Nouvelliste* compenserait son échec de comédien... seulement à continuer d'être le faux Franco, le parfait Franco.

Puis, son compagnon de vie disparaît dans le couloir.

Seule avec sa nouvelle perception de Franco, Carole sent, avec horreur, son amour se désagréger. À jamais.

Son cœur entièrement sec, la journaliste éprouve un vide effroyable. Sa tête retombe dans le creux de l'oreiller.

Franco Danzi traîne ses pas dans le corridor de la sortie de l'hôpital. Il est outré: sa femme lui a refusé une visite. Pourtant, Flame est restée longtemps avec Carole. *Sa fuyarde ne reviendra jamais ici. Nulle part ailleurs qu'à la prison.* Depuis le premier téléphone à sa portée, Franco compose le numéro de la Maison Tanguay.

* * *

Une fois sous les couvertures dans sa cellule, la «revenue» enlève sa perruque brune, ébouriffe ses cheveux naturels et s'em-

352

pare vivement de sa crème démaquillante et de plusieurs mouchoirs en papier. Sa fugue ne sera pas remarquée. Tout au plus, elle écopera d'une sanction pour négligence quand on apercevra sa moustiquaire brisée. *Mais non, pas de sanction, je serai libérée demain...* se reprend-elle... soudainement aveuglée par la lampe de poche flanquée à un mètre de son visage encore maquillé.

— Alors, Madame désire déménager à Kingston avec moi? nargue une voix sarcastique.

Flame sursaute.

Le «gorille rouge» retire d'un coup le drap troué et la couverture piquante qui cachaient la robe turquoise. Puis elle dirige sa lampe de poche sur la moustiquaire détachée.

Le geste impudent du «gorille rouge» humilie Flame. À défaut de trouver une riposte, elle lui lance la perruque «Richard Gere» à la figure. Le «gorille rouge» reste stupéfaite en découvrant que c'est Flame qui a volé la perruque de Rémi Faucher et que c'est elle qui a endormi les deux amants.

— Plus d'appel au tribunal, c'est à Kingston que tu te défendras, rage le «gorille rouge».

Encore plus méchante, elle se complaît à décrire les atrocités qui attendent Flame à Kingston:

— Finie la belle vie de prisonnière moderne. Finies les sorties nocturnes. À Kingston, on «cruisera» ensemble, ricane-t-elle en essayant de cacher la perruque de son «Roméo» dans sa poche.

Kingston? Mon œil! se moque Flame avant de s'endormir. À partir de demain, je ne reverrai jamais cette chipie. La mégère sera privée du plaisir sadique de me contempler vêtue de gris, constamment aux aguets d'être poignardée, affamée sur un grabat! Ha! Ha!...

22

— Cette contravention prouve que Flame Donnelley n'était pas sur les lieux du crime à l'heure où la victime est morte, déclare le juge en chef de la Cour d'appel du Québec, Bossuet Lamothe. Un argument de valeur, nous l'admettons, mais toutefois insuffisant pour justifier un nouveau procès.

Me Lemay retient toute réaction belliqueuse pour le moment. Son sang n'en bouillonne pas moins dans ses veines.

— Par exemple, continue le magistrat, que nous offrez-vous comme preuve que Flame Donnelley n'a pas empoisonné Magalia De Grandpré avant de la quitter? L'autopsie a révélé que les comprimés de votre cliente ont été administrés à la victime. Tous les témoins ont attesté, à contre-cœur ou de bon gré, que Madame Donnelley était la seule personne à avoir rendu visite à Magalia De Grandpré ce jour-là. Même la domestique, qui, de toute évidence, voulait sauver l'amie de sa patronne, l'a confirmé.

Le juge Lamothe semble sympathique à la cause. Ses deux acolytes s'objectent à prendre en considération une preuve qui, selon eux, comporte trop d'ambiguïtés.

— Magalia De Grandpré a écrit: «Je voudrais donner beaucoup à Flame», insiste Me Lemay.

Il s'éponge le front et toussote.

L'honorable juge Lamothe parcourt une énième fois le résumé du dossier Donnelley en fronçant les sourcils. Une main soutenant son menton et l'autre appuyée nonchalamment comme par hasard sur une bible, il poursuit:

— N'oublions pas que votre cliente a été jugée coupable de meurtre sous prétexte que sa victime pourrait devenir malheureuse et qu'elle ne pourrait elle-même, Flame Donnelley, supporter de voir souffrir Magalia De Grandpré.

Le troisième juge enchaîne:

— Souvenons-nous que la Couronne a invoqué un motif qui concordait avec toutes les preuves circonstancielles. La défense n'a pu réfuter aucune de ces preuves. L'accusée a été condamnée pour un motif sentimental et non pour s'être attribuée l'héritage décrit dans le codicille.

— Un motif réfutable, un éclair de génie, fulmine Pierre Lemay entre deux toussotements. L'avocat voudrait enlever sa toge qui lui pèse autant sur les épaules que sur le moral.

— La Cour d'appel n'en exige pas moins une contre-preuve valable. Jusqu'ici, nous n'avons pas assez d'éléments pour justifier la tenue d'un second procès.

Me Lemay frissonne à l'idée de voir Flame confinée dans une prison traditionnelle. Jusqu'ici, rien n'a transpiré à la Maison Tanguay, mais si son évasion arrive aux oreilles du comité de sanction, Flame perdra son droit de recours au plus haut tribunal du Québec. Sa cliente a beau l'assurer que le «gorille rouge» ne peut la dénoncer, – son dossier pour engagement au pénitencier serait annulé si ses rendez-vous galants dans la cellule FF avec l'intervenant Rémi Faucher venaient aux oreilles de la haute direction; de plus, elle a agi hors normes en pénétrant dans la cellule de la détenue sans être accompagnée d'une autre agente du service correctionnel – il n'en dort pas.

Le criminaliste sent monter en lui une révolte profonde contre certaines contraintes du système judiciaire. Il se surprend à penser que Flame n'aurait pas dû retourner à la prison sans lui téléphoner.

* * *

Retenue dans un lit d'hôpital jusqu'à la fin de ses jours, Pascale se nourrit de sa haine envers Flame et de la jouissance de l'avoir fait condamner. L'amère mourante endure son mal dans une suite de grande classe. Le confort de sa phase terminale est illimité, mais toujours sans visiteurs.

Comme elle apprécierait au moins la présence de Charles! Si elle avait suivi le conseil de ce Gogo qui sait tout, elle se serait montrée un peu tolérante et aurait usé d'un minimum de respect pour s'en débarrasser tout autant. Aujourd'hui, il serait là, prévenant ses moindres désirs.

Quand sa solitude devient insupportable, Pascale, aigrie, se répète que personne ne la voit enlaidie. Alors, le venin de son dépit pique son infirmière, Micheline Lavoie, le seul être à lui offrir encore de la compassion. Une compassion professionnelle générée par l'attitude fielleuse de Pascale devant la mort et la vie. D'ailleurs, au cours de ses vingt-six ans de carrière, garde Lavoie n'a jamais assisté une mourante à ce point blessante.

La malade s'ennuie continuellement de Mali. Elle ressasse des souvenirs de jeunesse. C'était au temps où elle ne jalousait pas encore sa marraine, son aînée de dix ans. Elle espérait devenir comme Magalia. Une fois adulte, Pascale Moreau a commencé à se mesurer à son intouchable idole et, surtout, à détester ceux et celles qui gagnaient l'estime de sa tante. Tous ces vautours qui lui volaient une partie de l'affection due à elle seule, la filleule adoptive.

Pascale, épuisée par la maladie et par sa méchanceté, laisse glisser sa main décharnée sur le côté du lit.

* * *

Le premier jour de septembre, Antoine entre en coup de vent dans le parloir de la Maison Tanguay. Après des semaines de recherches bien orchestrées par le chef de la batterie des détectives à l'emploi de Me Lemay, il a retrouvé Sophie, la fille d'Anna.

L'étudiant ignore que Flame sera transférée à Kingston. Le «gorille rouge» n'a pas pipé mot de la fugue de Flame. Les deux femmes ont échangé leur silence sur la conduite du «gorille rouge» et sur le droit de recours en appel pour Flame.

Cependant, l'amante de la cellule FF s'est vengée du coup de l'anesthésie et du vol de la perruque, de son Roméo en montant un complot n'ayant aucune association possible avec l'évasion avor-

356

tée. Ce n'est pas elle qui a coupé les avantages acquis par Flame. Son dossier d'admission à Kingston n'a pas été touché et celui de «sa» prisonnière rousse bien rempli.

Trop impatient de lui annoncer sa nouvelle, Antoine ne remarque pas que sa mère n'a plus de parloir privé. Il déballe ses informations sans voir la vitre et le guichet. Il ne prend pas la peine de parler plus fort.

— Elle m'a même donné des informations, se vante-t-il, tout excité.

Flame n'entend pas tout. À quoi bon faire répéter Antoine? Même s'il retrouve Anna, Kingston l'attend et ce sera long.

— Elle est en Jamaïque et vit avec un dénommé Freddy Sweeney... depuis qu'elle a quitté le pays, ajoute le fils rayonnant. Tu ne trouves pas ça louche? Encore plus louche que le cambriolage?

Par crainte de diluer l'effet de sa nouvelle, Antoine n'annonce pas tout de suite à Flame que le Dr Jérôme Poupart a contribué à retrouver Sophie.

— Pourtant, il n'y avait rien de louche avec Anna, réplique Flame. Antoine, sois prudent, s'il t'arrivait quelque chose, j'en mourrais.

Flame chérit son fils. Il est assis sur le bord du banc, enjoué comme lorsqu'il était enfant. Elle l'entend raconter chaque détail de son exploit sans pouvoir le toucher. Elle a peine à le suivre. Comment réagira-t-il devant l'injustice de son transfert à Kingston? Elle ne sera pas là pour le calmer. Et Elsa... Elle découvrira sûrement la vie dure et la brutalité qui attendent sa mère à Kingston. Cet autre coup sera catastrophique pour son équilibre émotionnel.

Antoine parle sans s'interrompre. Me Lemay lui a obtenu dix minutes spéciales pour rencontrer sa mère. Pas plus. Flame ne parvient pas à se concentrer sur ce qu'il dit... Michel veille sur sa fille, mais il ne peut remplacer la mère et le père d'une adolescente comme Elsa...

— Renseigne-toi sur l'homme avec qui vit Anna, suggère-t-elle. Anna sait beaucoup de choses et je n'ai jamais compris qu'elle ne soit pas venue pour témoigner. Elle m'était très dévouée et t'aimait tellement! J'y vois là du danger. Elle m'aurait sauvée en produisant la cassette.

— Je te promets d'être prudent. J'ai expliqué à Me Lemay qu'Anna m'aimait comme son fils. Il est d'accord pour que je prenne contact avec elle.

— Jure-moi de suivre les instructions de Me Lemay à la lettre. Il a de l'expérience et connaît le milieu.

— Promis. Même s'il est ton avocat, Me Lemay sait que tu ne voudrais pas que je risque ma vie pour sauver la tienne. Il me l'a répété à plusieurs reprises.

Ma vie... Flame est soulagée de l'écoulement des dix minutes accordées sans qu'Antoine ait remarqué sa mine abattue et la vitre qui les sépare. ... *Depuis que Mali n'est plus là, j'égrène un chapelet de malheur.*

* * *

Elsa et tante Jackie sont montées dans leur chambre à 23 heures laissant Antoine dans le boudoir, rivé à l'écran de la télévision. Le fils n'arrive pas à trouver une façon d'aborder Anna Sweeney en Jamaïque sans être reconnu par les «taupes» de Goyette.

Il a fini par croiser sa fille Sophie à Montréal, la semaine dernière. Ils ont pu échanger suffisamment pour confirmer qu'Anna est surveillée. Sa copine d'enfance était ravie et détendue jusqu'à ce qu'il lui dise qu'elle devait l'aider à rejoindre sa mère. «Je retourne en Jamaïque vendredi», lui a-t-elle lancé, désinvolte, faisant semblant de répondre à une question d'Antoine. Puis, elle a laissé échapper ses clefs et a murmuré: «Half Moon. Gérante des villas. Attention!»

— Sophie, je t'invite à aller prendre un café au bistro du coin? a demandé Antoine, haussant la voix.

— Je suis trop pressée, je regrette, une autre fois.

Puis, la jeune femme s'est envolée.

Malgré tous ces mystères, Antoine est convaincu que si Anna sait quelque chose, elle va le lui dire, à lui. Anna l'a vu naître, grandir, souffrir, partir. Par ailleurs, Madame Morin adorait Flame, elle était si reconnaissante pour le soutien moral et financier que sa patronne lui avait accordé lors de la mort d'Édouard, son mari.

Et si le danger menace son ancienne *nanny*, c'est une raison de plus pour la retrouver.

La nuit passe sans rêves ni cauchemars. Vers sept heures, un rayon de soleil réveille Antoine. Il se lève et se prépare pour aller chez Mᵉ Lemay.

— J'aurais besoin d'un passeport américain sous un autre nom que le mien, est-ce possible?

Le criminaliste se racle la gorge. Il réfléchit.

Antoine repasse dans sa tête les arguments pour défendre son plan.

— Ce sera possible, répond l'avocat. À une condition: vous devrez m'expliquer votre plan en détail. Je ne veux pas d'imprudence. Anna Morin Sweeney est très entourée, vous savez. Pouvez-vous revenir vers quinze heures? Nous reparlerons.

— *Boy, oh boy, yes!*

Deux jours plus tard, Antoine quitte New York pour la Jamaïque, arborant une nouvelle coupe de ses cheveux teints en noir, le corps artificiellement bronzé et, surtout, déguisement ultime, la cravate, le complet et la mallette! Même Flame ne le reconnaîtrait pas. À l'aéroport, il tremble déjà, comme il tremblera tout le long du voyage. Et plus encore lorsqu'il s'inscrira sous le nom de Jeff Robinson à la réception de l'hôtel Half Moon et lorsqu'on lui donnera la clef d'une villa «VIP» placée sous la supervision d'Anna Sweeney.

Dès le lendemain, à l'hôtel Half Moon, l'apprenti détective demande à parler à la directrice de l'entretien. Presque immédiatement, la voix autoritaire de son ancienne gouvernante se fait entendre au bout du fil.

— Je suis Jeff Robinson et j'occupe la villa numéro 12. Auriez-vous l'obligeance de venir régler un problème très désagréable, Madame, s'il vous plaît?

— Immédiatement, Monsieur Robinson.

Anna, toujours soucieuse et fière dans son travail, abandonne d'emblée les papiers de comptabilité pourtant urgents qui occupent son bureau et s'envole vers le client mécontent.

— Bonjour, Monsieur. Je suis Anna Sweeney, gérante des villas...

Antoine se retient pour ne pas lui sauter au cou. Il se glisse dans l'ombre de la porte d'entrée afin de se soustraire à l'œil des passants. «Pas d'imprudence!» a ordonné Mᵉ Lemay.

— Anna, dit-il à mi-voix, vous ne me reconnaissez vraiment pas?

— Mon Tony! Comme tu as changé!

— Je ne dois pas être vu ici. Anna, maman est en prison pour la vie, dit-il, l'attirant à l'intérieur du bungalow.

— Je n'en dors pas depuis que Sophie me l'a appris.

Les yeux d'Anna se remplissent de larmes.

— Pouvez-vous nous aider à récupérer le répondeur de ma mère, Anna? Il a été volé et la cassette qui pourrait la sauver est dedans.

— Le répondeur? Je ne peux rien faire pour le répondeur, on l'a piqué! Tony, j'y pense chaque jour depuis la semaine dernière. Peut-être que Madame Donnelley a besoin de la cassette.

— Avez-vous la cassette? Elle doit la récupérer à tout prix.

Anna s'approche et baisse la voix.

— Je l'ai rangée avec les autres. Si j'avais su! Quand j'ai vu que tout le monde s'absentait, je me suis permis de prendre la cassette restée dans le répondeur, sans la permission de Flame. J'aurais dû la prévenir, mais cette pauvre Madame Donnelley était si pitoyable quand son mari et sa grande amie sont morts... Et je savais qu'elle serait à la Guadeloupe et n'aurait pas besoin des cassettes pendant ses vacances.

— Vous voulez dire que le message de Mali se trouve dans la maison? *Boy, oh, boy!*

— Oui. Puisque ta mère était partie à Québec et m'avait confié son intention d'allonger son séjour à la Guadeloupe, et que je partais pour trois semaines... J'ai enlevé la cassette au cas où il y aurait eu un message confidentiel et j'en ai placé une autre, vierge. J'ai pris sur moi de décider...

— Où? Où avez-vous rangé la cassette?

— Avec les autres, dans le coffret mauve.

— Maman m'a parlé du coffret mauve. Je ne le trouve pas.

— Je l'ai changé de place. Il est caché au fond d'un plat en étain, dans l'armoire au-dessus du fourneau, à Saint-Léon. Il est encore là, les cambrioleurs n'ont pas touché aux armoires. Un couvercle le protège contre le feu et contre les voleurs, parce que le bol a un aspect bien ordinaire. Tu comprends, il y a eu Alfred, mon mariage et mon départ subit. Tout ce qui comptait, c'était Freddy. J'ai oublié de le dire à Madame Donnelley avant de lui faire mes adieux... Je regrette tellement mon oubli !

— Pourquoi n'avez-vous pas mentionné la cassette à la police, *honey* ?

— Personne ne m'a parlé de la cassette. On m'a posé très peu de questions, tu sais. Et Freddy m'a dit que c'était seulement une enquête de routine. Ta mère était déjà à Québec quand je suis partie à Hawaii. Je ne suis pas revenue pour déménager mes biens. Freddy s'est occupé de tout. Mais si tu penses que je peux sauver Madame Donnelley, j'irai à Montréal. J'aime Flame comme ma fille et toi, mon Tony, je suis si heureuse de te voir ! Même si je ne te reconnais pas du tout, à part les yeux, évidemment.

— J'aimerais vous serrer dans mes bras, Anna. Ce serait trop dangereux.

— Dangereux ? Pourquoi ? Et pourquoi es-tu déguisé ?

Antoine se rend compte qu'Anna ne se doute pas du complot dans lequel on l'a plongée. Ce n'est pas le moment de le lui expliquer. Mieux vaut la laisser sur ses illusions encore un peu.

— Dangereux est un mot exagéré. Je vous raconterai. Seriez-vous vraiment d'accord pour venir témoigner et répéter ce que vous venez de me dire, Anna ?

— Oh oui ! Rien ne m'en empêche. Mon mari ne connaît pas Madame Donnelley. Il m'a suggéré de ne jamais lui téléphoner parce que ça n'aurait pas été bon pour mon moral de me replonger dans le passé. Mais, dans un cas comme celui-là, il serait content que j'aille aider mon ancienne patronne. Il sait que je l'aimais beaucoup.

— Et s'il s'objectait ?

— Ça ne changerait rien. Freddy sait que je ne suis pas une femme à me faire dicter mes allées et venues. Lui, il ne me dit pas tout et se promène où bon lui semble. Ce n'est pas comme mon Édouard. Je n'ai jamais oublié mon Édouard. Avec Freddy, la lune de miel est terminée depuis longtemps. On s'accommode bien ensemble, mais ce n'est pas mon Édouard, ah non!

— Anna, par prudence pour maman, pouvez-vous ne pas révéler ma visite à qui que ce soit et surtout ne pas parler de la cassette. Même pas à votre mari?

— Si c'est mieux, je ne parlerai pas. Même pas à mon mari?

— À personne. Oubliez que vous m'avez vu.

— Ah ça non, par exemple! Je suis si contente de t'avoir près de moi! Comment vas-tu?

— Depuis que maman est en prison, rien ne m'intéresse. Je ne sais pas comment je vais.

Antoine aurait le goût de tout ranger et de filer sans mettre le pied dans l'océan. «Pas d'imprudence!» a dit Me Lemay. Il va s'étendre sur la plage en attendant que Pierre Lemay laisse, sous un pseudonyme, un message «urgent» à la réception. Ce message aidera Jeff Robinson à expliquer la résiliation de la location de sa villa pour la période de temps réservée au Half Moon.

* * *

Me Pierre Lemay n'a jamais trouvé le dix-septième étage du palais de justice si long à atteindre.

Deux semaines plus tôt, le criminaliste a présenté une requête au tribunal pour l'inviter à prendre connaissance d'un nouvel élément de preuve. Les deux procureurs se sont entendus pour une rencontre avant l'audience afin que le criminaliste informe Me Goyette de ce qu'il a l'intention d'exhiber comme preuve. Une fois dans la bibliothèque du palais, l'avocat vole droit vers une extrémité de la salle, entre dans l'un des cabinets mis à la disposition des membres du barreau et pose un magnétophone à cassettes sur la table. Il attend Me Goyette.

Depuis que Me Lemay l'a informé de sa requête, le procureur se moque plus qu'il ne se méfie de l'«inutile tentative» de son adversaire. De toute façon, aujourd'hui, il n'est pas disposé à entendre un nouvel élément de preuve. L'air climatisé de sa résidence est en panne depuis deux jours et son fils Sébastien a perdu une cause avant le lunch. C'est donc avec une mine contrariée qu'il se pointe dans la porte entrouverte du petit parloir face au local de l'informatique.

Le procureur s'appuie sur un fauteuil devant la table. Il y aperçoit le magnétophone entre les deux mains de Me Lemay. *Décidément!*

Le criminaliste toussote. Il ne peut introduire la cassette à la Cour d'appel sans obtenir la permission de la poursuite. Le «Dragon» doit admettre que c'est bien la voix de Mali enregistrée sur la bande magnétique le soir où elle est morte. Confiant dans sa stratégie, il appuie sur le bouton de l'appareil et se permet un sourire narquois. Me Goyette connaît bien son rival. Ce sourire l'agace. Il écoute plus attentivement qu'il ne veut le laisser paraître:

Bip! Bip!... «Flame, c'est moi, Mali. Flame... Jean-Paul est mort. J'ai appelé Jérôme... il m'a dit: "J'arrive... immé... diate... ment"... Ça fait... une heu... heure. Flame... Je vais... mou... rir...»

Me Lemay stoppe la machine.

— Me prends-tu pour un cave? rage Jean Goyette. Qu'est-ce que ça peut me foutre d'écouter les supposés jacassements plaintifs de ta *cujus* sur une bande magnétique deux ans après sa mort! N'importe quel imbécile peut simuler le S.O.S. que tu as essayé de nous vendre depuis le procès!

— Je ne te prends pas pour un cave, répond Me Lemay. J'ai seulement omis de t'informer que l'authenticité de la voix de Magalia De Grandpré sur cette cassette a été confirmée par un expert en phonétique. Cette cassette avait été rangée par la gouvernante avant de partir en vacances. Avant que les cambrioleurs pillent ses appareils électroniques.

Pierre Lemay vient d'assommer son confrère.

Me Goyette essaie de mettre de la conviction dans son sourire en coin. *Vingt minutes avant l'audition!*

— Un expert payé par ta cliente, évidemm...

— Non, justement! Étant donné que j'ai l'intention de produire cette cassette ce matin, j'ai consulté un expert reconnu par la Sûreté du Québec autant que par toi-même. Tu as utilisé ses services dans certaines de tes causes... gagnantes, évidemment. Il a comparé les dernières paroles de «notre» *cujus* et un extrait d'une conversation saisi au cours d'un party de Noël par une certaine Brigitte Lamoureux, une semaine précédant la mort de Magalia De Grandpré. Positif. La même voix sur les deux cassettes, la voix de Magalia De Grandpré.

C'est au tour de Me Lemay d'adopter une expression de triomphe. Le triomphe qu'il attend depuis un an et demi.

— Mais oui, l'attaché au laboratoire de police scientifique, le fameux phonéticien mondialement reconnu, nul autre que Lucien Mainville. Notre bon ami Lucien Mainville. Il se trouve justement dans la salle de l'informatique, en face.

Le criminaliste prend son magnétophone ainsi que sa mallette et traverse le corridor sans même inviter son confrère à le suivre.

Les trois hommes se regardent à peine durant leurs salutations. L'admission de la validité de la preuve par Me Goyette est brève. Le procureur ne peut nier le verdict de l'expert dont il a vanté l'infaillibilité à plusieurs reprises dans des dossiers brûlants.

— Je vous accompagne jusqu'à la Cour d'appel, Me Lemay? suggère Lucien Mainville, mal à l'aise entre les deux rivaux de la barre.

Jean Goyette n'est pas habitué à la défaite. Il quitte la salle de l'informatique pour un lieu plus discret.

Le procureur longe l'allée 142 de la bibliothèque, saisit le premier livre à sa portée et va s'asseoir dans le dernier compartiment de la rangée longeant les fenêtres.

Cette trouvaille aura des conséquences au-delà de la Cour d'appel. Les yeux du procureur vaguent sur le toit du stade olympique; il pense à Freddey Sweeney... à Anna... au cambriolage...

Il imagine Me Lemay, calme à en être énervant; le criminaliste déposant la cassette de Magalia De Grandpré devant le juge en chef de la Cour d'appel dans onze minutes; expliquant que les dernières paroles de Magalia De Grandpré sur la cassette apprennent la mort de Jean-Paul Masson à Flame Donnelley. Que la principale preuve tombe, puisque Magalia De Grandpré n'était pas au courant de la mort de son mari quand sa cliente l'a quittée. Que le motif de tuer son amie afin de lui épargner des souffrances ne tient plus.

Trois minutes avant l'audience. Pour faire le vide dans sa tête, Jean Goyette se met à compter les clochers qui pointent vers le ciel. *Un... deux... trois...* Il imagine Me Lemay qui se croise les bras et poursuit sa déclaration, marchant de long en large dans l'espace restreint entre la longue table et le sanctuaire des trois juges guindés... *Quatre... cinq...* Il entend presque le «sage-intègre-morveux» criminaliste rappeler aux juges que la contravention émise par un policier de la municipalité de Saint-Julien, voisine de Saint-Léon, prouve... *Six... sept!* Impossible pour lui d'interrompre: «[...] d'autres preuves circonstancielles produites lors du procès tombent également. Entre autres, la victime ne pouvait parler sous la menace du revolver de Flame Donnelley. Elle aurait eu amplement le temps d'appeler la police ou toute autre personne après le départ de ma cliente...» *Huit clochers!*

L'éloquence et la voix modérée de son confrère lui donnent la chair de poule: «[...] l'accusée a été condamnée pour avoir voulu épargner une vie malheureuse à Magalia De Grandpré, à la suite du décès de son mari pour ne pas...»

L'œil de Me Goyette accroche une paroi du mont Royal. *Ces arbres sont trop rouges!* La voix rauque de Pierre Lemay lui fiche la trouille. Il l'imagine terminant, posé: «[...] Suicide, crise cardiaque, toutes les hypothèses sont valables excepté la mort de Magalia De Grandpré provoquée par Flame Donnelley. Cette cassette prouve qu'à L'HEURE DU DÉCÈS DE MAGALIA DE GRANDPRÉ, FLAME DONNELLEY NE SAVAIT PAS QUE JEAN-PAUL MASSON ÉTAIT MORT.» ... *Huit clochers! Huit clochers!*

Me Goyette sort son calepin. Il crayonne une silhouette passant la porte grise de la Maison Tanguay, des cheveux roux flottant au vent... Le huissier empochant un cautionnement de cinquante mille dollars sur immeubles... Deux cent cinquante billets de mille dollars volant dans un ciel noir de nuages... *Ces piastres sont incolores!* Et finalement, le procureur dessine la une du journal

Le Devoir, la couverture de *Paris Match*, une antenne de radio et un écran de télévision... *La gloire, c'est bon pour les complexés!*

Montréal est sombre depuis le dix-septième étage du palais de justice... même par un clair après-midi ensoleillé de septembre.

Les épaules alourdies par la première défaite de sa carrière, Me Goyette franchit la porte de la salle d'audience.

* * *

Antoine et Anna attendent Flame dans l'automobile stationnée près de la prison. Comme prévu, Flame a été libérée immédiatement, sous caution, mardi. Aujourd'hui, elle a dû se rendre une dernière fois à la Maison Tanguay. Question de procédures seulement.

Tous les objets et vêtements que Flame rapportera de la Maison Tanguay seront brûlés dès leur arrivée à la résidence de Cap-Rouge. Même la camionnette d'Émile disparaîtra. Dès ce soir, la période du 24 avril au 24 septembre 1995 se résumera, pour Flame, à la lecture du journal personnel de Mali... dans un endroit nébuleux.

L'ancienne gouvernante est au septième ciel de revoir «son Tony» et navrée de ne pas être intervenue plus tôt. Sa chère ancienne patronne en prison pendant tous ces mois à cause d'elle! Anna frissonne. Elle ne pouvait imaginer! Freddy non plus, elle en est sûre! Autrement, il l'aurait laissée revoir Flame. Pas de doute là-dessus!

«Le chef de la famille» doit résoudre le problème d'adaptation de sa mère dans la maison vide de Cap-Rouge. Il doit aussi protéger Anna contre Freddy et, surtout, la garder près de Flame et sous la protection de Me Lemay.

— Votre mari ne s'est pas objecté à votre témoignage? demande-t-il à Anna.

— Un secret, c'est un secret, mon Tony. J'ai dit à Freddy que je voulais passer un mois avec Sophie et assister à la naissance de sa fille. Il m'a dit: «Alors, j'y vais moi aussi. On descendra tous les quatre en Floride.» C'est là qu'on s'était rencontrés la première fois.

— Il n'est pas au courant que vous avez témoigné?

— Non. Tu m'as dit: personne. Personne, c'est personne. À plusieurs reprises, je lui ai fait croire que j'allais faire des courses. J'avais bien préparé mes arguments.

Antoine a peur pour Anna. Il a toujours soupçonné que cet Alfred ne s'était pas trouvé par hasard sur le chemin de son ancienne gouvernante. Dès le début de ses recherches, Me Lemay l'avait prévenu qu'Anna était très surveillée. Puis Sophie, et son attitude de fugitive au marché. Quand Freddy apprendra... Tout est possible avec Goyette. Par ailleurs, il doit cacher à «nanny» sa présomption qu'Alfred s'est marié avec elle pour l'éloigner du procès. Cela aussi apparaît évident à Antoine maintenant.

— Anna, dit-il, vous manquez beaucoup à maman.

— Flame s'ennuie de moi? Sûr?

— Oui. Vous faisiez partie de la famille. Maintenant qu'elle est libre, la maison sera grande. Je viendrai la voir très souvent, mais entre mes visites... Elsa sera rarement à la maison. Depuis que Me Lemay lui a dit qu'il sortirait sa mère de la prison bientôt, elle ne tient plus en place. Elle est en amour chaque semaine avec un nouveau «bollé» du cégep. Enfin, comme on est en amour à seize ans... Elle sort beaucoup et, dans l'état de Flame, une jeune fille en amour n'est pas la compagne idéale.

— Il n'y aura personne pour prendre soin de Madame Donnelley dans cette grande maison?

— Personne.

Anna s'ennuie du bon vieux temps. De la vie avec Flame, Antoine et Elsa. Sophie ne pourra plus faire des sauts à tout moment à la Jamaïque maintenant qu'elle a un enfant. D'ailleurs, depuis qu'elle a épousé Guy, Sophie l'a visitée deux fois seulement: à Noël et à Pâques. Guy ne veut pas accepter l'argent de Freddy pour les billets d'avion. L'ancienne gouvernante confie à Antoine:

— La Jamaïque, c'est extraordinaire pour des vacances, mais Freddy ce n'est pas Édouard, tu sais. Surtout depuis que nous sommes à Montréal, il est devenu possessif et me contrôle comme si nous étions dans l'ancienne Russie! Dernièrement, il m'a avoué qu'au début de notre mariage, il avait défendu à Sophie de dire où je demeurais. Pis encore, quand elle venait à Montréal, il lui ordonnait de ne pas aller chez Flame ou chez toi à New York.

— Pourquoi Anna?

— Il m'a expliqué qu'il avait peur que l'ennui me prenne et que si Sophie allait chez Flame, elle recommencerait à s'amouracher de toi. Son mari, qui travaille pour un ami de Freddy, ne voulait pas la perdre non plus.

Le casse-tête prend forme pour Antoine. Anna est en danger. Il doit agir immédiatement pour Flame, tel que convenu, et aussi vite que possible pour Anna. Cette dernière ne doit pas connaître la duperie dont elle et sa fille sont victimes depuis des années. C'est son devoir de «chef de la famille» d'étouffer le complot et de ramener Anna chez Flame. Mais comment?

Antoine aperçoit Me Lemay qui sort de la Maison Tanguay. *Eurêka! Entre professionnels, ils vont s'arranger.*

Flame ne doit pas savoir non plus ce que le supposé respectable procureur de la Couronne a tramé contre elle. Elle lui a promis de venger Mali contre Pascale, cela devrait suffire. Lui rappeler les manigances de Goyette ne ferait qu'envenimer leur vie et retourner le fer dans la plaie.

* * *

Le vendredi 27 septembre, l'audience en appel fixée depuis le mois de juillet ne crée pas de remous. L'affaire était déjà classée depuis l'annonce de la «grosse bombe» le mardi précédent, tant pour les médias que pour les procureurs. Le tribunal renverse le verdict du procès en première instance.

23

— Je donnerais tout pour que Flame revienne à Montréal, avoue Roberto à Gaston en cassant une baguette de pain français pour y insérer du veau pané et des tranches d'aubergines rôties.

Les deux copains ont chassé le petit gibier depuis 5 heures le matin avant de s'installer sur un rocher, pour dîner, au sommet d'une montagne des Laurentides à quelques kilomètres de Mont-Laurier.

— Mali tissait des liens entre Fla-Flame et moi.

Le robuste Italien débouche une bouteille de Chianti.

— Sans Mali, je ne serais pas surpris de la-la voir retourner en Angleterre et probablement épouser un «rosbif».

— Une obligation pourrait ramener la belle à Saint-Léon. D'une façon définitive.

— Définitive? Quelle obligation?

Gaston s'assoit à son tour. L'air est pur et quatre beaux lacs frissonnent dans la forêt multicolore. Il prend une longue respiration pour exprimer à Roberto combien la journée lui plaît.

— Le *Nouvelliste*, annonce-t-il en pigeant un morceau de pain dans le panier à lunch.

— Le *Nouvelliste* est en sursis à cause de l'appel. C'est une question de semaines maintenant. Je crois que la date d'échéance a été reportée au 9 octobre. Franco et sa poulette y mènent le bal. J'ai honte de mon frère.

— À moins qu'Informatique 2000 ne disparaisse du portrait et que... Tu n'as pas besoin de connaître les détails. M'autorises-tu à régler le prêt du journal?

— Oui.

— Tu es certain d'être en amour? Je ne remuerai pas ciel et terre pour un petit béguin.

Roberto s'enivre de la sève qui émane des sapins coupés récemment et laissés près d'un petit ruisseau.

— Je ne vis que pour elle. Je suis conscient que Mali serait toujours omniprésente entre n-nous, mais... Ça me plairait que ce soit moi qui l'ai-aime plus qu'elle ne m'ai-aime. Pourvu qu'elle soit près de moi.

Gaston Dupuis sent une menace planer sur les ambitions politiques de son poulain. Depuis qu'il a décroché le candidat idéal, il n'a reculé devant rien pour éliminer tous ceux qui pouvaient diluer son emprise sur le maire. Ce n'est pas le temps de perdre son homme. Il faut ramener Flame.

— Tu te doutes que je n'envisage pas de rester longtemps en politique, lui rappelle Roberto.

— Encore!

Gaston n'aime pas l'entendre parler de retraite. Roberto continue:

— Si tu trouvais quelqu'un d'autre pour les prochaines élections, je retournerais, heureux, à notre pépinière. C'est pour respecter mon engagement que je remplis le mandat que tu m'as confié à la mairie.

— Le mandat que MALI t'a confié.

Depuis qu'elle n'est plus là, Gaston prône volontiers les talents et l'imagination de Mali.

— On jurerait que tu te plais à la tête de Saint-Léon, par-dessus le marché, ajoute-t-il.

— Les interviews, les soupers... ce n'est pas ma place.

Roberto se lève.

— Ma place, c'est ici. Au grand air. Dans la pleine nature.

— Et tu crois que ta belle rousse va vivre d'amour et de grand air?

— Non. Flame a besoin d'action. Cela ne l'a pas empêchée d'acheter une maison sur le pic de Cap-Rouge. Ni de marcher pendant des heures dans la campagne quand Mali et J.P. vivaient.

— Mince! Tu as raison! Mais tu ne peux t'éclipser avant deux ans.

— Cherche quand même. Si tu trouves, je travaillerai dans l'ombre. Cette phobie des projecteurs me tue. Quand je suis aveuglé par les lumières devant une foule dans le noir, j'ai l'impression qu'on va me tirer dessus. Pas avec des fusils, évidemment. Plutôt comme une menace impalpable. Je sue, c'est écœurant.

— Alors je pars en quête d'un autre poulain, bien à contrecœur. En attendant, on peut alléger ton rôle devant les projecteurs en confiant tes déclarations à Franco, tel qu'on avait prévu. J'aurais dû travailler plus fort sur ce point. Mais c'est toi que le monde aime voir.

— On me verra en pleine clarté. Écoute, ramène Flame et je ne démissionne pas tant que tu n'auras pas trouvé l'oiseau rare pour me remplacer.

— O.K. Ce sera faire d'une pierre deux coups puisque j'avais promis à Mali de résoudre son problème de liquidités. Mali voulait que le *Nouvelliste* prenne de l'expansion. C'était sa création. En l'expliquant à Flame... Alors, j'ai ton autorisation pour soutenir le journal?

— Mon autorisation? Tu as ma supplication. Tous les moyens sont bons pour ramener Fla-Flame à Montréal. Et si tu remplis un devoir envers Mali, tant mieux. Tu vas lui dire qu'elle est la seule qui peut sauver la création de Mali?

— C'est exactement ça. Avec notre aide, évidemment.

Roberto arrache une herbe sauvage et en mâchonne la tige. Pour Mali, elle va revenir.

Sitôt à son bureau le lundi matin, le chef du cabinet ouvre son carnet de fournisseurs réguliers à la ville de Saint-Léon, section travaux publics «nid des gros sous». Sa secrétaire organise une douzaine de dîners avec des sympathisants du PTL. Comme souvent,

Gaston fait en sorte que Roberto ignore le contenu des conversations qu'il aura avec eux.

Il faut absolument ramener Flame à Saint-Léon. Politiquement, elle n'est pas dangereuse comme Mali l'était pour lui, et Roberto gardera son poste. L'ange inconsolable doit comprendre qu'elle seule peut sauver l'œuvre de Mali. Rien de plus naturel. Le temps passe et le journal est en danger.

D'abord Franco. Le lieutenant politicien du maire Roberto Danzi s'arrange pour se trouver sur le chemin du candidat battu.

— Il a voulu être maire, qu'il endure, répond sèchement Franco déjà assuré de tenir Gaston, Roberto et tous les déserteurs au lendemain des élections au creux de sa main grâce à son futur poste au *Nouvelliste*.

Une fois le *Nouvelliste* acheté par Informatique 2000, même Carole devra agir comme il le décidera. Et son Honneur le maire Roberto n'aura pas la belle Flame. C'est lui qui la conquerra. Fini d'incarner le faire-valoir de tout le monde. Les plus beaux rôles l'attendent. Avec le *Nouvelliste*, tout Saint-Léon sera à ses pieds. Son heure est enfin arrivée.

— Où vous cachez-vous tous depuis les élections ? Les contrats que tu m'as fait miroiter, à quelle étape en es-tu ? demande le comédien à Gaston. Et la démission d'un échevin qui devait me céder son siège ? En ce qui me concerne, la carrière promise par Mali est un flop. Un flop que je dois corriger sans votre aide.

Franco savoure la déconfiture évidente du haut fonctionnaire.

Gaston n'insiste pas. Franco a raison d'être fâché. Mais il trouve étrange le changement si radical du frère de Roberto. En temps normal, le comédien frustré lui aurait demandé, avec la plus élégante courtoisie, si lui, Franco, ne pourrait pas contribuer à accélérer ses contrats. Évidemment, Gaston se serait excusé et aurait donné la priorité à la carrière que Mali lui avait promise, en parallèle avec un poste d'échevin ou mieux, de membre du comité exécutif. Une élection partielle, c'est de la petite bière comparativement au problème de garder Roberto à la mairie.

Gaston Dupuis se retrouve au restaurant Sheraton, à Laval. Le président de la firme Loignon & Granger, Léonard Granger, comprend tout de suite les avantages dont lui fait part le bras droit du maire. Avoir un journal qui ne soit pas systématiquement négatif envers les décideurs d'une ville stimule la bonne marche des affaires. Un journal administré par des gens de chez nous qui ont de l'envergure et de l'expérience.

— Le maire trouve regrettable qu'une entreprise de Saint-Léon passe dans les mains d'une grande corporation à cause de complications successorales dues au décès de Madame De Grandpré, confie Gaston à Léonard Granger.

— En effet, ce serait regrettable. En quoi puis-je t'aider?

— J'imagine que tu dois avoir quelque chose à annoncer, ne serait-ce que pour faire mousser le prestige de ta firme?

— La publicité ne nuit jamais, évidemment. Le temps de préparer une campagne. Nous sommes justement à élaborer un nouveau service, mais ce n'est pas pour tout de suite. Dans six mois, je pense. Par contre...

— Serais-tu en mesure de signer un contrat «ouvert» pour une année et de me remettre une série de chèques postdatés à l'ordre du *Nouvelliste*? Avec un contrat ouvert, tu as le loisir de publier tes annonces aux dates qui te conviennent.

— Aucun problème.

— Le maire appréciera ton geste. Un journal local comme le *Nouvelliste* crée un lien très fiable entre les acheteurs et les commerçants d'une ville comme Saint-Léon. Des centaines d'organisations bénévoles, la plupart subventionnées par la ville, n'obtiendraient pas le quart de leur assistance sans la publication de leurs activités dans un hebdomadaire comme le *Nouvelliste*.

Le serveur dépose une seule addition près de l'assiette de Léonard Granger.

— Au fait, Léonard, il y a un centre sportif qui sera construit au cours des prochains mois, dit Gaston en se servant de sa main pour étouffer sa voix, tu devrais...

Et Gaston, en bon politicien, compte sur l'expérience de l'entrepreneur pour comprendre que, même si la ville est tenue de procéder par soumissions, il n'y aura pas de réels compétiteurs étant donné les critères qu'ils établiront ensemble pour ce contrat.

— Évidemment, explique le chef du cabinet, tout le monde comprend que les prix montent, que les risques augmentent pour les compagnies de machineries lourdes en temps de crise. Sans oublier que pour ce centre sportif, la ville a besoin d'une compagnie solide et respectée, possédant des garanties comme peut en offrir la firme Loignon & Granger...

* * *

Franco entre chez lui vers 17 heures. Déjà, il commence à faire noir dehors. La journée a été affreuse. Rachelle Laviolette, si enthousiaste à son égard jusqu'à ce qu'elle fasse son entrée au *Nouvelliste*, paraît moins empressée à lui obtenir le poste de directeur du journal. Il a plutôt l'impression qu'elle favorise Carole et même qu'elle se plaît dans le poste qu'elle occupe par intérim. Carole, qui l'évite, n'a pas l'air de détester son nouveau patron. Les rares fois qu'il l'a croisée, elle faisait son travail, consciencieuse comme toujours comme si elle était au neutre. Franco se trouve mal à l'aise dans cette situation ambiguë.

Son repas n'est pas sur la table. Rien ni personne ne bouge dans la maison! Aucun écho de la musique d'ambiance habituelle, non plus!

— Pas encore la maladie! On a assez de problèmes comme ça, c...! maugrée le photographe. Carole?... Carole?... crie-t-il, en allant d'une pièce à l'autre. À chaque appel, l'anxiété augmente dans sa voix.

Franco aperçoit une enveloppe déposée à côté du téléphone et suppose: *Encore un autre c... de compte!* Il la regarde une seconde fois et la prend. Ce n'est pas une facture, c'est l'écriture de Carole: À TOI, FRANCO.

Le sang lui monte à la tête. *Si elle me quitte...* La combinaison mortelle des médicaments de Flame lui traverse l'esprit. Ses doigts tremblent en dépliant la lettre. Ses jambes ramollissent. Il lit:

Franco,
J'ai décidé de partir. Tu trouveras certainement une femme qui te connaîtra avec ton beau masque ou qui t'idéalisera comme je t'ai

idéalisé jusqu'à maintenant; ou une femme qui acceptera ton
égoïsme, tes demi-vérités et tes colères. Pour nous, il n'y a plus
d'espoir. J'ai eu le malheur de te découvrir.

J'ai aimé Franco plus que moi-même.
Carole

Le monde de Franco bascule.

Carole est sa force, sa vie, son travail et, il doit bien l'admettre, sa victime. Celle qui répond à son besoin inconscient d'écraser une femme forte pour flatter son ego ou pour extérioriser sa tyrannie... Celle qui n'abandonne jamais le bateau.

«Plus d'espoir», murmure Franco debout, tenant une banale feuille blanche, sans identification. «Elle va revenir. Carole a besoin de moi.» Le comédien laisse échapper le billet. «Elle n'a pas choisi du papier à lettre. Ce n'est pas elle, ça.»

Lui qui justifiait son despotisme par la nécessité d'aider Carole «douée et sensible, mais incapable de ci, incapable de ça, pas assez ci, pas assez ça» se sent mortifié jusqu'aux entrailles. «C'est Flame tout craché, ça. Flame aurait dû mourir avec Mali», rage-t-il.

Sa colère fait place à une dépression extrême. Pendant qu'il se fourvoyait dans son narcissisme, sa femme l'a étudié et découvert: un profiteur, un destructeur, un menteur. Carole peut vivre sans lui. La combinaison de l'ergotamine et des antibiotiques passe dans son esprit.

Franco se sert un verre de scotch, puis un autre, un autre, un autre... jusqu'à ce qu'il ne sache plus qu'il existe.

* * *

Carole s'est réfugiée chez Flame avec quatre grosses valises pleines.

— Mon cœur n'a pas souri depuis deux ans, dit-elle, après un long moment.

Flame l'écoute, lui tend la boîte de papiers mouchoirs et, de temps à autre, bécotte ses cheveux. Carole est devenue un palliatif appréciable de Mali. Elle se retient pour ne pas révéler à Carole le travail que Gaston est en train d'effectuer pour le *Nouvelliste*.

— Quand j'ai vu Franco avec Rachelle, sanglote Carole, je m'accrochais encore à l'espoir de quelque miracle. Mais, à la

375

maison, devant l'évidence, j'ai reconnu le sourire faux qui avait si souvent rempli mon cœur de doutes. Toutes les accusations portées contre lui ne m'avaient jamais atteinte. En un éclair, j'ai réalisé avec stupeur que son amour pour moi avait été un mirage. J'ai vécu un mirage.

Très tard le soir, les deux amies tombent de sommeil. «Pour qui ou pour quoi vais-je me lever demain?» se demande Carole.

Le lendemain, Flame arrive au journal sans s'être annoncée.

— Je t'invite à dîner, annonce-t-elle à Carole.

— Je ne suis pas de compagnie agréable, j'aime mieux te le dire.

— Moi, je vais l'être! J'ai des nouvelles renversantes pour le *Nouvelliste!*

— Tes nouvelles auront du fil à retordre pour me renverser. Je suis déjà complètement à l'envers.

— À midi, chez Moishe's? lance Flame sur le seuil de la porte du bureau.

— J'y serai.

Quelques heures plus tard, tout en dégustant le meilleur steak en ville, Flame n'arrête pas de parler. C'est la première fois depuis la mort de Mali que Carole remarque de l'animation sur le visage de «sa sœur».

— Et ta nouvelle?

Flame arrête de manger et essuie sa bouche délicatement.

— Je t'annonce que tu as l'argent à ta disposition pour acheter le journal avec d'autres employés. Tous les anciens si tu veux.

La journaliste éclate d'un rire nerveux, repousse une mèche de cheveux derrière son oreille et finit par lever ses longs cils humides vers Flame.

— Et les actions des successeurs qui sont intouchables? qui sont gelées?

— Olivier va réunir ta famille et suggérer de les libérer pour ne pas nuire à la transaction. Comme liquidateur, il administrera les miennes en attendant...

— Je rêve, sourit Carole, ma vie redeviendrait comme avant de connaître Franco!

La réaction de Carole encourage Flame; puis un silence s'établit qui se prolonge pendant que Carole absorbe le choc.

— Flame, j'ai peur que l'argent vienne de la politique et que le journal soit lésé dans sa liberté d'expression.

— Gaston a éliminé le problème. Vois-tu, Gaston a été journaliste. Il comprend aussi que le seul revenu d'un journal distribué gratuitement est la publicité. Je ne nie pas qu'il mette tout principe de côté pour gagner une élection, mais l'éthique de sa vraie profession sonne bien à son oreille.

— Où a-t-il pu trouver huit millions de dollars sans nous lier les mains?

— Une partie vient effectivement de son capital de sympathie. Auprès de firmes qui n'ont pas besoin de faveurs du journal, mais qui doivent dorer leur blason auprès du maire. Et le maire, c'est Roberto... Vois-tu, Gaston a aimé Mali pendant des années. Une raison de plus pour tenir, comme toi et moi, à sauver ce qu'elle avait créé.

Flame explique à Carole que Gaston lui a fait part de son intention de l'aider à poursuivre sa carrière au *Nouvelliste* puisque Mali lui avait enseigné elle-même ce travail, pendant une dizaine d'années.

— Ensuite, poursuit Flame, il a suggéré que je sois le fer de lance pour l'acquisition. D'après lui, Mali croyait à mes qualités d'administratrice, chuchote-t-elle en allongeant le cou au-dessus de son assiette. Penses-tu qu'il a dit vrai, Carole?

Flame ne lui laisse pas le temps de répondre. Elle change immédiatement de sujet. Elle lui parle du personnel, des anciens devenus des héritiers. Des bonnes ficelles tirées par Gaston pour obtenir les fonds nécessaires. De Charles qui a changé d'attitude...

— Charles? répète Carole, surprise.

— Pascale l'a laissé tomber aussitôt que la petite garce a gagné le procès. Il est en furie et misérable en plus. Tant pis!

— Mon frère doit se sentir monstrueux, criminel.

Carole pense à toutes ces années au cours desquelles Franco a caché son ambition derrière un amour sublime. Ne voulant pas teinter de sa peine un entretien aussi électrisant pour sa carrière, elle enchaîne:

— Raconte-moi tous les détails. Tu veux?

— D'abord, la banque prête quatre millions de dollars pour acheter les actions détenues par Informatique 2000, donc se soulager du prêt. Olivier accepte que l'une de ses compagnies se porte garante, et la banque consent à échelonner les remboursements sur une période de dix ans. Une seule condition, elle exige deux sièges sur le conseil d'administration.

— On va leur donner deux «fauteuils»... quatre millions! Mais je suis surprise, car Olivier calcule serré en affaires.

— Pas quand tu lui touches le cœur. Il sait combien Mali tenait à son journal. D'autant plus que son fils Marc aimerait devenir le directeur général du *Nouvelliste*. Y vois-tu un inconvénient?... Parce que si tu pars, il n'y a pas de prêt.

— Je préfère mon neveu qui a travaillé avec Mali pendant des années à un inconnu sans compétences. Mon truc, c'est la rédaction.

— Olivier fait d'une pierre deux coups. C'est un peu comme s'il risquait – un risque toutefois calculé – l'une de ses compagnies pour installer son fils dans un commerce. Ah oui, j'oubliais: évidemment, Olivier sera le président du conseil d'administration!

— Magnifique!

Flame croque dans un gros cornichon mariné.

— Je continue. Comme tu sais, ta famille a fini par décider de conserver les actions de Mali. Elle investira son argent et réinjectera le produit des assurances-vie, soit un total de deux millions. Le *Nouvelliste* étant administré par Olivier, ces parts représentent une valeur sûre.

— Il nous manque deux millions. Moi, j'ai les trois cent mille dollars que Mali m'a laissé à titre d'assistante.

— Évidemment, j'ai les fameux cinq cent mille dollars, renchérit Flame mi-triste, mi-contente. Les autres employés, penses-tu...

— J'en suis certaine. Mali connaissait son monde, la rassure Carole.

Satisfaite que le journal de Mali demeure sous la gouverne de sa «sœur», Flame sort doucement une enveloppe de son sac caché sous la table.

— Reste le dernier million, dit-elle, un peu mystérieuse. Gaston l'a ramassé. Tiens.

— Quoi «tiens»? demande Carole en apercevant l'enveloppe sur la table, entre la salade de choux et son assiette.

— Ouvre.

Carole a le souffle coupé en voyant cinq chèques variant entre cent mille dollars et trois cent mille dollars. Les dévorant des yeux, elle dit à Flame:

— J'ai hâte de voir la tête du groupe d'Informatique 2000! C'est toi qui vas leur annoncer?

— Qu'en penses-tu?

— Je trouve que tu le mérites. L'assemblée sera certainement rapportée dans les journaux, et ce tour de force très sympathique rétablira ta réputation publiquement.

L'optimisme anime de plus en plus le ton de Carole.

Un moment de silence laisse à chacune le temps d'assimiler les conséquences de la bonne nouvelle. Carole avale sa dernière gorgée de café en se disant: «Pauvre Franco!»

Les deux amies quittent le restaurant en silence.

Au volant de sa voiture, Flame demande:

— Comment vas-tu?

— J'essaie de vivre comme s'il n'avait jamais existé. Il appartient au passé, alors j'ai décidé de vivre au présent...

— Vraiment aucun espoir de réconciliation? Dans certaines situations, on s'exprime tellement mal! Par exemple, moi et Mali. Je ne lui montrais pas mes sentiments et je parlais de travers.

— Et moi, donc! Quand nous étions jeunes...

— Tais-toi! coupe sèchement Flame. J'ai lu. La seule excuse que je t'accorde est que ce sans-cœur d'Euphride Cockerel t'avait fait un lavage de cerveau!

— Oh, Flame! soupire Carole retenant une larme, le psychanalyste a été correct. Je l'étouffais comme Franco m'a étouffée. Avec la différence que Mali était trop jeune pour se défendre seule. Il fallait qu'il nous sépare, malgré moi. À quinze ans, je ne connaissais rien de l'autonomie. Il l'a sauvée en m'obligeant à ne plus la surprotéger. Le médecin m'avait expliqué qu'il s'en occuperait et il s'en est occupé. Mais moi, je souffrais seule. Je la voyais si triste et je l'aimais tant! Même ce damné Cockerel n'avait pas l'air de réaliser que j'endurais le martyre.

— Quoi? Tu es au courant pour Euphride Cockerel?

Flame est blessée de voir que Carole en connaît plus qu'elle sur les secrets de Mali. Se peut-il que Carole sache que Monsieur Cockerel soit devenu Jérôme Poupart?

— Au courant de quoi? demande Carole. Est-ce que tu le connais? Je n'ai jamais revu ce sans-cœur que j'ai détesté pendant des années. Jusqu'à ce que je comprenne qu'il avait sauvé Mali de traumatismes qui auraient pu gâcher sa vie.

Flame respire mieux. Elle est vraiment la seule personne à qui Mali confiait ses secrets. Même pas Carole! Pourtant, Carole a connu Euphride Cockerel! Elle se tourne vers la sœur de Mali et lui sourit. Son sourire met du baume au cœur endolori de Carole.

Cinq minutes plus tard, l'édifice du *Nouvelliste* laisse entrevoir sa brique vieillotte. Flame reprend la conversation.

— Comment pouvais-tu endurer de la voir malheureuse et abandonnée? Malgré elle, son ton est réprobateur.

— C'était insupportable, mais Euphride Cockerel m'avait tout expliqué si clairement. Il fallait que Mali croit que je ne l'aimais plus. Tu imagines mon désarroi! Pourtant, grâce à sa présence, j'ai réussi à traverser mon adolescence sans mal tourner. Elle était si valorisante à protéger! Durant la période la plus douloureuse, après qu'on m'a forcée à la laisser tomber, c'est elle qui me tenait en vie.

Carole attend que sa voix se ressaisisse et remarque:

— L'incapacité de communiquer ses sentiments est un fléau perpétuel.

* * *

Par un après-midi de novembre, Elsa descend de la voiture qu'elle a reçue pour ses seize ans et entre dans la maison en coup de vent. Flame ne se fatigue jamais de la voir rétablie. Intéressée à ses études et... aux garçons. Tous les garçons.

— Lequel de tes *chums* aura le privilège de partager Noël avec la plus belle fille du monde? lui demande Flame en la regardant manger comme un petit oiseau.

— André-Gilles. C'est le plus romantique. Cette semaine, il m'a fait parvenir un bouquet de poinsettias avec une carte aussi belle que le bouquet.

Pendant les mois passés en prison, Flame se blâmait pour son insouciance au cours du procès, hantée par l'expression pathétique de sa fille lors du verdict. La maturité qu'Elsa a acquise avec l'aide de Michel et d'Antoine ainsi que de Bonnie, la compagne d'Antoine, ont fait disparaître son sentiment de culpabilité. Elsa s'est épanouie. Parfois, l'optimiste maman va jusqu'à conclure que toute son horrible histoire a été salutaire pour sa fille. Flame est certaine des répercussions bénéfiques sur Antoine. Le rôle qu'il a rempli dans la libération de sa mère l'a stabilisé. Il n'est plus le jeune errant désorienté à la recherche d'une famille.

— Et toi? Tu viens avec Michel? Si tu l'abandonnes pendant les vacances, il ne s'en remettra jamais.

Flame sourit devant l'exubérance de sa fille. Elle sait que dans sa jeune tête, Elsa échafaude une histoire d'amour aussi excitante que les siennes entre sa mère et Michel.

— Oui, oui, oui, «je l'emmène», comme tu dis. Il est de si bonne compagnie. Tellement plein d'enthousiasme. Tous les six, nous nous amuserons comme des enfants.

— Plein d'enthousiasme! Moi, j'appelle ça plein d'amour, s'obstine Elsa.

— Ce sera un Noël différent. J'en suis convaincue.

En effet, c'est un Noël différent. Pour tout le monde: Flame, libre et seule; Michel, en amour; Antoine, futur papa; Bonnie, enceinte d'une fille; Elsa... Elsa, fidèle à un seul *chum* depuis six semaines.

Sans trop se préoccuper d'être heureuse, Flame se contente de savourer sa liberté. Les trois mois écoulés depuis sa sortie de prison n'ont pas réussi à l'habituer au rythme normal de vie parmi les siens. Ni à vivre sans Mali.

Hier soir, au réveillon, elle n'a pu s'empêcher de comparer le bonheur des Noël chez Mali avec ce *christmas* américain, entaché de solitude malgré l'attention de ses proches et la sollicitude de Michel.

Cet après-midi, accoudée sur la balustrade entourant l'immense patinoire du Rockefeller Center, elle regarde Michel glisser au rythme de *Jingle Bells*.

Son regard s'arrête sur l'œuvre sculpturale de *Prométhée enchaîné* dominant la patinoire. La légende de ce titan, qui a enseigné la première civilisation aux hommes, l'intrigue.

Ses pensées délaissent le bronze et la mythologie grecque pour se plonger dans une réflexion sur sa vie de femme et de mère depuis cette matinée du mois de septembre où Antoine et tante Jackie l'attendaient dans la voiture, à la porte de la Maison Tanguay...

Antoine n'a jamais cessé de jubiler dans son rôle du chef de la famille retrouvée. Il a réussi à ramener Bernard, son père, à la maison pour de longues périodes et pour quelques week-ends toujours très agréables.

Bernard et Flame ont applaudi ensemble quand le doyen de la New York University a décerné à leur fils un prix honorifique pour un essai sur la gynécologie. Gynécologue lui-même, Bernard a traduit sa fierté par un silence éloquent.

Puis, Antoine a emmené à Montréal une élégante Américaine aux cheveux roux. Très exubérante et passionnée. Elle s'appelait Bonnie. La vie familiale souhaitée par Flame après la mort d'Émile a agi comme une thérapie sur Antoine. Une vraie relation s'est avérée possible pour lui.

Finalement, «le chef de la famille» a invité toute la tribu pour une croisière dans les Antilles au début du mois de décembre. Flame et Michel, Elsa et André-Gilles, et Bonnie bien sûr.

Antoine et Bonnie se sont promis un amour éternel en pleine mer, sous un ciel sans nuages. Très romantique. Ils étaient tous les six, seuls, dans un coin retiré du bateau. Trois pélicans ont servi de témoins en survolant majestueusement leur bonheur.

À 4 heures du matin, un vendredi de décembre, la sonnerie du téléphone avait réveillé Flame. «Quelle belle grand-mère tu feras!» avait annoncé Antoine. Son excitation vibrait à travers le réseau téléphonique des États-Unis au Québec.

— Bonnie est «sur la ligne» avec moi. Réveille Elsa.

Pendant ce remue-ménage sentimental, Michel est demeuré là, infailliblement amoureux de Flame. Bon collègue de travail, ami précieux, jouant à l'occasion le rôle de père pour Elsa...

Michel... Justement, le rêve s'estompe et le scientifique réussit un freinage spectaculaire devant Flame sur la glace entourée du somptueux décor de la patinoire extérieure du Rockefeller Center. Il lui demande, en souriant:

— Vous m'accordez cette valse des patineurs, Madame?

La valse des patineurs... Villa Maria... Flame se lève et... continue «d'exister».

24

Flame entre dans la maison de ville du Dr Poupart. Malgré l'air climatisé, elle a chaud en attendant que l'intendante aille informer son patron de sa visite. Françoise revient, l'escorte jusqu'au salon et s'éclipse discrètement.

La vengeresse s'assoit sur le bras d'un fauteuil plutôt éloigné de sa victime. C'est un mois de mai pluvieux et humide.

Jérôme continue de jouer la *Sonate à la lune*, au piano.

— Tu ne sembles pas surpris de ma visite, crâne-t-elle.

— Je t'attendais, répond le médecin en sursis, sans se retourner.

Il termine sa phrase musicale.

De ses longues jambes, très lentement, il fait pivoter le tabouret du piano. Flame affronte son regard insondable.

— Je sais que c'est toi qui nous as donné le sida à Pascale et à moi. De quelle façon? C'est un mystère. Mais je sais. À la partie d'huîtres, n'est-ce pas?

Jérôme surveille la réaction de Flame.

— Tu as le sida? Première nouvelle!

— Dernière aussi, parce que je n'ai pas l'intention de le clamer.

L'attitude indifférente du médecin intrigue Flame. Un ami se plaignant d'une grippe serait moins tempéré.

— Et si moi je décidais d'en parler?

— Tu ne le diras pas, déclare-t-il, la défiant. Que Pascale ait le sida, bah! Rien de suspect. Mais que les deux personnes que tu as menacées de mort... ton emballement farfelu pour la biologie... ton efficacité à nous soigner, sans aide, à la partie d'huîtres... bizarre. Encore plus bizarre pour un médecin.

— Spéculations! Les juges en ont ras le bol des preuves circonstancielles contre «la rousse au visage d'ange». Surtout que tout le monde sait que vous avez couché ensemble; l'un aurait très bien pu contaminer l'autre.

— Je n'ai pas peur que tu parles. Pas peur du tout, répète Jérôme.

Flame accepte le gin tonic qu'il lui verse. Ses mains sont moites, elle redoute que son maquillage ne cache pas suffisamment la pâleur de son visage. Mine de rien, elle se détourne pour éviter la lumière indiscrète des fenêtres.

— Pourquoi ne m'as-tu pas défendue quand Pascale m'a accusée de meurtre?

— Tu le sais pourquoi. Avec mon passé judiciaire, déjà...

— Quel passé judiciaire?

— Tu n'es pas au courant? Je croyais que tu n'en avais jamais parlé parce que Mali t'avait demandé le secret. Tu te souviens du psychanalyste que vous aviez rencontré en Angleterre?

— Oui. Je m'en souviens très bien. Euphride Cockerel. C'était toi. Mali m'a fait jurer de ne jamais dire à personne que nous avions rencontré Euphride Cockerel, devenu le Dr Jérôme Poupart. Que tu changes de nom ne m'a pas surprise, mais elle ne m'a jamais parlé de dossier judiciaire. Elle ne l'a même pas mentionné dans son journal personnel.

— Mali était trop prudente pour écrire un secret qui ne lui appartenait pas. Je me suis métamorphosé afin de pouvoir pratiquer.

Le psychiatre s'installe confortablement dans un fauteuil en cuir beige, cognac à la main. L'audace de cette passionnée l'amuse. Il lui confie, comme s'il parlait à une grande amie:

— L'arrestation survint peu après notre rencontre sur les marches de la Tate Gallery, en Angleterre. On m'avait mis en taule parce que j'avais installé un réseau de caméras dans mes bureaux. Je croyais en une certaine méthode de thérapie basée sur les rapports sexuels. [...] jeune, trop révolutionnaire. À l'ombre, j'ai suivi mon cours de médecine puisqu'il fallait passer par là pour pratiquer cette profession que j'avais dans le sang.

Flame s'explique mal l'attitude amicale de celui qui devrait se venger à son tour. Elle dépose son verre sur la table de coin après n'en avoir bu qu'une seule gorgée.

— Je voulais obtenir des diplômes pour me permettre de signer des ordonnances, ajoute Jérôme toujours copain.

— Comment es-tu devenu Jérôme Poupart?

— À ma sortie de prison, j'ai changé d'identité, modifié ma dentition, mes sourcils et mon nez. Ces grosses lunettes à monture noire détournent l'attention de mes yeux foncés par des verres de contact colorés. Et le plus important, un chirurgien suisse a corrigé mon boitement par une ostéotomie. Avec un nouveau nom, une nouvelle épouse, une nouvelle physionomie, une nouvelle démarche et un dernier diplôme acquis au Canada, en Ontario en plus, personne ne pouvait reconnaître le nº 7890765 de la prison de Paris.

Les yeux apathiques du psychiatre semblent fermés tellement ils fixent le verre. Il poursuit son récit:

— J'ai également suivi des cours de phonétique pour effacer les traces de mon ancien accent beauceron. Je n'avais ni frère ni sœur, et je suis orphelin.

Flame observe Jérôme. *Ça ressemble à ce que Mali a écrit dans son journal personnel.*

— Déjà, j'avais renoncé à publier les manuscrits dans lesquels je vulgarisais la psychanalyse, poursuit Jérôme. Je ne me suis jamais engagé dans les associations mondiales de médecine non plus... j'aurais voulu accomplir davantage...

Le psychiatre se verse à nouveau du cognac. Son visage est sombre. Ses yeux sont soudés au fond du verre. Jérôme reste muet pendant quelques secondes.

Flame l'observe de plus près. *Il n'a pas l'air d'un meurtrier, il a l'air meurtri.*

Jérôme continue:

— Alors, risquer d'être démasqué devenait un non-sens. À moins d'espérer te sauver par ma déposition. Mais un fin renard comme Goyette connaît tous les faits divers, tant ceux d'Europe que de Montréal. Mon témoignage n'aurait pas pesé lourd contre le rapport de son réseau d'enquêteurs. De plus, Flame, personne ne pouvait t'aider. Tu ne voulais pas réaliser ce qui t'arrivait.

Le médecin aimerait lui expliquer son rôle dans l'obtention de sa liberté grâce à la conversation qu'il avait eue avec Me Lemay. Anna... Le journal personnel... En reconnaissance envers Émile.

— Ça ne me fait rien de mourir. Et je comprends ton tempérament de feu... Pour parler franchement, je n'en peux plus de vivre.

— Quoi? Tu fais le brave maintenant, tu viens de me dire que tu ne pouvais pas risquer de gâcher ta vie et, en même temps, tu souhaites mourir?

— Les suicidés sont souvent euphoriques la veille de leur mort. Mourir, ce n'est rien comparé à une vie en ruine.

— On ne t'a jamais reconnu?

— Non. Même toi, tu n'avais pas fait le rapprochement. Mali m'avait demandé l'autorisation de te dire mon nom. Elle avait l'impression de te mentir en te cachant mon vrai nom. Et mentir était néfaste pour le bien-être de Mali. À part elle, il n'y a personne d'autre sur la terre qui sait ce qu'est devenu Euphride Cockerel.

— Pourquoi Mali?

— Oh, ce serait bien long à t'expliquer.

Flame questionne encore, n'attendant pas de réponse:

— Pourquoi veux-tu mourir? Parce que tu te sens crapule de ne pas avoir tenu ta promesse?

Jérôme est pensif. Il détache la chaîne qui ne quitte jamais son cou. Ses longs doigts caressent le médaillon suspendu au précieux bijou. Il l'ouvre. Ses prunelles contemplent longuement la photo de Mali à vingt ans, au restaurant Le lutin qui bouffe. Comme s'il se résignait à livrer un secret gardé captif depuis toujours, il murmure, sans se tourner vers Flame:

— Parce que je l'aimais.

387

Entre un cauchemar et un autre, Flame somnole, ruisselante de sueur... *Il l'a aimée... Il l'a abandonnée... Il l'a aidée à être heureuse...*

Soudain, elle se lève droit dans son lit et crie: «Mais il a causé sa mort!»

Certaines questions restées sans réponse la ramènent chez Jérôme, le lendemain.

Françoise, l'intendante la reconnaît maintenant; elle sait qu'elle peut conduire Flame dans la cour sans en informer le Dr Poupart. Comme toujours, elle s'éloigne, consciente que son patron traite très souvent de sujets confidentiels et qu'il ne doit être dérangé sous aucun prétexte.

— Si tu aimais Mali, pourquoi n'as-tu pas accouru immédiatement? demande sans préambule la justicière, une fois sous la tonnelle.

Jérôme sursaute, lisse de ses doigts ses cheveux encore très noirs et très épais. Il répond, comme s'il poursuivait la conversation de la veille:

— J'avais bu beaucoup de champagne. Quand on est sous l'effet de l'alcool, c'est le subconscient qui agit. Mon «sub» a choisi Pascale évidemment; la salope répondait à un besoin immédiat et irrésistible. Quand ma carrière a été ruinée et que j'ai dû changer ma personnalité à cause d'une pratique basée sur la sexualité, ma frustration s'est traduite par ce vice dont je suis devenu l'esclave. Une question, Flame: as-tu déjà ressenti l'ambition de soulager l'humanité simplement pour répondre à une voix intérieure?

Flame répond, sans trop réaliser:

— Oui... jusqu'à me faire traiter de ridicule.

Elle s'assoit sur une chaise longue, loin de Jérôme. Il lui en impose malgré elle.

— Pourtant, tu nous as tués de sang-froid. Après beaucoup de réflexion et de préparation. Toi et moi, nous sommes deux philanthropes avec des idéaux au-dessus de nos moyens. J'ai eu moins de veine que toi parce que mes rêves ont été brimés dès ma jeunesse. Je croyais...

— L'as-tu déjà touchée? demande Flame en se levant et en se rassoyant sur une chaise plus près de Jérôme.

Le médecin se retourne et la regarde comme si elle disait une sottise.

— Je n'y ai même jamais pensé. En plus du charisme qu'elle dégageait, Mali était un être à part. Pour un psychiatre comme moi, découvrir son univers intérieur, son intensité me fascinait. Elle connaissait la nature humaine... Elle était lucide et sans préjugés. Profonde, vraie... c'était envoûtant d'examiner un tel phénomène. Quand je l'ai vue la première fois, Magalia avait onze ans. J'ai tout de suite été frappé par la force que dégageait cette petite fille qui, en même temps, avait besoin d'une protection incommensurable. Elle savait ce qu'elle voulait et le voulait si fort.

Flame étudie le médecin. De nouvelles rides n'échappent pas à la lumière ombragée des treillis. Son visage est morne.

— Jamais je ne l'aurais touchée. Elle était trop jeune, ça aurait été comme briser une œuvre d'art. Par la suite, j'avais développé une relation au-dessus des sens qui n'avait rien à voir avec mon vice. C'était la seule personne au monde avec laquelle je voulais garder le contact en sacrifiant Euphride Cockerel.

Jérôme se tait et couve des yeux les vivaces multicolores qui entourent la tonnelle. Comme si les fleurs disparates représentaient les angoissés, les dépresssifs qu'il avait soulagés et guéris parce qu'il croyait en leurs malaises inexplicables.

— Aujourd'hui, reprend-il, j'éprouve le martyre de mes patients. Ça ne fait pas de moi un meilleur médecin. Au contraire... En pratique, tu peux difficilement aider les autres quand tu es aussi affecté qu'eux.

— Je sais ce qu'est le désespoir, remarque-t-elle, amère.

Jérôme se redresse, désigne d'un geste poli l'assiette de fruits posée sur la table, puis il enchaîne, amical:

— Ton cas est loin d'être une cause perdue, Flame. Mali sera toujours là pour toi. Le remords ne te ronge pas. Tu as des souvenirs encore présents. Tu as la possibilité de continuer son travail, de vivre dans son ambiance avec le *Nouvelliste*. Tu peux te permettre de penser à elle sans te sentir souillée...

— *Good Lord!* Tu souffres vraiment!

— Oui. Quand j'ai appris que j'allais mourir, ça a été un soulagement de ne pas avoir à me lever tous les matins et d'entreprendre une autre journée sans le droit de vivre de souvenirs. Ma mort prochaine m'apporte le calme.

Le regard du psychiatre reste attaché aux fleurs près de la tonnelle.

— Si j'avais su que Magalia allait mourir, je me serais dégrisé. Sa mort est un mystère pour moi.

— Toi aussi, tu crois qu'elle s'est suicidée?

Flame ne veut pas de réponse. Elle enchaîne aussitôt:

— Le pathologiste...

— Avec Goyette, je ne crois ni les pathologistes ni le pape. Avec Goyette, je ne me croirais pas moi-même.

Jérôme verse du cognac dans son verre.

*   *   *

Flame observe sa fille qui mange à la sauvette, assise sur le bout de sa chaise. Elsa attend André-Gilles. Elle parle sans arrêt, laisse échapper sa fourchette, assaisonne son rosbif de poivre au lieu de sel.

Flame devine qu'Elsa a besoin de parler.

— C'est une chance que tu aies reconnu les qualités d'André-Gilles, remarque Flame. Tu l'aimes beaucoup ton comptable?

— Le coup de foudre... d'un déluge éternel! Nous voulons te demander quelque chose, ce soir. On va s'y mettre à deux parce que nous avons trop peur que je manque d'arguments si tu dis non.

Sauvée par le carillon, Elsa court ouvrir la porte à André-Gilles et l'entoure de ses bras amoureux. Elle replace une mèche des cheveux du jeune homme aux yeux presque aussi noirs que sa chevelure. Un intellectuel de plus autour de Flame.

Flame n'attend pas une minute pour les questionner.

— Vous avez quelque chose à me demander?

— Nous aimerions vivre ensemble, répond Elsa.

Le spectre de l'adolescence d'Antoine, brisée par son divorce d'avec Bernard et la conduite d'Émile, surgit dans l'esprit de Flame.

— Je suis d'accord.

André-Gilles regarde Elsa, puis Flame, puis Elsa.

— Vaut mieux se connaître avant plutôt qu'après, explique Flame. Parce qu'un divorce est pénible pour toutes les personnes concernées.

— En plein le genre de discussion qui plaît à André-Gilles, déclare Elsa. C'est court et c'est clair.

Flame se met à parler de popote, de décoration, de fleurs, de déménagement, de tout et de rien. Son cœur se gonfle dans sa poitrine, ses prunelles s'embuent. Il ne faut pas qu'Elsa découvre qu'elle vient de couper le dernier fil du cordon qui la retenait à la vie.

* * *

Flame se répète que seul Jérôme, libre de toute attache, peut partir dans une contrée comme l'Afrique, où la maladie sévit durement. Seul Jérôme a déjà confié ses patients à des confrères. Seul Jérôme peut guérir des sidéens sous le couvert d'une clinique médicale en attendant qu'elle soit en mesure de commercialiser le médicament – et cela ne peut se produire avant que la mort imminente de Pascale Moreau soit oubliée. Seul Jérôme a aimé Mali presque autant qu'elle, a veillé sur Mali en silence, comme elle. Jérôme ne doit pas mourir. Il doit vivre et sauver des vies.

* * *

Jérôme s'est endormi sous la tonnelle. Le bruit de pas familiers lui épargne un troisième cauchemar.

Mi-réveillé, il se rappelle la ferveur avec laquelle il croyait, avant son emprisonnement, en sa méthode d'aider ceux qui avaient des problèmes émotifs. Aussi fort que Flame croit en la vengeance de Mali. Dans le fond de sa cellule, il rêvait du jour où il reprendrait sa profession en mettant de côté ses convictions afin d'avoir le droit de réaliser ses ambitions. Il fait le rapprochement avec la menace de Flame, le soir du drame: «Je vous tuerai tous les deux.»

Jérôme ouvre les yeux et questionne abruptement:

— Depuis quand sais-tu qu'Émile avait un antidote?

— Depuis la veille de sa mort, répond-elle, étonnée. Une semaine avant la mort de Mali. Il m'avait confié que, grâce au remède qu'il avait découvert, il avait guéri un médecin du sida. Il venait de recevoir la confirmation des tests... Mais toi, comment le sais-tu?

Jérôme hésite un court moment avant de répondre.

— Ce médecin... c'était moi.

— Toi? C'était de toi qu'Émile parlait!

— C'était de moi, répète Jérôme. Tu vois que son secret est bien gardé. On se retrouve.

Flame fixe Jérôme. Hébétée, la bouche mi-ouverte. *Good Lord! Il savait. Il veut vraiment mourir.*

Jérôme ignore la mine décontenancée de sa meurtrière et lui explique comment il avait contracté le virus il y a plusieurs années, et comment Émile l'avait aidé puis guéri.

Pour couper le trop-plein d'émotion entre eux, Flame prend une pomme, la croque avec agressivité et déclare, arrogante:

— Si je te sauvais la vie, me dirais-tu merci?

Incrédule, il reluque Flame.

— Tu raisonnes vraiment comme un tonneau! Avant de te remercier de me sauver, il serait plus indiqué que tu me demandes pardon de m'avoir tué!

Puis, Jérôme affirme:

— Peut-être qu'un jour je te remercierai.

Soudain, comme un coup de vent, Madame Françoise Laurier, l'intendante de Jérôme, surgit sous la tonnelle, une mini-télévision portative dans ses mains; elle place l'appareil à la vue du Dr Poupart, stupéfait par le sans-gêne inhabituel de la sexagénaire. Sans un mot, Françoise questionne d'un œil avide l'expression transfigurée du psychiatre, puis de Madame Donnelley.

Tous deux suivent attentivement un bulletin spécial de nouvelles en cours: «[...] l'éminent procureur de la Couronne... Justement, nous recevons la confirmation que Me Jean Goyette, que vous pouvez voir sur l'écran, s'est jeté du dix-septième étage du palais de justice de Montréal.

«[...] Me Goyette, qui a connu la première défaite de sa carrière avec l'affaire Donnelley, dans laquelle il plaidait comme procureur de la Couronne, venait d'être informé de sa radiation provisoire du barreau. [...] aurait eu à faire face par la suite à des accusations de fabrication de preuves, de fraude, d'escroquerie et d'outrage au tribunal sous diverses formes [...] l'enquête criminelle a été ordonnée par le ministre de la Sécurité publique à la suite d'une déposition d'Anna Morin-Sweeney, gouvernante de Flame Donnelley. Les accusations formulées contre l'ancien procureur de la Couronne sont de nature à faire dresser les cheveux sur la tête des personnes les moins scrupuleuses du milieu juridique [...] Il appert que Me Goyette était bien déterminé à mettre fin à ses jours. D'après une source sûre, le criminaliste aurait effectué un bref arrêt à son bureau; il aurait salué affectueusement sa secrétaire et apporté avec lui une plaque en bronze massif [...] on rapporte que Me Goyette aurait sauté depuis la bibliothèque du barreau, réussissant à briser une fenêtre en piochant plusieurs coups avec la pointe aiguë de cette plaque, offerte par des confrères et clients lors du vingt-cinquième anniversaire de sa carrière, pour souligner le fait que l'avocat n'avait jamais perdu une cause depuis qu'il portait la toge, ni à titre de criminaliste ni à titre de procureur de la Couronne. [...] Nous recevons à l'instant des photos de la scène du drame que vous pouvez voir à l'écran [...] Me Goyette se serait caché, lors de la fermeture des bureaux, au dix-septième étage du palais de justice. Il a touché le sol à 17 h 16.

«Nous vous donnerons plus de détails au bulletin quotidien de 22 heures.»

* * *

À l'issue d'une promenade plutôt silencieuse dans l'allée menant à la croix du mont Royal qui domine Montréal, Flame et Carole sont appuyées sur la rampe du belvédère et contemplent leur ville. Lentement, sans un soupçon de tristesse dans la voix, Flame raconte :

— Cette scène me rappelle le jour de la remise des diplômes. Tante Jackie avait donné une réception pour Mali et moi.

Elle se tourne vers l'est de la ville.

— Une belle réception, Carole. Vois-tu, j'étais heureuse, si heureuse que je me souviens encore clairement de la joie que je ressentais dans mon cœur et je la revis. Je la revis.

Carole écoute, le visage tourné vers sa «sœur». L'enthousiasme de Flame lui confirme que les souvenirs la sauveront.

— Parle-moi de cette réception, demande-t-elle, heureuse de ce réveil dans le cœur de Flame.

Flame raconte, soulignant le plus petit détail de ce jour de leur adolescence et de l'été suivant en Angleterre. «C'était toujours la grande joie, Carole, c'était le bonheur le plus grisant qu'on ne puisse imaginer.»

Le visage de Flame rayonne. *De l'espoir*, pense Carole. *Oui, il y a de l'espoir. Les souvenirs...*

Flame se tait un moment, s'éloigne du promontoire, revient sur ses pas, s'appuie sur le garde-fou en pierre. D'une voix neutre, elle dit:

— J'ai l'intention d'aller faire du bénévolat dans un pays lointain, d'aider des gens malades, tu m'accompagnes?

— Quoi? Où? Pour combien de temps?

Carole s'affole à l'idée de perdre sa grande complice.

— Tu ne peux nous faire ça, Flame. Nous avons besoin de toi.

— Qui «nous»? Antoine est marié, Elsa ne jure que par son André-Gilles. Personne n'a plus vraiment besoin de moi. Vraiment besoin. Vois-tu, Carole, j'ai eu tout ce que je voulais de la vie. Il n'y a plus rien pour moi. La vengeance m'a soutenue jusqu'ici. Puis, il y a eu le procès... mais vu que cette meurtrière de Pascale souffre autant que Mali et plus longtemps...

— Flame, ne pense pas comme ça. Tu es jeune. Tu peux vivre de souvenirs avec Mali en attendant de te rétablir. Malgré ton grand deuil, tu es choyée. Flame, toi si optimiste, tu as une perception fausse de ta situation. Anna a besoin de toi. J'ai...

— Anna? Elle a sa fille et sa petite-fille.

— C'est de toi qu'elle a besoin. Sophie a besoin d'elle. Et moi, moi, j'ai vraiment besoin de toi, tu ne peux imaginer comme c'est lugubre de vivre sans amour. Mon vrai drame, ce n'est pas d'avoir perdu Franco, c'est de ne plus l'aimer. J'ai besoin de toi, Flame, pour m'enseigner à espérer que je rencontrerai un jour un homme qui ne sera pas une illusion. Il aura d'autres défauts, mais il sera honnête envers lui et envers moi. Il n'y a que toi, Flame, pour me donner ce courage. Que toi.

Carole se mord les lèvres, puis, après réflexion:

— Le *Nouvelliste*, tu ne peux me laisser seule avec lui. Et Roberto?

— Roberto? Roberto a d'autres chats à fouetter que de s'inquiéter si je suis en Chine ou à la baie James.

— Incroyable! Nous sommes une dizaine d'amis qui évoluent dans un monde de communication depuis une vingtaine d'années et c'est le manque de communication qui nous empêche de nous refaire une vie.

— Je n'ai jamais dit à Mali que je l'aimais. Est-ce possible?

— Oui, c'est possible. Roberto ne t'a jamais dit qu'il t'aimait.

— Roberto aime tout le monde. Là où je m'en vais, les gens ont besoin seulement de moi.

— Non. D'autres peuvent te remplacer où que tu veuilles aller, mais ici, tu es notre seul lien avec la pensée de Mali. Elle aurait de la peine de voir son journal changer de cap. Tu pourrais vivre de son souvenir en perpétuant ses ambitions. En ayant l'impression, comme elle, d'aider les autres autant que de brasser des affaires.

Carole saute au cou de Flame et la supplie.

— Oh Flame, prends la direction du journal! Mali a besoin de toi. Marc fait son possible, mais il est un administrateur, pas un directeur. C'est sur toi que Mali compte pour présider le conseil d'administration. Le journal est le seul endroit où tu puisses vraiment vivre avec Mali. Et où veux-tu aller? Tu ne peux partir seule comme ça.

Flame étire une pause.

— J'y vais avec Jérôme...

— Jérôme? Tu vas le tuer là-bas?

— Non. Nous allons sauver des vies. Beaucoup de vies.

— Oh, je suis soulagée! Soulagée que tu ne le trouves plus coupable et soulagée parce qu'il va pouvoir t'aider.

— J'avais pensé te proposer de te joindre à nous. Mais je vois que c'était idiot.

— Ce n'est pas idiot du tout, Flame. Mais il y a le journal. Je dois panser mon moral avec le travail. Ma place est ici. La tienne aussi. En plus de nous soutenir, tu dois vivre là où tu as vécu avec Mali. Ce n'est pas comme moi... ça fait mal de vivre dans le même milieu que Franco et de ne plus l'aimer.

— Plus du tout? Tu ne l'aimes plus du tout? Comment un amour peut-il mourir en quelques secondes comme tu me l'as expliqué en regardant partir Franco à l'hôpital?

— Mon amour n'a pas disparu en quelques secondes. Vois-tu, Flame, mon amour était... comment dirais-je, «circonstanciel», oui, «circonstanciel». Franco s'est faufilé furtivement dans ma vie. Par la suite, mon amour trouvait instinctivement des raisons pour justifier sa bassesse. Mais j'ai aimé un «mirage», Flame. Un mirage. Aussi fort qu'on puisse aimer une personne. J'aimais l'image de Franco, mais pas Franco.

— Tu ne l'aimes plus du tout? répète Flame, sans réaliser qu'elle pose cette même question pour la treizième fois au moins.

— Tu ne peux comprendre. Toi, tu n'auras jamais à cesser d'aimer Mali. Morte ou vivante. Parce que Mali était authentique. Elle ne pouvait te décevoir.

— Mali... prononce tendrement Flame.

Carole note la pâleur subite de son amie.

— Flame, on dirait que tu te laisses aller. Tu es beaucoup trop mince. Tu ne manges plus.

— *Good Lord!* Que ferais-tu à ma place?...

— Je me raccrocherais à mes souvenirs. Certains nous pénètrent plus que la réalité. Tu es si chanceuse de posséder autant de souvenirs réels, non salis. Ton comportement devient radieux quand tu me parles du passé. Toi, si courageuse, ne te laisse pas mourir, tu vas le regretter, tu...

Les deux amies sourient sur l'absurdité du mot «regretter». Leurs visages et leurs éclats de rire n'ont plus la candeur de leur adolescence.

— Une fois, tu m'as dit qu'il y avait plusieurs sortes d'amour, lui rappelle Carole. Tu ne trouveras pas une autre Mali, par contre le *Nouvelliste* peut devenir un nouvel amour. Mali y est si présente! Tu lui dois de continuer son œuvre. Seule, cette raison suffirait.

Flame se revoit prenant le thé avec Carole, la semaine qui a suivi la mort de Mali: «Flame, je trouve que c'est pire de réaliser que Franco n'est pas celui que j'ai toujours cru qu'il était que si on m'apprenait sa mort.» Carole aurait-elle raison?... Flame pense à la possibilité de réaliser les ambitions de Mali au *Nouvelliste* en se construisant une vie de souvenirs. Elle réalise combien Carole semble déprimée. *Oui, elle a besoin de moi.* Elle imagine Jérôme dans une clinique, sauvant des mourants. *Il a besoin de moi lui aussi.*

— Carole, vois-tu, je tiens un secret très précieux et, pour aller de l'avant avec ce secret, il te faudrait quelques notions de biologie. Tu suis un cours après l'autre. Tu pourrais peut-être choisir la biochimie? Nous travaillerions ensemble là aussi si je restais. Veux-tu?

— Je m'inscrirai à l'université dès septembre si tu prends la tête du journal! Oh! Flame, comme Mali serait heureuse de voir le journal entre tes mains!

— Tu crois vraiment que je la rends heureuse? demande Flame, une lueur de confiance éclairant son visage.

Carole semble si convaincue que Flame sent un souffle d'espoir réchauffer son cœur. Le premier souffle depuis la mort de Mali.

25

Gaston Dupuis est furieux et ne peut se défouler sur personne. Une fois de plus, la corvée de se trouver un candidat taillé sur mesure pour la mairie lui retombe sur les épaules. Il croise le maire dans le corridor de l'hôtel de ville de Saint-Léon.

— Des soucis, Gaston? lui demande Roberto Danzi.

Gaston entre dans son bureau, dépose une pile de dossiers sur son pupitre et répond:

— Il y a cinq ans, Mali m'avait convaincu d'échafauder une campagne farfelue pour un candidat farfelu. Je me moquais d'elle. Aujourd'hui, je suis en train de chercher un remplaçant à son farfelu devenu maire. Si tu as des suggestions, crache-les! Rien ne me fera bouger d'un cil. Farfelu, hein?

Roberto l'a souvent entendu raconter l'histoire des deux frères immigrés, inconnus alors, dont l'un cabotin, l'autre ours mal léché. Il en a souvent ri avec Gaston.

— Je ne démords pas en croyant que le meilleur candidat est Léonard Granger, réplique-t-il. Sa firme jouit d'une réputation inattaquable. Il est souple en politique, il est fiable et son image vaut la mienne.

— Pas l'image.

— *Ecco!* je vais lui prêter mon image! Je dois ficher le camp.

— Mince! Tu n'aurais pas pu naître un peu politicien? Juste un peu.

— Tu veux dire un renard au lieu d'un ours? *Ma va!* Gaston, «notre» Leonardo est parfait.

Résigné, Gaston rappelle au maire sa promesse de rester présent tant que le Parti aura besoin de lui.

— Promis, jure Roberto, dans le Parti cent pour cent. Mais aussitôt Léonard élu, je file directement à notre pépinière. Farfelu, ça?

* * *

Roberto n'a jamais trouvé Cap-Rouge plus splendide qu'en traversant le pont de Québec. Le ciel n'a jamais été aussi bleu. Ses phrases d'introduction sont toutes prêtes. Il entend Flame lui dire oui. Ses exigences sont si minimes. En fait, il n'exige rien.

Flame est ravie de le recevoir; elle plaisante:

— Ne trouves-tu pas que ma première maison à Québec est plus accueillante que ma dernière maison sur la rue Tanguay?

— Et la clô-clôture est plus facile à franchir!

Avant de porter à ses lèvres le verre de vin blanc tendu par Flame, Roberto attaque avec assurance.

— Carole m'a dit que tu revenais à Saint-Léon.

— Oui. Aussitôt que j'aurai trouvé une résidence. Je dois veiller au journal de Mali.

— Alors, partons ce soir.

Flame lui sourit gentiment.

— Marions-nous.

Flame rit de bon cœur.

— Pour-pourquoi tu ris?

— Je ne suis pas une bonne candidate au mariage, tu le sais bien. Une bonne mère, une bonne amie, mais comme femme, oh, oh, oh! Pas pour toi.

— Tu me trouves trop ours?

— Plutôt un ourson. Un beau gros *Teddy Bear*. On ne veut pas faire de mal à un *Teddy Bear*.

— C'est parce que tu ne peux l'oublier?

— *Number one*, oui! Oui!

— Flame, je sais que Mali sera toujours là. Aussi vivante que si elle... justement, avec moi, tu pourras en parler tant que tu voudras. C'était comme une sœur pour moi.

— *Good Lord!* Bon début: «Ta sœur»! Mali n'était pas la sœur de tout le monde. Moi, je suis sa sœur. Elle l'a écrit sur son testament. Elle n'a pas écrit «À Roberto, mon frère».

— Je n'ai pas utilisé le bon terme. Excuse-moi. J'étais plutôt l'ami de la famille. Je voulais te faire comprendre que je serais heureux, même si tu ne m'aimais pas autant que je-je t'aime.

— Je ne serai jamais capable d'aimer personne d'autre que Mali. Je n'ai pas le goût d'aimer. Je n'ai pas le goût de me marier.

— *Ecco!* Juste pour la forme! Seulement sentir que tu es là. Que tu me laisses t'ai-t'aimer.

Flame se demande si cela se fait.

Quel beau surnom: Teddy Bear! pense Roberto.

* * *

Depuis les révélations de Jérôme, Flame n'entretient aucun doute sur le fait que Pascale a contribué à la mort de Mali. Intentionnellement. Quand Mali a appelé au secours, Pascale a parlé à haute voix près du téléphone de Jérôme pour faire comprendre à sa marraine que c'était «bébé Pascale» qui le retenait. Un coup mortel pour Mali!

Et surtout, à elles seules, les dernières pages du journal apportent une raison de venger son amour. Amanda déclarant à Mali l'intention de Pascale de séduire J.P. À cause de Pascale, Amanda a créé le désespoir dans l'esprit de Mali.

Flame imagine Mali seule dans sa maison: Jean-Paul est mort... Le doute empoisonne son esprit... Jérôme... l'abandonne...

Comme l'a dit Me Lemay dans son plaidoyer, Mali n'avait plus de raisons de vivre. Se serait-elle suicidée?

Non, non, non! Mali est une survivante, elle ne s'est pas suicidée!

Malgré sa conviction, Flame sent le besoin de vérifier s'il existe une possibilité que Mali se soit suicidée. Elle prend son courage à deux mains et décide d'aller voir Pascale. *Juste au cas où... Je ne veux pas faire de mal à «bébé Pascale» si elle n'a pas tué Mali!*

En arrivant à l'hôpital, la vengeresse est étonnée de la réception que lui accorde celle qu'elle a menacée de mort: ni rage ni compassion. Pascale pue la défaite. Seulement la défaite. Pourquoi la défaite?

— Quel fiasco! marmonne Pascale sous son masque à oxygène, en se tournant vers la photo de sa marraine posée sur la table de chevet.

La malade a le regard d'un général qui a perdu la guerre.

— De quel fiasco parles-tu?

Flame jette elle aussi un œil sur Mali.

— De ma vie.

Flame attend. Pascale éprouve peut-être un besoin tardif de s'excuser.

Pascale a un rictus de méchanceté. Elle enlève son masque.

— Je peux bien l'admettre maintenant que je vais mourir. C'est moi qui ai tué Mali.

— Rien de nouveau! Depuis deux ans tu te fais une gloire d'avoir retenu Jérôme. Tu viens seulement de réaliser la portée de ton geste?

— Pauvre Flame! Tu connais beaucoup de l'amour, mais tu ignores tout de l'envie. Tu te crois dévorée par la rancune, mais quand vient le temps de te venger, tu fonds à la première larme. Heureusement pour ton ego, le sida a rempli ta promesse pour toi... Je meurs de rire. Tellement déraillée, la belle rousse au visage angélique est incapable de tuer ceux qu'elle déteste, mais elle peut tuer de sang-froid ceux qu'elle aime...

Flame est surprise de constater combien la maladie a affecté son ennemie en comparaison de Jérôme. *Elle divague déjà. Méchamment, comme toujours.*

— J'ai tué Mali et elle est morte pour rien, répète Pascale sur un ton monocorde. J'ai voulu te poursuivre et je t'ai poursuivie pour rien. Rien ici, rien là. Quel fiasco!

— Avec moi, tu as réussi si ça peut te consoler d'être méchante, lui concède Flame.

— Au lieu de vouloir te venger de Jérôme et de moi, tu devrais faire ton *mea culpa*. C'est toi qui l'as tuée, ta Mali, continue Pascale sur le même ton.

Pour consacrer «son œuvre», Flame s'approche du lit et fait une bise à Pascale.

— Une infirmière comme toi aurait dû savoir que Mali ne pouvait pas prendre tes pilules pour la migraine, des antibiotiques et de la caféine par-dessus tout ça.

Flame ne répond pas et recule.

— Ah, fi! C'était du thé! ricane faiblement Pascale.

— Je te conseille de te reposer. Tu as débité assez de sottises.

— Je n'ai jamais dit avec quelle innocence tu avais servi toi-même de l'ergotamine et de l'érythromycine à Mali. Et une tasse de thé en plus avant de partir.

— Tu sais bien que c'était de la tisane.

Flame se retient pour ne pas défaillir. Elle entend le ton amorphe de Pascale:

— Non, je sais que c'était du thé parce...

— Bonne mort, je m'en vais, lance Flame en prenant son manteau. J'irai à tes funérailles.

— ... que c'est moi qui l'ai mis dans la théière. C'est moi qui ai ajouté de l'ergotamine et de l'érythromycine sous les herbes séchées, placées par Suzanne avant qu'elle s'absente. Mais c'est toi, toi qui lui as versé affectueusement la «tisane» mortelle... supposément pour la calmer. C'est toi qui lui as recommandé de la prendre «aussitôt qu'elle sera moins bouillante», comme tu l'as si bien déclaré au juge.

Flame chancelle.

Pascale soulève la tête et le torse en s'aidant de son coude droit et de la paume de sa main gauche.

— Pis encore, c'est toi qui as ajouté du parfum aphrodisiaque dans mon chandail blanc après mon souper de Noël. C'est toi qui m'as donné, au réveillon, le fichu en soie d'Italie avec lequel j'ai retenu Jérôme dans un dernier coup de scène au Dom Pérignon, le seul champagne que tu bois. Tu l'as tuée oui ou non, ta Mali? C'est toi qui as allumé la télévision pour qu'elle apprenne seule la mort de J.P. Seule! Tu m'entends?

Emportée par sa tirade venimeuse, Pascale ne voit ni n'entend son infirmière ouvrir doucement la porte de la chambre. En apercevant Flame, Micheline Lavoie s'apprête à s'éclipser, mais s'arrête net, abasourdie devant Pascale, qui s'exténue à déballer les détails de son crime.

— [...] Et vous êtes tous une *gang* de cons, se met-elle à crier, stimulée par le regard pétrifié de Flame. Ton supposé éminent avocat n'a pas présumé que le testament pouvait se trouver sur la table parce que Mali voulait le montrer à J.P. Personne n'a pensé que Mali avait écrit ce maudit codicille le matin. Il n'y a pas de matin le 2 janvier, chez vous? Non, il fallait que Mali ait attendu la noirceur et que tu aies exigé sa calligraphie à la pointe du revolver comme un James Bond...

Pascale tombe sur le dos, épuisée par sa colère.

Les yeux vides, les cheveux clairsemés recouvrant à peine son crâne, qui semble cloué sur son oreiller, elle vocifère. Par des phrases entrecoupées de soubresauts, la malade relate, de peine et de misère, sa journée du 2 janvier 1994:

«[...] Le soleil dardait ses rayons sur mon chandail en angora blanc quand je me suis réveillée le matin du plus important soir de ma vie... Je ne savais pas que ce soir avait été maudit le mercredi 29 décembre, quand Amanda est entrée sans s'annoncer dans mon appartement et m'a jargonné, en furie: "Quelle chienne de visage à deux faces que té! Tu fuck mon christ de mari, j't'embarque dans ma Corvette flambant neuve, tu m'fais travailler comme une mercenaire avec ton câlisse de *sweater* qui vient de mon ciboère de Normand. Guette ben ta marraine parcqu'à va l'savoir c'que tu trames!"... Je riais à gorge déployée d'entendre l'insignifiante cocue d'Amanda... je riais! Ah, je riais!...»

Pascale ajoute plus bas:

— C'est là que je me suis trompée.

Dans la pénombre de la chambre, la silhouette atrophiée de Pascale s'agite et fait peur. Sa voix passe sans transition de la haute stridente à la basse rauque, sans interruption:

403

«[...] J'arrive chez Mali pour prendre un café... La maison vide... Un mot de Suzanne sur la table "De retour à 16 heures"... à côté, un flacon de tes antibiotiques...»

Pascale s'arrête et dévisage Flame avec haine.

— Par la fenêtre de la bibliothèque, je t'ai aperçue, tu te promenais avec Mali de l'autre côté du lac.

La malade soulève la tête de l'oreiller, s'appuie sur le coude gauche et s'aide de la paume de la main droite. Les yeux hagards, Pascale ménage ses gestes et récite, sur un ton monocorde :

«[...] Le téléphone sonne! C'est CanAir... on m'annonce la mort de J.P. Je me dis : "Ce n'est pas moi qui vais le lui apprendre, ah non! Je fais pipi et je pars"... Je m'identifie comme Flame Donnelley, une grande amie de Magalia De Grandpré...

«Soudain, je réalise : "Merde alors! J.P. qui n'est plus là. C'est bête! Bête! Flame sans mari, Mali sans mari. Ma place est menacée!..."

«En posant le récepteur, mes yeux tombent sur le codicille du testament ouvert sur la table. Malédiction! La rousse a déjà pris ma place!...

«Merde! Ça ne peut être qu'Amanda! Je comprends maintenant pourquoi mon programme de séduction J.P. a disparu. Cette retardée d'Amanda me l'a chipé pour le montrer à Mali... Pas d'espoir avec cette maudite queue ajoutée au testament.»

L'infirmière demeure interdite devant la cruauté effervescente de Pascale qui rejette ses couvertures et s'écrie :

— Je suis punie! Vraiment punie!

Rien ne reste de la beauté espiègle de l'intrigante petite garce. Ses expressions délirantes de jalousie effraient. Elle avance son index non verni, devenu trop long et trop mince au bout de son bras squelettique, et le pointe vers Flame, apeurée.

— Je vous aurais eues toutes les deux si cette maudite maladie ne m'avait empoisonnée!

Pascale appuie ses deux mains sur le drap et revit, transportée dans la maison de Magalia, les minutes écoulées le lendemain du jour de l'An :

«[...] Quand Mali va apprendre la mort de J.P., ce qu'Amanda a pu lui déblatérer va ballonner... Je suis faite! À moins que...

[...] *Flame sert toujours de la tisane à Mali avant de partir.* Je vérifie dans la théière. *Oui. Suzanne a préparé les herbes pour recevoir l'eau bouillante.* Il est 15h20. Le coffre-fort est ouvert, donc Mali n'attend personne...

Pascale met un pied à terre.

— Et vous marchiez de l'autre côté du lac, en pleine conversation. Innocentes!

Pascale s'appuie sur le bras d'un fauteuil. Courbée, elle parle sans contrôle, les yeux inexpressifs, la tête dodelinant sur son cou émacié :

«[...] Je remets mes gants... ramasse les bijoux... les lance au fond du coffre-fort dans le noir... tes remèdes dans le coffre-fort. Quelle dose?... Et si Mali ne meurt pas?.. Je ne veux pas prendre trop de risques.»

Pascale avance, son corps vacille. Son monologue ralentit :

«[...] Mais quels risques?... C'est Flame qui va servir la tisane à Mali... et ses antibiotiques qui traînent sur la table! La chance me colle au cul. Personne ne sait que j'ai entendu Mali dire à Suzanne, à Noël, que l'ergotamine peut tuer avec les antibiotiques... Flame est la seule personne qui connaît la combinaison du coffre-fort, la dose mortelle.»

La demi-obscurité rend les gestes de la délirante encore plus macabres. Sa voix s'éteint peu à peu :

«[...] J'écrase deux comprimés contre la migraine... deux comprimés d'antibiotique sur un kleenex... une bonne dose de thé... les cache sous les herbes de tisane... Qui va penser à accuser "la filleule chérie"? C'est "elle", "elle", du début à la fin! Moi, je suis invisible... Les domestiques en congé... Suzanne pas là avant seize heures... Mon ensemble de ski neuf... large capuchon... la neige tombe pour effacer mes traces... j'ai marché jusqu'à la porte sans taxi... j'ai couru au village par le raccourci... juste après l'heure de l'arrivée de l'autobus de 15h30... je me suis arrêtée au dépanneur... au garage à 15h40... j'ai pris... ma... voiture... filé... chez Jérôme.

405

Si elle buvait sa tisane à l'apothéose de la *Rhapsodie,* la *rhapsodie* meurtrière.

Pascale essaie de faire quelques pas, elle titube. Le noir et le blanc du tissu laineux de son pyjama, qui faisaient si bien ressortir ses cheveux et ses yeux brillants, enveloppent aujourd'hui la laideur de son dépit.

Flame est paralysée d'horreur et l'infirmière ne sait pas encore comment réagir.

Pascale lance un faible rire hystérique :

La *Rhapsodie* meurtrière... pour ça, j'ai réussi ! Elle l'a bue ma tisane, ah oui ! Elle est morte alors que la *Rhapsodie* vibrait avec ma victoire, ah oui ! La *Rhapsodie* meurtrière... meurtrière pour Mali... meurtrière pour moi. »

Pascale tousse bruyamment. Sa mine apeure Flame.

— Et toi... tu vas vivre dans l'estime de la famille de ma marraine ?

Pascale réunit toutes ses forces et se rue vers Flame en hurlant :

— Non, tu ne vivras pas dans ma famille. Tu vas mourir, tu vas mourir, tu vas mourir...

L'infirmière tente de dégager Flame trop anéantie pour se défendre de l'emprise de Pascale, qui se déchaîne comme une noyée.

— Tu vas mourir !

Ses doigts essaient de s'accrocher aux cheveux de Flame.

— Tu vas mourir !

Flame se rend compte avec stupeur que ses bras soutiennent les épaules de Pascale. Elle voit sa tête s'affaisser et ses lèvres souffler encore une fois :

— Tu vas mourir !

Puis, Pascale s'éteint dans la haine, dans la jalousie... dans les bras tremblants de Flame.

Épilogue

Flame s'approche le plus possible de la statue de la Vierge dans la chapelle du collège Villa Maria.

«Marie, je t'en ai voulu pendant deux années, mais, vois-tu, si je me suis trompée avec Jérôme, je peux m'être trompée avec toi... Peut-être qu'en emmenant Mali au ciel en même temps que J.P., comme elle l'a toujours désiré, c'était la meilleure façon de la protéger et de la rendre heureuse.

«Je réussirai l'expansion de son journal avec elle. Dans son environnement, dans son esprit. Je vivrai de nos souvenirs et je m'en remplirai le cœur de joie comme je l'ai fait sur la montagne, en compagnie de Carole, en pensant à la réception de la fin des études et au voyage en Angleterre. Je suis privilégiée d'avoir connu et aimé Mali. Maintenant que j'ai lu son journal intime, je ne douterai plus de lui faire plaisir si je lui parle souvent. Garde-la toujours auprès de moi, s'il te plaît. Je suis si heureuse avec elle! Je lui dirai souvent combien je l'aime, et elle me croira enfin. ENFIN!»

IMPRIMERIE QUÉBECOR
L'ÉCLAIREUR